Minagawa Hiroko COLLECTION

皆川博子コレクション

3

冬の雅歌

日下三蔵 編

皆川博子コレクション

Minagawa Hiroko Collection

3

冬の雅歌

目次

PART 1

冬の雅《が》歌《か》　5

PART 2

魔術師の指　222

海の耀《かがや》き　257

祝婚歌　287

PART 3

黒と白の遺書　336
もうひとつの庭　386
巫《こうなぎ》の館　415
後記　皆川博子　438
編者解説　日下三蔵　440

装画　木原未沙紀
装幀　柳川貴代

冬の雅《が》歌《か》

PART 1

I

1

その娘が、埼玉県M＊＊町の巡査派出所にあらわれたのは、事件から二箇月近くたってからであった。

警官は最初、高校生が道をたずねに寄ったのかと思った。化粧をしていないせいもあって、実際の年より稚《おさな》くみえたのである。

風が吹き荒れていた。派出所は、古びた木造の駅舎から徒歩で十分ほどの国道沿いにあった。

砂塵を浴びた娘は、快活な足どりで入ってきた。快活な——という印象を受けたのは、あとで考えれば奇妙なことだった。頰が生き生きと紅いのも、その印象を強めた。風のなかをせっせと歩いてきたために、頰が紅潮していただけのことだったのだが、若い警官の目には、いかにも健康そうで好ましくうつった。

「しばらくです」と、娘は頭をちょこんとさげた。

前からの知りあいのような挨拶をされて、警官はとまどった。すぐに思いあたった。名前は、とっさには浮かんでこなかった。

町からバスで二十分も奥に入ると、渓谷地帯になる。夏場は若いキャンパーでにぎわう。

『太陽鑑《たいようかん》』という小さい劇団が野外公演を行なった。スタッフも含め二十人足らずのメンバーは、マイクロバスと、照明具などを積みこんだ小型トラックに分乗して、各地を巡演してまわっていたのだった。

そのキャンプ地では一回だけの公演で、滝壺をそのまま舞台装置に利用し、幕で周囲をかこった即席の劇場であった。終演後はテントで野営し、翌朝、次の土地に発つことになっていた。

その夜、劇団の主宰者が滝壺に転落して死亡したのである。取調べの結果、主宰者鐙一光《あぶみいっこう》の転落死は、泥酔した彼自身の不注意によるものと判明した。

この娘は、劇団員の一人だった。

荘川美於《そうかわみお》――と、名前を思い出した。年は十九とか二十とかいっていた。劇団員のなかでは最年少だったと記憶している。

鐙一光の死は、まず、この派出所に知らされた。現場には電話などないので、劇団員が二人、移動用のマイクロバスを走らせて急報してきたのである。彼は所轄署に一報を入れると同時に、現場に駆けつけたのだった。

遺体はすでに引き揚げて、テントの中に横たえられてあった。

発見したのは、キャンパーの一グループである。すぐ大騒ぎになり、団員たちも起き出してきた。引きあげてみて、人工呼吸もむだだとわかった。それでも、団員たちは冷たい体にとりすがって長い間泣いていたと、キャンパーたちが語った。鉛色になった手足をこすりつづけている者もいたという。

警官の訊問に、団員たちはごく素直に答えた。反抗的な態度をとる者はいなかった。

素顔の彼らと、異様なメークアップで妖しい雰囲気をただよわせていた前夜の彼らとの落差に、若い警官はとまどった。

公演の夜、彼は観客に混って芝居を見物したのだった。公演の許可は一応下りていたが、風紀を乱すものではないかという懸念が署内にあり、私服を着てはいたが、公務としての観劇だった。

闇を篝火《かがりび》が彩っていた。火明りのとどかぬ夜空に星が鮮やかだった。ほとんど裸体に近い男女が激しい音響の渦のなかで旋回し、跳躍し、その一刻はあとで思い返すと、ひどく猥雑だったようでもあり、爽快でもあった。

なだれ落ちる滝の轟きが、スピーカーから溢れる音楽とからみあい、炎のゆらめきのなかに、巖《いわお》や樹々が、瞬間的に、異様ななまなましさをあらわした。

音楽は雅楽に似た旋律だが、底の方から奇妙に性感を煽りたてるものがあった。呪文めいた囃子《はやし》言葉が巖に谺《こだま》して増幅され、人々の口から発せられているにもかかわらず、樹々や巖や滝の水音が、物の怪《け》じみて囃したてているような錯覚を観客に与えた。

たえまなく落下する滝のしぶきが、鋼の一枚板のように凝固したと思うと、ほとんどなまめかしいまでに身をくねらせてくずれる。闇の中から湧きあらわれた踊り手の群れは、汗と水しぶきでぬめぬめと濡れた肩や背に、一瞬篝火をうつし、闇に溶け入る。

鐙一光は五十に近く、皮膚の艶はさすがに衰えながら、筋肉の動きの一つ一つにはりつめた美しさがあり、漁夫や農夫が長年の肉体労働の末におのずと備える威厳のようなものが、肉の壁を透して明るんでいた。

「その後、どうしている？」

こっちの方に遊びに来たついでに寄ってみたのだろうか、などと、若い警官はいささか気をよくした。

「荘川美於さんだったね。まあ、掛けなさいよ」

警官は椅子をすすめた。娘は、ぎこちなく腰を下ろし、小さいバッグを足もとに置こうとして、思いなおしたように膝の上にかかえこんだ。そのあいだ、視線を警官からそらさなかった。「まだ、ああいう芝居だか踊りだか、やっているの？」

娘は、バッグの口金を開き、右手を中にいれた。それから、立ち上がると、いきなり警官に躰ごとぶつかってきた。

とっさによけたが、かわしきれず、左腕に冷たい感覚が走った。痛みがつづいた。警官は、娘をとり押さえ、腕をねじり上げて刃物をとりあげた。

2

『殺人未遂被疑者荘川美於精神鑑定書』

前文

私は昭和四十＊年九月六日、浦和地方検察庁鈴木正夫検事より、殺人未遂被疑者荘川美於の精神鑑定を依頼された。依って、同日より本鑑定に従事し、同月八日より十月二日まで埼玉県立＊＊病院に被疑者を留意し、同人の心身の状態を精査し、一件記録を参考とし、また、被疑者の父荘川実雄、同母荘川福子、同兄荘川伸太郎、および、＊＊派出所勤務須藤英吉巡査、元劇団『太陽鑑』団員湯浅茂則、ほか関係者らの陳述を得て、本鑑定書を作成した。

一　被疑事実

被疑者は昭和四十＊年九月二日午后二時頃、埼玉県M＊＊町＊＊派出所におもむき、応対にあたった巡査須藤英吉を、突如、刃渡り六センチメートルの切り出しナイフをもって刺殺しようとしたが、同人に制止されて目的を果たさず、左腕に全治二週間の傷を負わせた。

二　家族歴

被疑者の家庭歴について、精神疾患を主とする遺伝負因を調査したところ、次の点が注目された。

父方の叔父Aは、神経症を患い、一時勤務先を休職し、現在は閑職についている。

同じく父方の叔父Bは、結核性骨髄炎に罹患し、その肉体的精神的苦痛にたえかねて自殺している。

しかし、これらは、内因性精神病の遺伝負因に直接つながるものとは断定できない。

三　本人歴

被疑者は、昭和二十＊年二月八日、荘川実雄と福子の第四子（末子）次女として生まれた。分娩は正常であった。

小学校の学業成績は、非常に優秀であり、六年担任の教師の陳述では、勝気で時折他の児童と衝突したが、概して手のかからない優等生だったという。また、完全性志向が強く、例えば、図工などで時間内に完成せず、未完成の作品を提出しなくてはならないとき、教師の指示を無視して、こわしてしまうというようなことがあった。

家庭では、両親に従順で問題がなかった。

中学に入ってから、極端に無口になる。成績はむらが生じた。教科担任の教師に対する好悪で勉強の熱の入れ方が違ったためらしい。これは、この年齢の児童にありがちなことで、特に異とするに足りない。

性格に変化が生じたようにみられるのは、高校入学以後である。外向的になり、行動も積極的になる。中学時代を知っている友人は、別人のようだと言った。

交換留学生のテストを二度受け、二度とも失敗している。また、油絵を習いかけてやめるなど、むら気なところがみられた。

授業中に教師の揚足をとるなどのなまいきな言動が目立つ。

母は、高校に入ってから、急に悪くなった、強情で反抗的になったと言ったが、父はこの変化に気づかず、素直で他人に思いやりのあるいい娘だったと評している。

父は古神道に関心が深く、直霊会《なおひかい》という一種の精神修養団体を主宰し、秩父に道場を持ち、定期的に集会を催す。被疑者は、中学高校を通じ、かなり熱心に参会していた。

高校三年のとき、被疑者は急に受験勉強に熱中したが、志望校を落ち、第二志望校に入った。二年の夏、大学を中退して、演劇にすすむといい出し、家人の猛反対にあう。家を出て鐙一光の主宰する劇団『太陽鑑』に入団する。

劇団『太陽鑑』の団員は、府中に小さい家を一軒借り、共同生活をしていた。公演は、収入になるどころか、むしろ赤字を出す状態で、団員はスナックなどで働き、生活費を稼いでいた。

被疑者もそういう生活をつづけているうちに、神経性胃炎を患い、一日に林檎一箇しか摂らないという状態になった。意地をはって勤めも舞台も休まないでいたが衰弱がひどく、団員がみかねて家に連絡し、家人に連れ戻された。

家に戻ってからの様子を、父は、「家出を後悔していた。ああいう自堕落な生活のくだらなさが身にしみてわかったようだ」と言ったが、兄は、「ふさぎこんでいた。自信をなくしたのだろう。まれに、とっぴょうしもなくはしゃぎ、また沈みこむというふうだった。人に会いたがらず、部屋に閉じこもり、日が落ちると外に出て、うちのまわりをうろうろ歩きまわったりしていた」と語っている。

この抑鬱状態は、心因性のものとして了解可能である。

躰が恢復すると、再び家を出て、同劇団に帰属した。

元劇団員湯浅茂則の陳述によると、

「出戻り（という表現を湯浅は用いた）の後は、前より暗くなった。家の人の反対を押し切って独立したのが、健康上の理由で失敗した。今度は、失敗できない、という追いつめられたような気持があったんじゃないですか。ぼくら、わりあいのんびりやっていて、それほど深刻に思いつめたりしないんだけど、彼女は意地っぱりだったから。すごく、熱心でした。だからといって、マスコミに名を売ろうとか、そういう欲はなかったようですね。

ぼくらの芝居は、肉体的に激しいんです。彼女、前から熱心ではあったんですが、出戻り後は、鬼気迫るという感じがありましたね、稽古のとき。だいたいが、そう器用なたちではなかった。それを練習量でカヴァーしようというのだから、痣《あざ》だらけでした。

鐙先生は、厳しい人でした。ぼくら、しょっちゅうなぐられました。棒で叩かれもしました。しかし、皆、先生を慕って集まっていたんですから。

ふだんは、彼女は目立たない、おとなしいほうでした。ただ、自分の意見を、他人の言葉で曲げるということはなかった。議論するんじゃなくて、黙っているんです。黙っているけれど、けっきょくは自分の意志どおりにやってしまうというふう。

でも、対人関係はうまくいっていたと思います。何か、いじらしいような感じがあって、わりあい好意を持たれていたんじゃないかな」

しかし、別の元劇団員佐野知子は、

「何を考えているのかわからない、つきあいにくい人でした。おとなしそうにみえて強情で。団員の男性と、何人か関係があったようです。鐙先生に対しては絶対服従だったけれど、先生に恋愛感情をもっていたかどうかはわかりません。先生の方でも、特別目をかけているということはありませんでした」と、少しちがった印象を述べている。

いずれにしても、この時期までは、特に分裂病相の所見はみあたらない。

本年七月十六日、鐙一光が巡演地において、泥酔して滝壺に落ち、死亡するという事件が起きた。

鐙一光の死によって、劇団は解散せざるを得なくなった。しかし、劇団は、かなりな額の借金をかかえているので、それをうやむやにするわけにはいかない。共同で借りている家も、家賃を払いきれず解約し、団員は、それぞれアパートや下宿、知人友人宅などに移り住み、それでも結束して、借金の返済にあたった。いかがわしいフロアショウなどに出演するものも多かったという。

だが、なかには無責任に所在をくらます者もいて、被疑者も、そのなかの一人であったと、佐野知子は述べている。

後日、佐野知子が念のため被疑者の自宅を訪れたところ、帰宅しているらしいにもかかわらず、家人に門前払いをくわされたということで、佐野知子は、怒っていた。

これについて、被疑者の母は、次のように語っている。

「帰ってきたのは、事件から一月《ひとつき》あまりたってからです。憔悴《しょうすい》しきって、乞食のようななみなりで、親として涙の出るほど情けない思いをしました。部屋に閉じこもり、うちの者と口をきかず、身のまわりのことをまるでかまわなくなりました。年ごろの娘が、髪もとかさず、風呂にも入らず、服も下着も、こちらがむりやり着かえさせなければ、何日でも同じものを着ている、寝巻に着かえることさえしません、本当に困りました。閉じこもったまま、大声で一人言を言ったり、泣きわめいたりすることがありました。何を言っているのか。どういう理由で泣くのか、まるでわかりません。劇団の人がたずねてきたのは、そんなときで、もちろん、会わせることはおことわりしました」

被疑者が佐野知子ら団員の前から姿を消してから実家に帰るまでのあいだに、ほぼ一箇月ほどの空白がある。この期間、被疑者がどこでどのような生活をしていたかは、不明である。

四　現在症

(イ)　身体所見
身体的には、拒食による栄養低下のほかは、特別な異常所見は存在しない。
(ロ)　精神所見
診察時の客観的態度は次のとおりである。

気力がなく、動作は緩慢である。表情は陰鬱で空虚な印象を与える。問診には、まったく答えない。低声で何かつぶやくことがあるが、これは質問には無関係で、内容はききとれない。

病室内においては、蒲団にもぐり、横になったままで、行動意欲が欠如している。

問診に答えないいため、時、処、自己のおかれている立場に対する見当識、及び病識、記憶障害の有無は不明である。

各種テストにも応じないので、記銘力、計算力等の程度も判断できない。

また、現在の主観的体験の追及も不可能であった。


以上、各種の観点から考察し、被疑者が現在病的な状態にあることはたしかである。

意識昏迷、情意鈍麻がみられる。

五　犯行前後の精神状態

これも、被疑者の陳述が得られないため、推測する以外にはない。


被疑者が、鐙一光に強い思慕、あるいは敬慕の念をもっていたとすれば、巡査須藤英吉が彼の死に責任があると妄想し、復讐しようとした、ということが考えられる。

ただし、これは、あくまで推察である。

また、鐙一光の死の責めを須藤英吉に負わせる思考の経路は、まったく、了解不可能である。

六　鑑定主文

被疑者の現在の精神状態は、破瓜型の精神分裂病である。また、犯行当時、すでに発病しており、妄想、幻聴等の症状があったと思われる。入院加療の必要を認める。

昭和四十＊年十月＊日

鑑定人　医師　吉田利雄

II

1

一日が終わるという、ただそれだけのことなのに、この落日は、あまりに華やかすぎる。何かとほうもなく荘麗なものが、崩れ落ち、歴史の終焉を告げる……そんな連想をもたらす光景は、明日もまたくり返される日常の一区切りとしては、大げさすぎるのだ。

西に海を見下ろす断崖の上を、療養所の敷地に選んだのは、だれなのか。

もっとも、三階建ての開放棟の窓からは、赤土をむき出した裏庭と、倉庫のような灰色の閉鎖病棟しかみえないし、その閉鎖病棟にいたっては、鉄の鉄格子のはまった小窓は閉ざされたきりで、鉄の窓枠が錆びついている。海と空が燃えさかる坩堝《るつぼ》のように華やぎたつ日没が、療養者におよぼす影響を慮ったものが、設計施工担当者のなかにいたということか。

海に面して大きく窓がひらいているのは、開放病棟とL字型にむすばれた本館の外来ロビーや応接室、院長室、面会室などだけだ。

開放棟の裏で厨芥のしまつをしていた江馬《えま》貢《みつぐ》は、金紅色と濃藍の波がせめぎあい煌《きら》めく海に見入っていたが、やがて、ひきちぎるように視線をそらせた。灼けとろけた光が、岩肌を流れる溶岩のように押し寄せ、視神経から脳髄までを刺激し、最近ときどき起こる偏頭痛を、また、ひき起こしそうな気がしたのだ。頭蓋の内側に、すでにその前兆が感じられた。痛みがはじまる前に、なだめてしまわなくてはならない。日輪の残像が、目の前の空間に白い炎をゆらめかせ、目を閉じても、瞼の裏でしばらく燃えつづけた。

江馬貢は、厨芥のつまった特大型のポリバケツを両手で抱え上げ、リヤカーに乗せた。塵芥収集車は、療養所の敷地内までは入ってきてくれないので、厨房の外に並んだ十箇のごみバケツを裏門まではこんでおくのは、彼と、もう一人の看護夫、桧山宇吉《ひやまうきち》の仕事になっている。男性看護夫のなかで正式の資格を持たないのはこの二人だけなので、ごみの始末や便所掃除などの雑役は、当然のように二人に押しつけられる。

ポリエステルのバケツは、三百余人の療養者と四十人のスタッフの食欲をみたした残骸の重みに耐えきれないので、胴体にひび割れが走っている。割れめからにじみ出た腐汁が手のひらを汚し、ズボンの腿のあたりに褐色のしみをつくった。

三つめのバケツを持ち上げようとしたとき、雑草の根に足をとられて、よろめいた。崖に沿った金網塀の目に指をかけて、はずみで半回転する躰をささえた。そのとき、崖下の荒磯に、黒ずんだ影が目にうつった。凝灰岩と頁岩《けつがん》が黒白の縞目をつくる岩礁に、若い男が、立てた膝をかかえこむかっこうで踞《うずくま》っていた。海面は凪《な》いでいた。

人の姿を見るのは珍しい。釣場に適したところなのだが、この一帯は、遊客むきに開発されていない。

「今に、叫び出すんじゃないかしら」

傍で声がしてふりかえると、セラピストの天羽《あもう》たか子が肩を並べるように寄ってきた。

「え?」

「彼」と、天羽たか子は、崖下の男を顎でしゃくって示した。

勤務を終えた天羽たか子は、黒い薄手のセーターと黒いスカート、袖はとおさないで羽織っただけの乳白色のトレンチ・コートが、長身の、やや骨ばった肩をおおっている。

「帰るんですか」

「そう。江馬さんは、まだ?」

「どうして、彼が叫び出すんです」崖下の男に目をやって、江馬貢は訊いた。

「黄昏、陽が沈んでゆく」天羽たか子は、あまり感情をこめない、さらっとした口調で、「だが、それは絶望した人間の最後の夕べのように、恐怖的なたそがれである。空は炎となり、フィヨルドは血の海となってうねる」

イェンス・ティイスか、と彼は思い、口には出さなかった。

「橋、欄干、家、人の姿、すべて火炎のなかでゆらめく」淡々とした口調をくずさないで、「固いものは溶け、溶け流れるものは凝固する。大気はねばく厚い。地面は足の下でもち上がり、沈む」

「叫びがひびきわたる」と、天羽たか子は、ほんの少し声をたかめた。「死の奈落の際に立たされた人間の叫び。声は地獄のように赤い夕映えからひびき返る」

——否、この叫びはひとりのみじめな人間が死に面してあげた叫びではない。

と、江馬貢は、高校のころ諳《そら》んじた文章が今でもすらすら出てくるのに自分で驚きながら、心の中でつけ加え、それとともに、あまりに有名なノルウェイの表現主義画家エドゥヴァルト・ムンクのタブロー『叫び』の画面が浮かび上がる。分裂症の説明にしばしばひきあいに出されるポピュラーな絵だが、どれほどポピュラーになろうと、その怖ろしさは通俗化することはない。橋の上に立った一人の人間が、ひたと耳を手でおおい、叫びをあげている。声は、聞くまいとする彼の意志に逆らって、魂の裂けめから噴き上がる。彼をとりまくのは、ゆらめき、ねじれる、不安な落日の炎。

「……死に面してあげた叫びではない。叫んでいるのは大自然である。海であり、大気であり、大地である。昼が、今、夜にのみこまれようとして、断末魔の声をはりあげているのだ。

やにわに、地と海と空と、みな消える。だが叫びはのこる。叫び声は一人の男の姿となって――」

江馬貢は、ふいに、天羽たか子がとっくに口をつぐんでいるのに気づいた。彼が聴いているのは、彼の内心の声だった。

――その男の頭は全部底なしの喉となって、全宇宙をみたす叫び声がそこからひびき出る……ひびき出る、ひびき出る……と心の中で執拗にくり返す声をふり払うように、「雨のおかげで、だいぶ遅れましたけれど」彼は話題をかえた。

「もう、使えますね」

「野外舞台？」

「ええ」

「江馬さんに、ずいぶんよけいな重労働させちゃったわね」

そう言いながら、天羽たか子は、裏庭の一隅にむかって歩き出した。誘わなくても、当然、彼もいっしょに来ると思っているような、ためらいのない歩き方だ。

「サラリーのうちですから」

「あれが？　業者をたのむべきなのよ。でも、予算を出してもらえなくてね。江馬さんには気の毒なことをしたと思っているわ」

「別に」

何か、すっと肩を寄せてくるような天羽たか子から、躰をひくように、江馬貢は、そっけなく言う。

数本のひょろひょろしたクロマツがかたまって生えているあたりに、野外舞台は造られていた。暴《あら》い汐風にいためつけられた松は、幹をよじらせ、細い枝を一方にのべている。

舞台といっても、地面から三十センチほど高く土盛りし、表面をセメントで固めたテラス状ので、間口五メートル、奥行き四メートル、奥正面から両袖にかけて、半円型にベンチが二段、階段状にしつらえてある。ベンチは、観客席ではなく、これも舞台の一部に使われる。天羽たか子から簡単な図面を示され、彼がほとんど独力で仕上げた。雨のあとでも水はけがいいよう、心もち傾斜をつけ、ふちに沿って細い溝を刻んだのは彼の工夫であった。

「江馬さんは、飲むんだったわね。洋酒？　日本酒？」

「アルコールと名がつけば、焼酎でも何でも」

「御馳走しなくちゃね、お礼に」

「いいですよ」

療養所の仕事なんだから、個人的に礼を言われることはない、と、そこまで説明するのもおっくうで、彼は短く言葉を切った。

「一度、飲みましょうね」

無愛想な態度に気を悪くした様子もなく、天羽たか子は、なおも誘った。

「雨の日は使えませんね」

彼は話をはぐらかした。

「いっそ、テントをはったらどうですか」

「あまり、芝居小屋じみるのは、よくないわ」天羽たか子は、きまじめに答えた。

「これまで、食堂の隅なんかで、先生が患者にやらせているのを見ましたけれどね、笛吹けど踊らず、というふうにみえましたね」

言いかけて、彼は、頭痛の予兆が消えて、頭がすっきりしているのに気がついた。そのことは彼を、いくらか浮き浮きさせた。

「ぼくがここの入院患者だとしたら、まず、拒否しますね、あんなやり方を強制されるのは」

はずみをつけて、彼は舞台にとび上がった。天羽たか子を少し見下ろすかっこうになる。

「おや、あなた、爪を嚙んでいますね」彼は、太い作り声で言った。天羽たか子は、ていねいにやすりをかけ透明なマニキュアを塗った爪にちょっと目をやって、何を言い出すの、と問いかけるように彼を見た。

「実は、私も、同じ癖に悩まされているのですよ。やめようと思うんですがね、気がつくと、従業員の前でもやっている。ご承知のように、私の工場には、百三十人の従業員がいる。私は、彼らの支柱です。あらゆる意味でね。ところが、どうです、このくだらない癖のおかげで、私は、彼らのひそかな失笑をかう始末。やめなくてはならんことは、よくわかっている。しかし、どうにもならない」

少し馬鹿馬鹿しくなったが、天羽たか子のあっけにとられた顔を見て、彼は、茶番をつづけることにした。

「そうなんです」と、彼は、声を少し細くし、躰のむきもかえた。「あたくしもあなたと同じなんです。みっともない癖だと思います。でも、やめられませんの。あたしの爪は、噛みちぎられて、傷だらけですわ」

「そう、あなたは困っている」江馬貢は、極端な猫撫で声を出した。「非常に困っている。よろしい。その場面をやってみましょう。みんなが、あなたを助けてあげる」

「先生が爪を噛む癖があるなんて、嘘ですね。あたくしを舞台にひっぱりあげたいのね。あたくしを、みんなの前で裸にむいて、さらしものにしたいのね」

「江馬さん、あなた、酔っぱらっているの」

天羽たか子は、不愉快そうにさえぎった。

「勤務時間に飲ませてくれるようなところで働きたいのですよ」

「あなたの一族は、芝居気があるのね。あなたにそんな声色の才能があるとは知らなかったわ。今度から、心理劇療法《サイコ・ドラマ・セラピー》の補助自我をやっていただこうかしら」

「まっぴらですね。ぼくは、人前でさらしものになる趣味はない」言いかけて、江馬貢は、天羽たか子が『あなたの一族』といった言葉にひっかかった。彼は、この療養所の誰にも、自分の家族や身辺のことを語ったおぼえはなかった。険しくなった彼の表情を無視して、天羽たか子はつづけた。

「芝居の才能だけじゃない、あなたには、平然として他人を不愉快にさせる才能もあるのね。意外だったわ。無口だけれど、感じのいい人だと思っていたら、かなり辛辣に喋るのね。おもしろいわ。ところで、まっぴらです、なんて言うけれど、あなた、サイコ・ドラマ・セラピーにかなり興味はあるんじゃないの。シュツェンベルガーのPRÉCIS DE PSYCHODRAMA（現代心理劇）を読んでいるわね。今やってみせたのは、あの本にのっている実験例のもじりでしょう。爪を嚙みちぎる癖のある女に、子供のころの自分を即興的に演じさせ、幼児体験——幼い弟に対する激しい嫉妬の記憶を爆発させる。彼女自身忘れ果てていたことを」

「弟の目をくり抜くかわりに、自分の爪を攻撃的に嚙みちぎっていたことが明らかになり、彼女はそれ以来、爪嚙みをやめました。めでたし、めでたし、ってやつですね。読みましたよ。先生の本棚にあったのを。実際のところ、ぼくは、非常に興味はあるんです。他人の心の奥を手品のようにあばき出すってことにはね。ぼくの一族に芝居気があるというのは、どういう意味ですか」

「あなたは、そんな浅薄な考え方をする人？　〝手品〟だの〝あばきだす〟だの」

彼女には、精神科医の多くが身につけている、一見柔和で、そのくせ、高みから人を見下ろしているようなところはないな、と、江馬貢は観察する。——しかし、自尊心はおそろしく強い。

「ぼくの一族に芝居気があるというのは」

「あなたの親類で、芝居をやっている人がいるじゃないの」

天羽たか子の言葉は意外だった。

「そんな気のきいたのがいたかな」

「知らないの？」

「親類の一人一人の動静なんて、知りませんよ。

名前もおぼえていないのだっている。何をにやにやしているんです」

「あなたが、珍しく、棒でつつかれた猫のように毛を逆立てたのがおもしろかったのよ。ふだん、まわりのことにまるで無関心、無気力って感じの人なのに」

「こんなに一生懸命仕事をする男が、無気力ですか」

「何があなたをこんなに激昂させたのだろうって、考えているのよ」

「べつに、激昂なんて。ただ、ぼくの知らない親戚の動向を、あなたが知っているというのが、ちょっと気味悪いですね」

「いいえ、そのことじゃないわ。あなたの親類で芝居をやっている人がいる、と言ったら、あなたは、むしろ、ほっと息を抜いたような顔をしたわ。ほら、また、怖い顔をする。江馬さんにそんな厳しい表情があるというのは、一大発見だったわ」

「あなたは、何を言いたいんですか。ぼくに何を言わせたいんですか」

「私は、いっしょに飲みましょう、と言いたいの。そうして、あなたには、ＯＫ、と気軽に言わせたい。それだけのことなのに、話が嚙みあわないわね」

ぼくの一族に芝居気があるというのは、どういう意味ですか、と彼は問いつめたかったが、口に出たのは別の言葉だった。

「ぼくの親類に芝居をやっているのがいるなんて、あなたは、どうして知っているんです」

「私だって、あなたの親類の一人になるのよ」天羽たか子は言った。ちょっと間をおいて、「私の妹が、あなたのいとこと結婚しているのよ」

「いとこと？　誰ですか」

「荘川伸太郎さん。伸太郎さんのお父さん荘川実《じつ》雄《お》氏と、あなたのお母さまは兄妹。そうでしょう？」

「仲太郎が結婚したということも、ぼくは知りませんでした。あまり、つきあいがないんでね。それで、ぼくのおふくろがあなたに頼んだんですか。仕事口を探してくれって」

「いいえ、仲太郎さんのお母さんに頼まれたのよ」

「どうして、今までそれを黙っていたんです。愉快じゃないですね」

「荘川夫人に口どめをされたのよ。あのひとの仲介ということがわかると、あなたがせっかくの仕事口を蹴るかもしれないから、と」

もちろん、私、失礼なことではないかと思ったのよ、と、天羽たか子は、つけ加えた。

「病院の、いわば……雑役夫ですもの。あなたの学歴からいっても……」

「御親切なことです」

「あなたに誤解されるのはいやだから、順序だてて話すわね」

「何をどう誤解するんですか」そっけなく、江馬貢は言った。「福子伯母から頼まれたというのなら、ぼくの経歴は知っているでしょう」

ここで働くようになる前は、長距離トラックの運転手をしていた。運輸会社の正社員ではないので、接触事故を起こして免停処分を受けたとたんに、馘首《くび》になった。彼が中退した大学の先輩が、一時しのぎに雑役夫でもよければ、と話をもってきた。それが、実は、福子伯母から天羽たか子というつながりを通じてのことだったのか。

学生運動からはいっさい足を洗っているということだが、と、面接のとき、事務局長は言った。まあ、ここでは問題は起こさないでほしいね。そんなエネルギーは残っていないらしいが。きみたちの世代は燃えがらだよ。あまりに早く燃焼しつくした。事務局長の、やや感傷的で上すべりな声に、彼は苦笑をかえすのさえ徒労な気がして、無表情で応じた。大学を二年で中退、その後、日雇いのような仕事を転々としているのだから、その辺の経歴はかくしようもないが、それにしても、強盗傷害で懲役一年の空白は、ごまかしてある。しいて秘密にするつもりもないが、事あるごとに色眼鏡で見られるのもうっとうしい。

「あなたが私のことを知らないのは当然よ。仲太郎さんと結婚するとき、妹は、実家との縁を切られたの。荘川家の意向でね」

「ほう?」

「仲太郎さんと勤め先がいっしょだったの、妹は。それで大恋愛になって。ところが、私たちの父は、ひどいアル中で」

「いいですよ、そういう話は」江馬貢は、さえぎった。「他人の家庭の事情には、興味ないです。ぼくが関心があるのは、むしろ、福子伯母に口どめされていたことを、なぜ、急にぼくに話す気になったか、ということですね」

「私の父は、ひどいアル中なの」と天羽たか子は、強引につづけた。「ああなると、一種の性格破綻者ね」

「荘川一族の自衛本能のしたたかさを、ぼくに言いたいわけですか。あなたの妹さんが実家と縁を切らされたということで」

「そういう事情で、妹とはずっと会っていなかったのが、たまたま、横浜のダイヤモンド地下街で行きあったの。妹は、子連れだったわ。契約どおり、口もきかずに他人同士で別れようかと思ったけれど、そこまでこだわるのも子供じみているじゃない。いっしょにお茶を飲んで、そのとき、うちの病院で看護夫の人手が足りなくて困っているという話をしたのよ。その後、突然、荘川夫人から電話であなたのことを頼まれたというわけ」

あの伯母は、よほど俺の失業が目ざわりとみえる。江馬貢は、苦笑して、また仕事にかかろうと天羽たか子の傍を離れかけ、もう一つ訊くことがあった、とふりかえった。

「ぼくの親類で、芝居をしているというのは……」

「天羽先生、天羽先生」と、スピーカーから呼び出しの声が流れたのは、そのときだった。

「至急、事務室においでください。お電話です」

天羽たか子は、ちょっと眉をしかめ、それじゃ、またね、というように手を肩のあたりで振って本館の方へ去って行った。

江馬貢は、崖下をのぞいてみた。さっきの男の姿はなかった。世界の没落を凝視するように落日にむかって身じろぎもしなかった男が消え、奇妙な空虚がそのあとに残っていた。

みちてきた汐が、黒い岩礁の頭を洗い、呑みつくそうとしていた。陽は沈み、真珠母のような光が水平線から中空の雲にまでのび、いったんさえぎられ、ぽっかりあいた雲の切れめに明るくどろりとし、やがて、それが急速に濃い藍色にかわっていった。

海が不気味な気配を増した。黒ずみ、獣の背のように盛り上がり、沈みこんだ。

彼は作業にもどった。荒っぽい動作で残りのごみバケツをリヤカーに積み、柄を握って歩き出した。バケツの割れめから流れた汁が、リヤカーの底板を濡らし、通りすぎるあとの地面にすじをひいた。

裏門を出て、塀ぎわにバケツを下ろして並べる。市の清掃事務所の通達では、ごみ容器は夜出しっぱなしにしないで、朝出せというのだが、清掃車がとんでもなく早い時刻にまわってくることがある。出しそびれると、厨芥がバケツから溢れ出す。

電柱のかげで、野良犬が彼の様子をうかがっていた。彼が離れると、バケツの傍に寄ってきて、こぼれた汁をなめ、鼻面でバケツを押し、前脚をかけて倒そうとした。彼はしばらく、犬がバケツの中みにありつこうと苦心するのを眺めた。

下の方から屈曲しながらのぼってくる道の行きどまりの地点に、療養所はあるのだった。

手のひらのねばねばした汚れを道ばたの草になすりつけ、からになったリヤカーの柄を持ち上げたとき、表門から走り出たセリカが、坂の下にむかって右折しようとして切り返し、停まった。窓ガラスを下ろして、天羽たか子が顔をのぞかせ、

「江馬さん」と呼びかけた。車は彼女が通勤に使っている私物である。

天羽たか子は、いきなり、「江馬さん、精神感応ってこと、あると思う?」と話しかけた。

「さっき、あのひとのことを話題にしたばかりじゃないの。そうしたら、電話なのよ、あのひとのことで」

「あのひとって、荘川仲太郎ですか」

「いいえ、美於さんよ。荘川美於さん。仲太郎さんの一番下の妹」

江馬貢は、ゆっくりリヤカーの柄を足もとに落とした。

「何が精神感応なんです。ぼくとあなたが、いつ、美於のことを」

「さっき。ほら、芝居をやっている人って」

「美於が、芝居をやっているんですか。ぼくの親類で芝居をやっているというのは、荘川美於のことなんですか」

どういう話だったんですか、と、彼はリヤカーの柄をまたぎ越し、車に近寄った。

「ここに入院させてほしいというのよ、荘川夫人が」

「何か、異常な兆候がみられるということなんですか、美於に」

「つまり……」彼は、車の窓枠に手をかけた。

「あなた、荘川美於さんとは親しかったの」

「いえ。子供のころしか知らない。ほとんどつきあいはなかった。美於がどうしたんですか」

「電話だから、詳しい話はわからなかったわ。こ

れから、荘川さんの家に行くの」

「東京まで？」

「ええ」

「美於の父親は、美於を入院させるつもりなんですか」

「行ってみないと、様子はわからないのよ、電話に出たのは、荘川夫人だけだったわ。危いから離れて」

彼が一歩うしろに退くと、車はスタートした。坂を下り、カーヴしてみえなくなった。

2

江馬貢は、厨房に行った。

療養所の夕食は早い。四時半からはじまり、五時には終了させる。賄婦たちの勤務時間が六時までになっているためだ。五人いる賄婦の四人はもう帰ってしまい、残った一人が帰り仕度をしていたが、彼が入って行くと声をかけた。

「カレーが残っているわよ。食べていきなさいよ」

「いらない」

「かたいこと言わないでさ。肉だって、あんた、入ってるのよ。食べて帰りなさいよ。ご飯だって、たっぷり三人前はあるよ」

「飯だけ、何かに入れてくれよ」

しつっこくすすめる賄婦に、彼は半ばうわの空で言った。美於が入院するかもしれないと言った天羽たか子の言葉が、心をしめていた。

従妹であり異母妹でもある荘川美於に、彼は、ここ十二年会っていない。正月ごとに、彼の母は、実家である荘川の本家に彼を伴なっておとずれるのをならわしにしていた。

高校に入ってから、彼は荘川家訪問を断《た》った。そのとき、美於は七歳だった。

だが、その後も、写真を見る機会は何度かあった。荘川の家では、毎年、家族揃って写真を撮り、親類じゅうに配るのである。これは、当主荘川実雄の妻、福子の発案であった。荘川本家がこのように安泰であるのは、血族の誰にとっても慶賀すべきことであろうという福子の意志がこもっていた。写真館の、古風なデコレーションのついた椅子に背をのばした荘川夫妻を、四人の子供、仲太郎、愛子、裕二、美於がとりまいた写真が、毎年、彼の母のもとにも送られてきていた。すると、母は、さっそく電話をかけ、徹底した卑下ぶりでほめそやすのだ。

まあ、義姉《ねえ》さん、ごりっぱなお写真をいつもありがとうございます。義姉さん、あいかわらず、お若くておきれいで。ちっとも年をおとりにならないのね。羨ましいですわ。それに、仲太郎さんも愛子さんも裕ちゃんも、ごりっぱねえ。美於ちゃんのかわいらしいこと。ほんとに申しわけありませんわねえ、いつもいつも、こんなごりっぱなものを。

母が、目いっぱいへりくだってみせ、そのへりくだった仮面の下で嘲笑っているのを、彼は、このときにはもう知っていた。だが、それ以前、どうしてこうも福子伯母の前で卑屈な態度をみせるのかと、口惜しく思ったこともあったのだ。

たとえば、彼が十三の正月。

彼と母が荘川家に着いたとき、遅参したわけでもないのに、食事はあらかた終っていた。

あら、ごめんなさいね、トヨさん、もう来ないのかと思って、先にはじめていたのよ。

福子伯母は笑いながら言い、座卓の上に並んだ幾つかの大皿は、ほとんど空だった。海老フライの尾や鶏の骨が皿に散り、ガラス鉢の濁ったドレッシングにサラダ菜のはしが沈んでいた。

あら、どうしましょう。もう、セロリしかない。福子は今はじめて気がついたというように、無邪気な驚きの表情をつくる。

応じた母の答えを、貢はそのとき、なんでこんなに卑屈なのかと、とび出して帰ってしまいたいくらいに思ったのだが、後に母の心の底を知った。

いいえ、義姉さん、うちの子は、セロリときたら目がないんですよ。もう、セロリさえあればっていうくらい。でも、洋野菜はお高くてねえ。うちあたりでは、そうそう買いきれませんもの。ねえ、貢、よかったわね、セロリですって。

セーラー型のワンピースに赤い大きなリボンを胸に結んだ五歳の美於が、ふいに立ってちょこちょこと部屋を出て行き、ほどなく戻ってきたとき、手にハートの形の小箱を持っていた。きまじめな顔で貢の手にそれを押しつけた。小箱は振ると音がし、蓋を開けると銀紙にくるんだチョコレートが数粒入っていた。

年の近い伸太郎や愛子から、いかにも哀れむように与えられたのなら、彼は箱を投げつけただろう。だが、幼い美於のせいいっぱいの好意を、彼は大人びた苦笑で素直に受けとるほかはなかった。

がらんとした厨房の棚に、底を上にして並べられたアルミの大鍋が螢光灯のせいで青白い。

夕飯も病院で食べていけばいいのよ、と、この中年の賄婦は、いつもすすめた。

そりゃ、雇用条件は昼食付き、交通費支給って知ってるわよ、夕飯まで付けるなんてのは違反になるけれど、でも、どうせ大世帯なんだから、一人や二人増えたからって、どうってことないのよ。若い男が自炊だなんて、みじめったらしくて見ちゃいられないんだからさ。ここですませなさいよ。

彼が勧告にしたがわないので、賄婦は、ピンはねしておいた野菜や卵などを彼に安く売りつけるようになった。やもめの賄婦は、特別安い値段で売りつけるたびに、恩着せがましく、馴れ馴れしく、彼の手を握ったりする。息子みたいな気がするのよ。あんた、と言うが、息子にむける目つきではなかった。

「カレーはいらない」

「どうして」

「同居人が、カレーは嫌いなんだ」

「ぜいたくねえ。同居人て、あんた、男の友達だなんて言ってるけどさ、いいかげんに白状しなさいよ。今度、のぞきに行っちゃうから」

「その韮《にら》、もらっていいんだろう」

「しなびてるよ、昨日のだから」

「かまわない」

「南瓜《かぼちゃ》もっていきなさいよ。丸々一つあまってるわよ」

「ああ」

「卵もいれとくからね。ほんとに、カレー持っていけばいいのにね。味はいいのよ。ばかにしたもんじゃないよ。もう少し肉を使わせてくれれば、ホテル並みの味にしてみせるんだけどね。あんた、韮と残飯じゃや、躰がもたないよ」

賄婦は、さりげなく彼の太腿を一撫でして、「ほら」と、紙袋を彼に押しつけた。

「上の方に卵二つのせてあるからね、そっと持ちなさいよ。南瓜、二百円でいいわ。これ、ふつうに買えば四百円はするんだからね」

馴れ馴れしく、肩を叩く。

うひゃひゃというような、奇妙な笑い声を先触れに、雑役夫の桧山宇吉が厨房に入ってきた。

「汚職だね、お昌《まさ》さん。汚職だねえ」

前歯が二本欠け、真中に孤立した一本が、唇からはみ出している。汚職だねえと言いながら、桧山宇吉は、嬉しそうに賄婦にすり寄った。

「こう、目の前で歴然と汚職されちゃあね、お昌さん」

「わかってるよ、あんたにもあとであげるよ」

賄婦は片目をつぶってみせ、桧山宇吉は、もう嬉しくてたまらないと、身をよじって笑う。調味用の合成酒をくすねるのが、この初老の男の何よりのたのしみなのだった。

桧山宇吉は、患者だった。今では快癒しているのだが、ひきとり手がないため、ひきつづき雑役夫として療養所にとどまっている。名目は入院患者のままだった。その方が、国から補助金が支給され、病院の収入になる。

裏門の柵の、右と左に黒ずんだ板を打ちつけ、〈私有地に付〉と〈無用の人入るべからず〉、二つにわけて、白ペンキで記してある。

江馬貢は、紙袋をかかえ門を出た。うしろ手に鉄扉を閉めた。蝶番《ちょうつがい》がきしんだ。すっかり暗くなった坂道を、少し前かがみになって下りる。

坂道は、下り切ったところでバス道路と合流し、さらに数分歩くと停留所の標識が少しかしいでいる。

標識の錆びた柱にもたれ、煙草をくわえ、そのときヘッドライトの光芒が流れて、薄暗い中に黄色い輪を光らせてバスが近づいた。煙草に火をつけ、一服喫ってから先端を標識板に押しつけて消し、シャツの胸ポケットにしまった。マッチを、はじきとばした。火の残っていたマッチは、薄闇に紅い短い曲線をくねくねと描いた。

海沿いの道をバスは走り、五つめの停留所で、彼とほかに二人の客が下りると、あと三人しか客は残っていなかった。彼がステップを下りきらないうちに、運転手は性急にドアを閉めかけ、彼はとび下りた。バスは走り去った。

夏場、海水浴客めあてに開いていた売店は、がらんとした入口に青い木綿のカーテンを下げ、〈のみもの冷えています〉、〈でんき冷やしのみもの〉と、二枚の看板の、白地に赤の文字はペンキが剝げかけていた。さくらカラーと染めぬいた広告の旗が、裾の方は破れて、少し強くなった風に揺れていた。

朱色の曼珠沙華が数本花梗をそよがせる空地から右に折れると、人家がとだえ、畠地や雑木林がつづく。十分も歩くと汐のにおいは薄れるが、吹きつける風に塩分がまじっているのか、雑木林が突然ひらけて十数戸かたまっている分譲住宅の、亜鉛板の屋根は赤錆びて、青や赤の塗料がまだらに剝げ落ちている。江馬貢は、左腕にかかえた紙袋を持ち直した。ふくらんだ紙袋は、韮のにおいがした。

江馬貢が納屋を借りて住んでいる農家は、庭の一隅に、金網と板で囲いをつくり、マスチフとドーベルマン、それにコリーを一頭ずつ飼っている。どれも血統書つきの牡だ。交配で稼いでいる。更に、地つづきの場所で養豚場も経営しているので、近づくにしたがって臭気が強くなった。

この三頭の犬については、曰《いわ》くがある。大家の息子が、十二、三年前、東京で犬の繁殖販売をはじめた。日本ドッグ・センターというたいそうな名称で、犬を客に売りつけると、その交配から産まれた仔犬の販売まで、一手にひき受ける。仔犬を二十頭ぐらいドッグ・センターにひきとらせれば、客はもとがとれる。その後産まれた分は客のもうけになるというシステムである。

業者は、相場の二十分の一で手に入れた仔犬を、相場の値で、あるいはそれ以上に高く、新しい客に売りつけるのだから、ばかばかしく儲かる。

カラー写真入りの美麗なパンフレットを作って派手に宣伝した。有閑マダムが毛のふさふさしたポメラニアンを膝に、豪華なソファに腰かけ、にこやかに、「このミミちゃんが、たくさんベビちゃんを産んでくれますので、私、ヨーロッパ旅行にいってまいりましたのよ」

しかし、この方法は、ねずみ講などと同様に、仔犬の購買客を無限大にふやしていかなくてはならない。セールスマンの人件費がかさむ。その上、血統書がいんちきだったり、客の無知につけこんで病弱な犬を売りつけたりして人気が下がり、追い討ちをかけるようにオイル・ショックの不景気が重なり、ドッグ・センターは倒産した。

値打ちのある犬はあらかた債権者に押さえられ

たが、この農家の次男である社長は、いち早く、三頭の牡犬を知人に売った形にして債権者の目をごまかし、ほとぼりがさめてから実家に預け、種付けに使っている。その男は、今はまた東京に出て、新しい――どこかうさんくさい――事業を計画しているということだ。

農家では、江馬貢に納屋を貸すかわりに、犬の世話もついでにさせたがった。

江馬さん、犬好きらしいね。どう、ときどき、散歩にいっしょに連れていってもいいよ。

たいせつな高価な犬を、愛玩用に貸してやるのだというような恩着せがましい言い方をした。江馬貢は、ひき受けなかった。動物は好きな方だが、ちょっとすきをみせれば、すかさず、ずかずかと踏みこんできそうな大家の気配を警戒したのだ。

中井さんが、目があんなふうじゃなければねえ、と、大家のおかみさんは、みれんがましく言う。犬の散歩ぐらい、中井さんがやってくれたらねえ。あの人、ほかはどこも悪くないんでしょう。いい躰してるじゃないですか。一日、ごろごろしていてねえ。食べることから何から、江馬さん、みんな、あんたが世話してるんでしょ。いくら目が不自由だからって、少しは、何かしようって気にならないのかねえ。

きげんが悪いときは、おかみさんは、病院の事務局長さんに頼まれたから、江馬さん、あんたに納屋を貸すことにしたけれど、そりゃ友達と二人暮らしだってこともききましたよ、だけどねえ、この節、若い男の人に部屋を貸すのは、ぶっそうでいやなんですよ。ねちねちと文句を言う。おとなしそうな、いい人だなと思っていると、爆弾作っていたりするっていうんだから。

むっとなま暖かい臭気が鼻をつく。あけびや薮枯らしの蔓が這いのぼり、しがみつくように絡まった竹垣のむこうに、豚舎のトタン屋根がのぞく。竹垣の切れたところが、門はないが農家の庭の入口になっている。庭に入り、三つに仕切られた犬の檻の脇を通る。マスチフは、だぶだぶと皮膚のゆるんだ巨体をだらしなく横たえていた。

この犬が、一番稼ぎが悪い。日本では、飼っている家が少ないから、交配数も多くないのだ。老いぼれてもいた。

ドーベルマンは、神経質に檻の中を歩きまわっていた。足音に耳をきっと立てたが、彼だとわかると、金網のそばに寄ってきて鼻面をつき出し、甘えた。コリーは眠っていた。びくっと耳を立て目を開けかけて、馴れた人物だと認め、また瞼を垂れた。

暗い庭先を、雨戸を閉ざした母屋の前を横切って、裏手の納屋に行く。板戸を開けて中に入る。電灯がついていなかった。彼は手さぐりで、天井から吊るされた電灯のスイッチをひねった。

三分の一ほど床をあげて板敷きの上に筵《むしろ》を敷き、更に古畳を二枚だけ置いて、ここが彼と、同居人の中井朝次《あさじ》の寝場所になる。中井朝次は毛布を肩までかけて、古畳に横になっていた。

土間の部分は、木の枠にのせた研ぎ出しの流しと、ブリキ板を貼った古机を並べ、机の上にプロパンのガス・コンロを一つ。隅にでかいドラム罐が置いてあるのは、浴槽である。江馬貢は、ドラム罐の底に栓つきの穴をあけ、樋をひいて、廃湯を外の溝まで導くようにした。このようなこまごました工夫を、彼は、けっこう熱意をもっておこなったのだった。

紙袋から卵をとり出し、コンロのわきにそっと置き、残飯の容器を出し、それから袋をさかさにした。南瓜が流しにころがり、韮がその上にかぶさった。

手と韮をいっしょに洗い、こまかく刻む。中華鍋をコンロにのせ、油を流してガスの火をつけ、韮をぶちこみ、かるく炒めてから、病院からもらってきた残飯をぶちこんだ。

しゃもじで炒めながら、「おい」と、友人に呼びかけた。

「驚いた。おれの血縁が、入院してくる」

　返事は期待していなかった。眠っているのか覚《さ》めているのかも、たしかめていない。気がむかなければ、中井朝次は返事をしない。

　そのくせ、喋りたいときには、一方的に喋りまくることもあった。江馬貢もまた、相手にむかって一方的に喋るのに馴れた。あいづちを打たないからといって、耳をふさいでいるとはかぎらない。

「美於という。荘川美於だ。ちょうど二十……じゃなかったかな」

　飯の焦げるにおいが、こうばしくただよい始める。塩と醤油をふりかけ、右手のしゃもじでかきまわしながら、左手で卵を割りいれるという動作をほとんど無意識にやった。

　ガスをとめ、二枚の皿に卵と韮の入った炒め飯をわけた。

　中井朝次の胸にかけた毛布が、盛り上がって動いた。小さいおかっぱ頭が毛布からのぞいた。

「チイちゃんも」と、毛布から這い出した女の子は言った。

「パンツ履け」江馬貢は、命じた。「いくら、おん年三歳の餓鬼だってな、中井、おだやかじゃないぞ、素っ裸で御同衾ての」

　中井朝次は起き直り、これも上半身は裸だった。

　江馬貢は、ふちの欠けた茶碗に、二つの皿から等分に飯をけずって盛り、二枚の皿と茶碗を両手で一度に持って、サンダルを脱ぎ捨て、板敷きに上がった。

　皿を床に置き、流しのところに戻って、箸を一膳とスプーンを二本持ってきた。

「チイ、帰れ」中井朝次が言った。

「チイちゃんも」と、女の子はがんばり、茶碗をかかえこんだ。

「先にパンツ履け」江馬貢が言った。女の子は、右手に握りこんだスプーンで、大いそぎで炒め飯をかっこんだ。大家の孫娘だ。

「パンツ、ない」

「ほら」脱ぎ捨ててあった薄汚れたパンツを、江馬貢は、つきつけた。

「ない」

「かなり、哲学的な餓鬼だ」中井朝次は、声だけ笑った。「物の存在、非存在は、主観によって決まると、知ってやがる」中井朝次の声は、筋肉質で艶のある躰と不似合に嗄《しわが》れていた。

江馬貢は、飯を盛った皿とスプーンを中井朝次に手渡した。


この小屋の中には、TVもなかった。夕食が終わると、中井朝次はチイをあぐらをかいた膝のあいだに抱きいれた。幼女はやがて眠り、江馬貢は骨の溶けたような小さい躰を抱きとって、母屋にはこんだ。帰ってくると、中井朝次は蒲団にもぐり、すでに寝息をたてていた。

空気は、けだるく甘く饐《す》えていた。昼、この男は、いったい何をして過しているのだろうと江馬貢は思う。長い昼の時間を、どうやって食いつぶしているのか。まったくの無為、それが自分の意志によるものなら、行動するよりも強靭な力と多大なエネルギーを要するだろう。なじみきって、無為が平常の状態になっているのか。

江馬貢は、中井朝次の胸までひきあげている毛布を静かにはいだ。顔だけ少し横にむけ、躰は仰向いた中井朝次は、ブリーフ一枚で腰をかくした裸身を、黄ばんだ弱い灯に無防備にさらす。

何かやりきれない気分で、江馬貢は、褐色の鞣《なめ》し革のような睡りこけた裸身を眺めている。やりきれなさをなだめ鎮め、江馬貢は、目の前にあるものを観賞する目になろうとする。皮膚がいくらか弾力を失なってきたようだ。激しい運動をした方がいいのだ。大胸筋。三角筋。僧帽筋。鋸体筋。

それぞれ個性的な名称を持つ筋肉が、いま、中井朝次の骨の上で弛緩した睡りをねむっている。それらをおおう皮膚も、ゆったりとくつろいでいる。

江馬貢もまた、ゆるやかに睡りのなかにひきこまれかけ、夢とも記憶のよみがえりともつかぬ情景の中に佇む自分に気づく。

一人の女をはさんで横たわる彼と中井朝次。三人は眠っている。そうして、志木康子《しきやすこ》だけが二度と醒めることがなかった。

志木康子は、中井朝次が角膜を負傷して入院していたとき知りあった看護婦であった。

中井朝次をガス銃が乱射される闘争の場に誘いこんだのは、彼、江馬貢であった。中井朝次は、催涙ガス銃の近接発射の直撃を目に受けた。CN（クロルアセフェノン）を主成分とする催涙ガスは、糜爛《びらん》性の有毒ガスである。単に涙腺を刺激して涙を出させるようななまやさしいものではない。目に砂の微粒子を吹きつけるのに似ている。しかも、この微粒子は激しい毒性を持つ。直接目に入れれば、角膜炎から角膜混濁をひき起こし、甚しいときは失明する。中井朝次がその例であった。

中井朝次は札幌の出身で、政治闘争には関心を持っていなかった。江馬貢らが集会を持っていた部室に他セクトの襲撃があり、たまたまその場にいあわせた中井朝次も混乱に巻きこまれ、検挙された。そのとき、警官に弁明をきき入れられず、高圧的な取調べを受け暴行までされたことから中井朝次は硬化し、江馬貢は彼を闘争に誘いいれた。

熊、と、仲間は彼を好意的に呼んだ。体軀は熊には似ていなかった。ひきしまった長身は、動物にたとえるなら野生の馬がふさわしく、邪気のない目も、剽悍で無垢な野生馬を思わせた。それにもかかわらず、熊とからかわれたのは、雪焼けした肌の黒さより何より、朴訥《ぼくとつ》な印象のためだったろう。

失明した彼に救援は無く、江馬貢は彼を自分の下宿に連れこんだ。しかし、同居人を置くのは入居時の契約に違反すると追い立てをくい、困窮しているとき、志木康子が見舞いに来て、自分のところに来いと言った。最初は、中井朝次だけが彼女のアパートの一室を借りていた。彼女は安アパートの一室を借りていた。最初は、中井朝次だけが彼女のアパートに移り、江馬貢は時々訪れていたが、いつか、半ばそこに居つくような形になった。

志木康子は千葉の海辺の育ちであった。色が浅黒く、毛穴の一つ一つが小さいとげのようにささくれた鮫肌で、顔が細く小さいのに不釣合に腰が太かった。汐風でのどをいためる海女のように、ざらざらした声をしていた。

中井朝次は、彼女に好感を持たなかった。志木康子はしつっこく、することなすこと押しつけがましいと、江馬貢も感じた。

三人の同棲は、志木康子を不自然な狂燥に追いたてた。江馬貢は自分だけ他に移ろうと思ったが、志木康子はそれを許さなかった。江馬貢も、志木康子の誘いを断ち切れなかった。志木康子はときどき愕然としたように、あんたたちは私をひどい状態に追いこんだと責めた。

失明以来、中井朝次は極端に無口になり、たまに喋るときは、以前にはなかった皮肉と辛辣な棘が加わり、志木康子を傷つけた。

志木康子はひとりできりきり舞いをしていた。中井朝次に惚れぬき、彼と躰はかわしても彼に嫌われているのを感じとっていた。彼の妬心をかりたてようと、彼の前で江馬貢に求めた。中井朝次は無視することも彼女をなぐることもあり、なぐられると、少しは彼の関心が得られた証拠だと志木康子は泣き笑いし、そんな状態にある自分を口惜しがって泣いた。

江馬貢は、中井朝次とともにアパートを出ようと思った。しかし、志木康子の躰の誘いは強く、一日のばしになった。彼が他の棲み家を探していることに志木康子は気づいた。口論になり、恩知らずと志木康子はののしり、それから、折れた。その夜は、和やかに三人で焼酎を飲んだ。やたらに機嫌がいいのは志木康子だけで、中井朝次は、失明以来いつもそうであるように、このときも無口で表情も動かさず、心のうちをのぞかせなかった。彼の性格のどの部分がそぎ落とされ何が加わったのか、江馬貢にはわからなかった。むしろ、以前より思考がいっそう単純になったのかもしれなかった。

志木康子は、肴にするスルメを焼きかけたが、火に焙られたスルメがちりちり縮まったり反ったりしだすと、いやだと言って捨ててしまった。デリケートぶるなよ、と江馬貢が拾いだそうとすると、手の甲を力いっぱい叩いた。それから浅漬けの大根を俎にのせてきざもうとしたのだが、庖丁を手にしたまま、ぼんやりした。

焼酎を飲み、次に気がついたときは、病院に収容されていた。睡眠剤を飲まされたことは医師に教えられるまで知らなかった。ガスのにおいもおぼえていない。アパートのドアはたてつけが悪く、志木康子はすきまに目貼りをすることまで気がまわらなかった。そのおかげでアパートの住人たちが気づき、救助されたのであった。

体力の差か、志木康子だけがついに醒めなかった。

江馬貢は、昏睡中に嘔吐した吐物が気管に入り窒息しかけたのだが、それも、医師からあとできかされたのだった。そのために肺炎を起こしかけていた。シーツに厚いビニールが敷きこんであり、彼は、そのぶざまさに恥ずかしさをおぼえたが、通常感じるであろうほどに痛烈ではなかった。このさい、仕方がないじゃないか、と居直ったのは、ふてぶてしいというより、まだ羞恥心まで麻痺し、何もかも投げやりになっていたのだろう。

死の一歩手前までいったのだときかされても、すぐには実感がわかなかった。

三日間、意識を失なっていたのだが、その三日、七十数時間というものは、まったく空白だった。

これが、死の正体なのか、と思ったとき、深い穴の中に落ちこんだような感覚にとらわれた。あの空白が、永遠につづくだけのことか。七十数時間の空白は、無限大にひろがり、その感覚は彼からいっさいの気力を奪った。

彼の躰は、汗と吐物と尿のいり混った甘酸っぱいにおいがした。中井朝次は別室に収容されていた。中井も、同じにおいにまみれているのだと彼は思い、あの空白の中に、中井朝次もいたのだ、いや、七十数時間、おれと中井朝次はどこにもいなかったのだ、消滅していた、と思った。

警官が事情聴取にきた。最初は、心中の件について問いただされた。志木康子がしかけた無理心中であり、自分も中井朝次も、何も知らなかったと江馬貢はこたえた。そのうち、次第に訊問の内容がかわってきた。

中井朝次の角膜手術の費用を稼ぎ出そうと、その一月《ひとつき》ほど前窃盗に入ったのが発覚したのだ。留守のつもりが騒がれて家人を傷つけていたので、強盗傷害の罪名になった。

彼は、病院から脱走しなくてはと思ったが、三日間の空白を思い出すと、ふいに何もかもがどうでもいいような気分に陥り、気力が萎えた。起訴され、服刑した。控訴はしなかった。自分でも情状酌量の余地はないと思っていたし、初犯だから執行猶予を期待するという気にもならなかった。

刑務所の鉄の扉が重くきしんで開き、コンクリートの壁に騒々しくひびきながら閉じるその音が、耳によみがえる。

一つの扉を過ぎると、もう一つ、扉がある。二重の扉の先に、涯《はて》が見とおせぬほど長い通路がのびていた。

今、彼の記憶によみがえる通路は、彼を獄舎の中へ導くと同時に、時を過去へとさかのぼる道ともなっていた。

扉が背後で閉まる。新入調室で、服のいっさいを剝ぎとられ、茶の霜降りの上衣とズボンに着かえさせられる。靴のかわりに、ねずみ色のヘップサンダルを履く。再び、長い通路を歩く。サンダルは、代々の受刑者の体重に押しつぶされ、足型どおりにくぼみ、足の裏にねばりつき、床にねばりつく。

彼は、追憶と夢のなかを、過去にむかって、べたりべたりとサンダルをひきずり歩いて行く。長い路を過去にむかって歩きつづける。夢の奥深く入りこんでゆくようでもある。

道の涯《はて》に、少年の彼がいた。

少年の彼は、白い和紙の束をみつめている。墨の文字が書かれた紙である。

書かれた文字は、低い声となって、彼の頭蓋の奥でひびく。

——何十通となく、繰返し繰返し認《したた》めてきたあなたへの手紙を、また書いております。

愚かしいことだと思いながら、これは私にとって、欠かすことのできない神聖な儀式になってしまいました……

3

母の手文庫にしまわれた書状、和紙に墨で書かれたものを、江馬貢が盗み読んだのは、彼が中学を卒業した年の春であった。

高校の入学式には間があり、中学生ではないが高校生ともいえない、奇妙に不安定な休暇の期間だった。

このときまでの江馬貢の日常は、ごく平凡なものであった。彼自身が、どちらかといえばおっとりした性質で、それに見合った穏やかな日がつづいていた。荘川の本家を訪れて、セロリ事件のように神経をさかなでされることもあったが、いやな奴だ、と、近づかないようにしていればすむことだった。

いくらか並みとかわっているところといえば、父と母の年齢が十八も離れていることで、それは、母のトヨが経師屋《きょうじや》の江馬功吉のところに後妻にきたためである。トヨは、初婚であった。

それから、貢が、月足らずで生まれた。

家の中は、いつも糊のにおいがしていた。江馬功吉の前妻は病死し、前妻とのあいだに貢とは十四年の違う孝《たかし》という息子がいた。

日曜日、功吉はよく競輪に行き、トヨが顔をしかめるのに貢を連れて行くこともあった。肩車で、貢は熱狂した人々の頭越しに、軽快な自転車が銀色の矢となって疾走するのを見た。帰途、飲み屋に立ち寄り、功吉はまだ小学校にあがっていない貢にビールを舐めさせ、こいつはいける口だと目を細めたりした。母は、功吉や貢がＴＶを観るのを嫌い、演歌がはじまるとチャンネルを切りかえた。鼻にかかった哀れっぽい節まわしをきくと虫酸が走ると言ったが、孝のすることには文句をつけなかった。継母としての遠慮からではなく、他人の生んだ子だと、冷淡に突き放しているようにみえた。

功吉は腕がよく上顧客を数多く持っていたから、生活はゆとりがあった。しかし、洗練された贅沢とは結びつかないし、功吉は値のはる玩具を子供に買い与えることなど考えつかなかった。トヨは倹約家で無駄使いを許さないので、貢は、うちは貧しいのだと思っていた。兄の孝は大学にもいっていない。本人の勉強嫌いと、功吉が経師屋の跡つぎにするのだからと、進学を強いなかったためなのを、貢は経済的な不如意のゆえと思い、母が試験の点数にやかましいのをむだなことをと思った。そのあとで、父も母も、彼が大学まで行くのは当然としていることを知った。

母は気性が激しく父をやや軽んじているといったことはあっても、まことに平凡な波風のない暮らしであった。

しかし、凪いでいる海の底にある、何か激しい不安なものを、彼がまったく気づかなかったわけではないようだ。そうして、母もまた、それを彼の目から秘しかくしながら、顕《あら》わにしたいという願望が、意識の下にあったのか。それでなければ、いくら錠をかけてあるとはいえ、——それも、針金の先でちょっと細工すれば開いてしまう、脆い錠であった——手文庫を机の上にいつも置き放しにしていたのは、どういうわけなのか。

十八も年下の母を、功吉は半ば我が娘のように甘やかし、店舗兼用の狭い家の、一番陽当たりのいい二階の六畳間を、母に独占させていた。功吉も、前妻の息子である孝も、その部屋に無断で入ることはなかった。不文律のようなものだった。自分の持物いっさい、母は、他人がかってに触るのを許さなかったのである。夫も、義理の息子も、その点では赤の他人と同様の扱いを受けた。

わずかに貢だけが、そのタブーからまぬがれていた。暖かい陽の射す母の部屋に、彼だけは入ることができたが、それも、母の在室中にかぎられた。不在のあいだに無断で入りこんでいるのを知ると、母はヒステリックに叱りつけた。持物をいじることは禁じられていた。少女の狷介な潔癖さが、いつになってもそのまま残っているような母であった。

そのくせ、功吉や貢にあてた私信は、当然なことのように開封して目をとおすので、彼は呆れ、腹をたててもいた。怒りきれないのは、母が無邪気なほど自分の正当さに自信を持っているためだった。彼の方が大人びた気分で、母の身勝手さを許してしまうのであった。

父の影響かもしれない。功吉が母に寛大なのを、知らず知らず、彼もまねていたようだ。功吉は、前妻の息子、孝には、仕事の上でもその他の点でも口やかましかったが、母には人の好い顔しかみせない。そのゆったりした気質を、自分は受けついでいるのだろうと、貢は思っていた。

そのとき、母は外出中、父もとくい先に仕事で出かけ、彼は、母の部屋の陽だまりで、ぼうっとけだるい午后を過していた。

斜めにさしこんだ陽光が、室内にたまっていた。寝ころんだまま、彼は赤ん坊が自分の手足を珍らしげに眺め、いじりまわすようなぐあいに、日頃見なれた母の持物を、何とはなく、さわったり手にとったりしていたのだった。

母の部屋は、主婦の居室というよりは、嫁入り前の娘の私室のような雰囲気だった。

それも、ごく古風な、ひさし髪に大きなリボンを結び紫の着物を着た娘にでも似合いそうだった。そんな風俗は、彼はＴＶでしか知らなかったが。

三尺の床の間に、木目込み人形——正月にはここに押し絵の大羽子板、三月には雛人形が飾られる。壁につまみ細工の額、床の間の隣りの違い棚には、小説本や歌集、そうして、彼は少し気恥ずかしくなるのだが、詩集までが並んでいた。

倹約家で、生活の出費にはうるさい母が、自分の部屋だけは、気にいったようにととのえていた。

貢の部屋はといえば、北側の三畳間で、ここは、以前は義兄の孝が使っていた。貢が十一のとき、孝は結婚して近くのアパートにうつり、父の仕事を手伝いに、店に通ってくるようになっていた。

母の手文庫は、漆塗りで、上蓋に佐賀錦をはめこんであった。蝶番で一方をとめた片開きで、錠がかかっている。

あまりに見馴れてしまって、これまで、特に関心を持たなかった。

華奢な錠を爪でいじっていると、開きそうな気がした。彼は起き直り、クリップの先を曲げてさしこみ、動かしてみた。錠は、たやすく開き、中に墨の文字を認めた和紙の束があった。

——何十通となく、繰返し繰返し、認めて来たあなたへの手紙を、また、書いております。愚かしいことだと思いながら、これは私にとって、欠かすことのできない神聖な儀式になってしまいました。私が今用いて居る硯も墨も筆も、ただ、この、年に一度の怨み状を認めることにのみ使い古してきました、あの日、あなたは、恐ろしく瘠せ衰え、どす黒い皮膚が骨に貼りつき、抉ったような眼窩の奥の目ばかり充血して、私の前に還って来た。周囲が一面焼け野原となり、奇蹟的に炎をまぬがれた私たちの家に、帰巣本能に導かれた獣のように還ってきた。私が井戸端で洗濯して居るとき、あなたは、すうっと寄って来て私の前に立ったのでした。

　私は濡れた手で、あなたにしがみついた。何と強いあなたの体臭。あなたは昔から体臭が強かった。あなたの蒲団の衿カヴァーには、ポマードのにおいといりまじったあなた独特のにおいがしみついていた。

　どうしてでしょうね。守雄兄さんの蒲団も、国ちゃんの蒲団も、干すのは私の役目だったけれど、あなたのようにきついにおいはしなかった。いいえ、国ちゃんの蒲団は、汗と熱のこもったようなにおいがしたわ。あれは、今から思うと、結核の病人のにおいだったのです。守雄兄さんの蒲団のにおいは、おぼえて居ないわ。

　どういうのでしょう。あなたのにおいは、荘重といえるほど、重々しいものでした。あなたの充実した重さが、蒲団のくぼみにとどまっているようでした。記憶にあるそのにおいより、そのとき、あなたにしがみついた私をむっと包んだのは、全力疾走したあとの馬のような——いいえ、もっと何か、不快な感じのするものでした。

（それよりもひどいにおいを、後になってから、私はかいだことがあるわ。あれから十数年たってからよ。あなたも私も、それぞれ結婚し、あなたはあの家にそのまま住み、私は婚家にと、遠く離れていた。父さんは他界し、母さんはあなたのところに同居していた。その母さんが病気になって、実の娘の方が看病がゆきとどくからと、私のところに送りつけられてきた。肺壊疽《えそ》という、肺が腐ってゆく病気でしたね。ああ、死臭よりはる

かに酷い凄まじいにおいでした。まだ生きている人間が、においだけは死人）

私は濡れた手であなたにしがみついていた。冬のはじめでした。しもやけでふくらんだ指の関節がひび割れて、肉が赤くむき出した傷口に風が吹きつけた。

守雄兄さんは、まだ帰還してこないときで、父さん、母さん、私、中学生だった国ちゃん。そのほかに、見も知らぬ人たちが幾家族も入りこんでいるのを見て、あなたは激怒しましたね。

子供のころ、守雄兄さんがあなたより先に風呂に入ったというので、あなたは、守雄兄さんを風呂場でなぐり倒した。あなたは、秩序を愛していました。天体の運行のように、整然とした。澄明な秩序。

私も、怒られたことがあります。やはり、あなたより先に風呂に入ったというので。なぐりはしなかったけれど、風呂の湯をみんな抜いてしまった。

あのころ、風呂場はあとから増築したので、水道がひいてなかったのです。裏庭の手押しポンプの井戸から、バケツで汲み入れるのでした。私は、湯ざめしてふるえながら、バケツの水をはこび入れました。ただ刑罰のためだけに湯を抜いたのではない。あなたは、女の躰の脂が混りこんだ湯に躰を浸すなんて、反吐《へど》がでるくらいいやだったのですね。

私は、あのとき、十二。まだ初潮をみる前でした。女とはいえない。かわいた、清潔な少女の肌だった。それも嫌悪するくらい、少年のあなたは潔癖だったのね。あなたは、十八だったわ、あのとき。そのくせ、あなたは一度、私を裸にさせ、見たわ。足を上げろ。上げろ。片脚を高く上げて机にのせ、一本脚で私は体重をささえ、苦しい姿勢を保っていました。そうして、あなたの評価を待っていました。あなたに見られることで、私は、自分の躰が値打ちのあるものに変わってゆくように思いました。あなたの表情をみるのが怖かった。何だ、つまらん、という顔をされたら、私はひょっとしたら、死にたくなったかもしれません。あなたは、もう、いい、と一言いって、出てゆきました。あのとき、あなたが、私をいたわるような様子をみせたり、妙な照れ笑いをみせたりしたら、私は屈辱を感じ、あなたを軽蔑しただろうと、今になって思います。あなたは、いつも毅然としていた。女の躰に対する好奇心をみたそうというときでさえ。ああ、こっけいじゃありませんか。

　風呂の話をつづけましょう。ポンプで水を汲む私に、五つだった国ちゃんが、おもちゃのバケツで手伝ってくれようとした。それさえ、あなたは許さなかった。あなたには、サディズムの性癖はないと、私は思うのです。ただ、自分が決定したことは、あくまで遂行する意志力が、おそろしく強かった。意志が強いから、一面、あなたは楽天家でもあるのよ。我が上に起こることは、みな善きこと。現在に至るまで変わらない、あなたの信条ですね。

　守雄兄さんは、最初から手を貸そうとはしなかった。しいて手伝おうとすれば、あなたになぐられるのはわかっていたし、それでなくても、助けてくれる気はなかったでしょう。守雄兄さんは、陰険なエゴイストだったもの。あなたは常に、自分の行動は正しい、一点の非の打ちどころもないと信じて、ときには苛酷なこともする。苛酷だと他人に指摘されても、理解できない人よ、決して、後悔ということをしない人よ、あなたは。守雄兄さんは、よくない、卑怯だと自覚しながら、エゴイスティックな行動もとる人なんです。

　私たちの家に、見も知らぬ人たちが幾家族も入りこんでいるのを見て、あなたは激怒した。混乱した世間がそのまま、縮図となって家の中にあるようでしたもの。

　戦地で、混乱に対し不感症にならなかったのですか。内地に帰れば、秩序ある生活に戻れると期待していたのですか。

　しかたなかったのです。家が焼けなかったということは、あのころ、これ以上の僥倖はないといえるくらいだったのですから。私たち恵まれたものは、その幸運を、少しでも多くの人にわけてあげなくてはなりませんでした。

　実際のところ、町会からの割りあてで、いやおうなしだったのです。拒絶したら、村八分同様になり、配給も受けられなかったかもしれません。

　一部屋を一家族ずつ占有して、住まいが工面できて出ていったあとには、すぐ別の羅災家族が入りこんでくるというふうで、しじゅう出入りがありましたが、多いときは、私たち一家のほかに、七家族も同居していたのです。

　復員兵は、まるで戦犯のような冷たい目で見られる風潮の中でも、あなたを面とむかって蔑む勇気のある人など、同居人のなかにはいなかった。

　それでも、雑駁な家の中の空気は、あなたを不愉快にさせずにはおかなかったのでしょう。あなたは、よく、うちをあけた。

　街には、わずかな新円とひきかえに男の相手をするひとたちが大勢いたけれど、あなたは、おそらく、その一人をも抱かなかったのだと思います。

　忘れろとあなたは命じた。本当に、きっぱりと、あなたは忘れ去ることができる人でした。私は、忘れません、とあなたに申しました。あなたは、無駄なこと、馬鹿げたことは言わない人、そのあなたが、忘れろ、と、世にも愚かなことを言った。如何なあなたでも、他人の記憶まで支配下に置くことはできません。あなたも、すぐにその愚かしさに気づいた。忘れません、と、あなたにきっぱり逆らった私を、あなたは、なぐりはしなかった。

　二度。三度。十度。私はその数は忘れました。すべてがただ一度の行為に凝縮され、生まれてから今まで、ただ、あの時間だけ、私は生きていたのです。そのほかの時間に生きる私は、影にすぎません。あの時間を、悪夢などと呼ぶものですか。

あのとき、私は、あなたを隅なく見ていました。焼けこげた樹々の残骸。神社の裏手でした。炭化した樹の根元で、私を踏まえたあなたの足指のきわに、樹の根からのびたひこばえの小さい緑。昔、少女だった私を隈なくあなたが見たように、私は地にあおのき、あなたを見上げていました。

そうして、やがて、経師屋の江馬功吉に、私は降嫁した。あなたに追放されたのではない。自ら、高座《たかくら》を降りたのです。断ち切ることによって、神聖な絆が腐った縄切れになるのを防いだのです。

それでも、私はやはり追放されたもののように自分を感じないわけにはいきません。

忘れろと言ったあなたは、本当に、みごとなまでに、忘れることのできる人でした。忘れたというより、あなたには、ほとんど重要な意味のないことだったのでしょうか。嵐が草を薙ぎ倒して過ぎる、自然の行為だったのですか。

正月ごとに、私は貢を連れてあなたの家に挨拶に行く。あなたは荘川の本家なのだから、当然のこと。私が行かなかったら、周囲がみな、いぶかしく思うでしょう。あなたは当然なことととして、来いと命じる。何も知らない福子さんは、鷹揚に私と貢の挨拶を受ける。あなたと福子さん。そうして、次々に増えて四人になったあなたの子供。伸太郎さん、愛子さん、裕二さん、そうして美於ちゃん。守雄兄さんとその子供たちも正月にはやってくる。正月ごとの荘川一族の集い。国ちゃんだけは、連らなれない。自殺した国ちゃんは、正月の集いの話題にさえのぼらない。……

国ちゃんは、なぜ、生きぬくことができなかったのでしょう。生きぬくとか、強く生きぬくとか、あなたの特にお気にいりの言葉。灰の中から骨を拾いながら、ああ、この骨が痛くてどうにもこらえきれなかったのね、と私は泣きました。＊

＊県の県立病院勤務は、東京の国立大学の医学部を出た国ちゃんには、いわば都落ち。口には出さ

なかったけれど、国ちゃんはずいぶん情けながっていました。中央で名をあげたい野心は、かなわないからなおのこと、偏執じみた願望にまで育っていましたからね。

地方の病院勤務で何が悪いのだ、中央で名をあげたいなど、馬鹿げた望みだ、僻地で恵まれない人のために献身することこそ医者のつとめではないか、と、あなたは非の打ちどころのない言葉で国ちゃんをさとしたけれど、そのあなたは、輝かしい肩書き付き。無名の人間をひどく卑しんでいたわ。もっとも、あなたの目には、あなた以外の人間は、すべて愚かしくみえてしかたなかったのですね。

結核のため、休学したり欠席が多かったり、十分な研鑽を積むことのできなかった国ちゃんの＊病院勤務は、半ば療養を兼ねたものでした。技術が未熟で静注さえ看護婦に劣ると、周囲から嘲笑されていた。実際には、嘲られたわけではない、国ちゃんのひがみだったのかもしれない。若くてみてくれのいい、そうして気だてのやさしい国ちゃんは、看護婦たちから好意を持たれていましたから。でも、その好意も同情も、国ちゃんには屈辱的な憐憫《れんびん》としか感じられなかった。

馬鹿なやつだ、とあなたは言う。そう、本当に馬鹿なやつでしたね。技術が未熟なら、上達するように、人の十倍二十倍努力しろ。泣きごとを言うひまに、静注の練習でもしろ。

国ちゃんが努力しなかったと思いますか。骨が痛いと、国ちゃんは――もう三十にもなる国ちゃんが、見舞いに行った私に泣いたのです。結核菌に侵された骨の痛みは、私たちにはとうてい想像がつかない。痛みがはじまると、この苦痛からのがれるためなら、親兄弟を殺してもとまで思うと言いました。親を殺せば痛みが去るというものなら、殺すだろう、嬰児の血が必ず効くというのなら……そうして、そんなことまで思う自分があさましいと泣いていました。

国ちゃんはあなたには一言も愚痴をこぼさなかった。あなたが弱い人間を嫌い軽蔑するのを知っていたから。あなたに認められるのが、国ちゃんのよろこびだったから。でも、私が見舞いに行くたびに、もう寝たきりになっていた国ちゃんは、泣きましたよ。痛さと情けなさのありったけを私にぶちまけて。もし、まわりの人間が、みな、あなたのように弱さを許さない立派な偉い人ばかりだったら、国ちゃんは、もっと早く自殺していたでしょう。

　私は、兄さん、あなたには一言も、辛いとも苦しいとも言わない。いいえ、私は辛くも苦しくもないのです。あの時間に、私は、一生を生ききってしまったのですから。

　怨み状、と、私は最初に書きました。いいえ、怨みでなどあるものですか。これ以上輝かしいことがあるでしょうか。国ちゃんも守雄兄さんも、あなたという人を持ちこたえることができなかった。

　守雄兄さんが一時ノイローゼになり、睡眠剤を服み、その後すっかり覇気を失なってしまったのも、あなたのせい。国ちゃんが病気になったのはあなたの責任ではないけれど、精神的に押しひしがれてしまったのはあなたのため。あなたにはわからないことでしょうけれど。

　福子さんを妻にしたのは賢明なことでした。あのひとは、まったく、あなたに感応するところがないのですから。……

III

1

第二恵泉《けいせん》園の病棟は、三階建ての開放棟と、灰色コンクリート造り平屋の閉鎖棟にわかれ、元来は、患者は病状によってふりわけられるべきなのだが、実状はちがっていた。

入院費は、一日あたり、ほぼ三〇〇〇円かかる。内訳は、食費九五〇円、室料八〇〇円、看護料六七〇円、医学管理料六〇〇円、これに薬代や検査料が加わるので、一箇月の入院費用は十二万円ほどになる。

組合健康保険の本人は自己負担金がないが、家族や国民健保加入者は、三割自弁しなくてはならない。

療養者は長期入院が多い。毎月三万円から四万円の出費は家族にはかなり重荷になるし、払いきれない場合も多い。

自傷他害のおそれのある患者は、二名の精神科医の鑑定を受け、強制入院の措置を受ける場合があり、このときは費用は都道府県が全額負担する。措置入院と呼ばれる。

また、三万円の自己負担がどうしても払いきれないときは、市町村の厚生課の査定により、生活保護法の適用を受け、負担分を市町村が肩がわりする制度もある。

さらに、病院によっては、特別室料を徴収する。いわゆる差額ベッドである。これは保険の対象にはならないから、全部自己負担である。

そうして、第二恵泉園の開放病棟は、全室差額ベッドであった。病状に関係なく、差額を支払う能力のあるものだけが、開放病棟に入れるのである。

開放病棟と呼ばれていても、二階が女子、三階が男子とわかれ、病室に鍵はないが、階段口は通常閉鎖され、かってに外に下りることはできない。自由に行き来できるのは、病室間と廊下だけだ。開放棟の方が閉鎖棟より清潔で明るいのは、金額の差を露骨に表している。檻のような保護室は、どちらの病棟にもあった。

第二恵泉園の経営者は医学にはまったく無関係

な不動産業者で、治療方針を持つどころではない。精神病院の経営は金になるということで、かつてある会社の保養所だった建物を買いとり、医師や看護婦を集めてはじめたのである。院長には国立大学の精神科教授をすえたが、これは名前ばかりで、月に一度顔を出せばいい方だった。

他の疾患とちがい、患者の家族は、必ずしも全治退院を期待しているわけではない。常識の埒外の世界をのぞいてしまった者は、家族にとってさえ、どこか不気味な異邦人となる。

院長不在、所有者は金もうけ以外に興味がないとあっては、病院は監獄のような悲惨な様相を呈しそうなものだが、所有者の医学に対する無知は、かえって、医師やセラピストにあるていどの自由を与えた。群雄割拠といったかっこうで、めいめいが、自分の治療方針でやっている。経済的な制約が大きいから思いどおりというわけにはいかないが実験的な治療ができるという利点もあった。

セラピストの天羽たか子がサイコ・ドラマ・セラピーにとりくんでいるのも、その一つといえた。

荘川美於が、埼玉県立＊＊病院から第二恵泉園に移されたのは、美於の母、荘川福子の依頼によるものであった。身内のもののいるところの方が、ゆきとどいた看護をしてくれるだろうというのである。

しかし、こういう場合にだけ、たか子を身内扱いするのは、身勝手な話といえた。

たか子が江馬貢に語ったように、彼女の妹は美於の長兄伸太郎と結婚しているのだが、実家と絶縁することを条件とされた。

たか子たち姉妹の父親は、元職業軍人で、戦後C級戦犯として軍事裁判を受け、軽い実刑ですんだがその後定職につかず、怪しげな事業に手を出して失敗したり、恐喝まがいのことをして警察に勾留されたりしている。かなり強度のアルコール中毒であった。母は戦後しばらくベースキャンプ内のランドリーで働き、キャンプが縮小されてからは保険の外交などをしていたが、やがて病没した。父のところに何人もの女が出入りするようになった。一、二年いついたり、数箇月でふっといなくなったりした。そのうち相性のいい女にゆきあい、その女が現在も父と同棲している。

亡母の兄が画商として成功していて、たか子と妹に経済上の援助をしてくれた。たか子が大学に進むことができたのも、この伯父の全面的な援助によるものだった。たか子は臨床心理を専攻し、セラピストの資格をとった。

妹は高校を卒業するとすぐ、経済研究所につとめた。そこに勤務している荘川伸太郎と親しくなった。

伯父は一度結婚したがまもなく別れ、子供はなく独り暮らしだったので、二人の姉妹のどちらかを養女にしたいというほどかわいがっていた。

妹と伸太郎は結婚にまで気持がすすんだが、荘川の両親に反対されているうちに、伸太郎は米国に一年間派遣されることになった。妹はそのあとを追い、ボストンの教会で二人だけの結婚式をあげた。旅費は伯父が結婚祝いにと出してくれた。

帰国するとき、カップルは、三人家族になっていた。荘川の両親は、初孫のかわいさにひかれ、譲歩して彼女を嫁に迎え入れたが、天羽の家とはいっさい縁を断てと、この条件だけは譲らなかった。

妹の結婚に関しては、たか子は、ほとんど相談を受けていなかった。妹は、時たま伯父に相談するだけで、あとはすべて自分の独断で事をはこんだ。

伯父は、妹が伸太郎のあとを追って渡米してまもなく、脳血栓で他界した。商売ははでにやっていたが、死後財産整理をすると負債ばかりが残り、所有していたタブローも債権者によって競売された。

妹は、アメリカからたか子に手紙をよこし、荘川の両親の出した条件を承知すると書いてきたので、帰国したときも、姉妹は会わなかった。

その手紙に、妹は荘川の家族構成などについて、やや詳しく記していた。ほとんど感情を混えない冷静な文面だったが、ところどころに、荘川一族に対する皮肉な観察の目がのぞいていた。

横浜の駅前の地下街で妹と偶然出会ったのは、たか子が江馬貢に語ったとおりである。

伸太郎の末の妹美於が家出して小さい劇団に入ったということは、そのとき聞いた。劇団の名はきかなかった。

それから、江馬貢の就職をたのまれ、それが、荘川家とのはじめての接触であった。

その後は再び、交渉がとだえた。そのため、美於の劇団の主宰者が死亡したことも、美於が傷害事件を起こしたことも、今度、荘川福子によばれるまで知らなかった。

埼玉の病院に美於を迎えに行ったとき、精神鑑定書のコピーをもらってきた。

たか子は、セラピストであって医師ではない。美於の治療は、采沢《うねざわ》という開放棟主任の医師が担当することになった。

采沢医師が問診をはじめたとき、美於はふいに錯乱状態となり、保護室に収容された。

三日め、美於は、まだ保護室のなかにいた。


患者たちがしゃがみこんで玄関前の草むしりをしているかたわらに、江馬貢は立ち、囚人を監視する看守に似た立場に自分がいることに、苦笑した。

草むしりは、苦役ではなく、療法の一つとされていた。放置すればすぐ無為のなかに浸りこもうとする患者の行動意欲を活潑にさせる目的なのだが、患者の多くは、ただで病院の労役にこき使われると感じていた。実際、患者の労働によって、病院がわは人件費を節約してもいた。

患者たちの動作は、波にただよう藻のように緩慢だった。草に指を巻きつけたまま、その先どうしていいかわからぬもののようにじっとうずくまっているものもある。患者指導の熱意にあふれた看護婦や、下士官ふうな地位が気にいっている荒っぽい看護人なら、せきたてて仕事をはかどらせようとするところだが、江馬貢は、彼自身も、その鈍重な空間に入りこんでいた。

ここでは、時は動きをとめていた。昨日と今日と明日は、みな、一日に重なっている。

病状が慢性化した患者が多い。国立大学の付属病院には、急性患者が多く送りこまれるが、病状が固定し、研究の対象としておもしろみのなくなったものは、他の療養所に移される。

ここでは、患者たちは、一人一人、孤立した世界に棲んでいる。白光をプリズムにかければ、波長の異なる色光にわかれる。紅の世界に棲むもの。青い世界に棲むもの。その光が重なりあって無色となったなかに、医師や看護人、いわゆる正気の人々がいる。

チャイムが鳴った。江馬貢は腕時計を見た。三時五〇分。夕方の定時薬の時間で、そのあとに夕食がつづく。患者を呼び集め、水道で手を洗わせ、開放棟一階の食堂前の廊下に誘導して整列させる。食堂と廊下の境にはドアがないので、配膳の準備がととのうまで、綱が一本張られ、綱当番の患者が、神妙な顔でぴんとのびたロープの一端を握って立つ。もう一方の端は、柱の鉄環に結びつけてある。

看護婦たちが、やっきになって薬を飲ませようとする。服薬を嫌う患者が多い。被害妄想から、薬に毒が入っていると思いこむ。そうでないものも、薬の副作用でめまいがしたり気鬱になったりするので、飲みたがらない。飲んだふりをして舌の裏にかくし、あとで吐き出す知恵は、患者から患者へと、代々伝わっている。列から離れ、ロープを無視して食堂に入りこもうとしたものと、役目にプライドを持っている忠実な綱当番とが喧嘩をはじめる。

再びチャイムが鳴り、当番はロープをはずし、患者たちは食卓についた。合成樹脂の皿に盛りつけられた劃一的な食事。慢性患者は、十年でも二十年でも、この、あてがわれた食事をとる。撰択の自由はない。そのかわり、その日の糧を獲得するため闘争の爪を鋭《と》ぎすます必要もなくなる。おとなしく管理されていれば、餓えることだけはない。

病院が、どれほど機能的に明るく造られていようと、どこか陰鬱なのは、医者という患者にとって絶対的な強者と、無力な弱者によって成り立っているためだろう。精神病院では、この傾向がいっそう顕著になる。

自由な意志は無視される。日常の細部まで規則によって決められる。金銭の所持は禁止される。患者の小遣いは事務室に保管され、患者は必要なものは申告し、病院を通じて業者が配達してくるものを与えられる。男女の交流は許されない。

あらゆる自由を束縛されるかわり、自由に伴なう責任からは解放される。医師という最高権威者が、患者のかわりにすべてを判断してくれる。

患者の食事がはじまり、江馬貢は、いったん外に出て、外壁に沿った螺旋階段を二階にのぼった。建物の内部にも階段はあるのだが、ふだんは、シャッターで遮断されている。患者がかってに上下の階に行き来しないためで、内部階段が使用されるのは、緊急の避難時とか、重要な視察の客が訪れたときなどだけであった。螺旋階段は、ナース・ステーションを通って出入りするようになっているので、患者は自由に使用できない。

ナース・ステーションに入ると、患者の家人らしい初老の女が、医師の一人と話しあっていた。老女は、血色の悪い顔の、頬骨の上だけ紅潮し、昂奮して躰をふるわせていた。

「困りますです、先生さま。もう、私は面倒みきれませんです。あの悪党、私に何をしましたか。金をくれ、金をくれの一点ばり。うちにはそんな金はない、と私がいくら言うても、それでも金をくれ。息子に私が嘘をつくわけがありますか。ほんとうに、金はありませんのです。それを、無理算段して金をやります。買うてくるのが英語の辞書。コンサイスたらいう同じのを、二十冊も三十冊も買うてきては机の上に積み上げとりますの。学者になるとか、だいそれたことを言うて。何が学者ですか。高校も満足に卒業しきらんくせに。先生さま、同じ辞書ですよ。それを三十冊も四十冊も。私が本屋に返そうとしても、さわらせませんの。もう金はやらぬ。やれない。うちにはそんな余分な金は、ほんとうにありませんです。やりたくてもやれませんです。すると、先生、なぐる、蹴る、茶碗を投げつける。何度、もう殺されると思いましたか。先生にはおわかりにならんとですよ、あの怖さ。親だと思って手心を加えますか。いえ、もう、金をよこせ、金をよこせと、首をしめにかかりますもんね」

「だから、それはね、病気だったから」医師は教えさとしている。「もう、すっかり落ちついているからね。外泊させて、少しずつふつうの生活に馴らした方がいいんだよ。一月に一度とか二度とか。そうして、様子をみて退院にしましょう。退院してからも、薬はつづけてのむことだね。今は病院から近くの工場に通って仕事をしているくらいだから。工場長さんも、まじめに仕事をするし協調性もあるといっている。そのくらい良くなっているんだから、お母さんの暖かい支えがあれば」

「いいえ、先生」瘠せた初老の女は、必死に頭をふる。「先生さまは、だまされていなさるです。あれは、口がうまいですから。私、さんざんだまされたのですから。もう乱暴はせん、もう、こんりんざい、せん、そう言って泣いて、ころっと年寄りをだましよって、すぐ、打つの蹴るのです。親のくせに稼ぎが悪い、稼ぎが悪い、こんな親があるかと罵りよるとですから」

「息子さんはね、心からお母さんに会いたがっているよ」
「もう、この年寄りに、何を面倒みれというので
すか。先生さまがどうしても退院さすちゅうとな
ら、私は生きとりませんから。近所の人も、あれ
が戻ってくるなら、私にアパートを出れと言いま
す。町内においとけんと言います。アパートを追
い出されて、この年寄りがどうやって生きていき
ますか。親をなぐることしかせん息子と、どう
やって生きていきますか。死にともないです。私
はまだ、死にともないですよ」
　江馬貢は、ナース・ステーションを通りぬけ、
廊下に出て保護室の方に歩いていった。
　保護室は廊下の突きあたりを鍵の手に折れたと
ころに五室並んでいる。鉄扉の上部にのぞき窓、
下部に食器差し入れ用の蓋のついた口がある。そ
のうち二つは、アルミ盆にのせた空《から》の食器が床に
出してあった。
　一番右の房から、低い歌声と、規則正しい鈍い
音がきこえていた。ここに収容されているのは中
年の女で、後頭部を壁に打ちつけて拍子をとりな
がら歌っているのは、のぞいてみなくてもわかっ
た。音程が狂っているが、歌詞は正確な英語で数
小節をこわれたレコードのようにくり返す。
　次の房の女は、狭い房内を何か呟き、空笑《からわら》いし
ながら壁に沿って歩きまわっていた。
　三番めの房に、荘川美於がいる。
　江馬貢は、房内に監禁された美於を見るのがつ
らい。つらいが、扉の前に来ずにはいられない。
檻のなかのものを見るように、扉の外からのぞき
窓の中をのぞく自分の姿がうとましい。同じよう
に収容されている他の患者には、心を動かされな
いでいるくせに。
　昂奮状態にある患者を隔離収容する保護室は、暴
れて怪我をすることのないよう、十分配慮がなされ
ねばならないのに、コンクリートをむき出した壁
は、決して安全とはいえなかった。頭を叩きつけて

自殺をはかったものが過去に皆無ではないのだ。

それでも、この女子棟では、懲罰のために入房させることは少い。経営者は営利一点ばりだが、医師たちはそれほど非情ではなく、看護人や看護婦への指示も、一応ゆきわたっていた。閉鎖棟では、もっと手荒らな処置が行なわれがちで、この女子開放棟が、患者の待遇は一番ましであるといえた。

縊死を防ぐために病院に備えてある灰青色の服を美於は着せられていた。筒袖で、衿のない和服といったふうだが、裾は膝のあたりまで、打ちあわせは短い紐で三箇所結びとめてある。うずくまって立膝した姿勢なので、美於の服の裾はめくれ、腿がむき出しになっていた。手がとどけば、裾の乱れをなおしてやりたい。

立てた膝のあいだに伏せていた顔を、美於は、ふと、あげた。

その横顔を、瞬間、美しいと江馬貢は思った。血決して美しさの条件をみたしてはいなかった。血色が悪く、頬がこけ、何日も風呂に入らないから垢じみている。

それにもかかわらず、彼の受けた印象はかわらなかった。奇妙なことだが、西欧の宗教画に描かれる女の静かな表情を、彼は連想したのだった。内側から輝き出す精神的な美しさを感じたのだが、精神のこわれた相手に精神的な美しさをおぼえるのは、矛盾していた。

そうして、それはやはり錯覚だったとみえ、彼の見ている前で、美於の横顔から輝きが薄れ、窶《やつ》れた病人の顔になった。

彼は、瞬間、目をうった美しさを、もう一度捉えなおそうとした。逃げ水のように、それは、みつめれば消え、目をそらせばゆらめくといったふうであった。

彼は、恥ずかしさをおぼえた。彼に見られていることに気づいたら、美於が恥ずかしいだろうと思い、その、美於の感じる恥ずかしさが、彼の気持に投影されていた。

実際には、美於は昏迷の中にあって、羞恥心を失なっている。それは江馬貢にもわかっていた。

看護婦が廊下を通りかかった。美於が彼のいとこであることは、看護婦たちは知らない。

「その人ね」と、看護婦は、通りすがりに話しかけた。「采沢先生の患者でしょ。ＥＳをやるって言ってたわよ、采沢先生。あの先生、ＥＳが好きだからね。てっとり早くて効きめがあるって。このごろ、はやらないのにね」

「ＥＳか……」

江馬貢は身ぶるいした。

ＥＳ。正式な名称はElektroshocktherapie（電気ショック療法）である。八〇から一〇〇ヴォルトの交流電流を前頭部に通電するＥＳは、瞬間的だが患者に凄まじい衝撃と苦痛を与える。通電時間は一秒からせいぜい三秒ぐらい、通電とはほとんど同時に患者は失神し、強直性の痙攣を起こす。

ＥＳを施され、うわあ、あ、あ、と咆哮する美於が一瞬浮かび、その無惨さに江馬貢は青ざめた。

2

その翌日、江馬貢は公休であった。

中井朝次と犬の檻にもたれ、話をかわすでもなく、とりとめない時を過した。陽は高いのに、外界の活気は彼らから遮断されていた。

中井朝次は、金網のあいだからさしこんだ指先をドーベルマンが愛咬するのにまかせている。彼の意識にあるのは、その指先の軽い痛みだけなのだろうか。このごろ夢は声だけになった、と中井朝次が言ったことがある。夢の中にさえ、映像はあらわれないという。視力を失ない、さまざまな可能性を失なった中井朝次が、いわば江馬貢に養われている状態に落ちつくようになったその心の中に、どのような修羅が存在するか、江馬貢は、しいて目をそむけている。

　赤いエナメル塗りのサンダルをつっかけた家主の孫がちょこちょこ走ってきて、中井朝次の腰に腕を巻きつけた。

　中井朝次は片腕をのばして幼女を抱き上げた。サンダルが脱げ落ちた。

　小さい臀を中井朝次の腕にのせ、両腕をその首に巻きつけた幼女は、きもちよさそうに、頬を彼の頬に押しつけている。

　この静かでもの憂い日常が、わずかにゆらぎはじめているのを、江馬貢は感じる。敏感な小動物が地殻のゆらぎを予感するように。

　ゆらぎはじめたのは、江馬貢自身である。静かでもの憂い日常は、悖徳《はいとく》のにおいがあり、それを鴉片《あへん》の香煙のように享受していた彼が、ふと、そのにおいに吐気をおぼえたのだ。

　なぜ？　と問うまでもなく、彼は、そのゆらぎが美於の突然の出現によるものであることを感じとっていた。

　そうして、美於がＥＳを受けるというそのことが、意外なほど大きく、彼をゆさぶり動かしていた。

3

　次の日、美於を閉じこめた檻の前に再び立ったとき、江馬貢は、自分の心に変化が兆したことを、あらためて認めた。

　活力の火種が内蔵されていたことに、驚いていた。不意打ちにひとしい心の変化だった。これは、裏切りではないのか、彼とともに死の空無を知った中井朝次に対する……。そうも、彼は思った。無為を彼らの神殿とすることは、暗黙のうちに了解された契約ではなかったのか。これほどたやすく打ちこわしていい繭なのか。

　美於は、一昨日見たときと同じ姿勢でうずくまっていた。見開いた目は、虚ろではなかった。何かを視《み》ている、と彼には思えた。ひたむきな視線の先は、心の内側にひろがる異界にむけられている。

そういう美於を見ていると、彼は苛立たしさをおぼえた。

入念に細心に、彼は、自分を無為の領域に閉じこめてきた。分裂病者の昏迷と異なるのは病者は、病気の力によって、その領域に幽閉され、彼は、自ら無為を撰びとったということであった。

――撰びとった、と、彼は思っていた。鴉片の最初の一喫みは、強制されたものではない。

殼に閉じこもってしまった病者に、彼は親近感をおぼえこそすれ、それを揺り動かしてめざめさせなくてはというような焦燥感にとらわれたことは、かつて、なかったのだ。

なぜ、美於に対してばかり、こちらの世界に帰って来い、と呼びかけたくなるのか。

美於を異界から呼び帰すためには、まず、彼自身が立ち戻っていなくてはならなかった。正常と呼ばれる世界に強靭に根をすえ、力強い足どりで美於に近づき、その手をつかみ、ひき寄せねばならぬ。彼女に、背後をふりむく余裕を与えてはならないのだった。

彼は、美於をもう一度みつめ、小窓の前を離れ歩き出した。鴉片のような無為は、あまりに深く彼を浸していた。抜け出すためには、強い衝撃が必要であった。美於がＥＳを受けるように。


螺旋階段に通じるナース・ステーションに采沢医師がいた。どこか人を小馬鹿にしたような薄笑いを絶やさない男である。それでいて、ときどき、神経質にヒステリックに看護婦を怒りつける。器具を投げつけることもあった。采沢医師は、週二回のこの療養所勤務を、気にいっていなかった。

采沢医師の患者の鑑別診断は適確であった。躁病と緊張病、鬱病での制止と分裂病での途絶、分裂症の初期症状と神経症の境界例といった、みわけにくい病像を明瞭に鑑別した。

精神疾患は大別して、心因性、内因性、外因性の三つに分類される。

神経症、ヒステリー等、精神の抑圧や葛藤が原因となるものが心因性であり、薬物中毒、梅毒、てんかん等、身体的な原因がはっきりしているものが外因性または器質性のカテゴリーに入る。ところが、分裂病と躁鬱病は原因が未だに不明であり、さまざまな方向から解明へのアプローチが試みられている。

アメリカを中心とする力動精神医学を支持する派は分裂病を神経症と同様、ストレスに対する適応反応として理解しようとする。分裂病は心因によるとするのである。幼少年期の養育や環境、ことに両親との接触のひずみが発病の重大な遠因となり、さらに精神的過労や精神的外傷、女子では妊娠出産などの生理的変化が副次的心因となって病が誘発されるとする。

この心因論に対し、分裂病を身体的基礎を持つ疾患とする考え方が、ヨーロッパ系の学者によって支持され、機能的器質的異常の研究がすすめられている。各種の代謝障害説や体内有毒物質説が発表されているが、決定的なデータとして認められてはいない。

采沢医師は、分裂病者の脳の病理組織に関する論文をすすめていた。彼にとって重要なのは、顕微鏡下に美しい切断面をみせる患者の脳の細片であって、田舎の私立の小病院に連れてこられる、きまりきった迫害妄想や離人症の訴え、自分の行動はすべて他人にあやつられているという作為体験などは、開き倦きたものだった。風邪ひきが頭痛を訴え、胃下垂の者が食欲不振をいうのとかわらない。週二回、彼がこの小さい療養所に出勤するのは、生活費を稼ぎ出すためである。

江馬貢がナース・ステーションに入ってきたとき、采沢医師は薄い唇の右はしをゆがめた皮肉な表情で窓から外を見下ろしていた。江馬貢に気づくと、見ろ、というようなそぶりで顎をしゃくった。

　江馬貢が造った野外舞台のあたりに五、六人の患者が輪になり、その中央に天羽たか子がいた。右手をあげ、何か説明している。

「サイコ・ドラマ・セラピーがはじまるところですか」

　采沢医師は、唇をいっそうゆがめることで、あんなものは何の役にもたたんという意思表示をした。

「欧米で成功したやり方だからといって、日本に直輸入してうまくいくわけがないんだよ」

　采沢医師は、江馬貢の顔は見ず、聞こえよがしの一人言のように言う。

「日本人というのは、そもそも、民族性が欧米ほど開放的ではないんだから。その上、欧米でも、実際にめざましい効果をあげたのは、創始者のモレノだけだ。モレノという男は、生まれつきカリスマ的な力を持っていた。天才か神秘主義者か、あるいは超能力者かといった印象を他人に与えた男だ。自分を神になぞらえるのをためらわなかった。そういう人間だから、成功した。成功したといっても、ぼくが実際に目で見たわけではないから、どのていどのことか知らんがね。天羽くんには、むりだよ」

「新患の荘川美於にESを施行するときききましたが」

　江馬貢が言うと、

「誰から？」と、采沢医師は露骨に不機嫌な顔をした。「それがどうした」

「あれは、残酷で……」

「素人考えというものだ」采沢医師は一蹴した。「薬物療法は治療期間が長びき、副作用も大きい。素人の感傷や憶測で、残酷だなんだと治療に口を出すのは、とんでもないことだ。よく、患者の懲罰にESを使うと新聞などが問題にして叩くが、迷惑な話だ。よけいな口出しをする前に、自分の仕事をきちんとやりたまえ。きみの勤務態度はきわめてよくないときいている」

　江馬貢は、螺旋階段を下りた。

「私が一人のひとと握手しますからね、その人は立って、誰でも好きな人のところへ行って握手してください。握手された人は、立って、また別の人と握手します。いいですか」

　野外舞台の方から、天羽たか子の声がきこえてくる。サイコ・ドラマ・セラピーに入る前の、ウォーミング・アップであった。

　緊迫したドラマの世界に、いきなり登場せよと患者に命じることはできない。めいめいの世界にもぐりこみ、連帯の絆を欠いた患者たちを、まず親密な鎖としてつなぎあわさねばならぬ。躰を動かし、声を出し、たがいに触れあい、緊張感をほぐしてゆくウォーミング・アップが必要なのだ。

　江馬貢は、療養所の裏門を出て、坂を下りた。灰色の穂が綿屑のようにひろがった芒が両側からおおいかぶさり、顔を撫で、目の前でうっとうしく揺れる。手で払いのけると、葉のへりが指を掠《かす》め、糸のように血が滲んだ。

　彼は、ノイローゼ患者の一人から、このような体験をきかされたことがある。

　会社員だったその男は、躰と心が遊離したような感覚に悩まされていた。自分の躰が他人のもののように不確かなのだ。その男が、出勤のとき、まさに発車しようとする電車に、閉まりかけたドアのわずかな隙間をすりぬけてとび乗った。きわどいところでまにあい、背後でドアが閉まった。その瞬間が、ひどく新鮮だったという。そのときだけ、肉体の存在のしっかりした手応えを感じたというのだ。

　――ＥＳは残酷だが、たしかに、肉体に与えられた衝撃が心をめざめさせることはある。

　彼は、繭ごもりした自分の心をめざめさせようとしていた。

ほどなく、岩場に立った。中空にぼうっと白いのは、薄い雲に光を閉じこめられた太陽だ。

風が間をおいて吹きつけてくる。盛り上がった波は頂点でもちこたえる力を放棄し、どっとくずれ岩に落ちかかる。

江馬貢は、靴をぬいだ。岩の稜角が足の裏にくいこんだ。

水は、おそろしく冷たいにちがいない。彼はズボンをぬいだ。腿の毛穴が収斂し毛が逆立った。色の褪せたブルージーンズの上衣をぬぎ木綿のシャツをぬぐと、風がもろに躰を打った。

彼は、適当な場所を物色した。海面に近い岩のへりまで下り、腰を下ろし、足を水にのばした。

小波がからかうように脛を叩く。ナイフの峰でひたひたと打つように痛い。痺れが腿、腹、胃とつたわり、早くも唇の色がひき、発作を起こす患者のように震えはじめる。波はぐんぐんひきはじめた。次の瞬間の衝撃を予想して、彼は岩のくぼみに腹這い、角《つの》のように突出した岩に両腕をからみつけた。ひくだけひいて、十分にたわめた力が、押し寄せる力に逆転する。ゆるやかにうねりながら次第に高まり、盛り上がり、鋼鉄板の一撃となって彼の背を襲う。巻きこみ、引きずり去ろうとする力に彼は渾身の力で抗い、背を刃物でえぐるようにして波はひとまず去ってゆく。彼は顔をあげ、ぶるぶると呼吸する。肋骨が痛む。くぼみの岩壁に打ちつけられたのだ。岩角を抱いた腕の擦過傷から血が流れ、海水とまじって腕を紅く濡らした。

息つぐひまもなく、次の波が襲う。彼を、けだるい沼から追いたてる。

盛り上がった波の上端が白くきらめき、全身にくずれかかる。強い力でさらいこもうとする。彼は身を伏せ、突き出た岩角にしがみついて、辛うじてささえた。沖にむかってひき寄せられていった波は、ふたたび、ゆるやかにうねりながら泡だつ壁となり、なだれ落ちる。

したたかな水の痛打がくりかえされる。

やがて、それは、打ち叩く滝の落下となる。

滝の記憶の中に、彼は、いる。一定のリズムをもって彼の背を痛打する彼は、時を遠くさかのぼって、彼の意識を彼方にはこぶ。

彼は、視る。

白衣《びゃくえ》の男たちが、数人、激しくなだれ落ちる滝を浴びている。滝壺の岩にうち当たった水は、飛沫をあげ、水の粒子は霧となってたちこめる。

彼らが感じるであろう水の打撃の痛みを、彼の意識は、自らの痛みとして感応し、やがて、彼は、更に視る。

少年が、羊歯《しだ》におおわれた細い山道を登ってくる。杉木立がうっそうと暗い。

十五歳の江馬貢自身である。思いつめた表情で、道にはり出した杉の根を踏み越え、ぐいぐい登ってくる。


そうして、彼の意識は、少年と一つになる。

彼は、記憶の中の生を、ふたたび生きはじめる。

彼は、気負いたっていた。

〝その男〟に、逢おうとしているのであった。

母が、〝荒ぶる神〟と呼んだその男に、逢うために、彼はやって来た。

初対面ではない。それどころか、〝伯父〟と呼ぶその男には、日常の次元において、幾度となく顔をあわせているのである。

血縁の親しみを、家族にさえあまりみせぬ男であった。

荘川の家を訪れ、家長として君臨するその男をみかけることはあっても、会話をかわすことはまれだった。

幼い彼には、〝怕《こわ》い伯父さん〟にすぎなかった。

あいさつをしても、む、と目でうなずきかえすだけであり、愛想のいい言葉一つかけられたこともない。だからといって、悪感情をもたれているわけではなく、つまるところ、その男は、彼にほとんど関心を持っていなかったのだ。

その男の書斎は二階にあった。だだっ広い家で、階段が表玄関のホールと、家の奥まったところと、二箇所にあった、重々しい木彫の手摺のついた、ゆったりした階段は、来客専用のもので、いわば、お飾り。家人は梯子のように急傾斜で幅も狭い裏階段を使用する。その裏階段さえ、江馬貢は、めったに登ったことがなかった。二階にあるのは、その男の書斎と書庫、そうして来客用の二間つづきの和室、どれも、年のいかない親類の子供が、気軽に出入りできる場所ではなかったのである。

狭い急な裏階段の下から見上げる二階は仄暗く、その男が下の茶の間に下りてくるとき、江馬貢は、薄闇がその背後に揺曳しているような感じを持った。

その男は、いつも、端然としていた。姿勢をくずすということがなかった。口叱言は言わず、それでいて、彼の四人の子供たちは、その男を畏敬しているようにみえた。その男が入ってくると、茶の間の空気が微妙に変化した。寝そべっていた者は起き直り、何か低俗な雑誌を読んでいた者は、さりげなくページを伏せ、目も伏せた。いっせいに、父親の意をむかえるような表情になった。

態度の変わらないのは、福子伯母だけであった。伯母は、騒々しく夫に話しかけ、ばたばたと陽気に動きまわって、茶をいれた。

彼が講座を持つ大学の学生たちも、時おり訪れた。学生たちは、二階ではなく、玄関脇の小さい応接間にとおされるのが常だった。

あの男の、本然の姿に、今、立ちむかうのだと、何か期待めいたものに心はずみながら、十五歳の江馬貢は、険しい山道を登りつづける。

両側の杉木立は高くそびえ、梢のあいだが仄かに明るい。

母の書状を読んだ直後、彼は、自分の感情をまとめることができなかった。ひどく平静だったような気もする。彼の身近にいる母と、その激しい書状をくり返ししたためてきた女を、一つに結びあわすことが、むずかしかった。わずかに重ねあわせることができるのは、人並みはずれた気位の高さか。

だが、次第に、彼は昂ってきた。その昂りを歓喜と思いさだめるまでに、どのくらいの時がかかったか、彼はもう、おぼえていない。数刻であったか。それとも、何日もかかってじわじわと醸成された感情か。

ともあれ、それは、彼が自分の出生をこの男と女の灼熱した営みに結びつけたとき、兆し、育ち、炸裂したのであった。

月足らずで生まれたと、何かのおりに耳にした言葉が、脳裏によみがえったのだ。それを口にしたのは、父と思ってきた江馬功吉か。異母兄と信じていた江馬孝か。

誰であろうとかまわぬ。たしかに、彼は、そうきかされた。母は、江馬功吉と結婚し、八箇月で貢を産んだ。

何という、非凡な生誕か。

こう思いあたったとき、彼の感情は、剣の切尖に立って辛うじて均衡を保っているようなものだった。

醜い、怖ろしい、と、絶望する、その絶望の深さとまさに相当する強烈な力で、彼は、切先の先端から、歓喜の深淵にとびこんだ。

そこに、強引な意志の作用があったのかどうか、彼にはわからない。意識の下の葛藤は、ついに、彼自身にさえ秘められたまま、彼は、己れの非凡な生を熱烈に愛した。

この光輝を、彼は己れのうちに抱きしめた。

彼は、ほとんど、己れを古代の神の一族になぞらえんばかりであった。そのときから、日常は、彼の周囲で、稀薄になった。

だが、彼は、その歓喜を彼の内部においてのみ、発光させた。秘めとおさねばならぬとわかっていた。

この栄光の生誕にふさわしい事をなしとげたとき、それを公にできる、と思った。公にしたために、どれほどの誹謗を浴びようと、いささかも傷つかぬ。何が〝ふさわしい〟ことなのか、実態は彼自身にさえ漠然としていたが、世俗的な栄達とか、名声とか、そんなものではない、とだけは思えた。

これほどの重い生誕が、おれの生において無意味であろうわけはない。

心の緊張がゆるむとき、世の常の懼れが、しのびやかに彼を脅そうとし、彼は、それを拒みとおすために、並々ならぬエネルギーを費した。

そのために、光輝はますます鮮明になり、強烈さを増した。はりつめて、高みに登り、夜の夢で彼は脅えた。心の振幅は、次第に激しさを加え、なお、彼は、もちこたえていた。若かった。世の誹謗の怖ろしさを十分に実感できないところに、彼の強みがあった。十五歳という彼の年齢が、倫理の逆視を可能にした。

彼の心の中で、父の像は、巨大に、よりいっそう巨大に、壮麗になっていった。

それは、天にむかってそびえる巖であった。しかも、暴風雨のような容赦ない力で、卑小な人間を踏み倒し踏みつぶして歩む、像であった。人間が、社会の営みを円滑にするために、ぬけめなくさだめたさまざまな規範に、一顧もあたえず、堂々と進んで行くのであった。

彼は、父を求めた。誇らかなよろこびを、父に告げたいと思った。

そう切望しながら、なかなか実行に移せないでいたのは、心象の巨神と、日常生活に棲息する荘川実雄という一人の男との乖離を、彼自身、予測しないではなかったからである。

台所に立ち、洗いものをしている母、買物籠をさげて、八百屋の店先で物色している母、そのどこに、血を同じくする兄との凄まじい愛を今なお激しく謳いあげる女がいるというのか。彼の目は、見とおすことができない。

二階の書斎から、子供たちの寄り集まる茶の間に下りてくる荘川実雄が、背後に薄闇をわだかまらせ、何か威厳らしいものを備えているといったところで、しょせん唯の男、彼の心に棲む像にはほど遠かった。

——ことに、ものを食べるとき……。荘川実雄は、納豆を好む。それも、醤油と塩をふんだんにかける。醤油が泡だって盛り上がり、その中に豆粒がばらばらまじっている。けちくさいことをする、と福子伯母が露骨に蔑んだような顔をみせるのは、そういうときだ。醤油で納豆の量を増やすのである。実雄の生家は裕福ではなかった。福子は、ゆとりのある家で育ってきている。社会的に成功した今も、実雄は、身にしみついた習慣をもちつづけ、福子伯母の目で、江馬貢も、つい、実雄をみてしまう。堂々と、貧しかったときからの習性を貫けばよいものを、そういうとき、実雄は、自分のやり方をいささか気恥ずかしがっているようにみえたのだ。

荘川実雄が、精神修養の集いめいたものを主催し、ときに山籠りして荒行をするということは、以前から聞き知っていた。

その場所は、おそらく、日常から隔絶された地域にちがいない。そこで、荘川実雄は、太古の神さながらの本然の姿をあらわしている。そうにちがいない。

彼は、荘川の家に電話をいれた。次男の裕二が電話口に出た。

伯父さんは、今……？

道場。秩父の。と応える裕二の声を、何か不思議なものに聴いた。

平静に質問し、応答しながら、彼は、別のことを思っていた。喋っている自分と、考えごとをしている自分と、二人の別個の自分が重なりあっているような感覚のなかで、――裕二は、荘川実雄と福子の、きわめて凡庸な営みの結実なのだ……と思っていたのであった。

春休みだからね。大学の方、休みだから、親父、あっちに長期御滞在だ。

父親の前では、畏れかしこまっているくせに、裕二はいっぱしな口をきいた。

江馬貢は、そのころ、女の裸身は写真でしか知らなかった。媾合のさまも、かんじんのところをぼかされた怪しげな映画を、場末の薄汚ない映画館でのぞき見ただけであった。成人映画と看板にことわり書きがしてあったが、眠そうな顔をしたモギリの女は、彼が入るのをとがめようとはしなかった。

福子と荘川実雄。母と、あの男。彼の脳裏で裸身がからまりあい、その男の上に、彼自身がうっすらと重なり、

ぼくなら、あんなところ、行かない。

声変わりしかかっている裕二の耳ざわりな声に、我れにかえった。

親父はね、ぼくたちにも、やらせたがっている。滝を浴びたり、絶食したり。おふくろが、がんばってやらせないから、おれ、助かってる。

あっちで何食っていると思う？　松葉と泥水。

泥水？

黒土をといた水の上澄み。ばかみたいだと思うだろ。美於だけ、連れていってる。

あんな小さい子を？

仕込むんだろ。犬の調教師みたいに。

仕込むって？

何だか、よく知らない。兄貴たちが、そんなこと言ってた。

九歳の裕二の話は、要領を得なかった。

場所を確認して、彼は電話を切ったのだった。

木立を縫う細い道は、果てがないように思われ

た。折れ曲がり、登っているはずが、いつか下り坂になって、彼をあわてさせた。谷川にかかった木の橋をわたると、ふたたび爪先上がりになる。いくら歩み入っても、荘厳な雰囲気を感じないのが、不満であり、不安であった。ありきたりの、何の変哲もない山道であった。ハイキング・コースといったところだ。春は、中庸のほどよさで、芽ぶきの苛立ちも熟れすぎた重さもなく、適当にさわやかで、適当にむし暑かった。木立の深い、奥まった山地として当然なさわやかさであり、意気ごんで歩きつづけてきた躰に当然の、汗ばみ具合であった。ハイカーに一人も出会わないのが、せめてものことだった。

　聖域への道であらねばならぬ。家族連れのハイカーなどと行きあおうものなら、とっさに踵《きびす》をかえし、橋上から谷川に投身するほかはない。

　肌の毛穴がひきしまる荘厳の気配。身のすくむ畏怖。その片鱗も感じられぬままに、そこに行きつこうとしているのか。

　引き返したいという思いが芽生えはじめた。足が重いのは、怖れにすくんだのではなく、期待がみたされずに終わりそうな不安のためであった。その思いを踏みつぶし、彼は、遂に足を早めた。

　そうして、突然、その場所に出た。それとわかったのは、滝壺の岩上に立つ数人の白衣の男を見たからである。

　とっさに、かなり大勢の男が群らがっているような錯覚を持ったが、冷静に眺めると、わずか三人であった。禿頭の小男。五十か六十か。それよりやや若い、これも額の禿げあがった男。二十代の終わりぐらいの若い男。初老と中年の二人は、修験者めいた白衣よりも、くたびれた灰色の背広によれよれのネクタイでもしめた方が似つかわしいようにみえた。保険の集金人とか、ミシンか何かのセールスマン。商店街の路上にミシンを置き、通行人に刺繍の実演などをやってみせるのは、なぜか、たいていこんなふうな貧相な中年男だ。男のくせに、小器用にミシンをあやつり、そのあいまに、道ゆく女たちにパンフレットを押しつける。

若い男は、堂々としていた。あまりに堂々としすぎていて、何かこっけいだった。中年と初老の二人の男は、貧弱なためにこっけいであり、若い男は、それ以上に、こっけいだった。

三人とも、あまりに無我夢中でありすぎた。誠実そのものといった表情で、滝に打たれる行に没頭していた。誠実すぎて、哀しく、こっけいだった。貧弱な二人も、堂々とした一人も、共に、みすぼらしくみえた。

みぞおちの奥から、奇妙な感覚がもぞもぞと這い上がり、貢は、自分が笑い出そうとしているのに気づいた。力ずくで、笑いを押しこめた。力をゆるめれば、突拍子もない声が湧き上がり噴き出そうだった。

彼は、周囲を見まわすこともせず、ひそやかにあとずさり、それから、滝に背をむけ、山道を下りはじめた。

笑いの衝動は、次第に身内に吸収されていき、血管の中をごぼごぼ泡立って流れた。

4

——彼は、磯に腰を下ろした男を見下ろしていた。落日が空を血の色に染め、熔岩のように太陽はどろどろと煮えたぎり、男は叫んだ。うわあああ。たぎりたつ空が男の上に落ちかかり、男の顔を、彼は認めた。

彼は、ふいに、真白い壁を目の前に見た。叫びは、あああと慄《ふる》えながら尾をひき、彼は、はっきりと覚醒し、目にうつるのが壁ではなく天井だと気づいたころ、叫びはとだえた。

采沢医師は、初診の患者を問診するような調子で、尊大ともも寛大ともとれる微笑でたずねる。

「釣りでもするつもりだったのかね。まさか、泳ぐつもりだったんじゃないだろう。今ごろ海に入ろうなんてやつはいないよ」

仕事をさぼって釣に出ていたと言えば、この医師は満足して解放してくれるのか。

「釣りか。そうか。だが、服はどうしたの、服は。夏場とちがうんだからね。素裸で釣りというのはないね。江馬くん、正直に話そうよ」

薄青い木綿の服を着せられているのに江馬貢は気づく。手術のとき患者に着せる服である。

「さっきすごい声がしたんですが。あれで失神から醒めさせられたわけですが、あれは、もしかしたら、誰かESをかけられたんじゃないですか」

「江馬くん」と、采沢医師は高みからひびかせるような声を出した。

湯タンポをいくつも躰のまわりに置かれ、援け上げられたとき冷えきっていたにちがいない躰はぬくもっていた。

自殺未遂か、精神異常による行為、そのどちらかだと采沢医師が思っているのは明らかだった。

采沢の判断一つで、ここの患者たちと同様、多量の薬で精神の発動を押さえられ、ひたすら従順さのみを要求されるようになるのでは、たまったものではない。江馬貢の答は慎重になるのだが、その沈黙がまた異常の兆候ととられはしないかと不安だ。自ら撰びとる無為と、強制的に押しこめられる沈滞はまったく異質のものだ、と彼は用心深くなる。

「天羽さんのサイコ・ドラマも、思いがけないところで効力を発揮したね」采沢医師は、天羽たか子をかえりみて、細い巻煙草に火をつけながら言った。

庭でサイコ・ドラマを行なっていたから、波に打たれ岩にしがみついている男の異様なさまを発見できた。もう少し遅ければ、確実に波にさらわれているところだ。人命救助をほめてはいるのだが、天羽たか子は、不快さを露骨に表情に出し、医師の皮肉を無視した。

厨房に行き、舌を焼きそうな茶を、江馬貢はすすりこんだ。熱さがのどを通り胃に落ちてゆく感覚を鮮明に感じた。

賄婦のお昌さんは、話しかけたいのと、薄きみ悪くて遠ざかりたいのと半々といった様子だ。

「もう一杯くれないか」と湯呑をつき出すと、とってつけたような笑顔をみせた。

腕の擦過傷が、いまごろになって痛む。心臓の鼓動とリズムをあわせてひびく。その痛む部分だけは、たしかに生きているという実感を持つ。脇腹は打ち身がひどいようだ。貼った薬が熱でかわいて皮膚がひきつれる。

さっき、水色の小さい錠剤をのまされた。精神安定剤だとわかっている。不穏な行動は、すべて薬で押さえられると思っているのか。

「はいよ」ことさら威勢のいいかけ声で、お昌さんは、湯呑みをわたしてよこした。

用もないのに、看護婦たちが厨房を出入りする。江馬貢がとりつく島のない冷淡な表情をしているので、何となくばつ悪そうに、水を飲んだりして出て行く。

「貢さん」と、天羽たか子が入ってきた。「今日はもう、お帰りなさい。送って行くわ」

お昌さんが、意味ありげな目つきで二人を見くらべ、「そうそう、それがいいわよ。江馬ちゃん、天羽先生が親切に言いなさるんだから、ぜひ送ってもらいなさいよ」ひどく熱心にすすめる。

「江馬ちゃん、そうしてね、何でも天羽先生に話すといいのよ。専門のカウンセラーなんだからね、天羽先生は。大学でそういう訓練を受けてきなすった人だから。私なんかとちがって」非行中学生をさとすような口調だ。

お昌さんの嫉妬を天羽たか子はあっさり無視し

て、貢さん、とうながす。

江馬貢は、どちらにも返事をせず厨房を出た。

「話す気にならない？」バス通りを車を走らせながら、天羽たか子は訊いた。

「何か力になれるかもしれなくてよ」

「あなたが患者にしじゅうそういう口のきき方をするのを、知っているよ」江馬貢は言う。「ついに、ぼくも患者扱いですか」

「洗いざらい喋るということは、それだけで治癒力を持つのよ。セラピストの力じゃない。患者自身が、自分の力で立ち直るのよ、話すことによって」

「何を話せって言うんです？」

「わかっているでしょう」

「送ってもらうのはありがたいんですがね、バスより楽だから。でも、うるさく話しかけてくるのなら、ぼくは下りますよ」

「あなたのしたことは、少なくとも、常識的ではないわ」

「常に常識的でなくてはいけないんですか。ちょっとでも常識の枠を踏み越えると、きちがい扱いされて、セラピストに目をつけられるんですか」

「何が原因だったのかしら。美於さんの入院が、あなたにとって、そんなにショックだった……？」

江馬貢は奇妙な声でさえぎった。笑い声のようだが、笑ってはいなかった。

「もう、ここでいいですよ」

「ついでだから、うちの前まで送るわ」

「寄っていけとは言いませんよ」

「誘ってよ」と、天羽たか子は逆に出た。

「たまには招待してくださらないの。私とあなた、親戚なのよ」

「意味ないでしょう」

「唾を吐くみたいな言い方をするのね」

「セラピストってのは辛抱強いですね。もっとも、一々腹をたてていたのでは、商売にならないんだろうな」

「牛小屋でもあるのかしら。におうわ」天羽たか子が言った。

「豚小屋ですよ」江馬貢は答えた。「家主が豚を飼っているんです。それから、犬もね」

「犬と豚。ほかには？」

「もう、ここでいいですよ。下ります」

「招待してよ」

「だめです」と、江馬貢は、にべもなく突き放した。なぜ、天羽たか子と話すときは、こうも、からむような物言いになるのかと、彼は思った。それだけ気を許しているのか。

天羽たか子が、鋭い声をあげた。

急ブレーキをかけると同時に、ハンドルを切った。

「危ないじゃないの」

手早く窓を開け、首を突き出して天羽たか子はどなった。それから、車の前を横切った男の双眸が白濁していたと、彼女は気づいた。

男は、幼い女の子を片腕で抱いていた。幼女の臀を上膊部に鳥をとまらせるようにのせ、両脚を抱きこむかっこうで高々と抱いて、車の前を悠々と横切ったのである。

「非常識だわ」窓を開けたまま、天羽たか子は大声をあげた。「車の方で必ず停まってくれるものと思っているの？　子供まではねてしまうところだったわ」

「じゃ、ここで」と江馬貢は車を下り、「中井」と呼びかけた。

中井朝次はふりむき、その顔を、天羽たか子ははっきり見た。天羽たか子は、深い陥穽《かんせい》にがくっと半身がおちこんだような気がした。がくっと傾いたのは、彼女の心であった。猛々しい精悍な首に、彼女は見惚れた。男の双眸はあきらかに光を失なっていた。

天羽たか子は、心の奥底にひそんでいた激しいものが、その男にむかって羽搏きたつ感覚をおぼえた。しかし、このとき、彼女はまだそれを認めようとはしなかった。

「あなた、本当に気をつけてくださいよ」天羽たか子は咎める声を出した。

男は幼女を抱いたまま、江馬貢と肩を並べて彼女に背をむけ歩き出した。

二人の男の背が、一枚の堅牢な壁のように、彼女の日にうつった。

天羽たか子は車を下り、彼らのあとを追った。

江馬貢は首をねじって彼女の方を見て、「それじゃ、これで」というように軽く会釈し、歩き去る。

無視されて、なおしつっこくまといつく行為は、彼女の矜持をいちじるしく傷つける。しかし、胸の中の激しい羽搏きが彼女を追いたてた。

農家の庭に入ると、金網をはった犬舎の中で、犬がいっせいに吠え出した。たか子の闖入を咎めていた。

幼女がたか子の方に顔をむけ、若い男に抱かれた高い位置から見下ろして笑った。その笑い顔に、たか子は彼女にむけられた悪意を見た。幼女は、男との親密さをたか子に誇示するように、男の髪に頰をすりつけ、流し目で彼女をうかがった。その仕草がたか子をかっとさせた。

犬があまり吠え騒ぐので、中井朝次はチイを江馬貢にあずけ、あっちに連れて行けというように母屋の方をさし、犬小屋の戸を押しあけて中に入っていった。

江馬貢は幼女を抱いて去った。

中井朝次がドーベルマンの鼻づらをかるくたたくと、犬はすぐに鎮まり、甘えた声を出し、後肢で立って彼の肩に前肢をかけ、首すじから耳のうしろを桃色の舌で丹念に舐めはじめた。

天羽たか子は、まるで無防備に小屋の中に足を踏み入れた。

危険だ、と気がついた瞬間、ドーベルマンは低くうなり、身をひるがえし、たか子の腿に牙をたてた。

——なぜ、こんな馬鹿なことを、と、ようやく理性がもどってきた。幼女の悪意のある目が彼女をいっそう駆りたてたのかもしれない。もっとも、幼女の目に悪意を見たと思ったのも、たか子の心が異様にうわずっていたためかもしれなかった。

身動きすれば、牙はますますしっかり嚙みあわされそうなので、たか子はそのまま、「あなたの犬が私を嚙んでいるわ」と言った。

中井朝次は手をのばし、犬の口もとをかるく叩いて合図し、犬はたか子から離れ、低い声でうなりつづけた。

たか子は小屋を出て戸を閉め、スカートをまくって腿の傷口から血をしぼり出しながら、「その犬、予防注射はしてありますヵ」とたずねた。

最近日本では狂犬病はほとんど絶滅しているときいているので、さして不安はなかった。単純な咬傷なら、それほど恐ろしいことはない。

「家主にきいてみてください」

中井朝次は答えた。

犬はうなりつづけた。片脚をひきずりながら母屋の方に行くと、江馬貢に行きあった。女の子は連れていなかった。

「どうしたんです」

「犬に咬まれたの」

「どうして。中井が犬を外に出したんですか」

「いいえ。私が小屋の中に入ったの」

「馬鹿なことをするなあ」

あなたらしくもない、とみつめられ、天羽たか子は、ことさら快活な表情をつくった。

「つい、うっかりしちゃったのよ。犬、おとなしそうにみえたものだから」

「何か縛る布を持ってきます」

「ハンカチがあるわ」

「繃帯のほうがいいでしょう。家主のばあさんからもらってきます。薬はマーキュロでいいかな」

「狂犬病の予防注射はすんでいるんでしょうね」

「ああ、それは大丈夫ですよ。ぼくが保健所に連れていった」

「帰ってから抗生物質を服《の》んでおくわ。さっきの女の子は、近所の子？」

「家主の孫ですよ」

「あの男の人が、あなたと同居しているという友だち？」

「そうです」

「中井さんというの？」

「よく知っていますね」

「さっき、あなたがそう言ったわ。中井が犬を外に出したのかって」

「気をつけてくださいよ。車、運転できますか」

「ええ。大丈夫よ。たいしたことはないわ」

「気の毒しましたね」江馬貢は眉をひそめて言った。

5

天羽たか子が借りている部屋は、六畳の和室で、床の間と三尺幅の押入がついている。床の間は書棚の置き場に転用され、窓ぎわに机、あいたところにマットレスをベッドがわりに置いている。

このあたりは、都内とちがい、マンションや独身者用のアパートなどはそう多くない。やむを得ず、下宿している。玄関を入ったすぐのところに階段があって、家人とあまり顔を合わせずに二階の自室に行けるのが、せめてものことであった。

絵や花で室内を飾るのはきらいだった。よけいなものがあると、うっとうしいのだ。自分の内側から発したものではない情緒を押しつけられるのがわずらわしい。ことに、四季の花を挿すのがいやなのだ。三月といえば桃の一枝を飾り、秋になれば桔梗、りんどう、芒と、いかにも風流を心得顔といったやり方が心になじまない。花は、野辺にあるのが、ふと目に入るのがいい。

壁は白壁が何より好ましい。

ただ一枚だけ、六つ切りの写真が壁にかけてある。そそり立つ灰白色の岩壁の頂端に、辛うじて建っているといった感じの、修道院の写真である。カラーなのに、ほとんどモノクロームに近い。その風景じたい、灰白色以外の色彩を持たないのだ。テッサリアの西北、メテオラの岩窟修道院である。このような孤絶した場所に起居し生を終わる人間とは、どういう心性《しんせい》を持っているのか。この上なく想像力をかきたてられる。

だが、この夜、マットレスの上に仰向けに躰をのばし、視線は壁の写真の方にむけながら、天羽たか子は、ほかのものを視ていた。

中井朝次との出会いを、夢の中の行動を思い返すように思い返していたのである。

ネグリジェの裾の上から、繃帯を巻いた腿を指でかるく押した。鈍い痛み。繃帯の下には、犬の歯型がくっきり残っているはずだ。その痛みが、あれはたしかに、現実のことだったと、彼女に思わせる。

短い場面を、たか子はフィルムを巻き戻しては投影するようにくりかえし思い浮かべた。

噛まれたというのに、うろたえも恐縮もせず、あの男は……と思い、何か心が昂った。あの男が、申しわけないとおろおろしたりしたのなら、私は、二度と彼に会いたいとは思わないだろう、そう自分に言い、やがて、眠った。岩上の僧院に、風が吹き荒れていた。そうして、たか子は、男根と乳房を持つアンドロギュノスとして岩上に裸体で立つ夢を見、甘美で淫らで、しかもおそろしく淋しい感覚に茫然としていた。

Ⅳ

1

束ねた荷札用紙と針金を前に、美於はぼんやりしている。荷札の穴に針金をとおさなくてはならない。それはわかっているのだが、手が動かない。エネルギーを総動員して集中力をかきたてなくては、この簡単な作業ができそうもないのだった。

二十畳ほどの広間に机を並べ、患者たちはかがみこんで作業をつづけていた。

人恋しい、と美於は思う。まわりは無人ではない。患者たちが私語をかわしながら手を動かしている。それでも、人恋しい気持がつのる。特に会いたい人間がいるわけではないのに、荒野に一人置き去られたように寒々ともの淋しい。

あのコンクリートの小部屋に一人でいたとき、このような寂寥感はなかった。なぜなのか。

人恋しい。ぬくもりが欲しい。

北向きの広間は、午前中だというのに薄暗く冷たい。その中で、影のような人々がのろくさ手を動かしている。

美於は、ゆらりと立ち上がった。

「吉田さん」患者の指導と監督にあたっている看護婦が呼びとめる。「トイレ?」

ここでは、美於は、吉田美代という名になっている。

もちろん、院長や医師たちは、美於の本名を知っている。別の名前をあてがったのは、母の荘川福子であった。院長は了承した。多額の礼金が動いている。入院の前に、美於は言いふくめられた。病院では、あなたの名前は吉田美代。たいそう怖ろしい悪いことをしたのだから、荘川の名を出してはいけない。

うつろな表情で何も答えなかったが、美於は、十分その言葉を理解している。私は、荘川美於ではない。別の人間だ。そのことは、彼女をいくぶんほっとさせる。ここには、荘川美於はいない。

トイレ？ と訊いた看護婦に、「寒いから」と美於はつぶやき、部屋を出て行こうとする。

「だめよ。作業中にかってなことをしては。さあ、坐りましょう。まだ一枚もできていないのね。さあ、がんばってやってみましょう。やさしいのよ。ね。こっちにいらっしゃい。ちゃんと坐って」

看護婦は立ってきて、美於の手を握り、ひき寄せる。

「トイレです」

この部屋を出られる呪文のような言葉だと、美於は知っている。

「トイレなの、やっぱり。それなら、はじめにことわらなくては。だまって出て行ってはいけないの。作業の前にお便所に行きたい人はすませておくようにと注意したのにね」

口小言を言いながら看護婦は手を離し、美於は廊下に出た。

一日中、学校にいるようだ。一人になれる場所がない。トイレでさえ鍵がついていない。一人きりになりたい。人恋しい、淋しい、と思いながら、一人きりになりたい、ともひたすら願う。

美於は、頼りない足どりで、まっすぐにのびた廊下を歩く。廊下は、とほうもなく長い。暗緑色のスリッパは、つっかけのはしが破れていて歩きにくい。暖かいスリッパが欲しいなと思う。歩いているうちに、どこにいるのかわからなくなってくる。周囲にもやがたちこめているようだ。美於は目を閉じる。瞼が重くて開けていれらないのだ。濃いもやの中を手さぐりで歩きつづける。もやは躰の中にまで浸透してくる。躰が重く、一方にかしぐ。まっすぐ立っていようとするのに、頭が一方に下がり、躰が曲がり、頭が床につきそうな気がする。

そのうち、歩行が楽になる。手に力強い感触がある。握りこまれている。曳かれて歩く。わきの下からささえてくれる腕。いっそう歩くのが楽になる。もたれかかると、しっかり抱きとめてくれる。

「階段だから、気をつけて」

下へ下へと、まわりながら下りて行く。丸い井戸の内壁に沿って、螺旋状にまわりながら地底に下りて行く。

美於は躰をあずけきって、導かれるままに歩く。スリッパが脱げた。足の裏に土が触れる。履かせなおしてくれる。はだしの方が快いので、美於はスリッパを脱ぎ捨てた。むりに履かせようとはしない。

頭の中のもやが晴れてくる。瞼が軽くなり、周囲が見える。

「来てくれたのね、透《とおる》」

「ぼくをおぼえていない？」相手は言った。

「美於ちゃんが小さいころ、よく会ったよ」

ミオちゃんと言ったのか。ミヨちゃんと言ったのだろうか。ミオちゃんと言ったのなら、返事をしてはいけない。……しかし、透は、わたしが荘川美於ではなく、吉田美代になったことを知らないはずだ。

「ここを出たいわ、透」

「ぼくは、貢だよ。昔会ったきりだから、おぼえていないかもしれないけれど」

「わたしも、美代なのよ、ここでは。美於ではないの。透も、ここでは貢なの？　でも、二人きりのときなら、透でもかまわない？　おかしいわね。透と美於が、貢と美代なのね、ここでは」

「美於」と、江馬貢は少し声を強くした。

美於は、江馬貢の胸に頭をもたせかけ、安心したように目を閉じた。

野外舞台の前の椅子に、二人は腰かけた。

誰にもことわらず病人を庭に連れ出してきてし

まったことが、厳しい叱責に値いすることを、江馬貢は、わかってはいた。

採沢医師は激怒することだろう。だが、ES、薬の処方、採沢医師が美於に与えるのは、それだけではないか。その処方も、いったん決めたあとは、何箇月も自動的に同じものが与えられる。病人の状態にみあったきめこまかい配慮はなされない。

美於と二人だけで話したいなどと、誰に申し出ても許可されることではなかった。

美於がすうっと躰をあずけてきたとき、江馬貢は、彼女を作業室に連れ戻そうとは思いもしなかった。

まるで、彼女の意志にしたがってここまで歩いてきたような気がした。

――美於は、彼女にしては珍しく、ずいぶん喋った。トオル、と俺を呼んだ。

これは大きな収穫だった。

他人と誤認するのは、この種の病人にはよくあることだった。顔かたちがまるで違うのを承知の上で、なお、とり違えるのである。

あかの他人を別れた恋人と思いこんだり、なかには、他人イコール自分と思う者もいる。また、まったく架空の人間を実在するかのような妄想を持つ場合もあるから、どこまで確実な手がかりになるかはわからないけれど、一つのキーを手にいれたとはいえる。

「ここの生活はどう？　きついことはない？」

江馬貢は問いかけた。

美於は、再び沈黙の中に入りこんでいた。やわらかく頭をもたせかけ、安心しきった様子をみせた。唇が溶けいるような曲線を描いた。

トオルというのは誰のこと？　こんなやさしい表情をみせるきみが、なぜ、警官を刺すというような激しいことをした？　たずねたいことはいくつもあったが、訊問口調がせっかく安らいでいる彼女を硬化させることを、江馬貢はおそれた。

全身をゆだねた美於の重みを、甘やかに受けとめていた。

次の機会には、もっと何か喋ってくれるかもしれない。そんな期待を彼は持った。美於の信頼を獲得することが手はじめだ。

しかし、俺が〝トオル〟ではないと気づいたとき、彼女はだまされた、裏切られたと、ショックを受けるだろうか。病状が好転すれば、自然に誤認は消えるのだろうか。

看護婦が走ってきて、「こんなところにいたの！」と叫び声をあげ、静かな時はこわれた。

「いやだ。江馬さん、私たちさんざん、このひとを探していたのよ。トイレに行くって作業室を出たきり戻ってこないんですもの。まさか外に出ているとは思わないから、病棟の中をかけずりまわって探したのよ。江馬さん、あんたが連れ出したの？　怒られるわよ。さあ、美代ちゃん、早く戻って戻って」

腕をつかんでひっぱると、美於は人形のようにおとなしく立ち上がり、目を伏せて、貢の方を見ようとはせず看護婦にしたがって歩きだした。

放心しているのか、あきらめてすべてを甘受しているのか、再び昏迷の状態にあるのか、貢には何もわからなかった。「私はここでは美代なのよ。透は貢なの？」と、すじみちの立った喋りかたをしていたなと思った。雲の切れまから陽が射すように、短い瞬間、意識が鮮明になることがあるのだろうか。それとも表現しようとする意欲がないだけで、整然とした思考力が残っているのか。

看護婦に手をひかれ、おぼつかない足どりで美於は庭を横切る。ふりむきもしなかった。

「弁明をきこう」采沢医師は言った。

「きみが患者と血縁関係にあることは知っている。だが、それだからといって、患者をかってに外に連れ出したりするのは許されないということぐらい、きみも十分心得ているわけだ。だから、いとこだから、というのは弁明にはならない。いいね」

と、釘をさした上で、「で?」と、医師は顎をしゃくった。

美於と二人だけになりたかった、と答えれば、どのような曲解をされるか、予想がつく。

「野外舞台のところにいたそうだが、まさか、天羽くんのむこうをはって、サイコ・ドラマを試みようなんて野心を起こしたのではあるまいね。やたらに患者をいじりまわされては、非常に困る」

何も応えようとしない江馬貢に、

「きみの勤務態度は、あまりよくないときいている。無断欠勤もときどきあるそうじゃないか」采沢医師は、腹立たしさをみせつけるように、手荒く机を指で叩いた。

「ヒヨコというやつは、妙な習性を持っている。知っていますか」

江馬貢は、天羽たか子に言った。采沢医師の前を辞してからである。

「あなた、クビになるわよ、あまりかってなことをすると」天羽たか子は言った。「私はあなたにやめてほしくないのよ。気をつけてちょうだい。ヒヨコが、どうしたの」

「殻から出て、最初に目に入った動くものを親鶏と思いこむというんですけどね。美於がぼうっとした状態からさめたとたんに目に入ったぼくを、〝トオル〟という人物だと思いこんだ。なぜ、〝トオル〟という名が、まっさきに出てきたかということですよね。似ているのかもしれないが、美於は、ぼくの顔をろくに見もしないうちに、当然なことのように、トオルと呼んだ。トオルという名に、心あたりはありませんか」

「あなた、まさか、サイコ・ドラマをやろうとしていたわけではないでしょうね」天羽たか子も、采沢医師と同じことを言った。「いくら、あなたがモレノやシュツェンベルガーを読んでみたにしても、簡単にできることではないのよ。好奇心で患者を扱われては、こちらが迷惑するわ」

「トオルという……」

「知らないわ」

「とにかく、ぼくは、〝トオル〟という鍵を一つ手にいれたんですよ。ぼくは、その男を探し出してみます。美於は、たしかに、現在病気だし、交番の警官を理由もなく刺したのも、了解不能な病的行為ではある。しかし〝病人の論理〟があるかもしれませんよ。美於の心に密着することができれば、彼女の行為も了解可能に……」

「そういうことは、私たちに」

「まかせておいたら、ＥＳと向精神薬でしょう」

押しかぶせるように、江馬貢は言った。自分の気持の動きに自信が持てない。今、昂揚して、久々に行動的になっている。埋もれていたかすかな熾火《おきび》がかがやきをみせはじめたようだ。いつ、ふっと気持がひるがえって無気力の沼に陥ちこむことか。


「荘川の家に電話して、〝トオル〟という名に心あたりがないか、訊いてもらえませんか。ぼくがそんなことを訊いたって、伯母は、まともに答えてくれそうもない。なぜ、そんなことを訊くのかと逆に質問され、美於の治療は、医師やあなたにまかせておけというにきまっている。〝治療〟の実態も知らないで」

「ずいぶん、ひどい言い方ね。私たちが、患者の治療に手をつくしていると思わないの」

「思えませんね」

「私が電話をするのも、荘川夫人はいやがるでしょうよ。訊いてみますけれどね。あのひとは、美於さんを、もう、ずっとここに置いておきたがっているようよ。たとえ寛解《かんかい》しても」

「彼女の父親は……」と、江馬貢は声が低くなった。「どう思っているんでしょう」

「直接会ってないわ、荘川氏とは」天羽たか子は答えた。

2

休みの日、江馬貢は、久しぶりに電車に乗った。恵泉園で働くようになってから、住まいと療養所をバスで往復するきまりきったコースからはずれたことがなかった。一定の圏内を動きまわっているだけだったので、電車に乗りこんだとき、彼は軽い疲れをおぼえた。

はじめて外出を許された長期療養者のようだ、と、彼は自分の生活が病人のそれと酷似していることをあらためて認めた。

つい三年前までは、深夜の国道をトラックでとばし、飲み屋で血なまぐさい喧嘩沙汰を起こし、更にその以前にも、荒々しい激しい生活は、あったのだ。

車内は、空席が目立った。通勤時間帯をはずれたウィークディの昼なので、乗客は、幼児連れの若い母親や中年の主婦が多い。

彼は、色あいの異なる世界に少しずつ染まろうとする自分を感じた。療養所と住まいを往復する日常が、背後に遠ざかり、乳色の濃い霧に包まれるようにあいまいになってゆく。その霧の中に、中井朝次を置き去りにしている、と思った。

——生と死と、二つの世界を人は想うが、死が空無であると知ってしまった以上、二つの世界とは、正気と狂気にほかならない。狂気は、レストランでトマトケチャップをがぶ呑みしたり、自分の耳を断ち切ったりする騒々しいものばかりではない。もの静かな、凄まじいまでに静かな……と、彼は思い、——ここにいる人たちは、皆、一つの世界しか知らないのだろうか。重なって存在する荒野を知らないのだろうか、と、乗客たちを、ぼうっとした目で眺めわたした。

彼が会おうとしているのは、佐野知子という、元劇団員の一人であった。

トオルというのが、劇団メンバーだろうと見当をつけてから、天羽たか子がもう一度荘川福子に電話して、劇団員の住所がわからないかとたずねたのである。

荘川福子は、迷惑そうな声で応答した。

「前に、美於に会わせろと、劇団の女の人が来ましてね、私はことわったんですけど、自分の連絡先を書いた紙をおいていきましたから、それを見ればわかりますけれど。ちょっと待ってくださいね。ああ、これです。新宿区上落合……」と、住所と電話番号を読みあげた。『ときわ荘』というからアパートでしょうね。電話は、呼び出しですって。だから、夜九時以降は困るとか、昼間はいないとか、いろいろ言っていましたけれどね。でも、どうして、劇団の人の住所なんか。もう、そっとしておいていただきたいんですわ。また、ああいう人たちとかかわりあいになるのは、困りますからね」住所と電話番号を告げたことを、荘川福子は後悔しはじめているようだった。

佐野知子という元劇団員が美於に会いに荘川家を訪れたことは、美於の精神鑑定書にも記載してあった。天羽たか子は、そのコピーを目にしている。

他の劇団員の連絡先も、鐙一光の事件を扱った所轄署に問いあわせればわかるのだろうが、江馬貢は、まず、佐野知子からあたってみることにした。

昨夜、ときわ荘に電話をかけた。管理人らしい声が、佐野さんはまだ帰っていない、と言った。何時ごろ帰られますか。わからないねえ。電話は、九時以降は取り次がないからね。朝も、困るよ。店に出るぎりぎりまで寝てるようだからね。寝ているところを起こすと、きげん悪くてね、こっちにまで当たるんだから。電話取り次いでやって当たられたんじゃ、間尺にあわない。取次ぎは、サービスなんだからね。よそじゃ、一回いくらって取るのもあるらしいけれど、わたしは、あこぎなまねはいやだからね。明日、昼間、店の方に電話したらいい。新宿の『マルエイ』ってスーパーでアルバイトしてるんですよ。え？　いや、レジじゃなく、掃除婦。レジだって、身もとのちゃんとした高校新卒なんかでなくちゃ、とらないからね、この節。

そうして、今日、昼休みに『マルエイ』の近くの『小舎』という喫茶店で会おうと、連絡がとれたのである。

珈琲も、ずいぶん長いこと飲んでいなかった。長距離トラックの運転手をしていたときは、勤務明けに飲むのはもっぱら焼酎だったし、療養所で働くようになってからも、喫茶店で音楽を聴きながら珈琲を飲むといった生活からはかけ離れた日を過していた。

わざと古びた感じを出した吊ランプとか、山小屋風に太い梁をむき出した天井、珈琲と同じ色にステインを塗った板壁、そういうありふれた店のこしらえが、舞台の書割りめき、いかにも物馴れたようすでそれぞれの席につき低い声で話しあっている客たちを、江馬貢は、自分が透明な存在になったような感じで眺めた。

ヴィヴァルディの『四季』が流れていた。いくぶん甘やかな静かな旋律が、脳髄にしみいってきた。珈琲は味蕾を快く刺し、彼は、美しい音楽や珈琲の香りに対して完全に免疫を失ない無防備になっている自分に驚いた。——俺はいま、感動しているのだろうか。たかが、珈琲店のバックグラウンドに流されているレコードの音楽に。

隣のシートでは、金のかかった服装をした中年の女と、サラリーマン風の三十代の男がむかいあい、男の方が膝をのり出していた。

「絶対。絶対おすすめ品ですよ。最高一八三〇円までつけたのが、七二〇円まで押してきているんですから、底値まちがいなし。これからは上がります。チャンスですよ。ここで三〇〇〇口、二百万ちょっと、思いきってお買いなさいよ」

「あてにならないわ。また、嵌めこもうっていうんでしょ。あんたのノルマ消化に、あたしがつきあわされるなんて、ごめんだわよ」

「ひどいなあ。そりゃ、正直いって、お客さまを嵌めざるを得ないときはありますよ。でも、奥さまに、そんなことするものですか。もうけていただこうと思って、ぼくとしてもレーダー網はりめぐらし、必死なんですから。そこのところ、わかっていただきたいなあ」

わたしは、背が低く、小ぶとりで、眼鏡をかけています、と、佐野知子は互いに顔を知らない江馬貢に特徴を説明した。

それに該当する女は、店内にはいない。江馬貢は、壁にかかった絵皿型の時計を見、入口のドアの方を見た。

スイング・ドアを押して、せかせかした足どりで女が入ってきた。丸顔で丸い眼鏡、ずんぐりしていた。江馬貢が腰を浮かすと、女の方でも、それと気づいて寄ってきた。

「佐野知子さんですか」

「ええ」女は、荒っぽい動作でむかいあった椅子をひき、腰かけた。

「おくれてすみません。食事していたので」

「ここでサンドイッチか何か食べてもよかったのに」

「だって、昼食は店で給食がでるのよ」

佐野知子は、ウェイトレスに珈琲を注文し、煙草をとり出した。荒れた声をしていた。

「昼休み、一時間なの。食事と、ここにくるので二十分使っちゃったから、あと三十五分しかないわ。ここから店まで歩くのに五分。何ですか、美於ちゃんのことで訊きたいって」

「電話でもちょっと言いましたが、ぼくは、江馬貢といいます。彼女が入っている病院で働いている」

「ええ、ええ」佐野知子は、気ぜわしくうなずいた。「さっき、うかがいました。さっきは、勤務時間中で、長電話できなかったので、詳しいことわからなかったけれど、美於ちゃん、どこが悪いんですか」

「劇団に、トオルという名前の人はいましたか」

「トオル？　水沢透のことかしら。彼がどうしたの」

「その人は、彼女と特別親しかった？」

「特別かどうか……。水沢透も、荘川美於も、あたしに言わせれば、裏切者なんだから」

たちまち半分の長さになった煙草を、灰皿のふちにたたきつけて灰をおとし、右手の指にはさんだまま、佐野知子は、珈琲のカップを左手で口にはこんだ。セーターにジーンズのサロペット、踵を踏みつぶしたスニーカーという、子供っぽいみなりで身体もずんぐりしているから、ちょっと見には十代だが、おそらく二十七、八、と、江馬貢は見当をつける。

「裏切者なんて、どぎついなあ」

「だって、ほんと、ひどいわよね。あの二人だけじゃない、ほかにも何人か、そうなんだけど、とにかく一番大事なときに逃げちゃったんですよね」

あたし、会計を担当してましたからね、と佐野知子は唇を焼きそうな短い煙草を、またくわえた。

「なんかかんか、みんな、あたしが責任かぶるようになっちゃうのね、劇団の借金。こんなおかしいことって、ないんですけどね。連帯責任でしょ。それなのに、さっさと消えちゃう要領のいいのがいてね。

美於の実家には、私、何度か連絡したんですよ。もちろん、彼女の実家からお金出してもらおうなんて、そんなさもしいことは考えませんよ。でも、美於個人には、責任分担の義務があるわけでしょう。二度ぐらい、まだ帰ってないって言われて、三度めだったかしら、たしかに帰ってているのに、今度は会わせてくれないのね。あれ、腹立ちましたね。親をかくれ蓑にするなんて、美於も、汚ないわ」

「水沢透という人の居場所は？」

「不明。連絡つかずよ」

「実家はどこなの」

「正確には知らないわ。東北の……岩手だったかな。でも、たぶん郷里《くに》には帰っていないでしょうよ。両親が離婚して、どうとかこうとかって、うちに居辛い事情があったようだから。美於のように、いざとなれば逃げこめる巣のあるのは少いのよ」

「元劇団員で、彼の居場所を知っていそうな人はいないかな」

「誰にしろ、わかったら、まず、私に連絡してくるはずね。一度は吊し上げなくちゃと、皆怒っているんだから」

「もし、わかったら、ぼくにも知らせてもらえない？」

「どうして、彼の居場所を知りたいの」

江馬貢が、あいまいにはぐらかすと、

「何か、彼、あなたに迷惑かけた？」

佐野知子は、吊し上げるといいながら、他人に対しては水沢透をかばおうとしていた。仲間意識が強いのだろう。

「そんなことはない」

「それじゃ、どうして」と、佐野知子はくいさがった。

「水沢透って、いくつぐらいの人？」

「十九……か、二十か、その辺ね」

「どんな人？」

「どんなって……。おとなしい……つまらないくらいおとなしい子よ」

「美於がね、ノイローゼといったふうで、入院しているんだ」江馬貢は、ぼかして説明した。「治療するために、彼女の語りたがらない部分も知りたい。彼女は、その水沢透という人と特に親しかったらしいのでね」

「美於がノイローゼ？」

　ぜいたくだよ、と、佐野知子は、捨てぜりふのように言った。

「ノイローゼなら、こっちの方がなりたいくらいだわよ。だけど、ノイローゼでございなんて、のんびりしてはいられないのよ、こっちは。何がノイローゼよ。借金のあとしまつを全部人に押しつけておいて。美於は、透のいるところを知らないんですか」

「らしいね」

「あなた、精神科のお医者さん？」

　疑わしげな顔で、佐野知子は、江馬貢をじろじろ眺めた。

「看護人」と言いながら、江馬貢は、紙ナプキンに住所を記し、「わかったら、ここに葉書ください」と渡した。

「増田方《かた》。下宿してるの？」

「そう……まあ」

「病院の住所じゃないのね。病院の名前と場所も教えてよ」

　佐野知子は、壁の時計に目をやり、椅子を蹴倒さんばかりにあわてて立ち上がった。

「あたし、時間給なのよッ」と悲鳴をあげて、出て行った。江馬貢の連絡先を記した紙片だけは、忘れず、ジーンズのポケットにつっこんでいた。

「この前の日新化学、どうしたのよ。まるで沈みっぱなしじゃないの」

　隣席の中年女の声が、急にはっきり、耳にとびこんだ。

「あれは、東工機器の公募株まわしてあげて、その分で埋めたじゃないですか」

「東工は東工、日新は日新よ」

「きついなあ」

　相手の若い男は、大げさに椅子にのけぞってみせ、声に甘えがこもっていた。

　江馬貢は、伝票をつかんで外に出た。

3

犬の咬傷はとうに癒えた。

床の中で、突然、自分は一人で寝ているのだとたか了は思った。

一人で寝るのは毎夜のことであるのに、ふいにそれを、きりきりと意識したのだ。

手をのばし、天井の螢光灯から下がった紐を手さぐりで求め、強くひいた。室内が青白くなった。

壁の写真がくっきりと浮き出した。

あの巖上の僧院に自らを幽閉した男たちは、身内を灼く炎を知らなかったのか。許されないからこそ、炎は幾層倍にも燃えさかったのではないか。その激情を、どうやって、何に転化させていったのか。

彼女は起き直り、両腕を交叉して躰を抱きすくめた。腕に、ふるえが伝わった。ふるえは、身内から湧き起こり、四肢の先に波及した。

東京には、男と簡単に遊べる店があった。めんどうな手間ひまはいらぬ。若い男が、性を売る目的で来ていた。ホスト・バーのように、大金をかけ時間をかけて女客同士が一人の商売男の歓心を得ようと目の色変えるあさましさもいらない。しごくあっさりした店であった。

他にも同様な店はいくつもあるのかもしれないが、たか子が知っているのは、自由ヶ丘にあるスナックで、小遣いに不自由している学生などが、ふらりと立ち寄り、恋という言葉の甘さに幻惑されなくなった、したたかな——あるいはひどく淋しい——女たちにハントされるのを待つ。

客である女を、彼らは内心蔑んでいるのかもしれないし、性のサービスに索漠としているのかもしれないが、いいあわせたように、もの静かでやさしく、心の内側はさらさない。店はただ、交渉成立の場所であり、店主はかかわり知らぬことであった。

天羽たか子がその店を知ったのは、恵泉園に勤務するようになってからだった。大学時代の友人に教えられ、休日に東京まで出たとき、ときたま行ってみるようになった。

その友人は、擬似恋愛をたのしむのが好きで、気にいった相手は、しばらく囲ってペットにし、そのあいだ、彼女の方が徹底的に奉仕するのだという。そうして、倦きるとあっさり別れると聞き、何かそれも寒々しいと思った。相手だって、それで文句は言わないのよ。男に囲われる女とちがって、さばさばしているねえ。テキはレジャー費稼ぎのアルバイトなんだからね。つまり、あなた、男に執着されるだけの魅力がないってことじゃないの。そうなるかねえ。友人は、からっとした声で笑ったが、あの笑いは、どこか虚ろな穴があいていたのだろうか。

たか子は、一人の相手と二度会うことはしなかった。たがいに名も知らず、一度だけと思うから、そのつかの間は酔える。それもまた、寒かった。

今、身内に荒れるものを鎮めかねながら、――あの男に抱かれたいのではない――そう、たか子は思う。火をつけたのはあの男であっても、私があの男に求めるのは、彼の肉の猛りではないはず。

やさしい愛撫でもない。髪をかきわけ耳にふれる男の指の感触をたか子は好むが、その指は、名も知らぬゆきずりの男のものであって、いっこうかまわないのだ。

恋の陥穽に足踏みすべらせて陥ちこんだことが、これまでになかったわけではない。しかし、相手がそれと気づき、たか子に応える眼をむけたとたん、彼女は醒め、一歩身をひく姿勢になるのだった。彼女に恋着する相手が、とたんに、こっけいにみえ、うとましさがひそみいってくる。

あの男に、私は、いったい、何を求めているのか。すると、彼女には、視えてくる。中井朝次と、寸分の隙もなく重なりあった彼女自身の影像が、中井朝次そのものに化身する。中井朝次は、彼女の姿になる。彼女は、中井朝次となって彼女自身を抱く。

それ以外に、みたさるべくもないとすれば、これは、永遠の渇仰にほかならない。

苛立たしい渇きのなかで、――今、ここに、ひ弱な子犬でもいれば、私は鉄鎖をふるって、その小さなものを、打ちすえ、打ちすえ、その血で渇きをいやそうとするだろう――。

たか子は、服を着かえた。ジーンズを履きセーターをかぶり、車のキーを持って階段を下りる。

窓を開け放して、車を走らせた。夜気が頬を斬った。

通行人がいたら、はねとばすだろうと思った。風には、いつも、かすかに汐のにおいがまじっていて、そのことも、いま、彼女を苛立たせた。

スピード・メーターの針がぐんぐん右に動いた。なぜ、もっと穏やかな恋ができないのかと思った。

アクセルを踏みこみ、スピードを上げた。愚かしいと自分を嗤う目を、たか子は捨てていた。

夜の道を走りつづけ、家畜の臭いがただよう江馬貢と中井朝次の小屋の近くで車をとめる。眠っているだろうと思う。すぐ、身近に、彼が眠っている。その気配を肌に感じとろうとする。毎夜、車を走らせずにはいられないだろうと、予感する。

やがて、ゆっくりUターンする。

抱きあって、それでみたされるものなら、小屋の戸を押し開け……と想像し、抱擁は望まないというのは、願っても得られないと、最初から屈辱を逃げている、いわば負け惜しみではなかったのか、と思いがいたる。

制御がひと皮はぎとられ、抱かれたい、抱きたい、と、意識の下にあった願望が噴き上がる。

もうひと皮、自制の力がはぎとられたら、狂う、と、たか子は、ぞくっとし、振りきるようにスピードを上げる。

4

江馬貢は、門柱に、家主の郵便受けと並べて木箱をとりつけた。サインペンで江馬と記した。一枚の葉書――あるいは、ひょっとしたら封書――を待つためであった。

病室の畳は、患者たちの汗や体脂や、失禁した汚物や、呻きや苦渋まで吸いこみ、赤茶け、ぶわぶわとふくれ、踏むと吐息のようにそれらが滲み出た。ＥＳを１クール終えた美於が保護室から移された八号室は、六人収容されている。

廊下の両側に並ぶ病室は、一メートルほどの高さの板壁で廊下と仕切られ、上の方はあいているので、外から部屋の隅々まで一目で見とおせる。

午后の自由時間を、療養者たちは、とりとめない表情で過していた。向精神薬は急激な症状を押さえるが、精神の活動を不活溌にする。

午前六時の起床とともに、蒲団は蒲団部屋にはこんでかたづける規則になっているのだが、たたんで隅に積み重ね、よりかかっている者が多い。上掛けをひっかぶって寝たままの者もいる。三階の男子の部屋では、手製の花札がゆきかうが、女子で症状の軽いものは編物や刺繍などに時を過す。

ものうい空気がよどんでいた。どことなくけだるい、生気のない様子をのぞけば、一見して異様なものを感じさせる患者は少ない。正座して数珠を握りしめ、祈祷の言葉をひっきりなしにつぶやいている女や、蒲団に縛りつけられた瘠せ細った老女が目立つくらいのものだ。しかし、上掛けをひっかぶって動かない患者は、分裂病の末期、外界の刺激にまったく反応を示さない、この世からの追放者、あるいは逃亡者だ。肉体を薄汚れた毛布の中に置き去り、心はもう一つの世界を彷徨している。

患者の一人に家族から菓子の差し入れがあっ

た。四十前なのに老女のように半白髪の藤井トシ子に、夫が送ってきたのである。

「捨ててしまってくださいな」

藤井トシ子は看護婦に言う。

「何言ってるの、おトシさん」

看護婦は笑う。

「また、毒が入ってるっていうの？　いやだねえ。何度言ったらわかるのよ。今までだって、旦那さんから差し入れがくるたびに、毒だ毒だって騒いで。捨てるのはもったいないから私たちが詰所に持っていって食べると、あとで私たちが横取りしたなんて文句を言うじゃないの」

「あ、いいですよ」と、野田仙子という威勢のいい患者が菓子の包みを受けとり、「こちらで適当に処分しますよ。置いといてください」

さっさと包みを開き、同室者に配る。亀甲と梅を型どった二種類の最中《もなか》であった。亀甲はつぶし餡《あん》、梅型は白餡が入っている。

「何て怖ろしい。私は知りません。何かあったって、私のせいじゃありません。私は、とめたんですからね。ほんとに、意地の汚ないことをなさるのね。私は知りませんよ」

そう言いながら、藤井トシ子は、一つ一つ減ってゆく菓子箱を惜しくてたまらないようにみつめている。

「ばかね、あんた」野田仙子は、ずけずけ言う。「そんなおかしなことを言っているから、いつまでもここを出られないのよ。いい旦那さんじゃないか。あんたみたいな役立たずの奥さんに、こうやって、お菓子だなんだって送ってきてくれるんだから」

「私を役立たずとおっしゃるんですの。それじゃ、あなたは何？」藤井トシ子は、きっとなる。「私が役立たずなら、あなただって同じことじゃありませんか」

「私は、アル中」野田仙子は、いばって言う。「あんたみたいな頭の病人とちがうよ。ちっとばかり飲みすぎるだけ。頭の中はまともなんだからね。しばらくここにいて、アルコールっ気を抜きゃあいいのよ。そうすりゃ、どこも悪かないんだから」

惚れていた男が結婚式をあげた。花嫁は彼女ではなかった。野田仙子は式場に暴れこみ警察につき出された。家人が、アルコール中毒という医師の診断書をそえて入院の手つづきをした。

「女のくせにアル中だなんて、よくまあ、恥ずかしげもなく言えますね」藤井トシ子は眉をひそめる。「私は、こんなところにいるべき人間じゃないんです。私はただ、ふつうの人にはわからない電波を感じるだけですわ。こんなところに入れたのは夫の陰謀だって、あれほど言っているのに、どなたもわかってくださらない。理学部か工学部の先生に診ていただかなくてはならないのに」

「美代ちゃん、早く来ないと、なくなっちまうよ」

野田仙子は、折りたたんだ蒲団にもたれている美於を呼んだ。

同室の患者たちは、目を細めてせっせと食べる。たのしみが少ないから、みな、藤井トシ子の差入れ品をあてにしている。長期療養者は、歯の欠けたものが多い。甘いもの好きで虫歯になっても、療養所内に歯科医はいないし、町の開業医は療養者の来院を迷惑がって拒否する。

「ほら、食べなさいよ。まさか美代ちゃん、あんたまで、この小母さんみたいに毒が入っているなんて馬鹿なこと考えているんじゃないだろ」

「私は知りませんよ」藤井トシ子は叫ぶ。「責任は持てませんからね。今まで大丈夫だからといって、今度も大丈夫だという保証はありませんのよ」

「ばかばかしい。やめなったら」

野田仙子は、ほらよ、と、最中を一つ、美於に放った。手を出さないので、最中は畳に落ち、皮がくずれた。

美於は、蒲団に頭をもたせかけている。すると、この部屋の女たちが、一人一人、ぽかっと口を開け、その空洞のような咽喉の奥から、淋しい、淋しい、と吐息が吐きだされるのが見える。何を喋っていても、その言葉の裏側に、淋しいという吐息がたちのぼって、部屋の空気を重く湿らせる。

江馬貢が打ちつけた木箱は、雨に濡れ、風にさらされ、たちまち黒ずんだ。

V

1

病院内の雰囲気が、わずかに変化した。医師の交替があったのである。采沢医師が、条件の好い他の病院に移った。そのあとに、鳥岡《とりおか》という四十代半ばの医師が赴任し、開放棟主任を兼ねた。

采沢医師とは対照的に、陽性な男であった。あから顔でかっぷくがよく、額がぬけ上がり、顱《ろ》頂部《ちょうぶ》の髪が薄くなりかかっていた。よほど景気のいい会社の重役といった印象で、お祭り騒ぎが好きらしかった。

新任の歓迎会で、彼は、玄人はだしのかっぽれを踊り、看護婦たちから好意のある笑いと賞讃を受けた。

鳥岡医師の何よりの関心事は、無気力な患者を行動的にすることで、たしかに、それができれば、分裂病者の治療は成功といえた。

彼は、投薬の方法を変えた。

精神安定剤の強力なものは、健康なものが服用すると目まいがし、動けなくなるほどだが、分裂病患者は、通常なら25ミリグラムでふらふらになるコントミンを、十倍の２５０ミリグラム服んでも平気でいる。しかし、意識しないだけで、肉体には非常な負担がかかっていることになる。

鳥岡医師は、これまで機械的に一日量を三等分して投与していたものを、朝一、昼一、夜二、あるいは、朝一、昼〇、夜二の割合にした。

薬の減量は充分な注意を要する。減量したために、錯乱などの症状が激化することがあるからである。

医師は、看護婦たちに一人一人の患者について慎重な観察を命じ、徐々に昼の減量に患者を馴らしていった。

昼の減量と夜の増量により、副作用による苦痛が軽減した。昼の作業中、だるさをこらえることが少なくなり、夜熟睡できるようになる。

患者の愁訴の有無、客観的な患者の動き、催眠剤の服用状態などを調べ、薬による躰の負担度の変化をグラフにした。

患者の躰の愁訴は、徹底的に検査させた。胃がもたれるといえば、レントゲンのバリウム透視をし、疲労感を訴えれば血液や尿の検査をし、目まいがするという者は、メニエル氏病の有無を調べた。

療養所内でできる検査はかぎられているので、大がかりな検査の必要な患者は、看護婦が付き添って、設備のととのった病院に連れて行った。

それによって、本当に機能的な障害があるのか、患者の気病みや甘えからくるものかを明確にした。

内臓疾患などが明らかになれば、それ相当の処置をしたが、甘えや神経過敏からくるものは、無視するよう看護婦に命じ、作業療法につかせた。

波乱が生じた。

看護婦は、労働過重になった。もともと、人手不足であった。予算はかぎられていた。

治療の一端とされている作業は、荷札の針金通し、子供雑誌の付録の袋詰めといった、単純で退屈なものに限られていた。契約を結んだ業者から仕事がまわってきて、報酬は、春秋二回の遠足のおやつ代にあてられていた。

医師は、作業を多様化すると同時に、レクリエイション指導もとりいれようとした。茶道、書道などの文化クラブと、卓球、バドミントンなどのスポーツクラブを設け、患者を、好みに応じて参加させようとしたのである。

これは、理事会から待ったがかかった。たとえば、茶道一つにしても、先生への謝礼、道具の購入と、費用がかかる。

それだけの余裕があるなら、給料をあげ、待遇を改善してくれという職員の要望も強かった。

天羽たか子のサイコ・ドラマ・セラピーにも、鳥岡は、非常な興味を示した。

「サイコ・ドラマの創始者、モレノは、人間の活動力の基本は『自発性』にある、と言っていますね」

彼は、ふっくらと厚い唇を唾で濡らしながら、目を輝かせた。

「ぼくは、この考えには全面的に共鳴します。患者に欠如しているのは、まさに、この、自発性です。我々医師は、あらゆる手段をつくして、患者の眠っている自発性を開発しなくてはならない。これは、リウマチや卒中などで手足が麻痺した患者の機能訓練と同じことですよ。痛いから、動かないからといって放っておいたら、そのままかたまってしまう。患者が痛がって泣こうと、叫ぼうと、訓練はせねばならん。分裂病者の無気力も、同様です。ぼくは、サイコ・ドラマ・セラピーの実際はよう知らん。だが、どんな方法でも、患者の精神活動をかりたてることは重要です。効果がありそうに思える。ぜひ、成功させてください」

肉の厚い手で握手され、その、あまりに陽気なはりきり方に、たか子は、いささかとまどいをおぼえた。

医師は更に、キャンプの計画もたてていた。

前任の病院で、彼は、二泊三日のキャンプで患者たちに野外の集団生活の楽しさを教えこみ、彼らの協調性を高め、自主的に計画行動させることに成功したのであった。参加した患者の手記をプリントした文集を、彼は理事や職員に回読させた。

患者たちの作文は、感謝とよろこびにあふれていた。

すでに、キャンプの季節は過ぎていた。鳥岡医師は、せめて民宿でも借り切り一泊旅行をと主張したが、理事会の許可は下りなかった。

経済上の困難もあるが、患者が問題を起こしたとき、いっさいの責任は病院側が負わされる。春秋の簡単な遠足でさえ、病院側は消極的だった。遠足ともいえない。歩いて十分ほどの公園に連れ出し、おやつを食べて帰ってくる。

それを、この秋は、バスを借りきって少し遠出しようという案を鳥岡は理事会に提出し、許可の下りないうちに、強引に準備をすすめはじめた。

レクリエイション運営委員会が組織された。職員のほとんど全部が、何らかの職名を持つ委員に任じられた。

ガイド・ブックで調べて場所の撰択。予算の決定と費用をひねり出す方法。病状と照しあわせた参加患者の撰択。気象庁に電話をかけ、好天のつづきそうな日を問いあわせる。

許可が下りないままに、日が過ぎた。

2

海は黒々と波立っていた。

十数人の患者が野外舞台の前の椅子に腰かけ、そのなかに美於もいた。

静かだなあと美於は吐息をつく。

秋の陽はほどよい暖かさで肌にゆっくりしみいってくる。土がにおいたち、野外舞台のわきに立った細いハゼの木の葉がつややかに色づき、空の青みがくっきりと濃い。

口を開けると、舌にも咽《のど》にも、やわらかい光が暖かくしみとおる。躰じゅうの細胞が一つ一つ口を開けて、いっぱいに光を吸いこんでいる。光のなかに躰が溶けこみ、どこにもなくなってしまった、と感じたとき、美於は自分自身の姿を視た。それは、碧い楕円型の透明な球体で、内側から静かにかがやいているのだった。

碧い球体となった自分を外から視ながら、美於はまた、その内側から周囲を眺めている。

青い透明な世界が、ひっそりと彼女をとりまいている。影のような人の姿が淡くよぎる。

空が、ガラスのようだ。

美於は少し不安になる。不安はおし鎮め、消してしまわなくてはならない。空が割れ砕けると怯えてはいけない。怯えると、それが実現してしまう。

ガラスではなく、水晶のように硬いはずだ。

私がひび割れる……などと怯えてはいけない。私は澄んだ硬い透明な球なのだから、割れることはない。

奥底にうごめく怯えに気づかないふりをして、静かさの中にうっとりひたっていると、透明な球は溶けて流れ出しそうになる。

それで、自分の中へ中へと力を集中する。そうすると、その力が何か激しいマグマのようにうごめきだす。押さえつけられた力が爆発するとき、私は砕けてしまう。

躰が割れる。躰が割れる。美於は声にならない悲鳴をあげる。

何ごとも起こらない。

美於は椅子に腰かけている。

野外舞台で藤井トシ子と野田仙子が何か喋っている。

美於は再び暖かい静かさのなかにうずくまる。

庭を横切りかけ、江馬貢は足をとめた。天羽たか子のセラピーを受けている患者の一群に美於をみかけたからである。

背中しかみえず表情はわからなかった。

風が強い。患者たちは少し寒そうに肩をすぼめている。

背中しかみえなくても、美於がゆったりとくつろいでいる様子がみてとれた。その背が次第に、じんわりと捩れながらこわばってゆき、彼がはっとしたとき、美於は叫び声をあげ立ち上がっていた。そうして、舞台に背をむけ、走り出した。看護婦があわてて後を追った。

盲めっぽうに庭を突っ切って走ろうとする悍馬のような美於を、貢は腕をひろげ胸に抱きとめた。

美於は拳で彼の胸をたたき、叫んだ。

江馬貢は腕をゆるめ、美於は逃れ去った。走ってくる看護婦に、「俺がつかまえてくるからまかせておけ」と言い、あとを追った。

二人きりになれるチャンスだと思った。全力疾走すればたちまち追いつけるところを、江馬貢は、つかず離れずの距離を保った。

美於は裏木戸から外に走り出た。

患者たちが総立ちになり、「離院だ」と騒ぐのを、看護婦と天羽たか子は鎮めるのに骨を折った。

人手を集め、離院患者を追わなくてはとうろたえる看護婦を、「江馬さんにまかせておきなさい」と天羽たか子はとめた。

看護婦は、まだ若いおとなしい未熟練者だったので、すなおにたか子の指示に従ったが、不安をむき出しにしていた。患者を離院させたら、とんでもないことになる。『脱走』という刺激の強い言葉は、『離院』と、婉曲に言いかえられているが、内容は変わらない。

患者たちの動揺は、なかなかおさまらなかった。江馬貢一人にまかせたたか子の処置を、皆、表情や態度で咎めていた。

これ以上セラピーをつづけるのは不可能とみて、たか子は、患者たちを部屋に戻らせた。

「報告しなくてよろしいんですか」

看護婦は、おずおず尋ねた。

「離院じゃありません。大丈夫ですよ」

なぜ大丈夫と言えるのか、たか子の直感にすぎないが、彼女は、八割がた安心していた。江馬貢が追いつけないはずはない。大勢で騒ぎたてる方が、美於の精神状態を悪化させる。不安がまったく無いというわけではなかった。盲滅法に走る美於が、江馬貢が追いつく前に、疾走してきた車にはねられるということも考えられた。

しかし、たか子は、自分の直感にたよることにした。


美於を追いながら、それとなく、海岸の方へと江馬貢は誘導した。

急な下り坂にかかり、美於は前につんのめりそうになって、かえって速度が落ちた。江馬貢は追いついて、細い道いっぱいに肩を並べ、そのまま、二人で歩きつづけた。両側に壁のように生い茂った芒が目の前に穂を交叉し、それをかきわけて下りて行った。

美於は、まだ息をはずませながら、表情は明るかった。さっき叫びをあげたときの凄まじい怯えは消えていた。

何か激しい怖ろしいドラマは、彼女の心にくっきりと実在し、一瞬荒れ狂って消えたのだと江馬貢は思い、肩を並べて荒磯の方に下りながら、安らかな気分に浸されてゆく自分を奇妙に思った。

美於が、彼を安らがせていた。

野芝の根や石くれに足をとられて、美於はしばしばよろめいた。そのたびに、彼は軽く手をそえてささえたが、美於がよりかかってこようとはせず、貢が傍にいることさえ意識していないようなので、すぐその手を離した。どんなはずみで、あの怯えた叫びをふたたびひき出さないものでもないと、ためらったのだ。

美於の明るさは、薄いガラスのようにきわどかった。それでもなお、その明るさが彼を安らがせた。

荒磯に下り、二人は巖に腰を下ろした。海から吹きつける風は鋭く、美於は鳥肌だっていたが、寒がっているようにはみえなかった。貢は上衣を脱いで美於の肩にかけた。

「今、もう一度生まれ出てゆくような感じがするのだよ」

江馬貢は言った。心の中で美於に語りかけただけなのかもしれなかった。言葉が声になっていたかどうか、彼は意識しなかった。

美於の与える奇妙な安らぎが、彼の内心の声をひき出すようだった。風の冷たさを彼は忘れた。

母の書状を読んだことを彼は語った。いや、やはり声にはなっていなかった。言葉は彼の心の中でつむがれ、それはたしかに美於にむけてつむぎ出されているのだけれど、聴覚に訴えるものとはならないのだった。生まれ出てゆくような感じと心に浮かんだ言葉を、彼は、なぜ、そんな言葉がふいに、といぶかしんだ。

美於もまた、声にならず、もしかしたら明確な言葉にもならない、しかし、ある確かな感覚を、このとき生きているようだった。

外界にむかって開かれない、めいめい別の世界にいながら、江馬貢は美於の奥深い世界に感応し、そのなかで、無声の言葉で美於にむかって語りつづけていた。

天羽たか子が二人を迎えに下りてきた。天羽たか子は療養所の金網越しに巖上の二人を見守っていたのである。あまり放置しておいては、また騒ぎが大きくなる。

この小さい事件は、療養所内のスキャンダルとなった。

風当たりは、江馬貢に強かった。風紀上の問題として、とり上げられた。

女性患者たちは、彼に意味ありげな目をむけた。賄婦のお昌さんは、彼に食料を安くわけることをやめた。看護婦たちは、あてこすりをささやいた。男に抱きついた色情狂と、それを利用してたのしんだ看護夫、という構図であった。

病棟主任の鳥岡医師からも、彼は、強い叱責を受けた。

3

水沢透の居所を記した佐野知子からの葉書が、木箱の底に貼りついていた。

ほとんど、あきらめていたのである。江馬貢は葉書をつかみ、母屋に行き、電話を貸してくれと頼んだ。

母屋の電話を使うのは、めったにないことだったので、家主の妻は、どこへかけるのかと詮索がましい目つきをした。長距離だったら、交換をとおして料金がわかるようにしてちょうだいよ、と言って、彼が通話申し込みのダイアルをまわすのを横からのぞきこんで確認した。

佐野知子は、在室していた。

「ありがとう。葉書、とどきました」

「そうですか」と、そっけない声がきこえた。

「彼には、もう、会ったんですか」

劇団員たちに吊し上げられ、水沢透が居場所をかえてしまったということはないだろうかと、危惧したのである。

「会いました」

「よくわかりましたね、居場所」

「ええ」

佐野知子の返事は、短い。他人の江馬貢に劇団の内部事情を詳しく話すことはないと思っているのだろう。

どのようにして水沢透をみつけ出したかという点には、全然ふれてこない。江馬貢も、しいてたずねようとはしなかった。彼の関心外のことであった。

「まだ、その下宿にいるでしょうね」

「いると思いますよ」

「昼は、仕事に出ているんでしょう？」

「夜もね。喫茶店とスナックと、かけ持ちでバイトしているわ。喫茶店が早番の日の夜は、深夜営業のスナックにまわるのよ。給料安いから」

「その店の名前と場所も教えてください」

「喫茶店は、川崎の、武蔵小杉という駅のそば。東横線と南武線が交叉している駅よ」

葉書の隅に、彼は、佐野知子が言うとおりの道順を記した。

翌日、彼は療養所を欠勤した。次の休日まで待つ気にならなかった。

まず、喫茶店を訪れてみた。二度めの遠出は、最初のときのような違和感はほとんどなく、彼はもの馴れた足どりで電車を乗り継いだ。

探しあてた店で、水沢透がやめたことを知らされた。若いウェイターが、店長の目を気にしながら、彼の問いに答えた。

「何か急に金がいるってね、退職金めあてでやめたんですよ。どこか、他の店に移ったんでしょ。退職金といったって、ちょっと飲んだらなくなってしまうぐらいの額だけれど」

その金を、劇団の借金返済の分担金にあてたのだろうと、江馬貢は思った。

「新しい仕事先、わかります？」

「いいえ、聞いてないんです」

「住まいは、引越したりはしていない？」

「さあ、知りません」

下宿先でたずねればわかるかも知れないと、再び電車に乗った。下宿の場所は、佐野知子におそわってあった。南武線で更に十五分ほど北上したところで、川崎も、このあたりまでくると、梨畑の多い田園地帯になる。

低いプラットフォームが一つだけの小さい駅の、駅前は商店街といえるほどの店もなく、青物と調味料、トイレット・ペーパー、煙草もいっしょくたに商うよろず屋と、そば屋があるだけだった。よろず屋のガラスのケースには、ポリパックに詰めた鯨のベーコンが、生白くおさまっていた。

よろず屋のおかみに、『原田』という、水沢透の下宿先の名を言って、道をたずねた。

知らない、と、顎の肉のたるんだおかみはそっけなく言った。

佐野知子から聞きとって書きとめておいた地図を頼りに、彼は歩き出した。

南に高い崖を背負った窪地に、羽目板の下の方が腐った木造アパートや二軒長屋が軒を重ね、崖の斜面に生い茂った雑木の落葉が露地につもり、踏むと、じくじくと水がにじんだ。

細いどぶ川に沿ったアパートの、ベニヤがはがれた板戸のわきに洗濯機がはみ出し、屋根の上にはＴＶのアンテナがぶつかりあい、その隣の木造の二階家に、『原田』という表札がかかっていた。雨にさらされてくろずんだ木の表札の文字は、読みとりにくく、あやうく見逃すところだった。

ブザーがついていないので、入口の戸を叩いて「原田さん」と呼ぶと、戸の脇の窓が開き、初老の男が瘠せた小さい顔をのぞかせた。

「水沢透さん、いますか」

初老の男は、中風の気でもあるのか、不明瞭な声で何か言い、首を振った。

「水沢透さんに会いたいんですが、留守ですか」

男は、ていねいに答えてくれるのだが、その言葉がさっぱり聞きとれない。

「いませんよ」と男のうしろから中年の女が顔をのぞかせ、つっけんどんに言った。

「仕事に出ているんですか。つとめ先は、どこでしょう」

「あんた、誰?」女は咎めた。

「水沢くんの友人です。江馬と言います。つとめ先に会いに行ったら、やめてほかに移ったというので、こちらできけば、新しいつとめ先がわかるかと……」

「あんた、劇団の人？」

「いいえ、ちがいます」

「劇団の人でしょ。しつっこいわねえ。いいかげんにしておやりよ」

女は、手荒く窓を閉めた。

男の声が窓越しにきこえた。内容はわからないが、女を咎めているような語調だった。

窓のあるところは台所らしかった。壁に沿って、地面から鉛管が垂直に立ち、窓枠の下で壁の中に入りこんでいた。鉛管の突き出たあたりの土は、水がたまり、壁の腰板に青苔が生えていた。

「うるさいね」と、女の舌打ちが、不明瞭な男の声をさえぎり、急に落語の一節がきこえた。TVの音量をあげたらしい。

アパートから子供たちが走り出てきた。江馬貢と目があって、ちょっとたじろいだ。

「このうちに、水沢さんというお兄ちゃんがいるだろ」むだだと思いながら、江馬貢は話しかけた。「どこで働いているか、知らない？」

子供たちは、少し離れたところにかたまり、年かさの子供が、「へーんなヤツ」と、うそぶくと、小さい子供たちが、「へーんなヤツ」と調子をあわせ、わーっと逃げ去った。

江馬貢は、もう一度窓を叩いた。しつっこく叩いていると、女が顔をのぞかせた。

「何ですよ」

「ぼくは、劇団には関係ありません。水沢くんは、ここで、荘川美於という女の子と同棲していたんでしょうか」

「同棲？」女は首を振った。

「水沢くんの仕事先を教えてもらえませんか」

「運送のバイトやっているからね、どこを走りまわっているか、わからないわよ」

「その配送会社のステーションで待っていれば、会えますね。どこにあるんですか」

「水沢さんが困るような話をもちこむのなら、教えるのはおことわりですよ」

水沢透は、この女に好意をもたれているのだなと思いながら、江馬貢は、迷惑をかけるような話ではないと、強調した。

水沢透に会えたのは、夕方の七時ごろであった。その運輸会社は、いくつかのデパートの配送物を一手に請け負っている。事務員に、前の喫茶店で待っているから、水沢透が帰ってきたら会いたいと伝えてくれと頼んでおいた。

運輸会社の制服を着たまま水沢透は店に入ってきたので、初対面でもすぐわかった。

芝居をやっていたときの習慣か、濃い眉をやや細めに剃りこんだ水沢透は、やさしい顔だちをしていた。顔のりんかくが細いのでいくらか華奢な感じがするが、腕はがっしり骨太だった。

江馬貢は自己紹介して、荘川美於のことをたずねたいのだと言った。

療養所の職員ときき、水沢透は、表情をこわばらせた。

「それじゃ、やっぱり、美於は」と、警戒するような声になった。言葉に、東北の重い訛りがあった。

「コーヒー、とりますか」

「飯がまだなんですよ」と、水沢透は言った。「いつも食いに行くそば屋があるんです。そっち、つきあってもらえますか」

衒《てら》いのない、すなおな印象を受けた。

水沢透の案内した中華そば屋で、焼そばの大盛とビールをとった。

「ぼくも一時、長距離トラックで運送をやっていたんですよ」と江馬貢が言うと、「そうですか」と笑顔をみせたが、ひどく疲れているらしく、顔色が沈んでいた。

「劇団が解散になってから、しばらく、美於と同棲していたんですね」

「ええ」水沢透は、それが、何かあんたに関係あるのか、というように、ぶっきらぼうな返事をした。

水沢透の気持をほぐすために、江馬貢は、雑談めいたところからはじめた。

「もう、芝居の方は全然やっていないんですか」

「ええ。だめですね。ぼくにはむかないみたいです」

腹がへったと言って、大盛りを注文しながら、醤油と脂のにおいのする焼そばの皿がカウンターにおかれても、水沢透は、はかばかしく箸を動かさなかった。

「この仕事、食事の時間が不規則でしょう。胃をやられてね」水沢透は、まずそうな食べかたを弁解するように言った。

「腹がへると、胃のあたりが痛くなるんです。食べればいいかっていうと、そうでもないんですね。もっとも、芝居やっていたころだって、労働過重、食事だって、今よりもっと不規則だったんだから、今の方が楽なくらいなものだけれど。年かな」

「いくつ?」

「先月、二十《はたち》になったところ」

「美於、たのしかったらしいですね。きみと暮していたとき」

水沢透は、驚いた目で江馬貢を見た。それから、むっとしたように、

「あんまり、鎌かけるような言い方、しないでほしいです」

「鎌をかけるなんて、そんなことは……」

水沢透は、不機嫌に黙りこんだ。

二人は黙って焼そばをつつき、ビールを流しこんだ。注ぎ足してやろうとすると、いいです、と、水沢透は、自分で注いだ。

ビールが三本からになり、

「何が聞きたいんですか」沈黙をもちこたえられなくなったように、水沢透は言った。

「ぼくを責めるんなら、遠まわしな言いかたはし

ないで、はっきり責めたらどうなんですか」

「どうして、きみを責めるんですか」

水沢透は、ＴＶのコメディアンがみせる陳腐な仕草をまねて、やりきれねえな、という言葉のかわりにした。

4

鐙一光の通夜は、荒れていた。名のとおった劇団ではないから、芸能記者や劇評家といった部外者が焼香に訪れることはなく、劇団メンバーのほかは、音楽関係者が数名加わっているだけだった。

悲愴な声で、これから先、皆で団結してがんばろう、と大げさな演説をぶちはじめる男を、やみくもに、ばかやろう、と、どなりつけるのがおり、悪酔いしたやつが便所を占領して嘔吐の声をひびかせ、
大丈夫かしら。

ほっとけよ、かまってほしくて、わざとやっているんだ。

あとから便所に行った女が、汚れているかと思ったら、きれいに拭きとってあったわ、酔っぱらいが、自分で始末したんだわ、何だか、みじめでいじましい、と、戻ってきて泣き、その、自分が吐き散らした吐物を四つん這いになって拭いたやつは、水沢透であった。

通夜の席にあてた部屋では、演説男と、ばかやろうと野次をとばしていた男が、実力行使の喧嘩になり、とめる者とけしかける者のどなり声やうんざりした声、変に冷静ぶった声、情けないと泣き出す者、水沢透は、部屋には戻らず、台所に行った。

さっき吐いたもののなかに、どす黒い粘液が混っていたような気がした。つくづく調べるのが怖ろしく、いっしょくたに拭きとって、流してしまった。喀血は鮮やかに紅いが吐血は黒いと、誰にきいた知識だったか。

台所では、荘川美於が皿小鉢を洗っていた。

水沢透は、それまで荘川美於にあまり関心を持っていなかった。彼は、劇団員としては新入りの方だった。美於が躰をこわしていったん家に戻り、再入団した、その後で、メンバーに加わったのである。

岩手の、小さい造り酒屋の息子であった。中学二年のとき、両親が別れた。父親がほかに女をこしらえ、母親は家を出て、前から関係のあった市会議員の世話を受けながら水商売をはじめた。議員の妻が病死すると、彼と弟を連れてその家に入りこみ、後妻におさまった。彼より三歳年上の、先妻の娘がいた。誘われて唇をあわせているところを義父にみつかり、野良犬のように蹴とばされ、家を出た。すぐに詫びをいれて帰るつもりだったが、母親から、帰ってくるなと厳命された。仙台に住む義父の知人にあずけられ、そこの私立高校に入学させられた。番長に目をつけられ、いたぶられた。非力なので反抗できず、無断欠席が多くなり、学校からあずかり先きに注意がいった。番長が怖いというと、負け犬になるな、力には力で対抗しろと言われた。抵抗したら半殺しの目にあうのはわかっていたから、金を少し盗って、列車に乗った。かつかつ旅費の分しか手を出さなかったのは、彼の気の弱さであった。

上京して、身もとをやかましく詮索しない飲食店にやとわれた。

出前の途中、ガードの下のコンクリートの壁に、木枯しにめくられてちぎれかけた貼り紙を見た。研究生募集、とあるのを見て、ふと気がむいた。

劇団に所属していれば、食と住は確保されるのがありがたかった。もっとも、できるだけのことはして稼ぎ、食費に相当する分プラスアルファを劇団におさめなくてはならなかったが。

認められてTV出演の口がかかり、スターになることを甘く想像したりしたが、劇団の体質は、そういう通俗性を激しく軽蔑していた。

劇団内の生活は、放縦なところと、おそろしく規律の厳格なところがあった。

男と女のあいだはきわめて自由だが、食事当番とか、切符の売りさばきの割りあては厳しかった。

劇団というよりは、何か新興宗教団体と言いたいようなところもあった。主宰者の鐙一光一人が年齢がかけ離れ、年若い団員は彼に心酔しきっているようだった。炭鉱離職者で独身という以外に、鐙一光については、ほとんど知られていない。地の底からたちあらわれる地霊のような迫力は、いつ、どのようにして身につけたのか。生来のものか。容赦ない荒稽古を課するが、土の暖かみを感じさせ、猥雑だが卑しくなかった。

だが、水沢透は、酔いきれなかった。新参であるために、いくぶん、よそ者の目で劇団のありようを見ていたのかもしれない。

彼は、世の中に対して、他人に対して、用心深くなっていた。

ライトを浴び、観客の前に、よそおった己れをさらすことには、陶酔感があった。見られている、という意識は、快かった。

もう少し時間があれば、彼も、他の団員の熱気にまきこまれ、鐙一光に無防備に心をひらくようになったのかもしれないが、その前に、鐙一光は急死した。

美於が、洗いものの手をとめて、「お水？」と訊いた。

「ああ」

ビール会社のマークが入ったコップに水をみたし、美於は手渡した。指先から雫がつたい、彼の手を濡らした。

彼は、床に腰を下ろして飲み、水の感触が咽喉を流れ落ちて胃にとどいたとき、前かがみになって、不快感をこらえた。

美於は、いそいでかがみこみ、スカートのはしを彼の口もとにもっていった。とっさに、吐いたものを受けようとしたのだった。吐きつくしたあとなので、黄色い胃液だけが逆流した。

彼は片手で口を抑さえ、指のあいだから吐液は流れた。赤黒い色が混っていないのでほっとした。

美於はハンカチを濡らして彼に持たせ、背を撫でた。そんな動作が、あとで思うと、何か半分放心したまま残る半分の意識で動いているといったふうだった。

胃の不快感がおさまってから、彼は口をゆすぎ、吐いたあとの唇では気持悪がられるかと思いながら、美於の唇のわきにキスした。

まともに唇をあわせようとすると、ちょっとよけかけたが、すぐ、されるままになった。よけたら、汚ながっていると透を傷つける、そんなためらいから受けいれたのかもしれないと、彼は思った。

ゆっくりと両腕を美於の背にまわして深く唇を重ね、抱きこんだ。美於は抗わなかったが、積極的に応えようともしなかった。

団員が共同で借りている家は、家主から追いたてをくっていた。鐙一光と個人的に結んだ賃貸契約だから、鐙一光が死んだからには契約は無効になったというのが、家主の言いぶんであった。家賃はこの数箇月、滞っていた。契約期間がまだ残っていることを楯に居坐るためには、溜めた家賃を皆済しなくてはならなかった。

団員は、幹部から借金返済金の分担を厳命された。

それとともに、次回公演の計画もすすめられていた。公演という目的で気持を結集しなければ、団員たちは、うやむやに分散してしまう怖れがあった。といっても、計画はいっこう具体化の方向には進まず、例によって、やたらに威勢のいい掛け声と、少しでも具体的な案が出かけるとたちまち水を差し、それによって自分の純粋さを示そうとする者の冷笑、世間の俗物への悲憤慷慨、それらが、ごったがえし、感情的な論争のあげく、まっ先に泥酔したやつが他の者をしらけさせ、うやむやに終わるといった状態のくり返しに日が過ぎた。

水沢透は、その騒々しい渦からはじき出されたふうに、距離をおいて彼らを眺め、生活の全部を劇団に捧ぎつくせという命令に怖れをおぼえた。

稼いでも稼いでも、劇団に吸い上げられる。劇団といっても、それは、頭を失ない、底無しの空洞に労力と金を呑みこむ怪物めいたものになり果て、生え抜きの劇団幹部らは、彼ら自身がその怪物の構成分子なのだから文句の持っていきどころもないのだろうが、水沢透はそこまで没入できかねた。

そのころ、彼はスナックでアルバイトをしていた。組合健康保険加入の制度はない。いつかはちゃんと検診しなくてはと思いながら、病名を宣言されるのが怖ろしく、慢性化した胃痛をなだめなだめしていた。

仲間から抜けようと決心したが、一人では何か心細く、美於を誘った。「おれ、死にたくないからね」彼は美於に言った。

自分が美於の力になってやるのだという気持もあった。主宰者の急死以来、美於は、ふだんから口数が少ないのがいっそう陰性に無口になり、影の薄いような、危なっかしい感じがつきまとっていると思えたのであった。

口重く、少しずつ話す水沢透に、江馬貢は好感を持った。

いくじのない、弱い男が、その、いくじのなさ弱さを、ことさらに悲愴ぶりもせず、虚勢もはらず、大げさに自分を責めてみせるでもなく、ありのままに、ぽつりぽつりと喋っているのだった。

江馬貢は、珍しく、彼もまたすなおな気分で水沢透の東北訛りの言葉をきいていた。

すると、かつて、おそろしく気負いたっていた少年の自分が、陰画のように視えてくる。

美於に、声にならない言葉で語ったことを、彼は、やはり無言のまま、このおとなしい平凡な若者に語りかけていた。

かつて、おれは、あの男を乗り越えようとした。おれの出生は、英雄たるべくふさわしいものであった。おれは、血の印を額に刻《こく》されて生まれてきた。

行動した。

しかし、やがて、迷妄が消えたとき、残ったのは、深い疲れだけだ。凡庸な一人にすぎなかった。するとあの男は、何なのだ。いっとき、獣性に身をまかせただけの、くだらないやつ？　そう認めるのは、まるで、おれ自身を抹殺するようだ。

おれは卑小であり、あの男が与えてくれた巨大な栄光に価しなかった。それだけのこと……。

水沢透の焼きそばの皿は、半分も減っていなかった。

江古田の安アパートを借りて、と水沢透はつづけた。たしかに、はじめのうちは、楽しかったんです。少なくとも、ぼくは楽しかった。美於もそうだろうと思っていました。

二人で歩くとき、美於はいつも彼の指に指をからめてきた。ほとんど無意識にそうしているようだった。彼がわざと意地悪く指を抜きとると、それで自分の指の存在に気がついたというふうに驚いて彼の顔と自分の指を見くらべ、いつまでも五本の指をぱらぱらと折ったりのばしたりした。その途方にくれた様子が子供じみておもしろく、彼は何度もからかった。そうして、これはちょっとした発見だと思った。劇団にいたころは、そんな稚いところがあるようにはみえなかったのである。そのくせ、肩に手をかけて抱き寄せて歩こうとすると、甘えて寄りかかってはこないのだった。きりっと背中をのばして一人でいるような歩きかたをした。

アパートの狭い部屋でデコラ貼りの折りたたみ

座卓をひろげ食事しているとき、美於はときどき、ふうっとくつろいだ微笑を浮かべた。陽だまりのなかで、暖かい光に躰を溶けいらせているときのようなやわらかい微笑だが、部屋の中は西陽が射しこみ残暑の熱気がこもり、決して快くはないのだった。二人だけの暮らしがこんなに美於を満足させているのだと、彼も何か心楽しくなる。しかし、彼の方をむくとき、美於は微笑を消し、きまじめな表情になるのだった。まるで気むずかしい主人に一生懸命誠実に仕えているというふうに細かく気を配り、気をゆるめたら、この生活が砂の城のようにくずれてしまうと思っているといったぐあいだった。

　東北育ちで漬物好きの透のために、美於は糠漬けを作った。新しい糠の床《とこ》は練れていないので塩味が浮きあがり風味がなかった。

「古い床《とこ》を少しわけてもらって混ぜると、すぐに味がなじむんだ」透が言うと、そうね、そうね、と目を大きくしてうなずき、真剣に考えこんだ。親しい知人のいないところで、誰からわけてもらえるだろうと困り果てているのだった。

　透は池袋に小さいスナックに働き口をみつけ、美於はやはり池袋の居酒屋ふうの店に通うことになった。透の店の方が早く閉まるので、毎夜迎えに寄り、終電車でいっしょに帰る。店で糠みその床をわけてもらえるとわかったとき、美於の安堵のしかたは少し大仰すぎるほどで、透はあきれ、笑いだした。

「だって、ほんとによかったわ。どうしようと思っていたんだもの」しつっこく美於はこだわった。

　気の短い男なら、うるさいと怒りだすところだが、透はあまり気にならなかった。美於の誠実さだけを、まっすぐに感じとっていた。今まで他人にも肉親にもかまわれることの少なかった彼は、美於の彼に対する過剰な心づかいを海綿のように吸いとって喜んでいたのである。

「胃によくないと思うのよ、漬物の食べ過ぎは」と眉をひそめながら、それでも食事のたびに小鉢に山盛りに用意した。

居酒屋の開店は五時半なので、昼の時間がもったいないと、美於は喫茶店のレジスター係もかけ持った。何か炎で焙りたてられているようなせっぱつまったきりきりした様子で、少しでもあいた時間は仕事で埋めなくてはと思いこんでいるふうだった。

居酒屋と喫茶店の休みの日がちがうから、美於には丸々一日休みという日がないのだった。

「そんなにがつがつやらなくても」と透は言うのだが、「時間がもったいないわ」と美於は、その理由に執着した。そうして、透には無理して躰をこわさないでくれと、哀願せんばかりに言うのだった。

水沢透の話をききながら、江馬貢は、天羽たか子からきいた美於の精神鑑定書の一部を思い出していた。

劇団員の一人の陳述によれば、美於は、〝家の人の反対を押しきって独立した。失敗できないという追いつめられた気持があったんじゃないですか。彼女、前から熱心ではあったんですが、出戻り後は、鬼気迫るという感じがありましたね、稽古のとき。だいたいがそう器用なたちではなかった。それを練習量でカヴァーしようというのだから、痣《あざ》だらけでした……〟

同じなのだなと、江馬貢は感じていた。失敗はできない、と思いつめ、透が躰をこわしたり不満を持ったりすることで二人のせっかくの世界がくずれることを極度に怖れ、自分の過労もまた崩壊の原因になることにはまるで気がまわらなかったのだ、と。

美於がふうっとやわらかい微笑をみせる時間が

少くなった。それでも、二人で食事をしているときや、いっしょに銭湯に行った帰りなど、疲労の濃い放心した表情にうっとりとくつろいだ微笑が淡く重なった。

透は、美於の疲労に十分に気づかなかった。彼にとってはほとんど初めてのことといえる、やさしく心づかいしてくれる者の存在を、貪欲に味わっている最中であった。

「ステレオのセットが欲しいな」と彼は無理を言った。彼は、躰のまわりにしじゅう音楽が欲しかった。劇団の宿舎にはプレイヤーもアンプもカセットデッキもレコードも、それにギター、バンジョー、ピアノからドラムスのセットまで、楽器も一応は揃っていたのだ。二人だけの暮らしが少し落ちついてみると、音楽のない生活が淋しくなった。レコードだけは、劇団にいるとき自分で買ったのを数枚持ってきていた。もっと沢山持ち出したかったが、劇団の所有物だったり、他の劇団員の私物だったりなので、手を出さなかった。劇団にいるときは、どのレコードも共有財産としてかってに聴けたのだが。

「そうね」と美於は子供にねだられた甘い母親のような笑顔をみせた。困りながら、ねだられるのがいやではないのだった。そうして、母親以上に、何とかしなくてはとむきになった。

「ローンでなら買えるわね。あたしたち、ほかに何も贅沢はしていないんですものね。プレイヤーぐらい欲しいわよね」

一生懸命自分を納得させるふうに言い、二人で楽器店に行った。

店に並んだセットを見ていると、透は、どうしても欲が出てくるのだった。値の高いものほど、音質がよいのは当然で、消耗品ではないのだから、どうせ買うなら、もう一ランク上のものを、と夢中になる。部屋が四畳半一間であることを忘れていた。

美於は、目を細めるような表情でうなずきながら口をぶつぶつ動かして計算していたが、透の望みがエスカレートするにつれて次第に困惑の色が濃くなり、怯えたようになり、透がコンポの性能について一心に店員の説明をきいているとき、大きく見開いた目から涙が溢れはじめた。店員が「どうしたんですか」と声をかけるまで、透は美於の異常な困惑ぶりに気づかなかった。

「どうしたんだよ」とふりむくと、美於は精根つきはてたというように床にぺたっと坐りこみ、黙って涙を流しつづけていた。

「おい、よせよ、みっともない。どうしたってんだよ。立てよ」

腕をつかんでひきずり上げようとしても、美於は動かなかった。

「腹でも痛む？」

美於は首を振り、顔をおおいもせず泣きつづけた。

透は理由がわからず、力ずくで外にひきずり出し、すると美於もあきらめたように、まだしゃくりあげながら歩きだした。

二十万円もするステレオ・セットを買わなくてはならないと思いこんで絶望的になって泣きだしたのだとようやく気づき、透はさすがに腹をたてた。

「おれ、何も、あんな凄えのを買うって言ってないだろ。ただ見てただけじゃねえかよ。いやみなやりかたっていうんだよ、美於みたいなの。あてつけがましくさ。いいかげんにしてくれよ。買うのはおれだよ。美於に金出せって言ってないだろ」声を荒らげると、美於は道ばたに坐りこみ、爆発するように声をあげて泣き出した。通行人がじろじろ眺めるのもかまわず、泣くことのなかに埋もれきっていた。

こんなに取乱した美於をみるのははじめてなので、透は動顚した。

自分からは一歩も動こうとしない美於を、荷物をひきずるようにひっぱったが、数メートルも歩けず、かってにしろと突放して先に歩き出した。百メートルもいってからふりむくと、美於はいくらか声は掠れて低くなったものの、まだ泣いていた。

繁華な商店街であった。通行人は、最初は横目で眺めて通りすぎていたが、一人が物珍しげに立ちどまると、それにつられて人垣ができはじめた。

透は走り戻り、野次馬を突きとばさんばかりにして、美於をひきずり出した。その見幕に気をのまれたのか、美於は、今度はすなおに従った。

アパートに帰りつくと、美於は疲れたといって畳に横になり、そのまま寝入ってしまった。

そうして、透が薄気味悪く思ったことには、数時間眠りつづけて夜の八時ごろ目ざめた美於は、あの騒ぎを、それほど深く心にとめていなかった。まるで記憶していないわけではないのだが、どんな醜態を演じたか透が話しても、他人ごとのように、あら、そう、と笑っているだけなのだった。虚勢をはっているふうでもなかった。

「みっともなかったんだから。もう、ぺたっと坐りこんで、餓鬼みたいにさ、わァわァ泣くんだから。おれ、もう、恥ずかしくって恥ずかしくって、ぶんなぐってやろうかと思った」

「暴力はやめましょう」と言って、美於はころころ笑った。

翌日から、以前と変わらない日がつづいた。

美於はひたむきに働き、透に細かい心配りをみせた。

透は美於の爆発を思い出すのがおそろしく、あまり美於に注文は出さなくなった。すると美於はいっそう、彼の心の動きにまで気を配り、言葉に出さない希望にそおうとつとめるようすであった。透は、ようやく、それをうっとうしく思いはじめた。

その透の気持の変化は、ふとした言動のはしににじみ出た。それが美於の不安をかりたてたようであった。

美於の狂乱を思い出さないためにも、透はプレイヤーが欲しいと口にするのをやめたが、美於の方で買おうと誘った。

「もう、いいんだよ」

「なぜ、いいの？　あんなに欲しがっていたじゃないの。買いましょうよ。あたしも欲しい。たのしい曲を聴こうね。透のレコードは暗いのばかり。透の好きな〝The House of the Rising Sun〟アニマルズの、あれ好い歌だけれど、つらすぎる。聴いていると胸が痛くなる。プレイヤー買おう。そうして、明るい景気のいい曲をしょっちゅうかけているの」

買わない、と透は言いはった。あんな騒ぎを起こしたくせに、と多少意地にもなっていたし、好きな曲をかけるのにイチャモンをつけられるのではかなわないと思った。美於が暗すぎていやだという曲をかければ、美於は何も言わず、がまんしてがまんして、ぎりぎりのところで大爆発するのだろう。もう、ごめんだよ、そういう犠牲者ぶりは。こんな意地の悪い考え方は、透にしては珍しいことであった。

その日、美於は喫茶店の方が休みで、夕方から居酒屋に出ればよかった。そういう日は店に出る前に透の働いているスナックに寄り、スパゲッティを食べて行くのが習慣になっていた。外食は高くついてもったいないけれど「お店で働いている透、ちょっと別の人みたいで、うちにいるのと違う魅力がある」と美於は、ささやかな贅沢の習慣をつづけていた。

五時近くなってもあらわれないので、珍しく習慣を破ったなと思ったが、それほど気にはとめなかった。スナックが閉まってから、いつものとおり居酒屋に行った。店の内をのぞくと、「どうしたんだよ、無断で休まれちゃ困るじゃないか」板前がカウンターのむこうからどなった。客がたてこみ、板前は気が立っていた。

「美於、来ていないんですか」

「困るってんだよ。休むなら休むで、前もってはっきり言っててくれなくちゃ」

モツを焼く煙でカウンターの奥はけむっていた。

透はいそいで頭を下げて外に出た。

アパートに戻ると、ドアには鍵がかかっていた。ドアを叩いても返事がないので、合鍵で開けると、美於は部屋の隅にうずくまっていた。ドアの開いた気配にびくっと身をすくめ、両腕で顔をかくした。

小きざみにふるえている傍に近寄り、「美於」と呼ぶと少し顔をあげ、「ああ、透!」と抱きついた。

「どうしたんだ」

「どうもしない」と言いながら、半日で頬がこけ、目がくぼんでいた。

「病気?」

「何ともない」

額に手をあてようとすると美於はその手首を握って彼女の背中のうしろにまわさせ「きつく抱いていて。怖い」と言った。美於の躰のふるえが透の腕につたわった。

「何も怖いことなんかないじゃないか」

美於は額を透の胸にすりつけ、胸の中に顔を埋めこんでしまおうとするように力をいれた。

「こら、おかしいゾ、美於ちゃん」透はわざとふざけた。ふざけることで気味悪さをまぎらそうとした。

「警察の人が来た」と美於は小声で言った。

「何しに?」

美於は激しく首を振り、いつまでも振りつづけ、透は、彼女がまた泣き叫ぶのではないかと怖くなった。美於は声はあげなかった。透は黙って美於を抱きしめているほかはなかった。透の腕の中で、美於は少しずつ静かにおさまっていった。

透は三尺の押入れから蒲団をひきずり出した。二組敷けるほど広くないので、敷蒲団を一枚だけ敷き、細長く開いたスペースに折りたたんだ毛布をのべることにしている。二人で並んで寝ていると、毛布がよじれて、美於は蒲団と毛布のあいだに落ちこむことがしばしばなのだが文句は言わなかった。

いつものように左腕をのばして手枕してやり、右手で胸にふれながら、

「警察が何しに来たんだ」

透は訊いた。

劇団を黙って逃げたからだろうか。でも、金を持ち出したわけじゃなし、警察が介入するような問題ではないはずだ。

しかし、警察ときいただけで、透も何となく不安になった。思いもかけないことで罪人呼ばわりされることもあるのだ。野外公演の許可をとりに警察に行くと、最初からちんぴら扱いされ頭にきたことが何度もある。

「後で話すから」と美於は消え入りそうな声で言った。

「あたし、やっぱり、だめなのかしら」美於がつぶやいたとき、透はもう寝息をたてはじめていた。

美於にゆり起こされた。

「お願い」と美於は、申しわけなさに身をすくめながら、「お願いだから、先に眠ってしまわないで」

「無理だよ」と透は不機嫌にうなった。寝入りばなを起こされるくらい不愉快なことはない。

「お願い。あたしが眠るまでがまんして。ほかのこと、何でも透の言うことをきくから、お願いだから、起きていて。透が眠ってしまうと怖い。怖いし、もう、淋しくて淋しくて」

「何言ってんだよ。いままでだって毎晩、たいていおれの方が先に眠ってたじゃないかよ」

「うん。いつも、淋しいけれどがまんしていたの。でも、今夜はだめ。どうしてもだめ。淋しいだけじゃなくて怖いの。怖くてたまらないの」

「怖いことなんてねえよ。何かあったら、一声《ひと》でとび起きてやるよ。ドアの鍵、ちゃんとかかってんだろ」

「うん、うん。だけど、どうしようもなく怖いの。透が眠ってしまうと、隣にいるってわかっていても……。隣にあるのは、躰だけでしょ。ほんとうの透はいなくなっちゃってるみたいでしょ。まるで死んでる人と……」

「ばか、よせったら。きもち悪い。眠ってるだけで死人扱いされてたまるかって。さあ、起きていてやるから、早く眠れよ」

ごめんね、と言いながら美於はなかなか寝つかず、透が眠りかけると、揺り起こした。

透は、はじめて美於に手をあげた。なぐりつけ、美於に背をむけ蒲団をひっかぶって目をつぶった。手にいやな感触が残っていた。

「ごめんなさい」暗い中で美於の起き直る気配がした。薄目をあけてみると、美於はきちんと正座して両手をきつく握りあわせ頭を垂れていた。

かってにしろ、と透は眠ろうとした。しかし、この騒ぎで目が冴えてしまった。

「ほら」と透も起き直り、美於を腕の中に抱えこんで横たおしになった。それから躰を求めた。躰の感覚の中に、喧嘩のしこりはみんな溶けていくと透は思った。こういう解決手段があるのは、ほんとにいいことだ。そうして、みち足りて透は眠った。二、三度揺すぶられたような気がしたが、目はさめなかった。


翌朝、美於は機嫌よく朝食の仕度をした。削り節と煮干でだしをとった味噌汁の実は、透の好きな焼茄子で浅葱のみじん切りを散らし、胡瓜と茄子の漬物もたっぷり添えてあった。

「今日は早番だから」といって美於は先に出かけた。

後から部屋を出た透は、階段で同じアパートの住人たちが立話をしているのを耳にはさんだ。タクシーの運転手のおかみさんと、クリーニング店につとめる父親を持つ娘が外まわりの掃除の手を休めて話しこんでいた。

昨日、来たでしょ、おまわり。

来た、来た。感じ悪いったら。

「おまわりが何しに来たの?」彼は話しかけた。

空巣。三号室に空巣が入ってさ、昨日、大騒ぎだったのよ。たいしたもの盗られたわけじゃないのにさ。おまわりが、一部屋一部屋首つっこんで、何だかんだ訊くのよね。尋問口調よ。ひどいったら。まるで、空巣の入った時間に同じアパートにいたのが悪いみたいにさ。こっちのこと疑ってるんじゃないかと思っちゃうよ。いやな感じ。

二人は口々に告げた。

夜、居酒屋に美於を迎えに寄り、また無断欠勤したことを知らされた。

警官に調べられたのが、そんなにショックだったのか、かわいそうなことをしたな、と透は思った。それなら、ゆうべ、もっとやさしくしてやるんだった。

ポリのやつ、よほど美於を手荒にとり扱ったにちがいない。空巣の疑いでもかけられたのか。それにしても、美於も少し神経過敏すぎるよ。あんなに怖がることはないんだ。いったい、どこの署のポリ公だ。

面とむかって警官に楯つく勇気などないくせに、水沢透は、心の中でえらい見幕で毒づいていた。

いそいでアパートに帰り、昨日の様子では、また、ドアを叩いても開けないかもしれないと、最初から合鍵を使った。

ドアを開けたとたんに、悲鳴があがり、鋭いものがとんできた。鋏だった。透は辛うじてよけた。

「ああ、透……」

美於は、くたくたと坐りこんだ。

「危ねえな」

「ごめん」美於は深い吐息をついた。膝のそばにガムテープのロールがころがっていた。そうして、窓枠をガムテープで目貼りしかけてあるのを、透は見た。

「何だって、そんなもの貼るんだ」

「怖いんだもの」

すき間から人の目がのぞいている、と美於はすすり泣くような声を出した。

透は靴を脱ぎ散らして部屋に入り、手荒くガムテープをはがそうとした。

「やめて。とらないで」美於は透の手を押さえた。疲れきった表情をしていた。

「誰がのぞいた？」

「知らない。今ものぞいてるわ。だから、貼っておいて」

透は耳をすましたが、人の気配はなかった。部屋は二階にあり、窓の外には鉄桟《てっさん》の手摺りがついているだけだから、人がよじのぼってのぞくなどということは、ありようがなかった。

「美於、変なやつがいたら、おれが追っ払ってやるよ。だから、ね、一度窓を開けて調べよう。誰もいなければ安心するだろ」

「いや、やめて、怖い」

「だって、いつまでものぞかれているより、追い払った方がいいだろ。おれがいるんだからさ。大丈夫だから」

誰か外にいるのなら、透にしても怖ろしいが、いないとわかっているので、頼もしげな口をきいた。

美於の手を片手で握ってやり、ひどく力強い人間になったようないい気分で、それと同時に美於の不自然な怯えように不安も持ちながら、ガムテープをはがし、窓を一気に開けた。美於は息をのみこむような声を出した。

「ほら、見てみろよ。自分の目でたしかめろよ」

窓の下はどぶ川で、そのむこうは屑鉄置場になっている。古自転車や錆びたドラム罐の山が黒くこんもりしていた。どぶ川はコールタールを流したようにねばり、いつもは馴れて気にならない悪臭が鼻をついた。

「ここは二階だからね、物音をたてずによじのぼって、すき間からのぞきこむなんて、忍者か宇宙人でなければできないよ。さあ、わかっただろ。今夜はぐっすり寝てくれよね。頼むよ。ゆうべみたいに寝せてくれないんじゃ、かなわない」

昨日、ポリ公のやつ、何かひどいことをしたのか、と透が訊くと、美於は肩をすぼめ、鳥肌立った顔をこわばらせた。

「空巣が入ったんだってね」

「口実なの。空巣なんて。わたしのことを調べに……」美於は語尾をのみこんだ。

「ポリが、何で美於のことを調べるんだ」

「訊かないで」美於は首を振り、透は、いそいでた。美於を腕の中に抱きこみ、力をいれて抱きすくめた。それ以外に鎮める方法を知らなかった。

美於は外出しなくなった。外に出ると尾行される、と言うのだった。透にも店に出ないでくれと哀願した。一人になると、隣の人が私を責めはじめるの。壁越しに言うのよ。

何て？

ああ、訊かないで。お願い。何も訊かないで。

隣って、どっちの隣だ。

美於はちょっとためらい、右だ、と言った。

右隣りは旭マーケットにつとめている小母さんじゃないか。毎日、朝八時に出かけて、夜は八時か九時ごろまで帰ってこないだろ。昼間はからっぽだよ、右隣りは。

ああ、左だわ。

左は小柴さんだろ。あの人だって朝つとめに出たら夜まで帰らない。一人者だから、部屋は空《から》になる。でたらめ言うなよ。

でたらめなんか言わない。美於はつらそうに顔をゆがめた。

今日だけでいいから、と美於は頼むのだった。今日だけ、いっしょにいて。それでなかったら、あたしをどこかに連れていって。ああ、それがいい。ここを出ましょう。こんな怖いお隣りさんのいるところにはいられないもの。ほかに移ろう、ね、透。誰も知らない、追ってこられないようなところ。

「さあ、店に行かせてくれよ。遅刻したら給料減らされちゃうよ」

お願い、一人にしないで、と美於はしがみつき、夜は夜で、自分より先に眠らないでくれと頼むのだった。透が眠りかけると、「ごめんね、ごめんね」と、身をよじってつらそうにあやまりながら、執拗に揺り起こした。透はいらいらして突きとばし、時にはなぐり、なぐったあとで、ああ、かわいそうなことをしたと思い、躰で仲直りした。しかし、美於の躰は、透の力にあまり応えなくなっていた。ただ怯えをまぎらすために彼にしがみついているだけだった。

透も、つらくなった。もう、だめだなあと思い、どうしたらいいのだろうと途方にくれた。医者に連れてゆくということを考えつかなかったのは、二十そこそこという幼い年齢のためかもしれない。

一度、透はむりに美於を残して部屋を出た。店に出るつもりだったが心配でたまらず、途中で引返した。美於は部屋の真中に大の字に倒れ半ば失神していた。彼が顔を水で濡らし醒めさせてからも、しばらくはぼうっとして、彼の顔もわからない様子だった。その状態はじきになおったが、彼はそれ以来、美於を置き去りにするのが怖くなった。

食料の買出しには出なくてはならなかった。彼は美於と手をつなぎ、いっしょに外出した。手をつないでいれば、美於はおとなしかったが、彼はほとほと疲れはてた。

ある日、透は急に胃が痛くなった。なまやさしい痛みではなかった。きりきりとさしこみ、彼はのたうちまわった。胃痙攣だから医者を呼んでくれと美於に命じた。美於はおろおろし、それでも、タクシー運転手のおかみさんのところに走り、医者を呼んでくれと頼み、また駆け戻ってきた。

医者が来て鎮痛剤を射ったので、痛みはほどなくおさまった。鎮痛剤の作用で彼はとろとろ眠り、美於は濡れタオルをこまめにとりかえて彼のあぶら汗のにじんだ額を冷やし、力づけるように手を握って静かにしていた。ああ、彼女、大丈夫なんだな、と、うつらうつらしながら彼は思った。

「後から思うと」と、水沢透は江馬貢に言った。「そのとき、美於は、エネルギーを総動員して、自分を正気の世界にひき戻し、つなぎとめていたのでしょうね。意志的にそんなことができるものかどうかしらないけれど、そうとしか思えない。そのあと、がくっとだめになってしまったんです」

透の突然の胃痙攣がおさまった翌日の夜、彼の腕枕で横になっていた美於はふいに起き直り、「ごめんなさい。これから自首してきます」と言って、彼を仰天させた。

「みんな、わたしのせいですから。劇団がつぶれてしまったのも、透のからだの具合が悪いのも」

「やめろよ、くだらない冗談」と言いながら、彼は、ぞくっとした。

「もう、みんな、まわりの人も知っていることだし、警察の人も、しじゅう、うろうろしているし。もっと早く、透にだけは話そうと思ったのですけれど」

「そのとき、ようやく、本当におかしいって認めざるを得なくなったんです。それまでも、おかしいなとは思ったけれど、そうはっきり決めるのが怖かった。……今でも言ってるんでしょうか」と、水沢透は顔をあげて江馬貢をみつめ、「鐙先生を自分が突き落として……死なせたって」

「いや」江馬貢は、思わず大きな声を出した。「美於は、そう言ったんですか？　自分が、鐙一光氏を……」

「ええ」

「でも、あれは……」

「ええ、あれは、事故なんですよね。それを、自分が突き落とした、だから自首するなんて言いだすんだから……。それでもう、ぼくも、美於がおかしくなってるってわかったんです。思えば、だいぶ前からはじまっていたんですよね、ぼくが気がつかなかっただけで」

「本当に」江馬貢は声をひそめた。「事故だったんですか」

「ええ」

「でも、誰も見ていたわけではないでしょう」

「美於が、そんなことを実際にやったと、あなた、思うんですか。鐙先生が事故死したあのときは、美於は、まったく正常だったんですよ」

ぼくと暮らしているあいだに、美於がおかしくなったってこと、いまでも、つらいです、と、水沢透は言って、瞼を薄紅くした。

「鐙先生の急死がショックだったのであって、ぼくのせいじゃないだろうと思っても……」

「美於は、実際にはやっていないと、断言できますか」

「できます」

「どうして」

「美於がそんなことをする理由がないから」

「きみが知らないだけで、何か理由はあったかもしれない」

「あなたに話すんじゃなかった」水沢透は、腹立たしそうに言った。

「きみは、美於が本当のことを言っているとは、全然、思わないの。少しは疑がってみなかった？　美於が、本当にやったのではないか、そのために、おかしくなったのではないかって」

「思えませんよ、そんなふうにはは」

「それで、きみは……?」江馬貢は、うながした。

ぼくには、どうすることもできなかった、と、水沢透は言った。ぼくはただ、家の人がドアを開けたとて行き、ブザーを押し、家の人がドアを開けたとき、玄関に押しこみ、ドアをしめて、逃げた……。

「もう、ぼくも、たまらなくなっていたんです。美於は、ほんとに、ひどくなっていたから……」

5

水沢透に会った翌日、出勤した江馬貢は、天羽たか子を探した。しかし、その前に、事務局長から閉鎖棟勤務を命じられた。

美於との〝スキャンダル〟及び、勤務状態不良の譴責処分と思われた。馘首されないのは、看護夫の人員が不足しているためだろう。

「わかりました」と言ってから、彼は、閉鎖棟に行く前に、外来棟の診療室をのぞいた。

天羽たか子は、外来患者と面談中であった。

彼は、しばらく廊下で待ち、患者が面談を終え出てきたところで、診療室に入った。

「どうしたの」

「昨日、水沢透に会いました」

「そう」天羽たか子は、机の上の予約表に目をやった。外来の面接は予約制になっているが、どうしても時間が少しずつのびる。次の患者の時間にすでにくいこんでいた。

「それで、どうだったの」

江馬貢は、要点を話した。

「美於が鐙一光に害意を持つはずがないという水沢透の主張は、明確な根拠があるわけではないんですよ。まず、この点を、はっきりさせる必要があると思います」

「警察で、一応しらべがついていることなんでしょう。事故だというのは」

「それはそうですけど。でも……。もちろん、ぼくは、そんなこと、事実であってほしくはないです。しかし、妄想と事実をはっきり識別するのは、ぼくらにとって、重要なことじゃありませんか」

「ぼくらにとって?」天羽たか子は、ちょっと微笑した。

「ええ。ぼくにとっても、あなたにとっても。もちろん、まず、美於にとって」

天羽たか子は、もう一度スケジュール表に目をやり、一瞬、疲れた翳をのぞかせた。それは、すぐ、消えた。

「どうやって調べるつもりなの?」

「事件をとり扱った警察に行って話をきいてみようかと思ったんですが、考えてみると、これは、あまりいい方法ではありませんね。美於がそういう告白をしたと知ったら、刑事が、また彼女からいろいろ訊き出そうとするかもしれないし、本当に病気なのか、病気のふりをして刑事責任を逃れようとしているのではないかと、精神鑑定のやり直しをさせたがるかもしれないし。水沢透くんに、もう一度会ってみることからはじめようかと思います。それから、ほかの元劇団員に会い、美於に動機があり得たかどうか、たしかめてみようと思います」江馬貢は、言った。

江馬貢が出ていったあと、天羽たか子は机に肘をつき指で瞼を圧した。睡眠不足だとわかっていた。睡眠不足の原因は、他人には口外できないことだった。

――あれは、やめなくては……。

やめなくては、と、昼は思う。しかし、夜になると、車を走らせずにいられなくなるのだった。

――昨夜も……。あれは、やめなくては……。

三頭の犬に、深夜ひそかに彼女は挽肉の餌を与えつづけてきた。犬は、いつか彼女になじんだ。

車は百メートルも手前で停め、エンジンを切る。

闇のなかで、犬は耳ざとく彼女の足音を聞きつける。

ドーベルマンの小屋の戸の掛金をはずし、たか子は入りこむ。

冷たく濡れた鼻面が腿に押しつけられる。歯型はとうに消えた。

――あのとき、彼はこの犬が前肢を彼の肩にかけ、首すじから耳のうしろを舐めるのにまかせていた。

犬は、彼女のうなじを舐める。たか子は中井朝次と同じ姿勢をし、中井朝次のように犬の忠誠を受ける。

ほとんど毎夜、これがくりかえされるのだ。たか子は、他人の目にうつる自分の姿を視る。

こんなところで、何を？　と問われても、答える言葉は、ないだろう。

ほんの数メートル先に、彼の棲む小屋がある。睡っているだろう。睡りが油のように肌の粗さを鎮め、肌はゼリーに包まれたようになって、骨も、しんと睡っているだろう。

呼吸が波動のように伝わってきて、その、彼の呼吸を肌に感じたいから、ここに、毎夜、来るのです。

そんなことは、言えない。

――ある夜、私は睡眠剤を飲みました。たやすく手には入るのですが、これまで私は、薬に頼って睡ったことはありませんでした。

起き上がり、車のキーを持って下りて行こうとする躰を縛りつけるために、飲みました――。

腕が重く、脚が重く、薬は、まず、躰に作用した。それでいて、意識は麻痺しなかった。はっきり、醒めていた。

私は、呼吸をしているのだろうか。死びとと見あやまられ、屍衣を着せられ、柩におさめられ、そのすべてを承知しながら声も出せず指も動かせない、早すぎた埋葬の恐怖を、私はそのとき、知った。

それ以上に、あの人のところに行きたいと、心が叫び、躰の内部で火を噴き、それなのに躰が痺れ動かない、その苦痛が激しかった。

ふいに、彼女は、醒め、呆けたように犬に首筋を舐めさせている自分に鳥肌立ち、いたたまれないみじめなおぞましさに、跳び立って車に走り戻るのだ……。

VI

1

江馬貢は、面会人が来ていると呼び出しを受けた。

開放棟の面会室は、コンクリートの床にデコラ貼りのテーブルとスチールパイプの椅子を並べた安っぽいレストランのような造りで、茶をいれた魔法びんと湯呑みがテーブルの上に置いてある。隅のテーブルにはゼラニウムの鉢が一つのっているが、誰も水をやらないとみえ、花茎がくたっと垂れていた。

「貢さん、貢さん」と、けたたましい声をあげたのは荘川福子であった。

会うのは何年ぶりか。大柄な躰にピンクのモヘアのカーディガンをまとっているので、いっそう肥ってみえる。艶を失なった頬に濃くファンデーションを塗り、ショートカットの髪は赤茶けた色に染めている。生えぎわが不自然なのは鬘《かつら》かもしれない。

「まあ、ひどいところね。美於の冬物をとどけてくれとたか子さんから依頼があったので、わざわざ出てきたら、こんなところで待てと受付の人が言うのよ。もう少しましな応接室はないの。たか子さんは、受付の人に私がくることを連絡しておいてくれなかったのかしら。汚い部屋だわね。三十分も待っているのに、たか子さんはまだ来ないのよ。それでしかたないから、看護婦さんらしい人に言って、あなたを呼んでもらったの。まあ、お茶でも入れてくださいな」

貢は魔法びんのお茶を湯呑に注いだ。

「おかけなさいよ、あなたも。貢さん、しばらくだわね。元気そうね。まあ、たか子さんはいつまで待たせるんでしょうね。ここまで私が出てくるのは、容易じゃありませんよ。本当は、愛子が来るはずだったのよ。愛子、おぼえているでしょう、一番上の娘。私がわざわざ来たのでは、たか子さんだって恐縮なさるからね、と、そう愛子に言ったんですけれどね。薄情な娘で。いえ、まあいそがしいからやむを得ないんですけれど。それでも、妹の見舞いに一度ぐらい顔を出してもいいでしょう。それにしても、貢さん、あなた大学だけは出ておくんだったわねえ。今になれば、あなたもそう思うでしょう。いえね、私だって、あなたがた若い人があのころ、それはもう純粋な気持で行動したってことは、よくよくわかりますよ。でも、人生長いんですものねえ。あのころ一騒ぎしても、うまく卒業までこぎつけた人は、ちゃんとサラリーマンでおさまっているじゃないの。私、トヨさんに——あなたのお母さんに、何度も言ったのよ。あとで後悔するようになりますよって。あんまりみじめだわねえ。もう少しましな仕事はないものかしらね。でもまあ、美於が入院しているあいだは、あなたやたか子さんがいてくれれば、私も本当に安心なんですけれどね」

江馬貢は煙草に火をつけた。

そのとき、天羽たか子が入ってきて、「お待たせして」と貢の隣に腰を下ろした。

「おいそがしいようですね」と荘川福子は、待たされたことを思い知らせるように皮肉っぽく言った。

「外来の面接がどうしても長びきます」

「天羽先生、昼食まだなんでしょう」江馬貢は横から言った。すでに二時をまわっている。

「たか子さんに言われた美於の冬物を持ってきましたわ」

　荘川福子はスーツケースをテーブルの上にのせ、口を開いて中みをとり出した。厚手のセーターや半コートなど数点あった。着古したものばかりで、クリーニングに出した形跡のないものも混っていた。

「美於は家を離れて劇団に入っていたので」と、荘川福子は、古着に注がれた二人の視線に弁解するように、「うちには、こんな昔の服しかないんですよ。劇団から帰ってきたときは、着のみ着のままのひどい状態でしたしね。新しく買ってこようかと思ったけれど、本人に試着させなくてはサイズがわからないし、それにここにいるあいだは、そう高い上等な服は必要ないでしょ」

　天羽たか子は、黙って服を手もとにひき寄せた。

「クリーニングに出すひまもありませんでしたのよ。たか子さん、電話では、ずいぶん急に要るようなお話しでしたもの」

「近々、レクリエイションのバス旅行があります」たか子は静かな声で説明した。「日帰りですけれど、箱根まで行きます。こちらと違い、だいぶ寒いと思います。美於さんの手持ちの服は薄地のものばかりでしたから」

「美於は、どんなぐあいですかしら」

「もうじき、ここにみえます。お会いになってください」

　荘川福子は溜息をついた。

「因果な病気ですわねえ。まるでかわいげがなくなってしまって。もともと、私にはちっともなつかない娘《こ》でしたけれど。上の娘、愛子は、お母さん、お母さんと私についてまわるふうだったのに、美於はお父さん子で、主人がいいように仕込んで……」

「伯父さんは、美於ちゃんをかわいがっておられたんですか」貢は口をはさんだ。

「かわいがっていたというのか、何というのか……」

荘川福子は茶をすすった。いかにもまずそうに、一口でやめた。

「近所の方には、美於はまた劇団に入ったといってありますのよ。よくお手離しになりましたね、お淋しいでしょうと同情されます。子供も四人おりますとね、一人ぐらいどうしようもないのがいても、しかたありませんわね。上の子たちがよくしてくれますからね。伸太郎も愛子も、それは親思いで」

神経を使うのが、私には一番こたえます、と荘川福子は言った。

「私も年ですから、おだやかに波風立たず暮らしたいんですわ。美於には手をやきました。もう、こちらの神経までずたずたにされましたわ。どうぞ、完全になおるまで、こちらで十分に治療してやってください。ほかの子たちには〝そうですね、お母さま〟〝本当に大変ですね、お母さま〟というふうに、私の気持をわかっていたわってくれるのに、あの娘《こ》だけは一々つっかかってきましたのでね。いえ、病気になる前からですよ」

「伯父さんが美於ちゃんをいいように仕込んだというのは、具体的にいうと、どういうことなんですか」

「道場に連れていってね。まあ、おかしな話ですから、やめましょう」

「それは、ぜひうかがわなくてはなりません」天羽たか子が口をはさんだ。

「家庭内のプライヴェイトなことですから」

「そのプライヴェイトなことが、治療には必要なんですわ」

「だって、たか子さん、美於はノイローゼとはちがいましょう。本当の病気でしょう。この病気は、ノイローゼのように因果関係がはっきりしているものではないと、ききましたよ。ノイローゼなら、会社の仕事がうまくいかないとか、対人関係のごたごたなどが原因になるけれど、この病気は原因不明だというじゃありませんか」

「それでも、やはり、患者の精神史を知ることは重要です。荘川さんが美於さんに、何をどのように仕込んだというのですか」天羽たか子は静かだが強い口調で迫った。

「美於はいやがっていましたわ」荘川福子は不承不承言った。「でも、主人はああいう人ですから。〝信念の強さ〟を誇りにしている人ですからね。美於がいくらいやがろうと、ききいれやしません。主人は美於に、一種の霊能力があると信じて、その力を開発しようとしていたらしいんです。〝らしい〟というのは、私はそんなことには関知したくないので、くわしいことは聞きませんでしたからね。

ああ、そんな妙な顔つきをしないでくださいよ。主人は、まったく無邪気に大まじめに霊魂の不滅というようなこと信じている人でしてね。戦前の学生時代から山に籠って座禅をくんだりしていたそうですわ」

「それで?」

「私が知っているのは、そのていどですよ」

「霊能力というのは、透視とか予言とか、そういうことですか」

「自動書記といっていましたね。いわば、〝お筆先き〟ですね。新興宗教などで、教祖が神がかりになって、神さまの御託宣という、わけのわかったようなわからないような、おかしな文句を書き散らすのがありますでしょう。ああいったたぐいのことらしいですけれど」

「自動書記というのは、ぼくもきいたことがある」江馬貢は言った。「シュール・リアリズムの連中が一時凝ったというやつじゃないですか。アンドレ・ブルトンの『ナジャ』にも書かれている。思考を意志的に構築するかわりに、意識の流れを自由に流れるにまかせて、そのままを書きとめてゆくやりかたらしいですね。すると、自分ではふだんまったく思いもしない、予想外の文章があらわれてきたりするという。しかし、結局、文学運動としてはものにならなかったはずです。天羽さん、ああいう現象は、心理学的に説明のつくことなんですか。ひらたく言えば、潜在意識が制御をとかれて表にあらわれてくるということ？」

看護婦につきそわれて美於が入ってきたのは、そのときだった。薄いクリーム色のセーターにチェックのスカートの美於は、わりあいしっかり歩いてきた。汚れやすい色のセーターは黒ずみ、袖口の汚れが特にひどかった。

「ここにおかけなさい」たか子が椅子をすすめ、

「お母さまが冬の服を持ってきてくださったのよ」と言うと、

「お菓子はないんですか」美於は唐突に言った。

「え、お菓子？」

「みんな、お菓子が好きですから」

「今度、もってきますよ。何のお菓子がいいの」

「今度というのは、いつでしょうか」

「近いうちにね。あなた、元気そうよ。とても元気。これなら、そのうち、家に帰れるわね。でも、先生がたのいいつけをよくきいて、先生がたがいいと言われるまで家に帰りたいなどとわがままを言ってはだめですよ」

「あなたはいつだって、私のあら探しをすることしか考えないんですから」美於は、くってかかった。

「まあ、美於さん」

「私はミヨです。ミ、ヨ」語尾のヨに、美於はことさら力をいれた。

「やはり、病気のせいですわねえ」荘川福子は天羽たか子に溜息をついて情けなさそうに言った。

「いくら何でも、こんな物言いをする娘ではありませんでしたわ」そうして、つき放した目でつくづく娘を眺めた。「この娘は、自分が何を言っているか、私が誰なのかわかっているのかしら」

美於は、口調は明晰だが、視線をどこにむけているのかわからないような、ぼうっとした顔をしていた。

2

相模湾に沿った湘南道路を、バスは走っていた。美於は窓ぎわの席にいた。光の粒子が一つぶ一つぶ鋭い稜線を煌めかせ、バスの中にみちていた。渚に沿ってゆるやかに弧を描く海を、縫い閉じられたくちびるのように美於は感じた。くちびるの内側に、激しい力が閉じこめられ、声にならないため、内側でより激しく充実していく。

患者三十二名と鳥岡医師、看護婦一名、男性看護人三名、更に鳥岡医師がかつて非常勤で講師をしていたことがある看護学院の生徒が十五名。補助席まで用いるほどの満員だった。

看護学院の生徒たちは、実習を兼ね、無料奉仕で参加していた。ほとんどマンツーマンで患者の世話ができる態勢である。この、学院生の助力を得られる目算があったから、鳥岡医師は、かなり強引にバス旅行を実現させたのであった。

参加患者は、女子ばかりであった。鳥岡医師は、なるべく通常の生活に近いように男女混成を希望したが、時期尚早の声が強く、男性患者は次回にまわされた。

計画が発表されてから実施までのしばらくの間、患者たちは昂奮した。参加を許されながら、不安がって辞退する者もあれば、逆に、不評価になったのを怒って荒れる者もあった。

参加を許されたのは、軽症者ばかりというわけではない。被害妄想の著しい者、幻聴のある者、ときどき昏迷状態に陥る者、自殺念慮のある者、と、さまざまであった。

バスの中で、患者たちは次第にくつろぎ、看護学院の若い生徒たちが先立ちになって歌をうたい、やがて、患者たちも少しずつ声をあわせ、これなら、うまくいきそうだ、と鳥岡医師はほっとしていた。

彼は、楽天的なたちだった。十のうち、五、うまくいけば、大成功と満足し、失敗した部分について思い悩むことは少かった。

その彼が、ほんのわずか、心の底にひっかかるものがあった。

看護夫の一人に言われたのである。

先生、バス旅行もいいですが、閉鎖病棟の問題の方が、先決ではないですか。この療養所の、閉鎖と開放の患者のふりわけ方は、差額支払い能力の有無によるのであって、病状によるものではないということを、御存じだと思いますが。金が無い、引き取り先が無い、ということで、寛解していても閉鎖病棟に重症者といっしょにぶちこまれている患者たちが、今度の計画をきいて、かなり動揺していますよ。

鳥岡医師は、腹立たしさを冷笑にまぎらせた。

「もちろん、そのことは考えている。だが、何もかもいちどにはできない。どうしてもというのなら、きみから理事会に提訴してみることだね」

一介の看護夫に理事会提訴の道などないことを承知で、皮肉な口調で言った。鳥岡自身は理事会相手に孤軍奮闘して、システムをここまで改革してきたのであった。


アル中の野田仙子は、隣席の学院生に、がらがらした声で熱心に教えている。

「そりゃ、あんたなんか若いからね、だまされてみないと、わからないのよ。本当のところは。男なんてね、一皮むけば、どれもこれもみな同じ。偉そうなことをいうやつほど、だめ。男はね、女をあれの道具としか思っていないのよ。かってなもんだよ。世の中、男の都合いいようにできているんだからね」

相手の学院生は、おとなしく、うなずいている。

藤井トシ子は、細々と訴えつづけている。

「しょっちゅう、誰かが私をみはっていますの。ええ、電波で感じますの。あ、見られているなって。今だって、見ていますわ。あなたがたの仲間にまぎれこんでいるんです。夫からのスパイですわ」藤井トシ子は、声をひそめた。「病院の中にも、夫と通じている人がいましてね、私の食事に、何か混ぜるんです。それで、私、だんだん顔が小さく干《ひ》からびていくんです。混ぜもののせいですわ」

「ちっとも干からびてなんかいませんよ、小母さん」

小母さん、と馴れ馴れしく呼ばれたことに、藤川トシ子は気を悪くして、そっぽをむく。

「吉田さん、何を考えているの」

荘川美於と並んだ学院生が問いかけた。美於の胸には『吉田美代』と記したネーム・プレートがとめつけてある。患者も学院生も職員も、みな、ネーム・プレートをつけていた。

患者のなかには、いやがって、すぐ、はずしてしまう者もいた。名前を他人に知られるのは、その患者にとっては、耐えがたい怖ろしいことなのだった。

美於は、吉田美代になっていることを、そのとき、忘れていた。

「吉田さん」

できるだけ積極的に患者と交流を保てという指示を忠実に守って、学院生は、美於を沈黙からひき出そうとする。しかし、学院生は、いささか怖がってもいる。美於が、刺傷事件を起こしたことをきいているからだ。突発的に乱暴をされるのではないか、と怯えている。

「ジュースを配ります」

看護婦が、うしろの席から立ち上がって声をはりあげた。歌声や話し声で騒々しいので、大声を出さないと前の席にとどかない。

後部座席に置いたダンボール箱からジュースの

罐がとり出され、前に、手渡しで送られる。

「お弁当は、前の方に置いてありますね」

看護婦は、ふと気になったように訊いた。

「前の方？　前のどこに置いたんだ」

前席にいた看護夫がどなりかえした。

「どこに置いたって？　わたし知らないわよ。こっちにはないわよ。前の方に置いてあるんじゃないの」

「だから、どこだって訊いているんだ」

「積みこんだのは、わたしじゃありませんからね、知らないわよ」

「こっちには置いてないぞ」

「いやだ。うしろにもないわよ。誰？　お弁当を積みこんだのは」

「辻さん、あんただろ」

「あたしは、ジュースだけよ」辻看護婦は、憤然と、どなる。「ジュースは、あたしが責任もって運びいれたわよ。五十三個！　重かったわよ」

「女レスラーの辻さんだもの、軽い、軽い」

「ちょっと、冗談じゃないわよ。誰なの、お弁当の責任者」

「あんたじゃないか。飲み食いの責任は、辻さんてことになってただろ。ちゃんと、確認しなくちゃ」

「いつ、誰が、そんなこと決めたのよ。わたし、聞いてないわよ。賄いさんに、幾つ用意してくれたとか、予算はいくらとか伝えることはしたけれど、全責任を持てとか、積みこみの確認をしろとか、そんなこと、言われてないわよ。男が三人もいて、誰もはこび入れてくれなかったの」

凄い見幕で、辻看護婦は、男性看護人をたじろがせる。

患者たちのあいだに、不安そうなささやきがひろがる。

「こりゃ、先生、どこかで買いこまなくちゃなりませんかね」

同意をうながすように、看護人の一人が鳥岡医師に言う。

鳥岡は、あいまいなうなり声を出した。

市販の弁当を五十人分買いこむとなると、金額がかさむ。病院の会計からは出ないだろう。個人でしょいこむのは、いささか値がはる。

病院内の改革に、個人の金はつぎこまないつもりでいる。はっきり一線を画しておかないと、きりがないからだ。

「途中で、トイレ休憩をするだろう」鳥岡医師は言った。「そのとき、病院に電話して、積み残してあるかどうか、たしかめましょう」

「積み残したに決まってますよ。積んだものなら、どこに消えようもないんだから」看護人が、気短かなとがった声を出した。

「そうして、誰かに車でとどけてもらうようにすれば」

「弁当とどくまで、途中で待っているんですか」

「ばかね」と、辻看護婦が、「わたしたちは、先に目的地に行っていればいいじゃないの。そうですよね、鳥岡先生。今から連絡しても、お昼ちょっと過ぎには、とどくわよ」

まるで、自分がそれを思いついたかのように、辻看護婦は、高びしゃに看護人をきめつけた。

安堵した声が、患者たちの間にひろがる。

夫の陰謀ですわよ、と、藤井トシ子はつぶやき、暗い顔になった。

3

閉鎖病棟は、異様なにおいがする。便所の臭気と饐えた食物のにおいと、湿った藁や獣の汗のにおい、それらがいりまじったような、形容しがたい不快なにおいである。

家畜小屋の方が、はるかに清潔でさわやかだ。掃除と手入れがゆきとどいていれば、豚小屋でさえ、不快なにおいはしない。

この日、閉鎖病棟への食事の運搬が遅れた。賄婦たちがバス旅行のグループの弁当作りに追われ、閉鎖棟患者の食事の仕度が一番あとまわしになったのである。

給食を収納したワゴンを押して庭を突っ切りながら、江馬貢は、数日前、家主のところで起こった騒ぎを思い出していた。

ドーベルマンが刺殺されていたのである。首を切り裂かれ、そのほかにも、いくつか刺傷があった。血だまりのなかで、犬は硬直していた。たまたま、犬の持主である家主の息子が前の日から帰宅していた。

仰天した老夫婦が、警察にとどけるといきまくのを、息子はとめた。以前に、詐欺行為で告訴されている。ドーベルマンを含む三頭の犬も、債権者の目をごまかして差し押さえを逃れたものだ。現在も詐欺と紙一重のところで稼いでいる息子としては、警察沙汰はまっぴらなのだった。

江馬貢は、出勤前に、穴掘りを手伝わされた。家主の息子は、江馬貢か中井朝次が殺したのではないかという疑いを、それとなくにおわせた。

面とむかって詰問されれば、きっぱり否定できるのだが、あいまいなあてこすりなので、ことさら弁明するのもかえっておかしな具合になる。

療養所内での、美於との〝スキャンダル〟の噂に似ていた。

美於があられもなく衆目の前で江馬貢に抱きつき、彼が看護人の立場を利用して彼女をものにしたというような噂は、なしくずしに、事実として公認されつつあった。やっきになって打ち消せば、噂はかえって、いっそう真実らしくなる。

「吠えなかったというのがおかしいんだよなあ。ねえ、江馬くん」

肩幅が広く脚の短い家主の息子は、蟹がもがくようなかっこうでスコップを使いながら、

「それも、犬は、こいつのほかに二頭もいたんだからね。そのどれもが吠えなかったなんて、おかしいやね。よほど、犬どもと親しい人物でなくてはね」

老夫婦は、すっかり気味悪がり、ことに、妻のほうはおびえきっていた。

「恨まれるようなことは、何もしていないのにねえ。犬だけですむかねえ。やはり、警察にとどけた方がいいと思うがねえ」

くどくど言いながら、息子にまといつく。

「ばあさん、どいてなよ」息子はどなりつける。

家主の孫娘——詐欺男の子供であるチイは、久しぶりに父親が帰ってきたというのに、江馬貢の小屋に泊まり、中井朝次に抱かれて寝ていたのだった。

チイは、父親になついていない。菓子だの玩具だの、土産物を山と抱えてきた父親を、いくぶん軽蔑した目で見ていただけだ。おべっかまじりの甘い餌は、子供の尊敬を獲ち取る武器にはならない。納屋に入りこみ、酒くさい息をした父親が迎えにきても、母猿の胸にしがみつく仔猿のように、力いっぱい中井朝次に抱きついて、父親の手を拒んだ。

そのチイが、中井朝次の手を握って、小屋から出てきた。

「うちに入っていろ」父親はどなった。「ばあさん、チイを連れていってくれ」

チイは、中井朝次を骸《むくろ》の方にひっぱってくる。

「チイ！」

父親はどなりつけた。

チイは、びくっと足をとめたが、中井朝次の手を握った指にいっそう力をこめ、躰をふるわせながら、どなる男をにらみつけた。

まるで、武者ぶるいだ、と、江馬貢は苦笑した。

「ばあさん、だめだ、だめだ、こんなのを見せちゃあ。早く連れて行ってくれ」

中井朝次は、骸のかたわらにしゃがみこみ、冷えた躰に手をあて、その手を鼻先にもっていってにおいをかいだ。チイは、彼の膝のあいだに躰をわりこませ、背をもたせかけた。

「ばあさん」と、うながされ、家主の老妻は、孫娘をひきはがそうとする。チイはその手をひっかいた。家主が手を貸したが、幼い孫娘は、いっそう暴れ、まわらない舌で悪態をついた。

「チイ、おじいちゃんとおばあちゃんに、何てことを言うんだ。そんな言葉を、誰におそわった」

父親は、力ずくでチイをひきはがした。老夫婦は、幼い孫娘に痛い思いをさせてはと手加減し、そのために手古ずったのだが、父親は、容赦しなかった。

チイは、この年ごろの子供にしては珍しく泣きはしなかったが、歯をむき出し小さい手で父の顔を叩き、爪をたて、抵抗した。父親は、チイをなぐりつけ、はじめて、チイは泣き声をあげた。いったん堰が切れると、とめどない叫び声になった。

「ほら、ほら、チイ」と、横から祖母があやす。

父親の腕の中で弓なりに躰をそらせ、チイは暴れる。

「ほら、チイ、ばあちゃんとおんもへ行こう」祖母のなだめる声は、荒れ狂いはじめた幼児の耳には入らない。

「中井さん、頼むよ。チイを、それの見えないところに連れていってくれ」家主が言い、チイは躰をよじって、中井朝次の方に両手をせいいっぱいさしのべた。

父親は、チイを小脇にかかえこんで、母屋の方に歩き出した。歩きながらふりかえり、

「江馬さん、早いとこ穴を掘って、そいつを埋めちまってくれ」と高飛車に命じた。

べつに、俺が犬の始末をしてやる筋あいはないのだがな、と思い、それでも、逆らって騒ぎをいっそう大きくするのもわずらわしく、江馬貢は、穴を掘りつづけた。

砂まじりの、さくさくした土質なので、それほ

ど大仕事ではなかった。

　チイは、父親に抱かれ、無理じいに人さらいに連れ去られるような恐怖を感じていたにちがいない。

　中井朝次は、無言だったし、その表情からは、彼の心の中は見えなかった。


　閉鎖棟は、二軒長屋のように中央がコンクリートの壁で仕切られ、入口は二箇所についている。男子棟と女子棟である。

　男子棟の鉄扉の南京錠を、江馬貢は開けた。錠前は騒々しい音をたてた。

　コンクリートの通路がまっすぐにのび、両側に保護室が並び、その奥に、病室と看護人詰所がむかいあう。

　病室というよりは、監房と呼んだ方がふさわしい。この閉鎖棟は、外来者の目からはかくされている。海にのぞむ明るい本館の面会室や応接室に通された外来者は、その奥にこのような陰湿な建物があることは気づかない。

　保護室の鉄扉には、床すれすれのところに食器の差し入れ口がある。郵便受けのように蝶番止めの蓋がついている。

　アルミの盆にのせた前日の夕食の汚れた食器が、受け口の前の床に放置してあった。

　前日当番だった看護人の桧山宇吉が、収納運搬をさぼったとみえる。

　飯の丼、汁椀、皿、すべてアルミ製である。拭きとったようにきれいに食べつくしてあったが、汁椀に何か黒いものが残っていた。翅をもぎとられた蠅であった。それも、三匹。しぶとく生き残っていたものとみえる。

　江馬貢は、汚れた食器をワゴンの棚にのせ、朝食の皿を受け口から差し入れた。麦飯。キャベツの味噌汁。沢庵二切。

　詰所の戸が開き、看護人が出てきた。

「飯がきた」江馬貢が言い、

「もうちょっと遅れたら、騒ぎになるところだったぜ」看護人は言った。

「閉鎖棟には食事を出さないことになったなんて、半分がたの患者が、真剣に疑ぐっていたからな」

「投薬はすんだのか」

「ああ」

保護室のドアの前をワゴンを押して行き過ぎようとする江馬貢に、

「三号房にも入れといてくれ」看護人は言った。

「誰か入っているのか」

「ああ。河津」

「河津克躬《かつみ》？」

「ああ」

ドアの小窓から、江馬貢は房《ぼう》の中をのぞいた。陽にあたらないため、蚕のように青白くむくんだ河津克躬がうずくまっていた。床には壁の外に通じる細い浅い溝があり、これは小便用である。悪臭の発生源の一つであった。江馬貢は、床に食器の盆を置き、かがみこんで、差し入れ口から押入た。

立ち上がり、もう一度小窓からのぞくと、河津克躬は、床に腰を下ろしたままの姿勢で躰をよじり、手をのばして盆を引き寄せ、背を丸め、がつがつと食べはじめた。

「おとなしいじゃないか」

「ゆうべ、また騒いだんだ」

閉鎖病棟勤務になって、河津克躬を知った。

百二十人ほどいる患者の、一人一人の名と顔を結びつけておぼえようとする熱意は、江馬貢にはなかったが、河津克躬の名をおぼえたのは、彼が閉鎖棟勤務になってまもなく、騒ぎを起こしたからであった。

突然、ベッドの上にとび乗り、裁判を受けさせろ、と、わめきはじめたのである。すぐ押さえられ、保護室に入れられた。

〈あいつは、親父ぶっ殺したのよ〉閉鎖棟勤務の長い笠井看護夫が彼に教えた。

〈まともに裁判を受けたら、まちがいなく、死刑よ。弁護人の策戦勝ちだろう、きちがいということにしたのは〉

〈いつから入っているんだ〉

〈六年――七年になるかな〉

〈ずっと、閉鎖棟か〉

〈正気よ、奴は〉

古顔の笠井看護夫は、けろっとした顔で言った。

〈自分でも、そう言っている。母親と弁護士と、周囲の人間が結託して、きちがいに仕立て上げた。正気の人間として、正当な裁判を受けさせろ、死刑になってもかまわねえって。もっとも、狂ってるやつも、病識がないから、自分は正気だと主張するけれど〉

江馬ちゃんよ、と、看護夫は、

〈おまえと同じぐらいの年だ。中核だかカクマルだか知らないが、メットかぶって、だいぶ暴れた口らしいぜ。それで、親父にぶんなぐられてよ、並たいていの折檻じゃなかったらしい。息子の方でも、いつまでも黙ってなぐられっ放しになっちゃいねえやな。とどのつまりが……。

親父を殺すようなやつは、きちがいだと、そう、精神鑑定の医者が言ったんだそうだ。それで決定〉

〈それでも、本当は正気なのか〉

〈うちの先生たちも、奴は病気じゃねえって言ってるよ〉

〈正気の人間を、保護室にぶちこむのか〉

〈六年も七年も、こんなところに閉じこめられていたら、いいかげん、おかしくならあね。暴れたり、沈みこんだり、一人笑いしたり、幻聴や幻覚が出たり、それでも、本物の病気とはちがうから、外に出りゃあ、けろっとなおる〉

〈正気とわかっているのなら、出せばいいじゃないか〉

〈そう簡単にはいかねえの。精神衛生法二十九条によってぶちこまれた措置患者だ。いったん精神病とレッテルを貼られた措置患者は、確実な身もと引受人がなくては退院不許可だ〉
〈引受人はいないのか。おふくろさんは？〉
〈親父殺しだぜ。おふくろは、ふるえ上がって、妹娘連れて再婚しちまった。それで暴力息子とは縁が切れたというわけ。
まあ、親父殺しぐらい、珍しかねえけどよ。親父殺し、息子殺し。いろいろあらあね。いっぺんに殺さなくたってよ、たがいに少しずつ殺しあっているようなもんさね、人間〉
江馬ちゃん、おまえもよ、と笠井看護夫は言った。〈女患者にちょっかい出すと、措置入院だぜ〉

大部屋の錠をはずし、「飯だ。一人ずつとりに来い」笠井看護夫はどなった。

患者たちは、従順に、卑屈に、あるいは無表情で、ワゴンからとり出される盆を受けとってベッドに戻る。

4

袖ヶ浜で有料の西湘バイパスに入る前に休憩をとり、そのとき、辻看護婦は公衆電話で療養所に連絡をいれた。

電話を受けた受付係は、「弁当？　何のこと、それ？」と話が通じない。

「早くしてよ。こっちは、長距離電話でかけているんだからね。弁当が積んでなかったのよ。置き忘れてあるでしょ、そっちに。早く届けてほしいのよ」

「どこに置いてあるんですか」

「わたしが知るわけなでしょ。賄いのひとにきいてよ。あ、待って、一度切るわよ。長距離なんだからね。五分したらかけ直すから、そのあいだにお弁当確認して、届ける手はず、つけておいてちょうだい」

「どこに届けるんですか」

「誰か、話のわかる人出しなさいよ。事務長さんでも」と言いかけて、あまり騒ぎが大きくなるのもまずいと、辻看護婦は思い直し、

「箱根の小涌谷の、『こどもの村』ってところでお弁当食べることになっているんだから、そこに届けて。いいわね。一度切るわよ。五分たったら、かけ直すからね。わかるようにしておいてよ。いいわね。大丈夫ね」

患者たちは、不安がりながらバスの中でおとなしく控えていた。緊張とはしゃぎすぎの疲れがでたのか、話もはずまなくなった。


面接を終えた外来患者が一人帰ったあと、天羽たか子は、煙草に火をつけた。

空がおだやかすぎる。

椅子の背に頭をもたせ、目を閉じると、ここ数日の夜が、瞼の裏に侵入してくる。

血を吸いこんでぐっしょり濡れた毛布は、ようやく乾いてきた。

計画をたてたという意識はないのに、あとになって思いかえすと、まったく綿密で計画的に、事をはこんでいた。

三頭の犬を麻酔剤で睡らせるのは、たやすかった。ドーベルマンを毛布でおおい、その上から、刺した。濡れた毛布を持ち帰るためのビニールさえ、下宿を出るときから忘れなかった。

麻酔剤、毛布、刃物、ビニール布と、手落ちなく揃える冷静さはあるのに、なぜ、刺すのか、なぜ刺したのか、という問いは、ほとんど彼女の頭に浮かんでこなかった。

犬がいなくなれば、昼、苦渋にみちた悔恨、苦い澱《おり》となって残る深夜の行事から逃れられると思ったのか。

だが、犬を刺したために、行事は更に、深夜の

儀式にまでなってしまった。

ビニールにくるんだ濡れた毛布は、押入にしまってある。

夜、押入の戸を開けると、こんもりした布の塊りは、男に変形《へんぎょう》する。

朝の陽が射しこみ、血をぼってり含んでこわばった毛布は、毛布にすぎなくなる。私が西欧人なら……と、たか子は思う。悖徳を懼《おそ》れ、神の許しを乞い、ひき裂かれてゆくだろう。

捨てようという気は起こらない。うかつなところに捨てて怪しまれるのを怖れるというより、嬰児のような執着心からだ。一枚の毛布は、豊潤な闇への通路であった。

天羽たか子は、窓の外を見る。何というおだやかさ。

「連絡つきました」と、意気揚々と、辻看護婦がバスに戻ってきた。

「やっぱり、置き忘れてあったんですよ。誰か車でとどけてくれますって。よかったわ。さあ、皆さん、もう心配はいりませんよ」

酒匂川を渡り、小田原を過ぎ、早川インターから登山鉄道の線路と平行した国道を箱根にむかうと、窓の外は、紅く燃えたつ。

紅葉の季節であった。登るほどに、朱紅の群葉は、厚みを増し、華やぎを増した。

5

江馬貢は、五十三人分の弁当を積みこんだ車を走らせていた。

置き忘れた弁当の運搬役を買って出たのである。いいドライヴになると希望者は他にもあったのだが、江馬貢は長距離トラックの運転をしていた腕を、ことさらに強調し、珍しく頑強に言いはってこの役を獲得した。

閉鎖病棟勤務になって以来、美於との接触の機会が少ない。たえず心にかかっていた。美於が何を求めているのか。何を訴えているのか。彼の心には水沢透から聞いた二人の同棲生活の話が強く刻まれていた。

せせこましく入り組んだ湯本の町を通り過ぎ、小涌谷にむかう視界は、華やぎたつ紅葉におおわれていた。

『子どもの村』の入口前の広場で江馬貢は車をとめた。遠足の小学生をはこんで来たらしいバスが何台か駐車しているが、療養所の貸切バスとおぼしいものがみえない。

江馬貢は、車の窓を開け、のり出して眺めわたした。

辻看護婦が走り寄ってきた。白衣姿ばかり見なれていたので、セーターにスラックス、スカーフをターバン風に巻いた辻看護婦を、声をかけられるまで気がつかなかった。

「ここじゃないのよ」

いきなり、辻看護婦は言い、

「いやんなっちゃうわよねえ」と、入口の方を指さした。

「見てよ。一人千円だってさ。入場料とるのよ。きびしいったら」

うしろから来た車が、クラクションを鳴らした。辻看護婦は助手席のドアを開け、入りこんだ。

「早く、出して。うしろの車がうるさいわ」

「どこへ行くんだ」

「まっすぐ行って」

発進すると、

「一人千円！　五万円じゃないの。そんな経費、おとせるわけないでしょ。しかたないから、目的地変更よ。団体で休めるようなところっていうと、どこもかしこも、お金とるのよねえ。ああ、そこから左に折れて、ずっと坂を下りていって。誰か、下見をしておけばよかったのよね。ガイド・ブックには、入場料のことまで書いてなかったのよ。それとも、見落としたのかしら。

お弁当、今度は大丈夫ね。まさか、まちがって、空箱なんか積んでこなかったでしょうね。どこに置いてあるの？　トランク？　涼しいから、いたまないわよね」

谷あいの細い道を下るにつれ、空気が湿気を帯びて冷やりとする。

空が遠くなり、紅葉の紅はいっそう濃密に重なりあって光をさえぎり、くろずんだ翳を帯びてきた。

「こんな道を、バスが通れたのか」

「さっきの曲がり角から、皆、下りて歩いたのよ。乗用車なら通れるけれど、バスは入れないからね。バスは、少し先の方に停めてあるわ。この先に、千条の滝というのがあるの。あまり観光客も来なくて、静かなところよ。そこで、みんな、遊んでいるわ」

辻看護婦は、腕時計を見た。

「江馬さん、あんた、気をつけてね。特定の患者とばかり親密なところをみせつけてはだめよ。みんな、ひがみっぽいんだから、患者は」

「千条の滝？」

「そう。何が気にいらないのよ」

「いや……」

「行ったことあるの？」

「ない」

「いいわよ、とても。静かで。何を仏頂面しているのよ」

暗紅色の紅葉にかこまれ、そこは、手ごろな広さの窪地になっていた。

高さ五メートル、幅は二〇メートルほどの崖が一方をさえぎり、その壁面の岩の割れめから湧き出した清水が、無数の糸となって枝垂れ落ち、浅い滝壺にたまったのち、窪地の下をくぐり抜けて渓流となり、岩を洗いながら流れる。

窪地は、滝と渓流にはさまれているのだった。

箱根を訪れる客は、芦の湖の方にぬけるコースをとる者が大半だから、メイン・ルートからはずれたこの滝を訪うものは少ない。観光客やハイカーでにぎわう秋の箱根の、人目につかぬ影の美景であった。

美景というには、凄まじすぎた。巨木の根は巌を抱きこみ、梢は空をおおい、硫黄の溶けこんだ流れは白濁し、岩塊のすき間に籠る沢蟹をつつき出すと、紅かるべき甲殻が、硫黄に白くさらされ、中の肉を黒く透かせているのだった。

しかし、一人二人で佇めば、その光景の怖ろしい部分がことさらにあらわになるのだろうが、五十余人の人々が蝟集していると、俗っぽい騒がしさが、怖ろしさを包みかくしてしまい、とりわけ、鳥岡医師の陽気な声が、紅葉の影を消していた。

中年や初老のものも混る患者たちは、円陣をつくり、学院生のリードのもとに、ガールスカウトかＹＭＣＡの中学生キャンパーのように、キャンプ・ソングをうたわされていた。

渓流には小さい木橋がかかり、鷹ノ巣山へのハイキング・コースが通じているのだが、患者が迷いこまぬよう、橋の手前に臨時にロープを張り、渡橋を禁じた。

歌声は、滝の音を消した。

しかし、美於の耳は、流れ落ちる水の音しか聴いていなかった。

坂道を下りきった窪地に、江馬貢は、車の頭を滝側にむけて停めた。学院生たちが寄ってきて、弁当を下ろし配るのに手を貸した。

彼は、石に腰を下ろした美於の膝の上に弁当を置いた。美於は静かで、膝におかれた弁当にも貢にも気づかないようにみえた。

「美於、弁当だよ」

彼は紙包みを開き、箸を美於の手に持たせた。

美於は滝の音に聴きいっていた。

6

滝の音は、美於の耳をひたひたと打つ。

美於は、のびやかにひろがってゆく。空気に溶けこみ、滝の水に溶けこみ、渓流に溶けこみ、頭上の紅葉といっしょに焔のようにゆらめく。巖をかかえこんだ大樹の根となり、その根から吸い上げられる樹液となり、梢の先端まで流れる。

そんな感覚の底にひそむ不安が、またもかすかに彼女を怯えさせる。地底のマグマの地鳴りに似たそれは、あらわれたときは破壊的な力を持つ。

それがあらわれたときの怖ろしさを、美於は知っている。それは、形のない、理由のない、恐怖感なのである。

——わたしは、時たま、この恐怖におそわれた。夜、寝ているとき、ふいに周囲の闇に何かひそんでいるような気がしてくる。悪意をもったものがひしめいている。その恐怖は、理屈では説明できないものなのだ。わたしは二階に駆け上がり、父の蒲団の裾にもぐりこみ、すると恐怖が引き汐のように消えてゆくのだった。

「それは、小さいときのこと?」耳ざわりな男の声が訊いた。

この男は、わたしの心の中をみんなよみとってしまうのか。それとも、わたしの舌がかってに動いてこの男に告げ口しているのか。

——小さい子供なら、闇が怖いのはあたりまえ。わたしは、十五か六、そのくらいにはなっていた。

「何も怖いことはないのだよ。何がそんなに怖かったのだろう。さあ、私をお父さんだと思って話してごらん」

耳ざわりな男の声が言った。美於はその声の主を認めた。肥った大きい、いつも騒々しい男だ。わたしたちを追いたて——わたしを追いたて——

一刻も静かにさせておいてくれない男だ。医者だといっている。

――何がそんなに怖かったのだね。わたしの父は、そんなだらしのないことは言わなかった。父は、わたしの恐怖の原因を明確に知っていた。父は、すべての現象を適確に位置づける。

美於、それはおまえの感応力が鋭敏なためだ。そう、父は言った。

おまえは、目に見えないものに感応する力を備えている。形にあらわれたものは、その奥の無限にひろがるものの、ごく一部分だ。

美於、人間には、死というものはない。無限から無限につづく存在が、いっとき、現世の光をあてられるだけだ。

「そんな残酷なことってありません」叫んだのは、十五のわたしだった。

「何が残酷なのだね」耳ざわりな声が訊いた。

ああ、わたしの舌は、また、わたしを裏切っている。

滝の音がとどろき、周囲のものの明暗が異様にくっきりとして、強いまなざしを美於にむける。その八方からみつめるまなざしに引き裂かれ、ばらばらになりそうな心と躰を、美於は死にもの狂いの力で一つに集め、しっかり抱えこむ。

美於の前に黒い影が立っている。巖のように巨大なそれは、美於にのしかかり、おおいかぶさってくる。

患者たちは、ようやく届いた弁当を嬉々としてひろげていた。それが、いっせいに腰を浮かせ、叫びたてた。美於が全身で鳥岡医師にぶつかり、二人でもつれあって滝壺に落ちたのである。

7

滝壺は浅かったので、手を貸すまでもなく、鳥岡医師は一人で這い上がってきた。江馬貢は、滝壺にとび込み、美於を抱き上げた。

彼は、美於を抱いたまま、車の方にいった。彼の腕の中で、美於は、いっとき眼を見開き、無邪気な驚きが表情に貼りついたようにみえた。たちまち、恐怖におそわれ、叫び、彼の腕から逃がれようともがいた。

彼は、美於を車の後部座席に横たえようとした。昂奮した患者たちが立ち騒ぎ、看護人や学院生が、とり鎮めようとやっきになる。

美於は、はね起きると、シートの背を越え運転席にとびこみ、いきなり、さしこんだままのキーをまわしてエンジンをかけようとした。貢は、あわてて運転席のドアを開け、美於の手を押さえた。そのとき、エンジンは始動していて、美於は、アクセルを踏みこんだ。

ひきずられかけて、彼は美於を助手席に押しのけ、運転席に坐りこみ、美於をさえぎった。

エンジンはストップした。車の窓ガラスに患者たちが外から顔を押しつけ、手で叩いた。それを看護人たちが引き戻す。

美於は、助手席のドアをあけて逃がれようとし、人が大勢つめかけているのを見ると、悲鳴をあげ、彼の膝に顔を伏せた。

江馬貢は、エンジンをかけ直し、窓から首を出して、「どけ！」とどなり、ハンドルを右に切りながらスタートした。皆は、わっと道をあけた。

細い坂道をのぼり、バス道路に出てから、なお走りつづけた。途中、療養所の貸切バスが駐車してある脇を走りすぎた。運転手は皆といっしょに弁当を食べているので、バスの中は空だった。「服を着かえろ。濡れているよ」と、片手でハンドルを握ったまま、自分のセーターを脱いで美於にわたした。

美於が動かないので、彼は車を道のはしに寄せて停め、他に車や通行人のないのを見きわめて、美於のセーターをぬがせた。水は厚い毛糸に吸われ、下着まではほとんど濡れとおっていなかった。彼のセーターを着せ、スラックスも彼のととりかえさせた。

美於は、だぶだぶのセーターとスラックスの中で躰をちぢめていた。

江馬貢は、ひどく陽気な気分になっている自分に驚いた。

「痛快だったな」と、彼は声をあげて笑い、声をたてて笑うなんて、何年ぶりだろうと思った。

「靴下も脱げよ。濡れているんだろう」

陽気な気分にのぼりつめてゆく自分に、江馬貢は呆れた。しかし、鳥岡医師がぶざまに滝壺に落ちこみ、濡れねずみになったところは、やはりこっけいで、思い出すと笑わずにはいられなかった。

車は走りつづけた。美於にセーターとズボンを貸したので、彼は、格子縞のシャツにブリーフだけ、脛《すね》はむき出しという、濡れねずみの鳥岡医師以上にこっけいなかっこうだった。

岩壁に刻んだ六道地蔵が、窓の外を流れ去り、精進池のほとりを過ぎ、元箱根の手前で左折して旧箱根街道に入った。

むき出しの脛から寒さが這いのぼった。

『甘酒茶屋』と看板を出した店が目についた。

農家のような造りで、店先に縁台をおき、ハイカーらしい数人の若い男女が談笑していた。

その前に車を停め、江馬貢は、手をのばして助手席の窓を開け、美於の躰越しに顔をつき出して、

「甘酒いくらですか」と大声で訊いた。

「三百円」と、縁台に腰かけた若い男が答えた。

江馬貢は、財布から五百円札と百円玉一個を出し、「すみません。これで、二つもらってくれませんか。ぼく、いま、ちょっと下りられないかっこうなんですよ」

「どうしたんです」若い男が、立って寄ってきた。

「彼女が、川に落ちて服を濡らしちゃってね、ぼくのを貸してやったってわけ」

「いいよ、いいよ、下りてきなさいよ」若い男は、車の中をちょっとのぞいて、笑いながら言った。

「そのかっこうで、いいじゃないの。下りてきなさいよ」

「だって、ひどいよ、こうだから」江馬貢は、腿を平手で叩いた。

「じゃ、待ってて。二つね」若い男は金を受け取り、店の奥に行った。

「川って、蛇骨川？」他の男が訊いた。

「名前は知らない」

滝と言わなかったのは、何となく、事件をかくしておきたい気持が働いたからだろう。

若い男は、盆に甘酒の入った湯呑と茶の湯呑を二つずつのせたのをはこんできて、窓から差し入れた。

「彼女、大丈夫なの？　落ちたショックで、まいっちゃってるみたいだけど。少し、ここで休ませていったら？　奥に小座敷もありますよ」

「いや、大丈夫ですよ」

盆を受けとり、甘酒の湯呑を美於に渡した。

「うまいでしょ」若い男は、まるで自分が作ったもののように、「ここのは、砂糖なんかいれないで、麹と塩だけで、この甘みを出しているんですよ。変な甘ったるさがないでしょ」

「ええ、うまいし、暖まりますね」

「そう。甘酒って、躰の中から、ほっくり暖まっていいですよね。ぼくは、だいたい、こっちの方だから」と、飲むまねをしてみせ、

「甘いものは苦手なんだけど、ここの甘酒だけは別。有名なんですよ。知ってました？　ほら、例の、忠臣蔵の神崎与五郎ね、彼が馬喰《ばくろう》に土下座してあやまり証文を書いたという、その茶屋が、ここなんですよ。もちろん、建物は何度もたて直したものだけどね」

男は美於に、「あったまったでしょ？」と、馴れ馴れしく言った。

こんな何気ないやりとりが、江馬貢には、ひどく新鮮だった。

「もう一杯飲む?」貢が訊く前に、若い男が美於にたずねた。美於は、甘酒と茶と、二つの湯呑を空にしていた。

そういえば、美於もおれも、昼飯がまだだった。弁当は、滝のところに置いてきてしまった。

バスが追いかけてくるだろうと思った。もうしばらく、美於と二人だけの時間を持ちたい。落ちついてくると、このあと、えらいことになるぞ、と思う分別も起きる。しかし、とっさに、直感的にとった行動を悔いる気持はなかった。患者たちの昂奮と喧騒、看護人や学院生たちの右往左往、よってたかって美於をとり鎮め、鎮静剤を打つ、そういった騒ぎから、即座に隔離し、しかも、美於に、一人ではない、信頼できる味方がいると感じさせる――そう計算したわけではなかったが、意識下にそういう気持が働いた。


「何か、食べるものもできますか、ここ?」

「団子。甘いのと辛いのと、蕎麦《そば》もありますよ。山菜蕎麦と、とろろ蕎麦」

蕎麦では、運転しながら食べることができない。

「団子十本ください。皿はいらない。紙にくるんでくれればいいです」と頼んだ。

再び車を走らせながら、串を横ぐわえにして醤油味の団子を食った。

そうして、昂揚した気分はかなり鎮まり、他の人々がさぞうろたえているだろうと、ようやく、自分の行動のあまりな突飛さを認める気になった。だが、何としても、美於を彼らにもみくちゃにされるのはがまんできなかったのだ、と、彼は、弁明した。――というより、その瞬間、美於と同一化してしまったのかもしれない。

鳥岡医師を美於が滝壺に突き落とした場面が、ようやくこっけいさを失ない、鐙一光の死と重なった。

美於自身の口から、鐙一光を突き落として死なせた、と聞きながら、彼女は実際にはやっていない、と言いきった水沢透の、爽やかな口調を思い出した。一抹の疑いを持ちながら強いて自分をごまかしているのではなく、明確な事実として語っていた。ほかの点では、いかにもいくじがなさそうで、ぐあいの悪くなった美於を家人の手に押しつけ、それも、事情を説明する勇気もなくて顔も合わせず逃げ去ったという気弱な若者が、美於はやっていないと、それだけは、くっきりと鮮やかに言明した。

鳥岡医師に躰ごとぶつかっていった美於を目撃した江馬貢には、水沢透のような確信は持てない。

それは病気のせいだ、と、水沢透は言うだろう。鐙一光が墜死したとき、美於の心はまだ健やかだったのだ、と。

そういえば、俺は、健やかな美於を、子供のときしか知らない。

こちら側に戻ってこい、と、俺は美於をひき戻そうとしているのだけれど、その〈こちら側〉は、金の有無で病人を開放棟と閉鎖棟に分類する荒涼としたところなのだな、と、彼は思い、団子の串を窓から捨てた。美於は、食べてはいなかった。疲れ切ったようすで、ただ、目だけが、まだ鎮まらない心をのぞかせていた。

Ⅶ

1

江馬貢がようやく休日をとれたのは、十二月のはじめであった。滝の事件のためにずっと休日出勤を命じられていたのである。人手不足と、鳥岡医師の楽天的な性格のおかげで、この程度の譴責ですんだ。前任の采沢医師なら——バス旅行の計画などたてもしなかっただろうが——江馬貢は、今度こそ馘首されていたことだろう。

彼は、この休日を水沢透を再度訪ねることにあてた。

かわいた街路を木枯らしが吹きぬけた。配送会社のステーションで、江馬貢は、水沢透がずっと欠勤していることを知らされた。また吐血したのかと眉をひそめると、そうではなく、腰を痛めたというのであった。

二十瓩《キロ》ほどの果実類を詰めた木箱を両手で持ち上げようとしたはずみに、きーんと頭につきぬけるような痛みが走り、動けなくなった。救急車で病院にかつぎこまれた。本当は完全になおるまで入院した方がいいのだが、そんな金はないから、下宿で寝ている、ということだった。

崖裏の窪地は、あいかわらず湿っていた。崖の上の空がからっと明るいのに、この一帯には湿気がよどんでいて、彼は深い轍《わだち》の跡の水たまりに足をつっこみ、ズック靴の中に水がしみとおった。

下宿の女主人は、貢をおぼえていて、今度は、文句を言わず招じ入れてくれた。

入口の土間をあがってすぐのところに狭い急な階段があり、上ってとっつきの部屋だと女は言った。階下の部屋でTVをつけているらしく、若い歌手の舌足らずな歌声がきこえた。

水のしみとおったズックを脱ぎ、階段をのぼると、濡れた足の跡が踏板に残った。

三畳の部屋に水沢透は寝ていた。貢を見て驚き、それから、人なつかしい笑顔になった。

「ひどい目にあったね」

蒲団を一組敷いただけで、三畳間は、いっぱいだった。壁に、ジーンズのジャンパーが、少しゆがんで吊り下がっていた。

窓のカーテンは、鮮やかな空色だった。その空色の布に、白い楕円形の布が大きいのや小さいのや、三つ四つ縫いつけてあった。

「その窓を開けると」と、水沢透は言った。

「鼻先に崖がせまっているんですよ」

貢は、途中で買ってきた梨の包みを枕もとにおいた。

「梨、好き?」

「ああ、好きです」

「いま、食べる?」

「ええ」

階下に下り、ナイフを借りてきた。

「痛むの?」

「動かなければいいんですけれどね。最初は、口をきいてもひびいて痛いから、喋ることもできなかった」

「今は?」

「喋れますよ。退屈していたんです。でも……また、美於のことですか」

「もう、美於は、きみにとっては、過去の人間?」

水沢透は、窓のカーテンを目で示した。

「女の子が、やってくれたんです」

「その、つくろってあるところ?」

「え、つくろって?」水沢透は、思わず笑い、「笑うと腰の骨にひびく」と言った。「破れたところをつくろったんじゃないですよ。その白いのは、雲ですって。彼女がね——美於とはちがう彼女——この窓からは空がみえないからって。小さい空をプレゼントしてくれたんです」

「ずいぶん、ロマンチックな彼女だね」

「その彼女とも、もう、終わりました、こういう子供っぽいロマンチックな娘《こ》だから、しょっちゅう、デートしていたがるんですよね。映画だ、ロック・コンサートだって。男がおごるものときめているでしょ。そんなに、金、つづかないよね、おれ。それで、あっさりふられちゃった」

「美於も、その彼女も、きみにとっては、同じ過去のイベントの一つ?」

「美於は、重かった」と、水沢透は吐息をついた。

——ああ、重かったろう。手にあまっただろう。江馬貢は思った。あの病者の狂乱、えたいの知れない恐怖、そういったものを、よく抱きとめてやってくれたよ、あれで十分だったよ、あれ以上をきみに求めることは誰にもできない、と彼は心の中で言い、美於を、自分なら、これからも受けとめてやれる、自分はあの病者たちの心の世界に近いところにいるから、と思いながら、別のことを口にした。

「鐙一光氏の死に美於は関係ない、と、きみは断言したね。そう言いきる根拠を、もう一度、ぼくに納得がいくように説明してほしいんだ」

水沢透は、寝たまま紙包みに手をのばし、紐をほどき、包みをひらいた。

貢は皮を剝いてやろうとしたが、水沢透は、先にナイフをとった。仰向いたままで、ナイフをあやつり、皮がよじれながら細長くのびてゆく。

「むずかしいな。ぼくには、彼女はそんなことをする人間じゃない、としか言えない」

「この前と同じだね。何か、はっきりした証拠はないだろうか。彼女は絶対やっていないという」

「あなたは、どうして、彼女がやったと思いたがるんですか」

「思いたがってなんかいないよ。ぼくだって、彼女がやっていないと確信を持てたら、どんなにか嬉しい。だから、その確信を持てるような手がかりは何かないかと、探している。万一——万一の話だよ。美於が何かの理由で鐙氏を滝に落とし死なせたとする。誰にも知られずにすんだそのことが耐えがたい心の負担となり、もしかしたら前から潜在していたかもしれない病気を誘発した……。ぼくは、医者じゃない、まったくの素人だから、そういう心因が発病のひき金となり得るかどうか、よくわからないけれど。でも、心因が明らかになれば、治療もしやすいというものだろう。逆に、もしそれが彼女の妄想なら、とりのぞいてやらなくてはならない」

「わかりました。では、こういうことではどうですか」水沢透は、梨を四つ割りにしたが、寝たままの動作なので腕がくたびれたのか、梨とナイフを包み紙の上に放るように置いた。

「鐙先生は、酔って滝壺に落ちた。それを目撃した者がいる。ぼくです」

「本当かい！　どうして、助け上げるか、皆に知らせて救けを求めるしかなかったんだい」

「鐙先生が死ねばいいと思っていたからでしょう、ぼくが」

「どうして！」

「嘘ですよ」と水沢透は言った。「でも、いったん、ぼくがそう口に出すと、あなたは、ひょっとしたら、と疑いを捨てきれなくなるでしょ？　美於に動機がないのと同様に、ぼくにだって、動機はない。

　でも、その美於に動機があるかもしれないと、あなたは言う。ならば、ぼくにだって、動機はあるかもしれませんよ」

「きみは、よほど、退屈しているんだな」

「美於がやったかやらないか、美於にしかわからないことでしょ。ぼくは、彼女はやらなかった、と言います」

　手をのばして、水沢透は、空色のカーテンの裾をひっぱった。ロマンチックでデートばかりしたがった無邪気でわがままな女友達のことを、ふと、なつかしんだのかもしれない。美於とは、まるで違う、くったくのない――それでいて、顔立ちは似通っていたのではないか、と、江馬貢はそんな気がした。

　特別な収穫もないまま、江馬貢は、戸外に出た。何が事実か見きわめるのは、まったく困難なことだ。これから先、誰に会い、何を聞いても、それが真実なのか嘘なのか。

するると、そのとき彼は、自分の出生が、母親の書き認めた紙片一つによって証しされていることに思いがいたった。地面がゆらぐような感覚をおぼえた。それがあいまいになれば、これまでの生が、すべて、蜃気楼のようになってしまうのだった。

しらじらと明るい初冬の陽の中で、彼は、自分が雨に濡れそぼつ紙片と化し、書かれた文字が滲みひろがり、判読不可能になってゆくような気がした。

すぐに電車に乗って帰る気にもならず、彼は、崖にはさまれた道と、駅とは反対の方に歩いて行った。

靴の中は、まだ濡れていた。頭と躰はかわいた空気の中にあり、足だけが雨の中を行くようにぐしょぐしょしていた。

広いバス通りに突き当たり、漫然と左に折れた。大型のトラックが地ひびきをたてて走り過ぎ、乗用車が敏捷にとばし、そのあいだをオートバイが縫った。

車が走りすぎるたびにけたたましい音がするのは、道路の一部が鉄板でおおわれているためであった。こんなところまで、地下鉄の路線をのばしているのだろうか。

それとは別の工事も行なわれていて、突如、道路の片側がロープで仕切られ、ネックになったところで車がひしめき、ロープの内側では、ショベルカーが一台、ゆったりと行きつ戻りつしていた。巨大なフォークが地に突き刺さると、強固な道路は砂糖菓子のような他愛なさでひび割れた。

あたりが薄暗くなった。おそろしく日が短くなったものだと思っているうちに、雨が降り出した。天気予報など、ここ久しく、気をつけてしらべたことがなかった。晴れのち雨、と告げられていたのだろうか。

ショベルカーの中の男は、雨の中を悠然と、アスファルトを突きくずしては攫《さら》い上げ、前にとまった大型トラックの荷台におとしこむ作業をつづけていた。

江馬貢は、髪から雫が垂れるほど濡れ、それから、道路わきの飲み屋に入った。

飲み屋と思ったのは、大衆食堂だった。

煮魚定食、カツ丼、などと書いた壁の定価表は、煮しめたような色になっていた。


陽が落ちて、雨はますます強くなった。肌着まで濡れとおって、江馬貢は住まいに帰りついた。

彼と中井朝次が棲む小屋の戸に、外から斜めに板が打ちつけてあった。ありあわせの古材らしいが、犬釘でがっしり打ちとめてあり、戸口の前に、彼らのわずかばかりの私有財産、鍋とか茶碗、着がえの衣類、そういったものが放り出され雨に打たれていた。

彼は、戸を叩いて中井朝次の名を呼んだ。返事が無いので、小屋の周囲を、名を呼びながら一廻りした。


理由をききに、母屋に行った。家族は、夕食をとっていた。

老夫婦とその息子と、チイ。チイは、祖母の膝に腰かけ、不機嫌な顔をしていた。

息子は、顔に傷をこしらえ、揚豆腐を肴に飲んでいた。

どういうことなのだと、江馬貢は訊いた。

老夫婦も息子も、押し黙っていた。彼は、重ねて訊いた。

もう、置いてはおけない、と、大家は言った。

そんな乱暴な話はないだろう。中井は、どこへ行った。

大家の妻は、彼から目をそらし、チイの口に玉子焼きをはこんだ。

どこへでも、出て行ってもらおう。大家は言った。息子が後楯にいるので、安心して、横柄な口をきいた。

中井は、どこへ行った。

大家は、助け舟を求めるように、息子の顔を見た。顔に傷をこしらえた息子は、むっつり押し黙ってぐい呑みをあおった。

寝せろよ、と、息子は母親に言った。母親は、びくっと身震いし、チイの手をひいて奥へ行った。

中井は？　と、江馬貢はもう一度、低い声で訊いた。
二、三日うちには、あんたの病院に入ることになるだろう。大家の息子は言った。
あんたも、さっさと出て行くことだな。

犬を刺したのは、中井じゃない。江馬貢は言った。おれは、あの夜、いっしょにいたのだから、わかっている。あれだけ刺せば、返り血を浴びる。

あの男は、危険人物だ。とんでもない奴だ。まともじゃねえ。

俺が知っていれば、と、大家の息子は言った。あんなやつをうちに入れることはしなかった。

大家は、面目なさそうに目を伏せた。

出て行ってくれ。顔を見たくもない。

中井は、どこにいる。

留置所だ。だが、まちがいなく、病院行きだ。

大家の息子が目にしたのは、中井朝次の腕の中で、チイがその頬に頬をぴったりすり寄せている光景であった。唇を重ねあわせているようにみえた。

彼は、幼い娘のうっとりした顔に、激怒した。犬の事件のとき、娘が父親である彼よりも赤の他人の中井朝次をえらんだことが、もともと腹にすえかねていた。

娘を両親に預けっ放しにし、妻は追い出し、東京で詐欺に近い仕事をしながら他の女を妻同様にしていた。ほかにも女がいた。しかし、彼は、自分の血つづきの者に対しては、きわめて情が濃かった。

手荒く扱ってはいても、老父や老母を自分の肉の一部のように思っていたし、娘は、何より大切なものであった。

彼は、それと明確に意識したわけではないが、幼い娘が中井朝次を慕う気持に、仄かにセクシュアルなものを感知し、それは彼にとって不愉快きわまりないものであった。不愉快さは、中井朝次の上に転嫁された。

あとで警官の取調べに、彼は、中井朝次が幼女にいたずらをしたと明言している。彼は、嘘をついているという意識はなかった。彼にとって、それは事実であった。

犬の事件以来、チイに、中井朝次の小屋に行くことを厳禁した。チイは、平然と禁を破り、そのたびに彼は娘をなぐり、肩をつかんでゆさぶり、チイは歯をくいしばって、父親を拒否した。

そういうことが重なって、またも、この日、彼は、中井朝次に頰をすり寄せてうっとりしている娘を目にしたのである。

ひきはがし、中井朝次を外にひき出し、なぐった。

格闘になった。たまたま通りかかった郵便配達夫が、庭でもみあっている二人を目撃し、その野獣めいた争闘に肝をつぶし、立ちすくんだ。立ち去りがたく見物していると、うろたえた大家の老夫婦に助けを求められた。

「止めてやってくださいよ。何とかしてくださいよ」

郵便屋は、隣家にかけこみ、いきなり一一〇番に連絡した。

パトロール・カーが到着し、二人は連行された。

大家の息子は、中井朝次が娘にいたずらした、父親として激怒するのは当然だと正当性を主張し、証言を求められた両親は、前からそのことで困っていた、と、息子に口裏をあわせた。犬を殺されたと告げれば、いっそう強力な傍証になるところだが、なぜそのときすぐに届けなかったのだと探られては藪蛇になるから、残念だがそれは伏せた。

2

窓ガラスを雨が激しく叩き、流れる。

「おかしかったよね、鳥岡先生のかっこう。あのデブちゃん先生が、こォんなふうに」

野田仙子が仰向けにひっくりかえってみせ、患者たちが笑う。すでに日数がたっているのに、鳥岡医師の滝壺転落事件は、患者たちのあいだでくりかえし笑い話の種にされていた。この事件は、いいかげんなTVドラマ以上に彼女たちをたのしませたのだった。事件当座は、せっかくの遠足が美於のおかげでだいなしになったと憤慨したり残念がったりする声が多かったが、日が経つと、愉快な事件として語られるようになった。

「そんな、笑ったりするものじゃありませんわ」

と、その都度むきになって怒るのが藤井トシ子で、このときも、「本当によくないことですわ。ひとの難儀を笑うなんて。鳥岡先生はあんなにいい方ですのに。お気の毒なことでしたわ。美代さんがあんな乱暴をなさるなんて、思いがけないことでした。私は知りたいですわ。美代さんがなぜあんなことをなさったのか。ねえ、美代さん、あなたは釈明なさるべきですよ。どうして、親切で御立派な鳥岡先生をあんなひどいめにあわせなさったのですか」

「しつっこいねえ、あんた」と野田仙子が、「あんた、鳥岡先生、鳥岡先生って。ああ、そういうこと。あんた鳥岡先生に……ああ、そうなの。なるほどねえ」

「何をあてこすっているんですか、いやらしい」

火の気のない部屋にすき間風が雨の雫をはこびこむ。霧のように細かい水粒が、畳や積み重ねた蒲団をしっとり湿らせる。

冷たい雨と風は、美於の頭蓋の内側をきれいにぬぐい去り澄明にするようだった。

過ぎた時の堆積は明晰に見える。それも、時をさかのぼるほどくっきりとし、近い過去はあいまいな靄の中にあった。

美於は、誰かに語りたいと思った。語りたい相手はたしかに一人いるのだが、その姿がはっきり浮かんでこなかった。あの人、と、のどもとまで出てきているのに、それ以上明確にならないもどかしさ。顔を見れば、わかる。その人は、いまこの部屋にはいない。今日は一日、まだ顔を見ていない。彼が美於に話をさせたがっているのを感じていた。

今なら、話せる。こんなにはっきりしている。また私の頭の中が白っぽく濁ってしまわないうちに、霧の晴れ間のような部分だけ、正確に話したい。訴えたい。聞いてほしい。

どこにいるのですか。あの人を私は知っている。知っているけれど、名前を呼ぶことができない。

あの人は、透ではない。透は私が助けてあげなくてはならなかった。透……。

美於は、傍に若い気弱そうな男を置いた。漬物の食べ過ぎは躰によくないわ。美於は微笑した。しかし、そのほかのことは、何も浮かんでこなかった。靄が透に関する記憶をおおっていた。

雨が叩く窓のむこうに、ぽっかりと透明な空間があり、そこに美於は遠い過去を視た。

滝があった。私はあの男を殺した、という想いが滝の上を掠め去り、消えた。殺しはしなかった、と、黒い男の影が雲が湧くように立ち上がり、視界を占めた。

美於は、あの人、と、のどもとまで出てきている若い男を呼ぼうとするが、声が出なかった。

黒い影は手をさし出し、美於、と呼びかけて腕をつかみ、透明な過去の空間にひき寄せようとする。そこには滝がなだれ落ちていた。美於は抗《あらが》った。そのとき、若い男が美於を腕にさらいこみ、車に乗せた。

美於は車の助手席にいた。運転する若い男に美於は話しかけた。声になっていないのに、想いが相手につたわり流れるのがわかった。

　あれは、怖ろしい人なんです。美於は、黒い影をさし示した。

　あの人は、私がまだ幼いころから、私をあの人の道場に連れて行くのでした。

　ほかのきょうだいには許されない、それは私だけの特権でした。

　もっとも、姉や兄たちは、それを特権とは思わず、嫉妬さえしていないようでした。姉も兄も、道場に伴なわれることを望んでいなかったのです。

　この娘《こ》は勘が鋭い、とあの人は道場に来る大人たちに自慢した。

　瞑想する大人たちに伍して、美於も目を閉じ、鳥の声や滝の水音を聴き、すると空想が奔放にひろがって、美於はその時間を好んだ。

　主宰者の愛娘ということで、美於は参会者たちから丁寧に扱われ、居心地は悪くはなかった。伴ないはしても、父は、決していっしょに遊んだり手をひいたりしてくれるわけではなかった。

　強い声で叱られなくても、美於は、何か父が怖ろしく、この人以上に怖ろしいものを知らなかった。

　その父が、この娘は勘が鋭い、というときだけ、みるからに機嫌のいい、気にいった玩具を手にした子供のような、無邪気なとくい顔になった。

　勘が鋭いとはどういうことか、美於にはわからず、何かへまをして、実は勘が鋭くはないのだと父にさとられ、失望されては大変だと心を痛めた。

　やがて、父は、少しずつ美於に『方法』を教えはじめた。

　宇宙にみちる大きないのちを感得せよと言う。それは、ほとんど命令に近い。いや、命令そのものであった。

　精神統一し、雑念を払い、心が澄みきったとき、人間を超えたものの意志が感得される。というよりは、清澄な空洞のようになった美於の手を用いて、そのものの言葉が書き示されるはずである。

荘川実雄は、若いころから山歩きを好んだ。峻厳な山々を単独で踏破するとき、彼は、ありありと、その実在を感じた。だが、彼は、その声を聴くことはできなかった。

応召して南支にあるとき、彼は、宗教秘密結社と接触を持ったことがあった。

そこでは、少女を霊媒に用いて神託を受けることが行なわれていた。

憑霊した少女は、砂上に文字を書いた。朱塗りの棒の中央に、十字型に先端の尖った棒をくくりつけたものの、一端を少女が持ち、他の端を神託を受ける者が持つ。審神者《サニワ》と呼ばれる役の者がいて、行事を司どった。

ゆらぎながらたちのぼる香煙は、鴉片であったかもしれないし、審神者は薄汚ないいんちき興行師であり、少女は、仕込まれた芸人にすぎなかったのかもしれない。


だが、彼にとって、それは、自分の感覚体験を立証されたに等しい、めくるめく歓喜であった。

美於は、父からこのような話を直接きいたことはなかった。参会者の誰彼から、いつとなく耳に入った話に、後に彼女が父の所業に批判的になってからの推察をつけ加えたものである。

美於が、説明のつかない異様な感覚に襲われたのは、いつのことであったか。

道場は、滝の傍の古い参禅堂であった。簡単な炊事設備をあとから作り足してあった。

参会者は父とともに滝に打たれ、美於は一人、道場内に正座させられていた。大人たちが滝に打たれるのは、彼女の『霊力』の発揮に力添えするためであった。

美於の前には、一枚の画仙紙がのべられ、墨液をみたした大硯と筆がおかれていた。

堂内は薄暗いが、外は明るい真昼であった。

小さい窓のむこうに、滝の一部が見えた。絶えず流れ落ちる滝は、美於の目を捉え、心を捉え、その単調な水音が、躰の内でひびいた。

目を閉じても、滝は美於の瞼の裏で鮮やかに落下しつづけた。周囲のものの一つ一つが、生きている人間以上のなまなましい力強さで存在していた。異様なほど明るかった。

美於は、怯えた。理由のない恐怖であった。外には大人たちがいて、彼女に危害を加えるものは、何一つないはずであった。

にもかかわらず、美於は怯え、そのとき、彼女は〝憑かれた〟。

そうせずにはいられないという強い力が働いて、つき動かされたように筆をとり、一気に何か描き上げた。

筆をおいたとき、怖ろしさに耐えきれず、外にとび出した。

白紙に描かれたものを見て、父はほとんど快哉を叫ばんばかりであった。


ただ、その文字とも絵ともつかぬものは、判読できるものではなかった。

大人たちは、仔細らしく、ああだ、こうだと言いあい、あげくのはて、父は、その解読を霊から受けよと彼女に命ずるのであった。

美於はふたたび堂内に置き去られた。

美於はしかたなく、ふと心に浮かんだ言葉を書き、すると、もつれた糸の一端をさぐりあてたように、考えるいとまもなく奔流のように言葉が溢れ出し、美於は溢れる言葉を文字に書きとめた。

どのようなことを書いたのか、もうおぼえていない。思考の努力なしに溢れ出る文言は、書くはしから、水に描いたもののように記憶から消えた。

父はこの上なく喜び、参会者たちも、奇蹟をまのあたり見たように嬉しがった。

それからというもの、集会のたびに、美於は彼らのさまざまな問いに『神意』を告げさせられることになる。

やがてそれが、どれほどな苦痛になったか、あなたにだけはきいてほしい。

参会者たちの質問は、次第に、右か左か行動の指針を求めるたぐいのものが多くなりました、と、美於は心の中で語りつづけた。

そうして、なかには、答のわかっていることをわざとたずね、能力の真偽を試すものもいたのです。

それによって私の無能が明らかになっても、父は私を手離そうとはしなかった。そんな質問をする方がまちがっているというのです。そんな不心得者に、正しい神意が示されるわけがないと。私は自分でも疑わしい苦行をつづけねばならなかった。

父が日常的な職業を持ち、生活の大部分の時間は東京でおくられたことが、まだしもの幸いであった。

美於は母に苦痛を訴えた。お父さまの命令だからしかたがないでしょう、と母はとりあわなかった。

両親から離れる手段として、高校時代に美於は二度交換留学生の試験を受けている。二度とも失敗すると、美於は、父によって定められた宿命の道がしらじらと前にのびているのがみえてきた。

3

『精神衛生法』

〈第二十九条〉①

都道府県知事は、第二十七条（精神鑑定医の診察）の規定による診察の結果、その診察を受けた者が精神障害者であり、且つ、医療及び保護のために入院させなければその精神障害のために自身を傷つけ又は他人に害を及ぼすおそれがあると認めたときは、本人及び関係者の同意がなくても、その者を国若しくは都道府県の設置した精神病院又は指定病院に入院させることができる。

〈第三十条〉①

第二十九条の規定により都道府県知事が入院させた精神障害者の入院に要する費用は、都道府県の支弁とする。

中井朝次は、第二恵泉園の閉鎖棟に収容された。閉鎖棟主任の横井という医学博士の診断によるものであった。横井博士は、第二恵泉園勤務はほとんど名目だけで、出勤してくることもまれだった。

江馬貢は、鳥岡医師や天羽たか子に中井朝次が閉鎖棟に幽閉されるような病人ではないことを訴えた。しかし、精神衛生法第二十九条の壁は強固だった。国立大学の教授を兼ねる横井博士は鳥岡医師の大先輩にあたり、その診断をくつがえす力は鳥岡医師にはなかった。その上、中井朝次は鳥岡医師の問診に対し、まともな受けこたえをしなかった。何を問いかけられても薄笑いを浮かべて黙っている中井朝次の態度は、江馬貢にとっては見なれたものだったが、他人には横井博士の診断を裏づけるものととられてもしかたなかった。江馬貢でさえ、中井朝次の正常性に疑いを持つほどであった。医師の前で、みすみす不利な態度をとるのは愚かしいことだった。

江馬貢がいくら中井朝次のために弁護しても、鳥岡医師は横井博士の診断を支持した。江馬貢は思いきって横井博士に面会を求めたが、一顧も与えられなかった。

中井朝次をひそかに離院させようかと江馬貢は思った。離院、即ち脱走である。彼がその計画の実行をためらったのには、二つの理由があった。一つは、美於の存在である。中井を離院させるためには、彼もまたこの職場を離れ行動を共にしなくてはならない。それは、美於を放棄することであった。

もう一つは、囚人のような閉鎖棟の生活を、中井朝次が平然と受け入れているようにみえたことである。あきらめて苦痛を甘受しているのではなく、苦痛と感じていないかのようであった。江馬貢と暮らした外の生活も、ここでの生活も、中井朝次にとっては大差ないのかとみえた。

そうして、中井朝次は、河津克躬と、他人を無視した緊密さをみせはじめたのである。

二人は、しばしば、顔を寄せて何か語りあっていた。それは、まるで、唖者同士の対話のようであった。彼らの声は低く、他人にその内容をうかがわせなかった。それでいて、二人は、ときに笑い声さえあげかねないほど、対話に没頭していたし、深い共感のうなずきをかわすところもみられるのであった。

彼ら二人は、よく笑いあったが、それは一人の笑い声のように、彼ら以外のものに嘲りと皮肉をちらつかせていた。そうして、江馬貢は、彼自身もまた、二人の冷笑の対象になっているように感じた。

悪臭も、病棟の不潔さも、中井朝次にとっては、前の住まい――江馬貢がこまごまと、風呂桶を置いたり排水溝をつくったり工夫をした小屋――と、いっこう変わらないもののようであった。

チイは淋しがっているだろう、と江馬貢は思った。だが、幼女の恋の痕は、他の記憶でたやすく埋められてゆくのだろう。

チイが成人し、男の腕にあるときを、江馬貢は思った。その遠い未来が、す早く彼に近づき、一瞬、なまなましい現実感を彼に与えて消えた。チイは、おそらく、中井朝次の名も顔も忘れているだろうが、男の肌のにおい、太い荒れた指、肉の削げた頬の蒼ざめたなめらかさに、慕わしい既視感《デジャ・ヴュウ》をおぼえることだろう。

中井朝次の閉鎖棟入りに、天羽たか子の驚きと狼狽は、江馬貢よりいっそう激しかった。

他人に気づかせることはしなかった。だが、あまりに身近かに偶像が置かれたことは、彼女の飢餓を強めた。

一時、彼女は、ぬけ出しかけていたのである。

美於が鳥岡医師を滝に突き落とした事件が、彼女の関心を美於に集中させた。血を吸い乾いた毛布は、ようやく、昼の彼女に嫌悪感をおぼえさせるようになりはじめていた。

中井朝次を棲まわせた閉鎖病棟の、灰色のコンクリートの壁が、これまでと違った力で彼女に迫る。天羽たか子は、仕事に没入することで、壁の圧迫から逃れようとする。

壁は、男の筋肉のように、なまめかしく、たくましい。

壁は、一個の生きものに変容する。そのなかに、中井朝次が宿っている。病棟そのものが、中井朝次の外殻と感じられる。

しかし、彼女は、江馬貢とのあいだに、中井朝次の名を話題にのせまいとする。あまり避けるのは、かえって不自然だと思いながら、ぎごちなく、熱心に、美於のことのみを語りつづける。

「どうして、水沢透という人の話をきいただけで、それ以上の調べをやめてしまったの」

天羽たか子は、江馬貢に訊く。

「劇団員だった人たちに、なぜ、もっと、鐙一光と美於ちゃんの関係を訊いてまわらないの。熱意が薄れてしまったの」

「たとえば、誰かが、鐙一光氏が美於を弄んで捨てた、などと証言したとしますよね。それが真実だと、どうして、ぼくにわかります？　その人が、そう思いこんでいるだけかもしれないじゃないですか。訊きまわったところで、手に入るのは、ゴシップの集積。そうじゃないですか」

「考え方が変わったのね」天羽たか子は言った。

「むしろ、荘川実雄——美於の父親——に会うことが必要かも」

「ええ、もちろん、そうよ。このあいだの荘川夫人の話では要領を得なかった。あれから私は何度も荘川氏に連絡して面会を求めたのだけれど、多忙ということで時間をさいてもらえないでいるの」

「ぼくはまだ、あの男に会う力がない」貢がつぶやいたのを、たか子はききとがめた。

「力がないって、どういうこと？」

「怖いんですね。あなたは笑うでしょうが」

「子供のころ、よほど怒られでもしたの？」

「いえ」

「荘川夫人とあの後電話で話したけれど」と、天羽たか子は、「荘川氏も夫人も、何かまるで、美於ちゃんをできそこなった作品とみなしているような話しぶりだったわ」びっしりつまったスケジュール表に目をやりながら言った。


江馬貢は、閉鎖棟の宿直室に寝泊まりしている。雑役の桧山宇吉も、また、ここをねぐらにしていた。桧山宇吉は、黒白のポータブル・TVを所有している。十年も前に、患者から賭博でまきあげたものであった。博打はもちろん禁じられているのだが、男子患者たちは、作業療法のときボール紙の断ち屑をためておき、花札をこしらえていた。

患者用のTVセットは、カラーの二十二インチが食堂に設置してあるが、番組を自由にえらぶことはできない。

その患者は、イヤフォーンを使って他の患者に迷惑をかけないようにするという条件で、ポータブル・TVを病室に持ちこんでいた。同室者に、ときどきイヤフォーンを貸し、使用料を徴収した。桧山宇吉は、博打に勝ってそのTVを手に入れたが、そのまま病室に置くことを許した。そのかわり、もとの所有主から使用料をとることにした。元持主は、せっせと同室者にイヤフォーンを押しつけ、その使用料で桧山宇吉への支払いをまかなおうとし、いざこざの種になった。

病院の管理者側の耳に入りかけたころ、元持主は退院することになった。桧山宇吉は、TVをたのしむより、残った患者たちに貸して料金をとるほうを望んだのだが、患者たちと値段の折りあいがつかず、病院側から叱られ、自室に持ち帰ることになったのである。

桧山宇吉は、江馬貢が同室になったのを喜んだ。チャンネル権は渡すから、何でも好きな番組を見たいだけ見てくれといい、それから、さりげなく、使用料の件をつけ加えた。

べつに、テレビは見なくてもいいのだ、と江馬貢が言うと、桧山宇吉は、恨めしそうな顔をした。「あんたは、ちゃんと月給をもらって、その上、夜勤手当てもつくじゃないか。私はまだ、患者の身分だから、ほんの塵紙代にもならないくらいのお手当てを、それも、ひどく恩着せがましく渡されるだけだ。けちけちしないで、テレビぐらい、たっぷり見なさいよ。テレビさえ見ていれば、こんなところにくすぶっていたって、流行おくれになることはないよ。黒白だからって、ばかにしたものじゃない。こういう小さいやつは、でかいのより、むしろ性能はいいんだよ。値段だって割高で上等なんだ。テレビは、ここから世間をのぞく窓だよ」

見たくないよ、と、江馬貢はつっぱねた。

「見なよ」と、桧山宇吉はしつっこくすすめた。

「あんたがつけるのは、かってだよ」江馬貢は言いかえした。「だが、この部屋で、あんたがそいつをつけると、俺は、見たくもないものが目に入り、聞きたくもない音が耳に入る。その迷惑料を払ってもらうよ」

「ひどいねえ」桧山宇吉は情けない声を出した。

VIII

1

江馬貢は、厨房からワゴンで朝食を閉鎖棟にはこんでいた。庭は霜柱がたち、海から吹きあげる風は氷をふくんでいた。

病棟には暖房が入らず、職員の部屋と応接室にだけ石油ストーヴが入れられていた。

開放棟の病室は畳敷きだが、閉鎖棟はコンクリートむき出しの床に鉄パイプのベッドを置いただけなので、冷気はいっそう激しかった。

アルミの食器ののった盆を、患者の一人一人に手渡す。起きない者の分は、他の患者がはこんでやる。中井朝次は、盆を受け取る列の中にいた。

わりあい確かな足どりで、中井朝次はゆるゆる進む列に加わっていた。手をひいてやる者はいなかった。中井朝次が、それを拒否したのである。河津克躬にさえ手をひかせなかった。

盆を受けとりながら河津克躬が言った。

「人間、絶対に馴れることができないものがありますよ。餓えと寒さです。屈辱には馴れることができる。餓えと寒さは、だめですよ。ぼくはこれで六回め——七回めかな——の冬を迎えることになるが、馴れることはできませんよ」

「死刑になってりゃ、暑いも寒いもないんだ」

笠井看護夫が言った。

「死刑になることはありませんよ。裁判が正当に行なわれさえしていれば。正当防衛ですから」

「尊属殺人は刑が重いんだよ。よくて無期懲役だ。ここと同じようなものだろう。牢屋にぶちこまれていると思ってがまんするんだな」

盆を受けとり、「あいかわらず味噌汁がぬるいですね」と、鈍い声で言いながら、河津克躬はベッドに戻った。

「石油ストーヴは、火事が危ないですもんねえ」

ねえエ、と語尾をひっぱって、媚びるように患者の一人が言う。「電気ストーヴは電気代が高いですしねえ。まあ、がまんするほかはないんですねえ」

河津克躬と中井朝次はベッドに並んで腰を下ろし、河津克躬が何かささやきかけ、中井朝次の口もとに薄笑いのようなものが浮かぶのを、江馬貢は見た。河津克躬も、にやにや笑っていた。

暦の終わりが近づいたからといって、療養所の日々が特に気ぜわしくなる理由はなかったが、開放棟主任の鳥岡医師は、変化をつけたがってい た。年の暮れは年の暮れらしくあらねばならない。患者と職員がいっしょになっての忘年会が計画された。

重症者をのぞき、開放棟の全員がいくつかのグループにわけられ、演しものを決め、十二月二十五日のクリスマスを目標に練習にはげむことになった。

こういう催しごとになると、鳥岡医師の精力的な童顔は艶を増した。

開放棟と閉鎖棟を行き来するたびに、江馬貢は、落差の甚しさを感じた。

開放棟のにぎやかなお祭り気分がスパンコールのようにまといついたまま閉鎖棟に行くと、その飾りは不似合いにきらきらしくて、沈んだ空気がいっそうきわだった。閉鎖棟の患者たちの苛立ちが感じられた。外界にまったく反応を示さない重症者は別として、自分たちが享受できぬ、何か華やかで謎めいたものが壁のむこうに盛りあがるのを、彼らは知っていた。

民謡、寸劇、奇術と、プログラムは多彩にたてられた。

看護婦たちも浮き浮きして、勤務の合間に気のあった仲間が、ＴＶの歌手の身ぶりをまねながら小声で歌を練習していたりした。

患者たちも、同じ病人同士という気安さから、わりあい容易に一つ気分に溶けあっていた。

孤立するものには、この華やぎは苦痛であった。集団が一つの方向に結束して進むとき、それに同調できないことは、ここでも、罪悪視——とまではいかなくても、何かけしからんこととみなされるのであった。

「美代ちゃん、あんた、お芝居をやっていたことがあるんだってね」野田仙子が言った。

「それも、大きな劇場でやるんじゃなくて、なんだっけ、アングラ？　裸みたいなかっこうで歌ったり踊ったりするやつだってね。そういうの、やってみせなさいよ」

美於は、ちょっと笑っただけで、とりあわなかった。しかし、野田仙子の言葉から、久しく忘れていた音楽のリズムが躰の中によみがえった。ここには音楽がなかった——と彼女は気がついた。食堂のＴＶはときどき歌番組を流しているが、美於の躰の中にいっとき棲んでいた音楽とは、まったく異質なものであった。

ああ、透は、あんなにステレオを欲しがっていた、と美於は思い出し、その思い出に、何か甘やかななつかしさがまといついた。そのとき激しく泣き騒いだ自分が記憶にはあったが、他人のような感じがした。

美於がこのごろ鮮烈に思い出すのは、父親が課した奇妙な生活のことばかりであった。

思い出すたびに、父親と母親に対する憎しみとも怒りともつかぬ激しい感情が炎《ほむら》だった。

2

クリスマスの午后の食堂は、冬休み前の幼稚園のようになった。夕食時間である四時までに、プログラムは終わることになっていた。安ピカのモールや色紙の輪飾りが窓枠や天井に飾られ、樅《もみ》の鉢植えのてっぺんには、銀紙を貼ったボール紙の星がとりつけられた。

ジングル・ベルだの、赤鼻のとなかいだの、歳末大売出しの商店街のような騒々しさでテープがくり返し流された。

鳥岡医師は、しらけた静けさが祭りに一瞬でもしのびこむのを怖れるように、たえまなく、雰囲気を盛りたてようとしていた。

演しものと演しもののあいだには、必ず、いっぱいにヴォリュームをあげたテープの歌が流された。

患者たちは、笑うべきところでいっせいに笑い、感動すべきところで神妙に感動し、手品にはすなおに驚いた。笑いたくない者、感動しない者、驚かない者は、皆と同じように感じているふりをして、うつろに笑い、うつろに手を叩いた。

天羽たか子は、小学生の学芸会より退屈な舞台に閉口していた。自分の持っている〝時〟が食いつぶされてゆくような気がした。今夜の催しが、患者の自発性をうながすという治療の最大目的に何より適切であり、大成功をおさめつつあると十分承知しながら、セラピストの彼女自身が、心を閉ざしていた。

ぼんやり夢想にふける時間が彼女にとってかけがえのないもので、その夢想の中に中井朝次がいる。よくないことだと思う分別はあった。

しかし、自分の一生の持ち時間は限られている、と思う。その限られた時間を、少しでも多く、中井朝次との幻の生活にさきたかった。

夜、眠りにつくまでの半醒半睡の時間が、それにあてられるべきであった。昼の勤務時間にまで、しのびこませてはならない。

夢想は、どこまでも淫らであることを彼女に許し、しかも、その淫らさは、夢想の中で、凄絶なまでに清冽であり、その像は、現実の中井朝次を超えはじめていると、彼女は知っていた。現実の中井朝次は、一個の触媒であり、彼女が狂おしく恋い慕う中井朝次は、想像の中で培養されつつあるのだった。だが、やはり、生身の中井朝次の裏打ちがなくては、像は血が通わず、天羽たか子は、灰色の壁の中の男のもとに馳け寄りひざまずき、両脚をかき抱きたい衝動を、全力で押さえこんでいた。

美於もまた、退屈していた。

演じられるすべてが、TVの画面の薄っぺらな物まねであった。歌ばかりではない、寸劇もＴＶのコメディアンの仕草をそっくり模倣していた。コメディアンは観客の笑いを獲得するために骨身を削ってギャグを創造するけれど、それを安易にまねた素人の仕草には笑いを呼び起こす力はなかった。

退屈は、つのると苦痛になった。アマチュアの一夜のたのしみに同調できないのは、私が悪い、私が悪い、と責めながら、美於はとうとう席をたった。

廊下に出て、壁にもたれた。廊下側の窓からは灰色の閉鎖棟がみえた。

鉄扉が開き、ワゴンを押して看護夫があらわれた。今では、美於もその若い看護夫が誰であるかわかっていた。江馬貢、とほかの患者から名を教えられ、いとこの貢さんと同じ名前だと思い天羽たか子にたしかめたのである。

そうだったのか。あの貢さんだったのか。もっとも、美於の江馬貢に関する記憶はわずかしかない。美於がまだほんの子供だったころ何度か遊びにきたのをおぼえているだけだった。そうして、療養所に来てからの記憶は何か混沌としているのだけれど、滝に落ちた彼女を車にのせてくれたことは、かなり確かな感覚で心にきざまれていた。

昼食の食器を厨房にはこんで行くところだなと、美於は貢を目で追っていた。江馬貢は鉄扉を閉ざし鍵をかけ、ワゴンを押して歩き出す。やがて、建物のかげにまわって見えなくなった。

食堂からは騒々しい歌が流れた。民謡のレコードをかけているのだが、スピーカーがよくないためか、音が割れ、ひどく耳ざわりだ。誰かがそれにあわせて踊っているのだろう。患者たちの手拍子の音もきこえた。

鳥岡先生ッ。いいよッ。日本一。かけ声は野田仙子らしい。

廊下の突きあたりの扉がぎいと音をたて、美於が目をやると、開いた扉のむこうに江馬貢が立っていた。ワゴンはもうはこんでいない。厨房に置いてきたのだろう。美於の方に歩いてきた。

「貢さん」

美於が微笑すると、貢も笑顔になった。手をのばせばふれるほどに近づいた。

「ずいぶん快《よ》くなったんだね」

「ええ」美於は、はにかんで笑った。

「ぼくがわかるんだね」

「天羽先生にうかがいました。いとこの貢さん」

「ぼくが荘川の家に行ったころ、美於ちゃんはまだ、こんなだったから、わからなくてもむりないよね」貢は手で小さい子供の背丈を示した。

「貢さんにね、お話がしたかったんです。でも、なかなか会えなくて」

「ぼくは閉鎖棟勤務になってしまったから。話って、何の話？」

「そう、あらたまってきかれると困るわ」

「いつごろから、こんなに元気になったのだろう」

「元気ではありません」

「でも、もう、病気ではないみたいだよ」

「そうだといいんですけれど」

「これなら、もうじき退院できそうだね」

「うちには帰りません」美於は微笑を消して言った。

貢は次に口にする言葉を探した。快癒しているようにみえても、いつ、何がきっかけであの叫びがひき出されるかわからなかった。

「うちには帰りませんわ」美於はくりかえした。

「ここの方がいい？」

「いいえ」美於はうなだれた。「ここも好きではありません」

水沢透に会った話を持ち出したものかどうか、貢は迷った。透は、もう一度彼女を受けとめる気力はないだろう。美於が退院することになったら、自分も別の職と住み家を探し、美於といっしょに暮らしてもいいと、彼は思った。だが、そのためには、美於と彼が父を同じくするということを、彼女に知らせなければならない。美於が彼を一人の男として意識するようになってからではおそいのだ。それを告げたとき、美於の心はまたこわれてしまわないだろうか。

「貢さんも、クリスマスの演芸会を見に来たんですか？」

「いいや。ワゴンをはこんでくるとき、窓越しに、美於ちゃんが一人で立っているのがちらっとみえたんだよ。それで」

「会いに来てくださったの」

「ああ」

「嬉しい」と美於は小声で言い、手を胸の前に組みあわせた。

「車のなかで、いっしょにお団子を食べたでしょう」美於は少し恥ずかしそうに「私、あのことはよくおぼえているんですよ」

「甘酒も飲んだよ」

「そうだったかしら」美於は首をかしげた。

「最初に甘酒、それから団子だよ」

「ごめんなさい。私、記憶が少しあやふやなの。いいえ、少しではなく、とてもあやふやなの。夢と本当のことが区別がつかないような。夢で見たことなのか、現実にあったことなのか……。病気のひどかったときって……半分死んでいるような……。自分が自分ではないような……。あっち側の世界に入りこんでいたみたいに……」

「あっち側って？」

「死んだ世界」

「死んだら、何もないよ」

「よく、そう言いますけれど」美於は言った。「でも、本当に何もないかどうか、誰にもわからないでしょう」

「ぼくにはわかるよ」美於に喋るには、あまりいい話題ではなかったと、貢は話を変えようとした。しかし、美於はその話にしがみついた。

「どうしてわかるの、貢さん。生きている人が、ただそう思っているだけかもしれないのに」

「そんな話はやめよう。もっと、楽しい話をしよう」

「いいえ。私、知りたいわ。どうして、わかるの」

「ぼくが、一度死んだことがあるから」

美於は、目をいっぱいに開いた。

「本当？　本当に？　どうして、貢さん。どんなふうだったの」

執拗な美於の問いかけに、

「何もなくなってしまうんだよ」

貢は、志木康子の無理心中未遂を、できるだけ簡単に話した。

「そう……」

貢の話に聞きいりながら、美於は青ざめ、ついには、ほとんど立っていられないふうで貢の躰に腕をかけてささえた。

「でも……でもね」と美於は辛うじて反撃した。

「もしかしたら、もう少しそのままでいたら、むこうの世界にめざめたかもしれないいんじゃないの？　こちら側によみがえるかわりに」

「そんなプリミティヴな考えにとりつかれているのかい、美於は」江馬貢が笑うと、

「ああ、笑って。笑いとばしてしまって。こんなおかしな考え。そうよね。おかしいわよね。でも、あまり小さいときからそう教えこまれてきたから。それが当然なこととして心にしみついてしまって。でも、おかしいわよね。そうなの？　何もないの？

何もかもなくなってしまうの？　ああ、そういうふうなら、どんなにいいだろうと思いつづけていたわ。父は言ったわ。人間は、はじめも終わりもない存在だって。それが、ほんの一刻、この世の光をあてられるだけだって。怖ろしかったわ。死んで、何もなくなってしまうのも、考えてみれば怖ろしいことだけれど、永遠に存在するというのは、くらべものにならないくらい怖ろしいことよ。

私は、死んでから闇の中でもう一度めざめるそのときのことを、よく想像したわ。すると、もう怖ろしくて、本当に死んでしまいたいくらい。でも、死ぬことがまるで救いにはならないのよ。私は、逃げ場がなかったわ」

美於の声は次第に激し、怒りがみなぎった。

「あの人は、私を助けてはくれなかった。それどころか、きちがいにしたてあげたのよ。そうよ。私はきちがいだったわ。わかっているの。病気といいかえてもいいわ。私の病気は、ずっと早いころからはじまっていたのよ。今になって、わかるわ。十五、六のころから、私、ときどき理由もなく不安になることがあったの。闇の中に一人でいて、目にみえない怖ろしいものが、ひたひたと押し寄せてくるような、そんな怖さ、といったらいいかしら。正確には言いあらわせないわ。

眠りかけると、よく、うなされたわ。足音がきこえるの。寝ている耳のそばで。近づいたり遠ざかったり。近づいてくる。逃げたい、と思っても躰が動かないの。そうして、耳もとで何かささやきはじめるのよ。意味はわからなくて、悪意だけがつたわってくる。本当に怖かったわ。

父に話すと、嬉しがっていたわ。霊の存在がまた一つ証明されたというように。

あれは、病気のはじまりだったのよ。ふつうの親なら、医者に診せるわ。助けてくれるわ。父は、その恐怖の中で生きることを私に命じたのよ。平然として。嬉しそうに。

私は、ふつうの女の子のように生きたかったわ」

美於は、ほとんど叫ばんばかりに、最後の言葉を言った。しかし、あの狂おしい悲鳴がひき出されることはなく、「私は父にがんじがらめにされていたわ、魂まで」と、勝気な気性をむき出しにして、口惜しそうに言った。

3

午后三時四十五分、忘年会は予定どおり終了した。食堂のテーブルを並べなおし、服薬、夕食、といつもの日課がそれにつづいた。食事は、ふだんの日よりいくらか豪勢で、小さいケーキが一つずつつき、患者たちを大喜びさせた。

開放棟の患者たちが、まだ忘年会の昂奮のさめきらない顔で夕食をとっているとき、桧山宇吉は閉鎖棟にワゴンで食事をはこんでいた。今夜は、お昌さんからたっぷり酒をくすねてこようと彼は思った。宿直室のガスコンロで湯を湧かし、熱々に燗をつけてひっかけよう。のどが鳴った。忘年会に出席させてもらえなかったことを、彼は怨みがましく思い返した。大勢の観客の前で、思いきり歌いたかった。彼はおけさ節には自信があった。看護人でも、開放棟勤務の者はいっしょになって歌ったり踊ったりしたのに。そんなことをぼんやり考えていたので、ワゴンの車輪が石につっかかったのに気づかず、無理に押しまくった。ワゴンが傾き、彼はあわてて立て直したが、アルミの皿と大鍋が下の棚からすべり落ちた。鍋の中みは八宝菜だった。どろりとした汁をまぶした白菜や人蔘が地面に散った。鍋の中には、まだ半分ほど残っていたが、とても足りはしない。彼はとほうにくれた。厨房にもどったところで、もう残っていないのはわかっていた。地面に吸われてしまった汁はどうしようもないが、せめて固形物だけでももとにもどせば分量が増えると、彼はかがみこんで野菜を拾いはじめた。

「ずいぶん、今日は少ないな」笠井看護夫が鍋の蓋をとって言った。

「皺寄せなんだよな、開放棟のパーチーの」桧山宇吉は不安を押しかくすために、ぺらぺらまくしたてた。「あっちをふやせば、こっちがけずられるようにできてるのな。この八宝菜ときたら肉どころか、竹輪も入っていないんだから。白菜ともやしばかりだよ。せめて、水をたっぷり入れて、量だけは増やしておけばいいのにな」開放棟のパーティーにケーキを出すために、閉鎖棟の食費を削ったとお昌さんが言っていたので、彼は極力その点を強調した。

ワゴンの前に並んだ患者たちがざわめいた。患者たちの不満が、見えない波となって昴まり押し寄せるのを、桧山宇吉は感じた。食堂の忘年会のにぎわいから遮断されていても、参加を許されない祭りは、ひときわ色彩あざやかに閉鎖棟の人々につたわり、この半日を怒りと焦燥のうちに彼らは過してきたのである。

「おれは、どっかでピンはねしてるやつがいるんだと思うよ」桧山宇吉は、キンキンした声で言った。

「早いとこ配れ、じいさん」笠井看護夫は言い、江馬貢と桧山宇吉は、アルミの盆に一人分ずつ飯椀とアルミ皿を並べた。笠井が杓子で八宝菜を盛りわけた。

食事をはじめた患者の一人が、「あの……」とおずおず言った。「何だか、泥くさい気がするんですが」

笠井看護夫は相手にしなかった。患者の中には、味覚や嗅覚に変化をきたしている者もいるし、しょっちゅう、毒が入っていると騒ぎたてるのもいる。一々相手にしていたらきりがない。

だが、このときは、ほかの患者たちも、口々に不平を言いはじめた。砂利が混じっている。土くさい。

そんなはずはない、と桧山宇吉は情けない顔で、思う。土のついていないところをよって拾ったつもりだ。まして、砂利なんて入るはずがない。まずいものを食わせたりしないよう、念入りに、きれいなところだけ拾ったのだ。

「文句を言わずに、さっさと食え」笠井看護夫はどなりつけた。「おまえたちな、誰に食わしてもらってると思っているんだ。おまえたち、一銭だって病院におさめてるか。おまえたちのおまま代は、みんな、税金から出ているんだぞ。国が養ってくださっているんだぞ。役立たずのおまえらをよ。ありがたいと思え。五体満足なくせに何もしないでごろごろしてやがって、三度三度、只飯を食わせてもらって、こんな結構な御身分があるかよ。おれたちを見ろ。おまえたちの糞のしまつまでさせられて、安月給で、おまえたちにこき使われている。文句を言うやつは、食うな」

言いつのったあげくに、笠井看護夫は、最初に泥くさいと言い出した男の盆を床にひっくり返した。

それが、きっかけになった。前々から言いあわせてチャンスを狙っていたのか、このとき、昂ってきた皆の怒りが一つに結晶したのか、患者たちは、機敏に統率のとれた行動をとった。

瞬時に、江馬貢と桧山宇吉は、数人の患者に手足を押さえこまれていたし、笠井は頭をなぐられ、よろめいた背後から一人がのどを絞めあげ、他の者が腰に下げた鍵束を奪った。笠井ののどを太い腕で絞め上げているのが中井朝次であり、鍵束を奪ったのが河津克躬であるのを、江馬貢は視野のはしに見た。看護人たちはシーツを頭からかぶせられた。患者たちは、さらにシーツをひき裂いた紐でその上から縛り上げ、奪った鍵で扉を開け、外になだれ出た。全員ではなかった。症状のひどい者は、このような騒ぎにもまったく関心を示さず、ベッドにうずくまっていたのである。

開放棟の患者たちはすでに夕食を終えて部屋にひきあげ、医師と職員は本館の職員食堂で慰労会をひらいていた。この席では酒も心おきなく飲める。鳥岡医師は上機嫌で、幅広い歌のレパートリーをたてつづけに披露した。

閉鎖棟の患者たちは、厨房に押しかけ、食物を探しまわった。冷蔵庫の戸を開け中みをさらい出した。油のびんが割れ、床に流れ、そこに誰かが小麦粉の袋を破いて粉をばらまいた。塩がこぼれ醤油が流れた。棚から鍋がころげ落ち、けたたましい音をたてた。油まみれ粉まみれになった男たちは、笑い、わめき、滑り、そうして食物をあさった。すぐ食べられるものはそう沢山はなかったが、酒のびんをみつけ、彼らは歓声をあげた。冷やのまま湯呑に注ぎ、びんからラッパ呑みする者もいた。砂糖を手づかみで口に入れた者は、舌のしびれる強い甘味にうっとりした。職員用のチーズは彼らを感激させた。

ようやく騒ぎを知って医師や職員がかけつけたときは、厨房の中は足の踏み場もなく、患者たちは昂奮と酒の酔いが重なり、説得が耳に入る状態ではなかった。

屈強な看護人たちが彼らを押さえこむ一方で、他の者が一一〇番に連絡をいれた。気のきいた職員は、すばやく刃物をかくそうとした。床は油だらけなので、鎮めようとするものも荒れ騒ぐものも、滑って倒れ、起き上がってはまた滑った。柄の長い鍋がなぐりあいの武器になった。

やがて、パトロールカーが到着し、患者たちは閉鎖棟に再び閉じこめられた。

そのあとの清掃が、一仕事であった。油と粉と塩と醤油でどろどろの患者たちを風呂に入れねばならないが、その患者たちは強い鎮静剤によって半ば意識を失なっているのだった。

ようやく一段落し、江馬貢は宿直室のベッドに横になった。

「ひどかった、ひどかった」下のベッドから桧山宇吉が相槌を求めるように、「くたびれたなあ。腕が抜けそうだよ。いくら洗ったって、落ちやしないんだから。まったくひどいよ。あんな無茶苦茶をやるなんて。これで超過勤務手当てもつかないんだから。危険手当てをもらいたいよ。待遇改善なら、あの連中よりこっちの方が先にしてもらいたいくらいのもんだ。なあ、江馬ちゃん」

やりきれない、と江馬貢は寝返りをうった。中井朝次は鎮圧される側にいて、彼は、とり鎮める立場にあった。二人の位置を、まざまざと見た。

冗談じゃねえ、と彼はわめき、自分を罵ったのだが、桧山宇吉はかんちがいして、そうだ、そうだ、冗談じゃねえ、と相槌をうった。

　彼は眠り、中井朝次が倒れている夢を見た。どこともわからぬ荒涼とした場所であった。土はひび割れ、太陽はみえないのに、空が白く灼熱していた。冷たく、同時に熱かった。彼は中井朝次の傍に立ち、茫然としていた。彼の手は血に濡れ、指のあいだに、ねっとりと血は溜まっていた。その場所には、人間は誰一人いなかった。人々はすべて殺され、死に絶えたということだけがわかっていた。殺しつくしたのは、彼自身の所業だと、突然ひらめいた。いつ、どのようにしてかはわからない。孤絶感に打ちのめされた。

　炸裂音に、醒めた。醒めて、煙の中にいる自分に気づいた。躰がすうっと小さくなってかたまる感覚があった。虚から現《うつつ》に戻るせつなを捉えたような感覚であった。

天井板の裂けめから炎がふきこんできた。

　彼は、とっさに鍵束に手をやった。職業意識が身についたものだ、と、こんなときなのに苦笑していた。

　おい、火事だ、と下段ベッドの桧山宇吉に声をかけ、廊下に這い出し、躰をひらたくし、煙の下を這い進んだ。方角の見当も、煙がどちらの方向から押し寄せてくるのかも、さだかではなかった。

　病室の扉を開けたとたんに、そこにかたまって拳で扉を叩きつづけていた人々が溢れ出した。

　廊下は極端に狭く感じられた。煙の中で人々がもみ合い、声はほとんど出なかった。煙がのどをふさいでいた。

開放棟の宿直員は、熟睡していて、閉鎖棟の窓からふき出す火の粉に気づかなかった。

コンクリートで密閉された状態の建物は、内部に十分に火がまわってから、外に火事の気配を示したのである。

外の冷気に触れたとたんに、人々は失神して倒れた。

ようやく異変に気づいた開放棟の宿直員が一一九番に通報し、救助にかけつけた。

開放棟の患者たちは、パニックにおちいった。閉鎖棟の窓硝子がはしから割れ砕け、鉄格子の間から、夜空に炎をなびかせた。窓からのびた炎はくねくねと立ちのぼり、開放棟の方に這い寄ってくるのだった。

開放棟の患者たちは、ナース・ステーションの前に駆け集まり、ドアを叩き破ろうとした。内部の階段は鉄のシャッターで閉鎖されている。ナース・ステーションをぬけて、螺旋階段に出るのが、唯一の、外への道路であった。

夜勤の看護婦たちの手には負えない騒ぎになっていた。ここには、のどをふさぐ煙はなかったから、患者たちの狂乱の叫び声が充満した。

やがて、消防車が到着し、水柱をあげ、水勢が炎をたたきつけ、鎮火した。帰宅していた医師や職員も、急をきいてかけつけてきた。

職員が、内部階段のシャッターを巻きあげたので、患者たちは階段になだれ寄り、先を争って走り下り、途中、数人が押されて足を踏みはずし、前後のものを巻きこんで転落した。落ちた者の上に、他の者が落ち重なった。

開放棟に火は及ばなかったのに、階段の転落事故で、怪我人が出た。

閉鎖棟から逃れ出た患者たちは、多かれ少かれ火傷を負い、のどや肺をいためていた。

閉鎖棟の外壁はコンクリートでも、天井や内装は木なので、火のまわりが早かった。新建材を用いていないので、悪性のガスが発生することのなかったのが、幸いだった。女子の居住部分はコンクリートの壁で仕切られているが、天井から火がまわった。

病室に、二つの焼死体が残った。

この二つの骸は、ベッドの脚もとにころがっていて、焔に焦がされた部分は、焼けた材木のように炭化していたが、床に密着した部分が、生の肉の色を残していた。

二つの躰は、縛りあわせた形跡があった。シーツを裂いて紐状にし、それで躰を結びあわせた上、さらに、ベッドの脚にくくりつけたらしかった。

合意の上の死とみられる状態であった。

閉鎖棟の病室に火の気はないはずだった。しかし、その前の厨房乱入事件がある。その際、ひそかにマッチを手に入れた者があったにちがいない。

患者たちは、皆、知らないと言いはった。薬のせいで、もうろうとしていた、風呂にいれてもらった後は、すぐ眠ってしまった、誰がマッチを持っていたか、誰が放火したか、そんなことは全然わからない。彼らは言い、嘘ではなさそうだった。

そうなれば、火のまわるなかで、恐怖に負けて逃亡すまいと強靭な意志で躰をくくりあわせた二人の所業と思うほかはなかった。

二人の放火と焼死の理由は、人々の理解の埒外にあった。まったく了解不能であり、ただ一つ、彼らが自らその死をえらんだという事実だけがあった。

貢は、中井朝次に徹底的に拒否され無視され、軽蔑されたことを感じた。中井朝次と河津克躬は、周囲の人間すべてを――貢も含めて――嘲笑していた。

中井朝次の両親の住所を、江馬貢は知らなかった。遺骨をそこにとどければ、埋葬する場所はあるのだろうか。

親しい友人だったくせに、郷里の住所を知らないのかと、看護婦たちが感傷的になって彼を責めた。

お父さんやお母さんの身になってごらんなさいよ。何年もまるで音信不通で、知らないうちに骨になっていたなんて、やりきれたもんじゃないわよ。何も知らない方が倖せかもよ、という者もいた。

彼の骨壺を、江馬貢は宿直室のロッカーに収納した。桧山宇吉は気味悪がって、早く処分してくれとやかましく言った。

骨というのは、死ぬまでは人目にさらされることのない部分なのだなと、江馬貢は骨壺をのぞいて思い、あの美しい肉は、消滅してしまった、と思った。

ほんの少しの違いだ。おれには、もう少し時間が残されている、それだけのことだ、と彼は骨に言った。その少しの時間が、これまでに感じたことのない重みで感じられた。

あの男は、こうはならないつもりらしいよ、と彼は中井朝次の骨に語りかけた。

あの男は、肉も骨も、単なる物質にすぎず、そんなものがなくても、永遠に存在しつづけるつもりなのだよ。そうして、奇妙なことだが、あの男にはそれが可能なような、不合理な考えに、ふと、おれはとりつかれることがあるのだよ。おれは、あの男を直接にはよく知らない。母親の手紙と美於の語った言葉から、あの男の像《すがた》を想像するだけだ。

あの男の強靭きわまりない意志を、おれは賛嘆するよ。疑いも迷いも、あの男には不要なのだ。あの男は、自分の見ようと思うものだけ見ている。そのおかげで、他人には見えないものを見る。そのかわり、彼の目からこぼれ落ち、泣き苦しむものもあるのだが、そんなことは、あの男には何の痛痒も与えない。

おまえに、話がしやすくなったな、と、彼は骨に言った。

外壁だけ残し内部の焼け落ちた閉鎖棟は改築しないかぎり使用できない状態であった。患者たちは重症者も軽症者も、ひとまず開放棟にうつされた。そのため開放棟の各病室は定員オーヴァーで超満員になった。

4

混乱状態がつづいていた。昂奮のおさまらない患者たちは、うろうろと廊下を歩きまわり、日課の励行は無視された。

閉鎖棟勤務の看護人たちも、開放棟にいるようになった。

焼け跡の整理の仕事は、だらだら続いていていた。怪我したり火傷を負った患者がベッドを占め、外科医が外部の病院から来診し、処置の指図をし、そのあとの看護は、療養所の看護婦にまかされた。

看護婦の労働量は、倍、三倍になった。怪我もせず火傷も負わない、躰は健康な患者は、ほとんど放置されるようになった。

この規律のゆるんだ状態は、江馬貢が美於ととこもに過す時間を生み出した。

彼には、焼け跡整理の肉体労働と、閉鎖棟から開放棟の三階にうつされた男子患者たちの世話という仕事が課せられていた。しかし、三階と二階は、開放棟と閉鎖棟ほど離れてはいなかった。

「貢さん、とてもつらそうですね」

廊下で出会ったとき、美於は、目を大きく見開いて言い、水沢透にしばしばこういう表情をみせたのだろうと江馬貢は思った。過剰なほどの一途さが見開いた目に溢れていた。

「火事で死んだ人、貢さんの親しいお友だちだったんですってね。看護婦さんたちからききました。つらいですねえ」

「ああ、つらいよ」貢は、すなおにうなずいた。すると美於は、貢のつらさを、どうしたら自分が全部受けいれることができるだろうというふうに、真剣な表情になるのだった。

美於にはわからない、誰にもわからないつらさだよ、と江馬貢は心の中で言った。

「でも、美於は、そんなことは気にしないでいい」

「どうしてですか?」

「そう、きびしく問いつめないでくれよ」

「ああ、私、しつっこいのかもしれませんね」美於は、淋しそうに笑った。

「そんなことはないけれど」

「いいえ、そうなんです。言われたことがあるわ」

「透くんに?」

「透をごぞんじなの?」美於は驚いて言った。

「二度ほど会ったんだよ」

「私のこと、いろいろ調べていたんですか」美於は、すばやく事情をさとったようで、声を鋭くした。元来は思考の回転の早い方で、その能力も恢復しつつあるらしかった。

「それは、やはり治療に必要だからね」

「いやですねえ、さぐられるのって」

「さぐったわけではないよ。そういうふうに悪い方へ悪い方へと気をまわすのは、よくないよ」

「私、まだ病気がなおっていないのかしら」美於は萎れた。「この病気は、猜疑心が強くなって、人に嫌われるんですってね」

「美於は、もう、ほとんどよくなっているんだよ」

「そうですか?」自信なげに美於は首をかしげた。

「まだ、わからないことばかりですもの。自分のこともはっきりしないし」

5

「今の様子なら、美於ちゃん、春には退院できそうよ」天羽たか子が江馬貢に言った。

職員第一食堂で二人は話しあっていた。ここはスティームがとおっているので暖かい。

「一度、試験外泊をさせると鳥岡先生も言っておられるわ」

天羽たか子は、カレーライスを食べていた。

大型のスプーンでカレーと飯をぐさっと混ぜ、大きくすくうと、口にはこぶ。スプーンがとどく前に、口を開け、顔を前につき出す、いかにも健啖家といった食べっぷりであった。

看護婦及び看護夫のための第二食堂は、別メニューであった。

皿が空になると、天羽たか子は、「ちょっと失礼」と貢に声をかけ、席を立った。セルフサービス方式である。空の皿をカウンターにはこび、もう一皿、持ってきた。

江馬貢は、「ぼくは、もう、すんでいます」と言いかけたが、天羽たか子は、自分の前に皿をおき、スプーンをぐさっとたててかき混ぜた。

「天羽さんが、そんなにカレーが好きだとは知らなかったよ」

隣りのテーブルで食事をとっていた事務局長が声をかけた。天羽たか子は、ちょっときまり悪そうに笑ってみせ、江馬貢は、彼女のこんな俗っぽい表情ははじめて見た、と思った。

「メリケン粉でどろどろした安カレーと天羽さんというのは、とりあわせがよくない。しかも、二杯となると、これはもう、あなた自身に対する冒瀆的行為だよ」

「少し、ふとりましたね」

江馬貢が言うと、天羽たか子は、ぎょっとしたように顔をあげた。

「ふとってはいけない。天羽たか子は、ふとってはいけないのですよ」事務局長は言い、自分の丼に鼻をつっこむようにして、また食べはじめた。

彼女のような女でも、ふとったといわれるのは、いやなのか。容姿だけで女の価値を云々する男を軽蔑しているような彼女でも――やはり、女だな、と江馬貢は思う。少し、どころではない。かなり、肥えた。自分では気づいていないのか。

「天羽さん」と、事務局長がまた躰をのり出した。「患者の署名、集まりそうですか」

「そうですね、ぽつぽつ……」

「家族の分もね。頼みますよ。天羽さん、わりあい患者に人気があるからね。外来患者の分も、家族ぐるみ、署名集めてくださいよね。ぼくは、騒ぎを起こすのは嫌いな方なんだが、まるで、人身売買だからね、これは」

正義派のような口を、事務局長はきいた。

「江馬くん、きみも、一度家に帰ってね——いや、下宿じゃない、家族のところへさ——そうして、親兄弟の署名、親類から何から総動員してさ、集められるだけ集めてきてくれよ、ね。マスコミを動かすって手もあるが、ぼくも鳥岡先生も、そういうことはしたくないのよ。署名は、オーナーへの無言の圧力よ。いざとなれば、マスコミを使って、徹底的に叩かせるぞというデモンストレーションよ。がんばってくださいよね。皆の死活問題なんだから」

閉鎖棟の再建に多額の金を使うよりも、と、元来が土建業者である療養所の持主は計画中であった。療養所を閉鎖し、会員制のリゾート・マンションをこの場所に建てたい意向なのであった。患者は、他の病院に紹介し、分散、転院させる。その際、各病院から、患者一人につきいくらと、紹介料が経営者の懐に入る仕組みであった。紹介料は医師や職員にも分配され、それによって、医師、職員の不満を懐柔できるという見とおしであった。

鳥岡医師が率先して、猛反対運動が起こりつつあった。


帰途、バックミラーの位置を動かして、天羽たか子は、自分の顔をうつした。

目の下に隈ができ、頰がこけ、凄愴に瘠せ衰えてこそ、当然なはずであった。血を吐くほどアルコールに溺れるのがふさわしかった。そんなにふとりはしないわ。天羽たか子は頰に手をあててつぶやき、舌がぴりぴりするほど甘いものを何か食べたいと思い、食物の嗜好がかわったなと、ぼんやり思った。

6

窓から見下ろすと、閉鎖棟は、まだ、窓ガラスが割れ壁に亀裂の走る残骸をさらしている。その傍に薄紅い花をひらいた梢があるのに江馬貢は気づいた。花が咲くまで、そんなところに梅の樹があるのを知らなかった。

いきなり、両手をつかまれた。美於であった。

「貢さん、お願い。助けてください」

腰までの高さの板壁で廊下と仕切った病室から、患者たちが二人を興味深く眺めている。

「あんまりみせつけないでよ、江馬さん」野田仙子がどなった。笑っているが、愉快そうではなかった。「目の毒だわよォ。こっちは男っ気が切れっぱなしなんだから。干上がっちゃったわよ。濡らしてほしいよォ」

「どうしたんだ」と歩きながら貢は訊いた。

廊下の角を曲がり、野田仙子たちの目がとどかなくなったところで立ち止まった。

「ナース・ステーションに行こうか。それとも、食堂で話そうか」

二人だけで話しこんでいるところを見られたら、またうるさいことだろうが、かまうものか。どのみち、長くつとめるつもりはない。

「食堂がいいわ」

「天羽さんにことわっていこう。でないと、看護婦がナース・ステーションを通過させてくれないかもしれない」

午前中の外来診療を終えた天羽たか子は、ナース・ステーションにいあわせた。

「美於と食堂で話したいんですが」

「まるで、あなたが美於さんのセラピストみたいね」

天羽たか子は、急激に肉のついた躰を重そうに扱って言った。

むくんだのではないか、と、かげで言う者もいた。あれだけ食えば、肥るのはあたりまえだ、という声も。

美の無惨な崩壊だ、と気障《きざ》なことを言う者もいて、内側からくずれるかわりに、外形からくずれてゆく天羽たか子を、その者は、事情は知らず言いあてていた。

天羽たか子は、外貌の変化をまったく気にとめないようにふるまっていた。よく食べ——淡々と食べ——皮膚の下に脂肪を蓄積した。夜、彼女はあいかわらず毛布を抱きしめているのだった。その悲哀からは鋭さが失なわれ、ときに、毛布が何の代替であったのか、意識から消えた。しかし、また突然、痛切な哀しみと喪失感に襲われるのであった。

「いいわ」と天羽たか子はうなずいた。「誰かに咎められたら、私が許可したとおっしゃい」

「試験外泊なの」美於は言った。

湯呑に茶を注ぎながら、

「よかったね。おめでとう」と貢が言うと、美於は激しく首を振った。

「だめです」

「大丈夫だよ。もう、いつ退院してもいいということなんだよ」

「わかっています。でも、いやなんです。できないんです」

「美於。ぼくがお父さんに会おう」貢は言った。「美於を縛るなと、ぼくが言うよ。美於を自由にしてやれと。躰も心も解き放してやれと。ぼくも、あの人が異常に強い人だということは知っている。美於は、彼の前では息もできない。ほかのきょうだいやお母さんより、美於は特別鋭敏だから。それでも、美於はせいいっぱいやった。うまくいかなかったのは、躰と心が、美於の意志ほど強くはなかったからだ」

「ありがとう」美於は目を見開き、その大きな目がうるんで、いっそう大きくみえた。

「でも、私、どうしてもできません。怖いんです」

「美於」このとき、貢は、はっきり決心した。「美於が試験外泊に成功して退院の許可が下りたら、お父さんのところに帰ることはない。ぼくがそれまでにアパートを探しておく」

「助けてくださるの」

「ああ」貢は言ったが、美於の手を握りしめて力づけるのをためらった。かえって残酷なことになる。美於は何も知らない。

「貢さん、本当に助けてくださるの」

「そうだよ」

「だめなの」と言って美於は顔をおおった。

「あなたにも、できないわ」

美於は、知っているのか、と、一瞬彼は思った。知っているはずはない。トヨが洩らさないかぎり。いや、美於は、あなたにもと言った。あなたには、とは言わなかった。あなたにも、他の誰にも、できないという意味だ。

「どうして。美於は安心して退院すればいい。たとえ、美於がまた病気になっても、ぼくは美於をうちに送り帰したりはしない。透くんには、病気の美於は重すぎた。ぼくは透くんよりははるかに大人だよ。美於とお父さんのあいだの葛藤もよくわかった。美於は、安心して病気になっていい。心も、躰も」

美於は泣いた。

「だめなの。怖いの」

貢は美於の手を握り、ひき寄せた。

「怖くても、やらなくてはだめだ」

「いいえ。お父さんも怖いけれど、それ以上に……自分が怖いの」

「病気が？」

「……貢さんには言えない」

「鐙一光氏のことか?」貢は小声で言った。

「透くんからきいた。美於は、鐙先生を滝に突き落として死なせたと打ち明けたって」

美於は躰をこわばらせた。

「怖いというのは、そのこと?」

「貢さん……私ね……私……わからないの」

美於は坐り直し、冷静に話そうとつとめる様子だった。

「私、何度、父を滝壺に突き落とす夢を見たかわからないの。それほど父が憎く、怖ろしく、そうして……心の奥底では、慕わしいの。父の望みどおりのものになりたい。そうしてまた一方では、父に縛られるのはこんりんざいいやだ。

突き落とした瞬間の感覚は、とても夢とは思えないほどなまなましい。

鐙先生は……」

「荘川実雄と重なるところがあった」

「ええ。厳しかったわ。私、好きで、反撥して、怖くて、それでいて離れられなくて。もちろん、特別に愛されたことはなかったわ。私は下っぱ団員の一人だった」

それでね、貢さん、信じてくださらないかもしれないけれど、私、本当にわからないんです。

「何が?」

自分がやったのかどうか。やったと思いこんでいた時もあります。透に話したり、自首しに警察に行ったりしたころ。あのころは病気がひどかったと、今になればわかります。

鐙先生を死なせたと透に言っても、透はとりあわなかった。自首しても、警察でまともにとりあげてくれないだろう。私は罰を受けなくてはいけない。そう思って、警官を刺したんです。これで、罰を受けることになる……って。

今思えば、本当に奇妙な理屈で、私はたしかに、きちがいだったんですわ。

美於は淋しそうな顔をした。

「私、今でも、わからないんです。鐙先生を本当に突き落としたのか、それとも、あれは事故で、私が夢と現実の区別がつかないだけなのか」

「水沢透くんは、美於は絶対にそんなことはしなかった、と断言していた」

「透は、知っているのかしら。私がやらなかったことを。あの夜、私は透といっしょにいたのかしら」

「透くんは、きみはあのとき、まだ病気ではなかった。病気でもないのに、そんなことをするような人間ではないと言ったよ。彼は、そう強い男ではないけれど、それだけは言いきった」

「私の病気は……十五、六から少しずつはじまっていたのよ」

「美於、きみは、やっていないよ」

「どうして、そう言えるの」

「それが事実だからさ。さあ、その問題はもう忘れよう」

「ずいぶん強引なのね」

美於は弱々しく、微笑しようと努力し、貢は、強い口調が美於の言いたい言葉を封じてしまったかもしれないとふと案じた。

「美於、約束しよう。ぼくが荘川実雄氏に会う。会って、美於がどれほど苦しんだか話す。だから、美於は安心して試験外泊をすませるんだ。そうして、こんなところは早く退院しよう」

結果を出すには早すぎたのだろうか。美於の顔に、怯えの影が走るのを貢は再び見た。

「いいえ。お父さんに会いにいったりはしないで」美於は言った。「私、大丈夫よ。試験外泊、します。成功してみせるわ」

「アパートを探しておくよ」

「仕事もね」美於は笑顔をつくって言った。

7

まるで、野田さんが外泊するみたいではありませんか、と藤井トシ子が言うくらい、野田仙子は昴り、美於にあれこれ指図していた。

「いい、美代ちゃん、明日は落ちついて堂々とやってくるんだよ。ここの門を出たとたんに、心細くなるものなのよ。私たちは薬ぼけで鈍くなっているのに、あっちのペースは、ここみたいにのんびりしていないからね。みんな殺気立って、他人をつきとばして走りまわっているところに入って行くんだから、そりゃ、心細いよ。たった二泊なんだろ。荷物、全部まとめることはないよ。自分の家に帰るのに歯ブラシやタオルなんて、いらないだろ。いよいよ退院てときに、まとめて持って帰ればいい」

「この際、身のまわりのものは少し持ち帰った方が、あとが楽でいいのではありませんか?」藤井トシ子も口を出す。

美於は笑顔で一々うなずきながら服をたたみ直していた。スーツケースに全部の服をきちんとおさめた。

「淋しいですねえ。おめでたいことですけれど、やはり、淋しいですわねえ」藤井トシ子が言うと、

「また、お次が入ってくるよ」野田仙子はうなずいた。「私も、春には出ていくよ。もうアルコールっ気はぬけきっているんだから」

「私も、早く物理の専門の先生に診てほしいんですけれどね。美代さん、ここを出たら、大学の先生に頼んでくれませんか。ここの先生は、いくら頼んでも口先の返事ばかりで、ちっとも大学の方に紹介してくださらないんですもの。私、手紙を書きますわ。美代さん、大学の理学部にとどけてくださるわね」

藤井トシ子は、私物を置いた棚からいそいそと、ノートと鉛筆をとり出した。

「見ないでください。のぞき見なんかしないでくださいよ」と、部屋の隅で背をまるめ、胸でノートをかこって書きはじめた。

「ばかだねえ。あれだから、いつまでたっても退院できやしない」野田仙子は笑い、「私も日記でも書くかね」とノートをひろげた。

就寝前に日記をつけることは、鳥岡医師にすすめられている。

美於も、便箋を出した。

「手紙？」

「ええ。見ないでくださいね」と、美於は藤井トシ子の口調をまねた。

私くしの病木は、と、藤井トシ子は一心に書きつづっていた。デンパによるものであって、本当の病木ではないのでございます。そういうことは専門の先生のしかるべく診さつがひつ用であって……

美於は便箋に貢さん、と書きかけたが、頭の中にあることを、文章にあらわそうとすると少しもまとまらなかった。ゼリーのようにたよりなく、すくいあげる指のあいだから流れ落ちるのだった。

貢さん、とだけ書いた一枚をたたんでスカートのポケットに入れ、残りの便箋はスーツケースにしまった。白いブラウスを一枚出し、小さい鋏をその下にかくし持った。鋏は、作業のとき手にいれておいたものであった。

「野田さん」

「何、美代ちゃん」

「私の名前は、美代ではなくて、美於なんです」

美於は言った。

「へえ？」けげんそうな野田仙子に、

「美於です」と、もう一度言い、部屋を出た。

「ややこしいね」背中に野田仙子のとまどった声がきこえた。

美於はトイレに入り鍵のついていない戸を閉めた。

――私は、また、父を突き落とす夢を見そうです。いえ、必ず、見ます。

美於は心の中で言った。文字に書こうとしなければ、思いは自由に流れた。

そうして、夢か現実かわからなくなるのが怖いのです。貢さん、あなたが〝さあ、その問題は忘れよう〟と、きっぱり言ったとき、ほんの瞬間ですが、私はあなたをも憎んだのですよ。あなたが上から押しかぶさってきたように感じました。

そんな気持は、すぐ消えました。あなたは、安心して病気になっていいと言ってくださいました。

でも、父に対する憎しみがあるかぎり、私は……同じことをくりかえすでしょう。

あなたは、父に話してやると言われましたが、たとえ、父がこの後私を解き放ち、あるいは、私に詫びることがあろうと――そんなことはおそらく無いでしょうが――私の失なったものはかえってこないのです。そうして、私は父を許せないのです。

父が私から奪ったものは、私の自由な時間だけではありません。私の感受性もまた、父によってこわされた、そう私は思います。

父の強制によってゆがめられなかったら、私は、もう一つの世界をもっと美しく、ありのままに感得できたのではないか、そういう気がします。

もう一つの世界に、私はアレルギー的な拒否感を持つようになりました。しかし、父を拒否し憎みながら、その奥底にどうにもならぬ慕わしさがあるように、私は、もう一つの世界を嫌悪し拒否し、そうしてなお、憧憬しているようです。それは、はじめもなく終わりもなく、天も地もなく偏在する大きな生命そのものであって、肉体を失ない、個々の意識が消滅して、その中に溶けいってゆく、それが死であり、それを、無と呼ぶのではないか、そんな予感がします。

でも、私は、貢さんが言った、何も無い、ということに真実を認めます。

断ち切り、いっさいが無くなるというのは、本当に爽やかで勁《つよ》いことです。

美於は、細く裂いた布をよりあわせ、便器の上に立ち、天井の給水パイプにかけた。

8

江馬貢は、療養所の金網塀越しに、落日の海を見下ろしていた。

手に、紙片があった。幾度見なおしても、そこにはただ、〝貢さん〟としか書かれていなかった。しかし彼は、その先につづく言葉を読みとれる気がした。

朝になって発見された美於の躰は、霊安室に置かれてある。今まで付き添っていたが、外に出てきた。

崖下の荒磯に人の影はなかったが、彼は、岩に腰を下ろした彼自身と、美於を視ていた。

美於が声を上げて走り、彼が誘導してそこまできた。言葉はかわさなかったが、たくさんのことを語った。あのときの記憶を視ていた。

傍に人の気配がし、天羽たか子が立っていた。

「手術は成功したが患者は死にました、という外科医の手柄話があるわ」天羽たか子は言って、金網に額を押しつけた。

「これがはじめてではないわ。すっかりよくなって、もう大丈夫、と退院を許可したとたんに、患者が自殺する。ああ……はじめてってわけじゃないわ」

針金の網目を額にくいこませ海の方に視線をむけたまま、天羽たか子は、「荘川実雄さんが美於ちゃんをひきとりにみえたわ。会う?」と訊いた。

「ぼくは、美於を殺し中井を殺した男ですからね」夕陽を浴びて江馬貢は笑った。「会いますとも」

本館にむかって大またに歩いていった。

背後で陽が沈んだ。

祝婚歌

他2篇

PART 2

魔術師の指

1

「トミー中浦《なかうら》の復活を祝って」

夫がグラスをあげた。中浦富夫《とみお》も、グラスを目の高さにあげ、二つのグラスは、小さい鋭い音をたてて、触れあった。

グラスを満たした液体の表面張力が破れ、雫《しずく》が指を濡らした。夫の手は、わずかに震えていた。いかにも磊落《らいらく》な態度で笑顔をみせているが、私はだまされなかった。夫の口もとは、ともすれば、こわばって、ひきつりそうになるのをこらえている。

富夫は、ひっそりした微笑で、私の方にグラスを持った手をのべた。私とも乾杯をかわそうというのだ。

「復活なんて、おかしな言い方ね」一口飲んで、私はつぶやいた。

「今までだって、トミー中浦は、ずっと仕事をしていたんでしょう」

「あんなのが仕事といえるか。なあ、トミー」夫の口調には、いささか毒があった。「テレビにレギュラーで名が出るとなれば、立派なもんだ。大出世だよ」

「皮肉を言われているような気がするな。ほんの、サシミのツマの出演だ。おたくのような大会社のエリートさんとは、わけが違う」

いい社宅だね、さすがに厚生施設がゆきとどいていると、富夫は、今さららしく室内を眺めまわし、コッちゃん、変わらないね、さりげなく話題を転じた。コッちゃんというのは、学生時代からの私の呼び名だ。梢恵《こずえ》という名前から、親しい友人にはコッちゃんと呼ばれていた。夫だけが、コッペ、と特別な呼び方をしたけれど、今ではもう、〝おい〟で通じてしまう。コッちゃん、コッペ、と呼ばれなくなってから久しい。

「ばばあだよ、もう」夫は言った。

富夫も夫も老《ふ》けたと、私は思う。ことに、富夫の変わりようはひどい。中年というにはまだ少し早い年なのに、皮膚《ひふ》が、しなびた蜜柑《みかん》の皮のようだ。はでなピンクのシャツが、容貌《ようぼう》の衰えをいっそうきわだたせる。

昔――。私たちが学生だったころ、富夫の美貌は人目を惹《ひ》いた。男としては華奢《きゃしゃ》で小柄すぎるきらいはあったけれど、繊細で彫りの深い顔立ちは、混血の少年を思わせた。本人はそのつもりでなくても、何がなし憂《うれ》いの翳《かげ》りを帯びてみえるという、とくな容貌だった。肌がなめらかだった。陽光を浴びたことがないように蒼《あお》ずんで、象牙の手触りに似ていた。こう表現すると、いかにもきざな感じがするけれど、富夫自身は、美貌を鼻にかけるよりは、背の低さにコンプレックスを感じていたようだ。たいして強烈なコンプレックスではない。憂わしげな表情とは裏腹に、人一倍、いたずら好きで、おとなしいけれど陽気な方だった。

後に私の夫になった佐原泰明《さはらやすあき》は、富夫とは対照的な、たくましい大男だった。一見、豪放磊落な印象を与えた。富夫と佐原は高校からの親しい友人で、私だけが大学で知りあった。

ジャズが、私たちを緊密に結びつけた。

私たちはジャズ喫茶に入り浸り、ウディ・ハーマンやスタン・ケントンのレコードに、何時間も、黙って聴《き》きいっているのだった。

話がはずむときもあった。絵画について語り、詩について語り、世界の巨匠を、まるで手近な友人のように、こき下ろしたり、熱烈に支持したりした。まるで、自分たちが認めてやることが、その巨匠にとって、こよなく名誉なことでもあるかのように。

しかも、そういう天才たちを話題にのせ、切り刻むことによって、私たちは、自分が彼らと同等の資質を持っているような錯覚さえおぼえた。一番声高によく喋《しゃべ》るのは、佐原だった。

巣にした店はいくつかあったけれど、そのなかで、〈木曜館〉という店が、特に居心地よかった。アルコーヴになった一隅《いちぐう》を、私たちは、かってに常席に決め、他の客がそこに坐ると、領域を侵犯されたような気分になって憤慨した。小さな店だが、レコードの数は豊富だった。ディキシーの〈リバリー・ブルース〉のような珍品も、コレクションの中にはあった。

〈木曜館〉のもう一つの特徴は、マスターが手品好きなことだった。そのテクニックは、素人離れしていた。幅の広いポーカーサイズのカードを自由自在にあやつった。

暇さえあれば、マスターの手は、カードをシャッフルし、四つ玉やコインをもてあそんでいた。指先の動きをにぶらせないため、たえず訓練しているのだということだった。

カウンターに頬杖ついたマスターの、空いた左手の指の甲を、コインが、めまぐるしく動きまわった。指を動かしているともみえないのに、コインは、回転しながら、指の甲の上を、右に左に往きかうのだった。

シャッフルしたカードを一撫《な》でして扇形《ファン》を作る方法や、カードを切るようにみせかけて全然切っていない〈嘘のカット〉や〈嘘のシャッフル〉などは、べつに種があるわけではない、純然たる手先の技術なので、マスターは、興味を持った客に気軽にやり方を教えてくれるが、方法がわかっても、素人に簡単にできるわざではなかった。私たちも、ちょっとまねをしてみたが、すぐにあきらめた。カードもコインも、理屈どおりには動いてくれないのだ。苦労してカードさばきをおぼえるよりも、だまされるのを承知でマスターの手ぎわに見とれている方が楽しい。だまされる快感というのも、なかなかいいものだ。

あきらめなかったのが、中浦富夫であった。

富夫の手は、躰《からだ》に比例して小さく、指が細い。しかし、その細い指は実に柔軟で、器用に動いた。幅の細いブリッジサイズのカードの方が使いやすいだろうに、富夫は、最初からポーカーサイズに挑戦した。じきに、富夫は、カードさばきのコツをのみこんだ。

シャッフルしたカードの束を右手に持ち、少したわめて左手にとばす。両手の間の距離をのばしたり縮めたりしながら、つづけざまにとばす動作は、アコーディオンでも奏《かな》でているようだった。


マスターは、同好の士を得て、ひどく喜んだ。彼を自分のアパートにまで招《よ》んで、特訓を与えたらしい。富夫は、他のことにはそれほど熱意をみせたことはなかったのに、よほど手品とは性《しょう》があったのだろう。それも、大仕掛けな種のあるものではなく、指の技巧にだけ頼るものを、彼は好んだ。

吸いさしの煙草《たばこ》を指の間に出没させるのは、多くの奇術師が前座にやってみせる、ごく初歩的な手品だが、ある日、富夫は、それをマスターや私たちの前で実演してみせた。

いくら巧みにやってみせても、この手品は、あまりにもポピュラーで、種が割れている。左手に持ったとみせかけて、右手の指の間、甲の方にかくすなどして、客の目をごまかすわけだ。「上達したね」と、マスターは、あやすように笑いながら、テクニックをほめた。

そのとき、富夫は、ぱっと両手をひろげてみせた。煙草は、本来なら、指の間のどこかにかくされていなくてはならないのだ。富夫は空の手を突き出し、マスターにあらためさせた。

上衣を着ていれば、ゴム紐《ひも》とシガレットホルダーを用い、煙草を服の中にかくしてしまうという方法もある。しかし、このとき富夫が着ていあのは半袖のTシャツだった。引きネタは使えなかった。

「床に落としたな。靴の下だろう」

マスターは言った。富夫は、とび上がって、踏んでかくしてはいないことを、私たちに確認させた。次の瞬間、吸いさしの、火のついた煙草は、富夫の指の間に出現していた。

ほう、と、マスターは目をみはった。「もう一度、やってくれ」

「同じことを、客の前で二度繰り返すべからずというのが、奇術の鉄則だと教えてくれたのは、誰だったかな」

そう言って、富夫は、二、三度いつものやり方で煙草を出没させたあと、また、手の中から消してしまった。

「呆《あき》れたやつだ」と、マスターは溜息まじりに言った。「早く吐き出しな。そんなことをしていたら、躰をこわす」

富夫は、にやっと笑って口を開けた。私は、なぜか、ぞっとした。火のついた煙草は、口の中に直立していた。舌で根もとをはさみこんでささえていたのだ。どうしてあんなことができるのか、わからない。富夫の舌は、人並みはずれて柔らかく、自在に動くのだろう。私たちもまねてみたけれど、誰一人、マスターでさえ、これはできなかった。

「よほど練習したのか」と、マスターは訊いた。

「何度も、煙草の粉や灰を飲みこんで、死にそうに苦しい思いをした」と、富夫は言った。

「灰を飲むと、吐気がして、めまいがしてくる。急性のニコチン中毒かな」

「ばかやろう」親愛感のこもった声で、マスターはどやしつけた。

　富夫が、しばらく前からコーヒーを飲まなくなっていたことに、あらためて私は気づいた。〈木曜館〉に来ても、いつも、ミルクを注文した。舌や口蓋《こうがい》を火傷《やけど》して、刺激物を口にできなくなっていたのだろう。

「取り憑《つ》かれたんだな、トミー」哀れむような、いとおしむような調子が、マスターの声にこもっていた。

「だがな、トミーちゃん、まちがっても、こいつでおまんまを食おうなんて思うなよ。まあ、おれが余計なことを言うまでもない、あんたはれっきとした学生さんで、いずれはエリートコースにのっかって、大会社の重役さんにもなろうって人だから」

　どんなことでも、取り憑かれたら、地獄だからね、と、あとの方は口の中で、マスターは呟《つぶや》いた。

　富夫がベース・キャンプまわりの学生バンドに加わって、手品で前座や間のつなぎをつとめるようになったのは、それから間もないころだった。

　最初は、ほんの、当座のアルバイトのつもりだったのだろう。富夫の父は、高級官僚であった。戦後一時パージにひっかかり、公職を退いてたが、富夫が大学に入るころは、返り咲いて、また重職につくようになり、羽振りはよかった。富夫の二人の兄は、それぞれ、国立大学、一流の私大を卒業し、長兄は官庁に、次兄は商事会社につとめていた。富夫は、三人兄弟の末っ子だった。家族は、富夫のアルバイトを快く思ってはいなかったことだろう。

　しかし、気ままに使える金は潤沢《じゅんたく》にあるに越したことはない。富夫のアルバイトは繁盛《はんじょう》していたようだ。

　同棲《どうせい》が今ほどおおっぴらに行なわれる時代ではなかったが、佐原が私の下宿にうつってきて、私と佐原は、そのころから、事実上夫婦になっていた。佐原はシナリオライターを志していた。映画の全盛期だった。シナリオ雑誌の公募に応じた作品が佳作になったことで、彼の決意はいっそう強まったようだ。

富夫は、アルバイトがいそがしく、顔をあわせることが少なくなった。噂はよく耳に入った。キャンプで大もてだというのである。キャンプの周辺の女たちも、また、G1たちにも。

時たま会うと、富夫は、バーに誘っておごってくれたりした。そんなに儲《もう》かるのかと、佐原は、少し羨《うらや》ましそうだった。いや、おおいに羨ましかったのだろう。しかし、顔色に出すのは押さえていた。

富夫は服装がはでやかになり、物腰もアメリカナイズされ、学生というよりは、芸人の雰囲気を身につけはじめていた。肩に厚いパッドを入れていからせた大柄のチェックの背広。ストライプのワイシャツ。髪はリーゼント。喋る言葉にG1のスラングが混じった。

「こんなぼろいバイトはないぜ」富夫は言った。彼の口から出ると、自慢しているようには感じられなかった。あたりまえのことを淡々と話しているといったふうにとれた。

「バンドの連中ももてるけれど、おれの方がもっともてる」そんな言葉も、私には、あまりいやみには聞こえなかった。

それでも、「ザーキ！」私は、富夫の背中を軽く叩いた。ジャズメンの隠語をまねて、言葉をひっくり返すのがはやっていた。ザーキは、翻訳すれば〈気障《きざ》〉ということだ。

朝鮮戦争の最中だった。ベース・キャンプには兵隊が溢れ、富夫は精力的にキャンプからキャンプをとびまわっていた。

やがて、富夫は退学し、プロダクションに所属した。プロの奇術師《ジャグラー》への道に踏み切ったのだ。アルバイトでも、かけ出しのサラリーマンの数倍の収入がある。キャンプまわりをしているうちに、プロのジャズプレイヤーになった者はかなりいたが、ジャグラーを本職にしたのは、富夫ぐらいなものだった。堅い家だった。勘当同様になったと聞いた。しかし、身のまわりの世話をしてくれる女にはこと欠かないから、いっこう痛痒《つうよう》を感じなかったようだ。

2

「つぶれたら、泊めてやるよ。ぐっとあけろ」

夫のすすめ方は、少し、しつっこい。

「余分なお蒲団、ないわよ」

「泊まるわけにはいかないんだ。明日、また仕事だからね」富夫も言った。

「それなら、梢恵に送らせる。おい、おまえはあまり飲むなよ。あとでトミーを送っていくんだから」

「ルノーかい、おたくのは？」

「ルノーを使っていたのは、大昔だよ。いまは、カローラだ」

「トミーは、いまもあの華やかなライトバン？」

私は訊いた。

「まさか、同じやつじゃないさ。何代目かだ。でも、商売用だから、やはり、けたたたましく塗りたくっている」

「横っ腹に、コマーシャル入りで？」

「そう、でも、今日は乗ってこなかった。タクシーで来た。せっかく会って、飲めないのではつまらんからね」

心中寸前までいったこともあった、と、私は、富夫の、細かい小皺《じわ》の寄った横顔に目をやった。筋のとおった、ほっそりと高い鼻梁《びりょう》や、睫毛《まつげ》の長い目の形は昔のままだけれど、男の美貌は、若いときはいいが、年を重ねると、いささか薄気味悪い感じになるものだと、私は思った。

煙草が切れたな、と、夫が、空になったハイライトの袋をねじり捨てた。

「あたしの吸う?」

「セイラムだろう。薄荷《はっか》入りだから、だめだ」

ぼくは、あいにく、この頃煙草やめていて、と、富夫は言った。

「喘息《ぜんそく》ぎみでね」

「いいよ。ちょっと出て買ってくる」

「もう、店、しまっているでしょう」

「自動販売機で買える」

「近いのか?」

「ああ……歩けば十五、六分かかるが、車なら、一走りだ」

「買って来ましょうか」私が立ち上がりかけると、

「いや、いいよ。トミーとつもる話でもしていろ」

夫は部屋を出て行った。コンクリートの階段を降りる足音が、遠ざかった。


大学を卒業する年、佐原は、映画会社の入社試験を受けたが、落ちた。知人のコネで、自分では気に染まない商事会社に就職した。私は、だらだらと、彼との同棲を続けていた。切れるきっかけもなく、数年たった。そのころ、富夫と偶然出会った。新宿の小さいバーだった。

私は一人で飲んでいた。佐原の帰りの遅い夜など、私は、ときどき、一人で飲みに出た。カウンターの隅で、だまって飲んだ。顔なじみに目で挨拶するくらいで、話の仲間には加わらなかった。

佐原はそのころ、会社の仕事が気にくわなくて、ノイローゼ状態になっていた。経理部の会計課に所属し、掛売伝票のチェックが、彼の仕事であった。椅子にへばりついて、分厚い伝票の束をめくり、数字を照合する。それだけで、一日が終わる。虚《むな》しいと、彼はしばしばこぼした。その言葉をあまり口にしなくなったころは、睡眠薬と覚醒剤をチャンポンに常用する悪癖が身についていた。私も、睡眠剤の量が増えつつあった。私もノイローゼだったのかもしれない。薬の副作用は、覚醒時も残っていた。いつも頭の芯《しん》が痛み、投げやりな気分だった。

隣りのスツールに腰をおろし、コッちゃん、と呼びかけたのが、富夫だった。今ほど小皺だらけではないが、目の下に隈《くま》ができていた。はでなチェックの背広の袖口が少しいたんでいた。

「しばらくね。トミーもここの常連だとは知らなかったわ」

「いや、この店は二度目だ。この前、知ってる奴に連れてこられて、わりあい感じがよかったから」

佐原と待ちあわせかい？　と、富夫は訊いた。

一人よ。

別れたの？

いっしょに棲《す》んでるわ。

しばらく無言でグラスを重ねたあとで、倖《しあわ》せかい？　と、富夫は歌謡曲の歌詞のようなせりふを口にした。もともと、きざなせりふを照れないで、しゃらっと使う男だけれど、キャンプまわりのあいだに、いっそうその傾向が強まった。

ザーキ！　私は富夫の背を叩いた。それから、まあまあね、投げやりに言い、出よう、と富夫は誘った。

すれ違う通行人と肩がぶつかりそうな狭い路地を、富夫は私の肩に手をかけ、私は彼の腰に手をまわして、歩いた。

ビルの地下の有料駐車場に、富夫は私を導いた。そこに、彼の車が駐《と》めてあった。

一目見て、私は笑いだした。酔いのためもあって、私は、感情の振幅が大きくなっていた。酔いだけではない。久しぶりに富夫と会ったことで、情緒不安定な気分になっていたのだろう。私は、けたたましい声で、躰を折って笑った。笑い声は、コンクリートの壁にあたってはね返り、アンプを通しでもしたように、びんびん響いた。

富夫の車は、あまりにもけばけばしかった。商売用なのだろう。ライトバンでボディを濃いピンクとグリーン、黄の、三色の斜め縞《しま》に塗りわけ、横っ腹に、Tommy Nakaura, The Greatest Juggler と記してあった。

「旅鳥だからね」と、富夫は、私を助手席に坐らせた。

トミー中浦の全盛期は短かった。一時は、キャンプの兵隊で、トミーの名前を知らない者はないというくらいの人気者で、ギャラもいいかげんなサラリーマンでは及びもつかないくらい稼いでいた。

しかし、朝鮮戦争の終結に伴い、キャンプは縮小された。兵隊たちは帰国していった。彼の仕事口は、大幅に減った。富夫の実家では、父親が死に、兄の代になっていた。暮らしむきはゆとりがあるようにみえたが、遺産整理してみると、意外に逼迫《ひっぱく》していることがわかった。家族が住んでいる家以外に、遺産といえるようなものはほとんどなかった。母親などは息子の職業を嫌いながらも、彼の収入を頼りにしている、と、そのへんまでしか、私は、富夫のその後の消息について知らなかった。

「まだ、キャンプの仕事を続けているの？」

「ドライブはいかが？」富夫は、ふざけた身ぶりで誘い、話をそらせた。私は、車のけばけばしさを笑ったことを、少し後悔した。この車になじんでいる彼は、ボディのカラーが、私たちの目にはこっけいなまでに奇異にうつるとは、まして、それを笑われるとは、思っていなかったかもしれない。私は、彼が大切にしているものを嗤《わら》ってしまったのかもしれなかった。——たいしたことじゃない、と、私は気にしないことにした。

「いいわね、深夜のドライブ」私は、オーバーに、はしゃいで言った。

「だけど、平気なのかい？」

「何が？」

「佐原」

「全然」

イグニッション・キーをまわしながら、

「子供は？」さりげなく、富夫は言った。

「いないわ」

富夫は、アクセルを踏みこんだ。

どこへ行くの？　とも、私はたずねなかった。

「コッちゃんは、水商売でもしているのかい？」

「いいえ」

翻訳の下請けの仕事を、私は持っていた。稿料はばかばかしく安いし、いつもあるとはかぎらない不安定な仕事だったが、水商売よりは、はるかに私にむいていた。私は、他人の機嫌をとるのに馴れていなかった。

「どうして？」

「堅気のサラリーマンのかみさんが、夜、一人で飲み歩くってのは、まともじゃないからさ」

富夫は、佐原が商事会社に就職したことは知っていた。

「スクェアはまともじゃないって、あたしたち言ってたわ」

「そうだったな。おれたちのやりかたの方がまともなんだ、ってね」

佐原は元気？

元気じゃないわ。声に出さないで、私は呟いた。

「あたしたち、学生のころ、スリクでラリるってことはしなかったわね」私は言った。

「このごろ、佐原とあたし、錠剤のかじりっこをするわ」

嚙《か》みくだいて、唾液でどろどろになった錠剤を、佐原は、口うつしに私の口に含ませる。飲みこんで、新たな錠剤を、私が嚙みくだき、佐原に口うつしに与える。私たちは、睡りと死をもてあそんでいた。私たちは、ハイティーンの子供ではなかった。それだけに、私たちがもてあそぶ死と睡りは、いっそうしたたかで、腐臭をともなっていた。

朝、それでも、佐原は、目覚まし時計とラジオの助けを借りて、むりやり起き出し、濃いコーヒーを流しこみ、吐き気をこらえ、朦朧《もうろう》とした頭で出勤してゆくのだ。佐原の勤務する商社は、三井や三菱のような超一流ではないが、名前をいえばかなりよく知られている、二流の上といったところだった。その社名を刷りこんだ名刺は、世間で無価値ではなかった。それだから、佐原は、ドロップアウトする勇気はないのだ。名刺からは、佐原が担当している仕事の内容までは――その虚しさまでは――わからない。

「もう、彼、書くほうはあきらめたのかい」

就職してからも、二、三度、佐原が脚本の公募に応じたことに、私は気づいていた。一次予選に一作ひっかかったとき、小さい活字で雑誌にのった自分の名を誇らしげに私に示したが、それだけだった。原稿用紙の束は、すっかり黄ばんで、彼の本棚の隅に積んである。処分する気はないようだった。

こんなことを、私は、富夫に話す気にはなれなかった。富夫には関係ないことだ。

どこか、モーテルに乗りつけるのだろうと私は思った。それらしい建物の前を、いくつも通り過ぎた。車の震動が、酔いを誘った。いつか、私はまどろんでいた。

がくっと膝がゆれ、目ざめたとき、車は、なお走り続けていた。左手に、海が黒かった。右側は、切り通しの崖《がけ》らしい。急なカーヴを繰り返しながら、道は次第に登り坂になった。

窓の外を、黒い木立がジェット機のように飛び去る。ハイウェイを疾走するようなスピードで、車は、屈曲した山道をとばしていた。

「どこ？」

「どこでもいいさ、地名なんか。ぼくも、盲めっぽうに走ってきたんだ。どこだか見当がつかない」

「現実の世界にいるんじゃないみたいね」

「もちろん、夢の中を走り抜けているのさ」

「ザーキ！」

カーヴでも、富夫は、ほとんどスピードを落とさなかった。路肩ぎりぎりに突っ込んで、乱暴にハンドルを切った。車は、勢いあまって、しばしばセンターラインを越え、右側の崖の根をおおった熊笹を踏みにじった。

深夜、対向車も後続車もいない、海沿いの山道を、トミー中浦、グレイテスト・ジャグラーと横腹に記したライトバンは、酔っぱらった豹《ひょう》のように走った。

私の躰は、右に、左に、よろけた。ヘアピンにも似た急カーヴを、富夫は、後輪の一方が宙に浮くのではないかと思われるような、きわどいターンで切り抜けた。

登りつめたあたりで、道がやや平坦になり、海に面した側は、少し広くなって、柵《さく》が設けてあった。見晴し台らしい。

「カーヴのところで、ハンドルを切らないで、そのまま、海にむかって突っ走るっていうの、どうだい」

車をとめて、ハンカチで額の汗をぬぐい、富夫は言った。

「いいわね」私は言った。「でも、黙ってやってくれた方がよかったのに。これから飛び込むぞって言われれば、あたし、やっぱり、怖いからいや！　ってわめいてしまいそうだわ」

富夫は、私の肩に手をまわして引き寄せ、唇を味わった。

「好きだったよ」と、富夫は言った。

「そう」富夫の肩にもたれて、私は応えた。ザーキ！　とは言わなかった。でも、心の中では、嘘ね、と思っていた。三人でつきあっていたころ、たしかに、富夫は私にふつう以上の好意を持ったこともあるらしい。しかし、それが、今まで変わらぬ強度で保たれつづけたはずはない。キャンプでもてはやされていたころ、トミー中浦は、華やかな生活を享受していた。交渉のある女も一人二人ではなかったようだ。まさか、佐原がいたから私をあきらめたなんて陳腐な浪花節を、ここで語るつもりじゃないわね。本当に愛しているのなら、キスのあとで、わざわざ〝好きだ〟なんてことわるの、ばかみたい。

しかし、嘘でもいいと、私は思った。甘く彩れた幻影に、快くだまされていたかった。

私は、窓を少し開けた。汐のにおいがしのびこんだ。

見晴し台に車を寄せて駐め、富夫は、シートの背を倒した。

「便利な車ね」

「それ用にできてる」

「いつも、車の中なの？」

富夫は、かるく笑った。

富夫の手がスカートのファスナーをさぐるのにまかせ、私の手はあいていた。左手の指先が、シートの背もたれのすき間、何か固い物に触れた。私は、何の気なしに、それをひっぱり出した。

富夫の目の前に、かざしてみせた。

富夫は、一瞬、手の動きをとめ、うんざりした顔になって、躰を起こした。

「意欲消失だな」

「下手な手品師ね。だしきれないのね」

「べつに、だますとか、そんなんじゃ……」

「ムードのことよ。せっかく、この上なしのムードを作り上げるところだったのに」

「二ヶ月になるんだ。まだ、ぎゃあぎゃあ泣くばかりだ」

富夫は、私の手から、プラスティック製のおしゃぶりを取り上げ、窓から放り投げようとしたが、思いなおして、ドアのポケットにつっこんだ。

「子供がいても、男の人って、死ねるの？」

富夫は答えなかった。

「さっき、ヘアピンを暴走していたとき、あたし、車が落ちるだろうなと思ったわ。あなたがなんで荒れているのか、べつに聞かなくてもいいし、このまま、海に突っこんで死ぬのも悪くないなと思ったわ。ちっとも怖くなかった。神経が麻痺《まひ》していたのね。でも、もうだめね。醒《さ》めちゃったわ」

「ぼくの腕はたしかなんだよ。そう簡単に落ちはしない」富夫は車をターンさせ、山道を降りはじめた。

「トミー、このまま帰るの？　あたし、あなたと寝たいわ」

「ＯＫ」富夫は、あっさり言った。こんどは平静な運転ぶりで、道を降り、国道に出て、モーテルの前で車を駐めた。私たちは躰をみたしあった。

富夫はその柔軟な指を、愛戯のために使うのを惜しんだ。私は、彼と並んで横たわりながら、その指が私の躰の中でうごめく感触を、想像で味わうほかはなかった。直接的な性の行為以上に、その想像は、私を昂《たかぶ》らせた。富夫の指に私が唇を近づけると、噛まないでくれよ、富夫は、冗談めかして叫んだけれど、それは彼の本音らしかった。

富夫は私に彼の連絡先であるプロダクションの電話番号を記した名刺をくれ、私は途中からタクシーを拾って、アパートに帰った。そのころ、私たちは下宿を出て、小さい民間アパートの一室に住んでいた。

佐原は、畳の上にごろ寝していた。酔って帰ったらしく、ワイシャツのままだった。シャツの胸に嘔吐《おうと》の痕が黄色く残って、少し饐《す》えたにおいがした。

ワイシャツを脱がそうとボタンをいじっている

と、薄く目を開けた。

「トミーに会ったわ」

佐原は泥沼のような睡りから這《は》い上がってきた。

「どこで?」佐原の唇は、重い鉛でできているようだった。舌がもつれた。

「新宿のバー」

「また、飲みに出ていたのか」佐原は咎《とが》めた。

「スクェアね」と言うと、佐原は、不愉快そうに、ばか、と呟いた。

「奴、どうしていた」

「ドサ廻りらしいのよ。奥さんと子供を連れて」

トミーの車の窓には、レースの小さいカーテンが取り付けてあった。いかにも女の手作りらしいしろものだった。

「かみさんにも会ったのか」

「一人で来ていたわ。荒れていた」

もし、寝たのか、と訊かれれば、寝たわ、と答えるつもりでいた。佐原は黙っていた。しかし、暗い目を私にむけ、寝ころがったまま、横なぐりに、手の甲で私をたたきつけた。唇が切れ、鼻孔《びこう》から血が流れ出したほどの強い一撃だった。それだけで、彼は、また、睡りに引きこまれていった。

3

夫が煙草を買いに出て行き、富夫と二人だけ取り残されて、私は、話題を探すのに、少し苦労した。一番さしさわりのない、そうして、富夫にとって一番好ましい話題は、TV出演の話だろうが、それはもう、語り尽されていた。夜の娯楽番組のアトラクションに、ほんの数分、トランプ占いをする。それだけのことだった。奇術の妙技をふるえるわけではない。それでも、毎週一回、テロップで彼の名前がブラウン管に流される、彼にとって満足のいく仕事ではないと私には思えたのだが、その話を聞いたときの夫の反応は、私の気を重くした。富夫は淡々とした表情だったが、やはり、夫の感情の動きは推察できたに違いない。

「テレビで、占いだけなんて、もったいないわね。あんなにすばらしい腕をもっているのに」

「テレビで奇術をやっても、あまりはえないんだよ。テレビなら、撮り方によっても、いくらでもごまかせるということで、視聴者の興がそがれる。奇術というのは、やはり、客とこっちがなま身でむかいあってやるのでなくてはね」

トミーの舞台を観たときのことを、私は、今でも昨日のことのように思い浮かべることができる。華やかな大舞台ではない。場末のキャバレーだった。


危険なドライブを富夫と楽しんだ夜から数日後の土曜日、外で食事しようと、佐原が誘った。

どこで？

少し遠出しよう。

私たちの車はルノーの中古で、それでも私たちの収入にはちょっと贅沢《ぜいたく》な持ち物だった。今のようなマイカー時代ではない。そろそろ、サラリーマンの間にも自家用車が普及しはじめてきたころだった。

会社から電話をかけてきた佐原は、いったんアパートに戻り、私を助手席に乗せて、ふたたび出発した。会社から電話がかかってきたとき、私は、彼がまた薬の中毒症状で具合が悪くなったのではないかと、どきっとしたのだが、珍しい夕食の誘いと知って気が軽くなった。しかし、彼の行こうとしている所は、すぐ察しがついた。あの翌日、私のバッグの中を彼があらためた形跡があった。富夫からもらった名刺は、私がおさめたのと違う場所に入っていた。秘密にするつもりはなかったが、積極的に佐原に見せる気にもならず、バッグに入れっ放しにしてあった名刺だった。

車は国道十七号線を北上し、O市に入った。一時間ちょっとのドライヴだった。駅の近くに車を駐めた。

駅前の交番で道をたずねた。キャバレーは数軒しかない街なので、たずねる店は、すぐにわかった。

「武士の情けを知らない人ね」私は言った。

「トミーは、みじめな思いをするわ」

「芸人が自分の芸を見られるのに、みじめもくそもあるか」

「だって、檜舞台《ひのき》ってわけじゃないわ」

キャバレーの入口には、ショウダンサーの絵看板がかかっていたが、トミー中浦の名も写真も出ていなかった。

毒々しい桃色と白の提灯《ちょうちん》をかざった入口は貧弱だが、中に入ると、外観よりはゆったりしていた。私は、もっとひどい、便所の臭気がただよってくるような所を想像していたので、いくらかほっとした。客は七分ぐらいの入りで、近在の土地成金らしい男たちがほとんどだった。語尾に力の入った荒っぽい関東訛《なま》りが、高声でゆきかっていた。

ストリップまがいのフロアショーがはじまっていた。テーブルの間を尻を振って歩く女の、ツンパに飾ったスパンコールが光った。

女たちがひっこんだあと、入れかわりに、トミーが出てきた。赤と白の太いストラップのスーツにカンカン帽というういでたちだった。客席から笑い声が起こった。助手としていっしょに登場した女が、小柄なトミーとは対照的なぶよぶよ肥った大女だからである。白い裾長のドレスが、しまりのない躰つきを、いっそう大きく見せていた。女は、躰を一回転させ、スカートを取り去った。太腿《ふともも》があらわになった。深く衿《えり》をくった胸もとに、白い薔薇《ばら》をかざっていた。造花ではなく、本物の薔薇だった。

トミーは、煙草やコインの消失といった小手調べからはじめた。客たちは、ほとんど興味を示さなかった。席にサービスについている女たちをからかい、無遠慮な笑い声をあげ、女たちは嬌声《きょうせい》で答えていた。

新しいカードを取り出し、トミーは、客に封をきらせた。シャッフルも、客にまかせた。束を受けとって扇型にひろげ、一枚ひかせる。かってな場所に差しこませ、再び、相手にシャッフルさせる。それだけで、トミーは、客がひいたカードをあててみせた。拍手はまばらだった。客たちは、ヌードダンスのつづきの方を見たがっていた。いくつか、カードあてのヴァリエーションを実演したあと、トミーは、ポケットからしなびたゴム風船をとり出した。口にあてて、息を吹きこむ。真赤な風船が、顔がかくれるほどにふくらむ。右手に、長い針をつまみ、客に示し、風船に突きさすぞという動作をみせる。助手の女が、大げさに耳を押さえる。トミーは、風船に針を突き立てる。

大きな破裂音が、耳をつんざいた。しかし、風船は破れなかった。もとのままだった。いや、色だけが変わっていた。真赤なゴム風船は、針を突き立てたとたんに、破れてしぼむかわりに、マリン・ブルーに変色したのだ。これは、さすがに客の注目を惹《ひ》いた。けたたましい破裂音に、女の腿の付根に手をさしこんだりしていた客たちも、思わずジャグラーに目をやったのだった。

「この女は、実は、私の情婦《いろ》なのです」助手の女をさし、トミーは、あまり表情のない声で客に語りかけはじめた。「ところが、こいつ、とんだ尻軽で、私の目を盗んで、浮気ばかりしています。おい、おまえ、ゆうべも男と寝ただろう」

女は、マスカラでふちどった腫《は》れぼったい目をせいいっぱい見開き、大きく首を振った。

「私が問いつめると、こいつ、しらじらしく嘘をつきます。しかし、私は、こいつの浮気をつきとめる、うまい方法を知っております」

テーブルの上の水差しから、コップに水を注ぎ、トミーは一口飲んでのどをしめした。

「ところでこれは、職業上の秘密なのですが、我々奇術師は、実は、悪魔と契している。それによって、数々の奇蹟を皆さまにお目にかけることができるわけです。もちろん、種も仕掛けもないといいながら、実は種も仕掛けも大ありなのが奇術ですが、なかには、悪魔直伝《じきでん》、正真正銘の魔術もございます。この女の浮気をたしかめる方法なども、その一つ。これには、いっさい種はございません。皆さまも、すぐに応用できる。ただし、私のように悪魔と契約し、この、奇蹟の薔薇を手に入れなくてはなりませんが」

きどった口上をのべながら、トミーは、助手の女の胸に飾った白い薔薇を指さした。

それから、テーブルの上の水鉄砲をとり上げ、客に示した。ピストルの形をしていた。おもちゃの水鉄砲です、といって、トミーはそれを数人の客にあらためさせた。

コップの水を更《さら》に一口飲んで、残りを水鉄砲に吸いこませる。ピストルの筒先を女の胸にむけた。

「正直に白状しろ。浮気しただろう」

女は、子供がいやいやをするように、怯《おび》えた表情で首を振る。

「こいつのおかげで、私は気の休まるときがないんです。お客さんの前ですが、こいつ、いいんですよ、夜がね」だらしない笑顔をトミーは作った。

「本当に、おまえ、浮気しなかったというんだな」

女はこっくりした。

「この水鉄砲にしこんだのは、ただの水だ。今、おれが飲んでみせた、ただのウォーターだ。こいつでおまえの胸を射つ。おまえが真実潔白なら何の変化も起こりはしない。だが、もし、おまえが嘘をついているのなら、ゆうべ、あの男と」ト

ミーは、卑猥《ひわい》な動作をしてみせ、

「したのなら、おまえの罪の血で、胸の白薔薇が真紅に染まるのだぞ。いいな」

女は恐怖の表情をみせた。トミーは、ピストルを頭上にふりかざしてから、狙いをさだめ、引き金をひいた。

その瞬間、白い薔薇が、血を噴いたように、紅い薔薇に変わった。私は、赤インクでも発射したのかと思ったが、紅く濡れたのは薔薇の花だけで、白いドレスは、水に濡れたものの、色は変わらなかった。

女は悲鳴をあげ、袖に走りこんでいった。

これだから、女の言うことはあてにならない、と、ぶつぶつ呟きながら、トミーはテーブルの上に燭台《しょくだい》を並べ、蠟燭《ろうそく》を立てた。七本あった。

「これからごらんにいれますのは、やはり、種も仕掛けもございません。悪魔と契約することによって私が身につけた、炎をあやつる奇蹟の力です」

トミーは、服を引き抜いた。はでな赤と白のスーツが、一転して、黒いタイツ姿に変わった。照明が暗くなった。トミーは、右手に細長い紙片を、左手に透明な空のコップを持って宙にかざし、種のないことを示した後、コップの中に紙片の先を入れて引き出した。すると、紙片の先が、ふいに炎をあげて燃えはじめた。その炎で、トミーは、蠟燭に次々に火をともしていった。七つの炎が、紅くゆらめいた。

女が再びあらわれた。黒い網タイツに服装を変えていた。水を満たしたガラスの深鉢をテーブルの上に置いた。

トミーは、右手を高々とかざした。ついで、ガラス鉢の水に、右手を手首までひたした。

それから、濡れた人さし指を、蠟燭の炎に近づけた。指の先端が、炎を噴き上げた。薄闇の中で、トミーの指先は、燃えていた。トミーは手を突き出し、なま身の指が燃えていることを客に確認させてから、大きく振って炎を消し、もう一度、水中にひたした。

拍手が湧いた。そのとき、右端の蠟燭がふっと消えた。風もないし、誰が吹き消したわけでもなかった。少し間をおいて、もう一本が消えた。「悪魔降臨《こうりん》の合図だ」トミーは呟いた。同じ間隔をおいて、次々に、蠟燭は消えていった。一本消えるごとに、闇は濃さを増し、七本全部消えたとき、暗闇があたりを包んだ。客席は、一瞬、ひっそりした。ざわめきが起こりかけたとき、ライトがいっせいについた。トミーの姿はなかった。室内は昼間の明るさを取り戻し、ショウダンサーたちが踊りこんできた。

目立たないセーターに着がえたトミーが、大柄な女といっしょに、私たちのテーブルに来た。女は、シースルーのタイツの上から、薄手のセーターをひっかけていた。

「すばらしかったわ、トミー」私は、心から賛辞を送った。

「しばらくだな」と、トミーは佐原に言った。

「こんな場末のキャバレーでやるのは、もったいないじゃないか。どうして、中央の舞台に進出しないんだ」佐原は言った。

「ジャグラーなら、誰でもやることだよ。特に珍しいことをやっているわけじゃない」トミーは熱のない口調で、「女房だ」と、女を紹介した。

客を幻惑した妖しい雰囲気は消え失せていた。店の内部は、厚化粧の野暮《やぼ》ったさをむき出しにし、佐原は、少しうわずった声で、感情の表現のオーバーな喋り方をした。軽蔑と優越感、憐憫《れんびん》を、かくしながらも、ちらりちらりとのぞかせていた。トミーの受けこたえが平静なので、佐原は、まるで一人芝居をしているようだった。トミーがもっと、自分を卑下したら、あるいは虚勢をはった態度を示せば、佐原のせりふとうまく噛みあったことだろう。

佐原は、「大変だろうな、こういう仕事は」と同情し、「楽じゃないだろう、地方巡演は」（ドサ廻りとは言わなかった）「しかし、おたくも思いきったものだね」「もっとも、サラリーマンよりは、手ごたえのある生き方かな」一人で喋った。サラリーマンの方がはるかにましだと、あらためて、思っているようだった。話の合間に、思い出したように、トミーの腕をほめた。そらぞらしくきこえた。もっと素直な喋り方はできないのかと、私は少しいらだっていた。

「手を見せて」私は、トミーの右手の人さし指をあらためた。煙草を口の中にたてたときのように、火傷だらけではないかと思った。

傷はなかった。トミーの指は、炎をあげて燃えたかと見えたのに、小さな火ぶくれ一つなかった。

「どうやるの、あれ？」

「一々種を明かしていたら、こっちはめしの食いあげだ」

佐原の視線に気づき、私はトミーの手を離した。嫉妬は、かつて、私たちの仲間のあいだでは、軽蔑されていた。セックスは気軽な挨拶であり、道徳的な規制をするのは、野暮なスクェアだった。しかし、私は、佐原の暗い視線に、私たちの生活もまた変化したことを、あらためて感じた。独占欲は、どうしようもない人間の本能なのかもしれなかった。ほんの気まぐれのようにはじまった同棲が、思いのほかに根強く私たちを絡《から》めとっていた。

場末のキャバレーのアトラクション芸人におちぶれたトミー中浦を私の目にみせつけようとした佐原だけれど、それはうまくいかなかった。トミーの芸は、奇術を見なれない私たちの目には鮮やかすぎた。

化粧の濃い女が、トミーの妻の傍に近づき、耳うちした。「泣いてるわ」と言ったのが聞こえた。

楽屋においてある赤ん坊のことだと察しがついた。女は、困ったような薄笑いを浮かべて、席をたって行った。

4

「煙草屋って、どこにあるの？　かなり時間がかかるね」富夫に言われ、置時計に目をやった。「もう、帰るでしょう」

そう言った私の言葉に符節をあわせるように、階段をのぼる夫の足音がして、ドアが開いた。

「失敬した」

「ずいぶん、ゆっくりだったのね」

「どうせのことに、パチンコで稼いでこようとしたが、だめだった。結局、自動販売機の世話になった」

「お客さんなのに、パチンコなんて」

「コッちゃん、前言を取り消すよ」と、富夫が言った。「変わらないと言ったが、コッちゃんも変わった。ドメスティック・ワイフらしく、口うるさくなったたな」

いつごろから、私は、ドメスティック・ワイフに変貌したのだろう。一番軽蔑していた生きものに。たぶん、私と佐原の間に、子供という奇妙な生物が介在《かいざい》するようになって以来だろう。

同棲したはじめのころ、私たちは子供は作らないようにしていた。私たちは、根の生えた家庭を構築するつもりはなかった。しかし、用心を忘れることもあった。それでも妊娠しなかったので、どちらかに欠陥があってできないのだろうかと思った。さしあたって子供はほしくなかったけれど、もし、不妊症だとしたら、私にとっては、ずいぶん憂鬱《ゆううつ》なことだった。

トミーの舞台を見て以来、私は、彼と会う機会を持たなかった。積極的に会いたいという気にもならなかった。私は、佐原が、私の心の中で、思いのほかに大きな位置をしめていることに気がついた。〈時〉が、私たちの絡《から》み合いを、より強固にしたのだろう。佐原は、最初私の目に映じたような、豪放なスポーツマンタイプの男ではなかった。見かけと反対に、女々《めめ》しく、小心で、そのくせ、自己顕示欲が強かった。それだから、かえって、私は彼から離れる気持ちがなくなったのかもしれない。

医者の診察を受け、妊娠三ヵ月ときかされ、私がまず心配になったのは、睡眠剤のことだった。不妊症でないことが立証されたのは嬉しかったけれど、胎児が五体満足だろうかと、それが不安でたまらなくなった。佐原も私も、薬でずくずくなときにできた胎児なのだ。

「本当に俺の子供か?」と、佐原は、陰鬱な表情で言った。

「三ヵ月だと、確実にあなたね」私は答えた。トミーと深夜のドライブをしてから、半月とたっていなかった。

「どうする?」

「かってにしろ」と、佐原は言った。

そのころ、佐原が危険な淵《ふち》にのめりこもうとしている状態だったのを、ずっと後になるまで、私は知らなかった。佐原は語らなかったし、富夫も私には告げなかった。

生む決心をしてから、私は、睡眠剤も酒も断った。思ったよりたやすくできた。

子供には欠陥はなかった。血液型の検査で、富夫との子でないことが証明された。それで、佐原には十分だった。自分の子だと納得した。女の子だった。顔だちは佐原に酷似《こくじ》していた。

佐原は、子供を溺愛《できあい》した。意外だった。勤務ぶりもまじめになった。しかし、サラリーマンは、出発点でコースを踏みはずすと、陽のあたる道を歩くのは不可能に近くなる。佐原は、会社では不良社員のレッテルを貼られていた。常に閑職しかあてがわれず、おもしろくはなかったようだ。そのため、時折、発作的に上役にくってかかって問題になったり、不眠症が再発したりしたけれど、はた目には、平和な三人家族だった。入籍もした。民間の小さくて家賃ばかり高いアパートから、２ＤＫの社宅に引越した。私は、時々息苦しくなることはあったけれど、ドメスティック・ワイフの座に落ちついた。翻訳の下請けの仕事は、ずっと続けていた。

子供の幼稚園入園が決まったころ、富夫から封書が届いた。芝居の切符を買ってくれないかという依頼だった。前衛劇団にちょっと関係しているのだと書いてあった。

「どうして、トミーが前衛劇に……」

「あいつも、あせっているんだろう」と、佐原は言った。「ドサ廻りのジャグラーで一生を終わるのでは、あまりにみじめだからな。昔、ばかにしていたスクェアが、今では、みんな一流会社のエリートさんだ。あいつも、何とかして世に名前を出したいんだろう」

「観《み》てみたいわ」

「やめろ」佐原は、どなりつけた。

「どうして？　いいじゃないの」

あいつと、かかわるな。佐原の声は厳しかった。

「妬《や》くことないのよ」

「よせ」

あいつには、危うく泥沼にひきずりこまれるところだったのだ、と、佐原は、このときになって、はじめて語った。

キャバレーで再会したあと、私は富夫とずっと会っていなかったけれど、佐原は、あの後すぐ、富夫に奇妙な場所を紹介されたのだと言った。

佐原は、会社での勤務ぶりが、一番ひどいときだった。シナリオライターを志したくらいだし、詩や絵画、小説にも関心が深く、何らかの形で自己表現をしたいという欲望の強い佐原にとって、会社の仕事は、苦痛以外の何ものでもなかった。しかし、欲望の強さと表現の才能とは、常に一致することはかぎらない。佐原は、芸術的な表現の手法に惹《ひ》かれながらも、基礎から着実に技術を積みあげる気持ちのゆとりも、おのずとほとばしる才気のきらめきも持たなかったのではないだろうか。彼が創作を試みているところを、もう長いこと見かけなかった。欲望とそれを実現させる能力とのギャップをみつめる地獄から逃がれようとして、睡眠薬の乱用という、もう一つの地獄におちこんでゆく。出勤しても、まともに仕事ができない状態だった。上役や同僚からは厄介《やっかい》者扱いされる。佐原にしてみれば、自分の能力が適所で用いられていない、自分は、おまえたちのようなぼんくらとは違うという気持ちがある。攻撃力が内攻している。内に溢れた不満を見とおした富夫は、佐原を、秘密クラブめいたところに案内した。客の嗜好に応じて、それぞれのサディズム、マゾヒズムを満足させる場所であった。そこで佐原は、無抵抗な者を暴力で痛めつける快感を、心ゆくまで味わわされた。一度おぼえた味は、捨てられない。ときどき通うようになった。金がかかった。「あのまま続いていたら、俺は、会社の金に手をつけたかもしれない」と、佐原は言った。歯止めになったのは、子供であった。

富夫に、佐原を墜落させようという下心があったのかどうか、私にはわからない。男の戦いは、もっと清冽《せいれつ》なものであってほしかった。

「中浦は、商売の稼ぎだけでは暮らしていけなくて、女房をそのクラブに時々貸していたらしい」

いやな話ね。私は、芝居の案内書を、無意識に指でちぎっていた。山道をフル・スピードで突っ走ったときを思い出した。歳月に濾過《ろか》されて、いっそう甘く美化された情景だった。あのとき、私の躰の中には、新しい細胞が増殖しつつあったのだ。

「もっといやな話をきかせてやろうか。中浦は、本当は、自分があのクラブにバイトに出たかったのだそうだ。サディストにいためつけられるのが、あいつは嫌いじゃないんだそうだよ。ジャグラーは、指を宝物のように大切にしなくてはならない。指先がジャグラーの生命だ。それで、指を痛めては困るので、かわりに女房を……」

私は、聞いていないふりをした。だが、このとき、私は富夫に対して強い衝撃をおぼえた。自分のサディスティックな性向に気づいて驚いたが、それ以上に中浦富夫には、何か他人の嗜虐《しぎやく》性をそそるものがあるのではないかと思った。私は、歯の間に富夫の想像の指をおいた。富夫の指からしたたる血の味を、舌に感じた。じきに、私は、その遊びにあきた。幼稚園に通う子供の送り迎え。弁当作り。日常的な些事《さじ》は、血の味をまずくした。

私には富夫との接触を禁じたが、佐原自身は、彼とのコンタクトを完全に断《た》ってはいなかった。今になって、私は思いあたる。富夫は、佐原にとって、優越感を誇示できる、ほとんど唯一の獲物だったからだ。

しかし、私は、二人の葛藤《かつとう》からは身をひいたつもりだった。子供が私を変えていた。子供に溺れる母親が、愚かしく見えてしかたがないときがあった。どの母親も、自分の子供だけが、まるで特別なことをしているように、泣いた、笑った、一言喋ったと、とくいげに語る。どの子供も、ほとんど同じ経路をたどって成長するのに。その愚かさを、私も踏襲《とうしゆう》していた。

5

富夫は、躰をまっすぐに立てていられないほど酔っていた。

「もう……帰らなくちゃな」テーブルに両手をつ

いて躰をささえ、立ち上がろうともがいた。

「送って行ってやれ」と、夫は言った。夫も、白眼が充血するほど飲んでいた。素面《しらふ》といえるのは、私だけだった。送っていくことになりそうだと思って、グラスを控えていたのだ。

「首都高速を通って行けば、一時間かからないだろう。もう、道もがら空きだろうし」

「悪いな、コッちゃん。タクシーを拾ったっていいんだがな」

「こいつが送りたいんだから、送らせてやれよ」

「今夜、帰らないかもしれないわよ」私は夫の目を見て言った。夫は、うすく笑っただけだった。

私を規制するものは、今では、何もない。子供がいれば、私は、子供のために、社会の良識の枠《わく》の中に自分を押しこめとおしたことだろう。子供は死んだ。小学校に上がる前の年。私のとんでもない不注意のためだった。夫が社用で外泊し、私は娘と二人で寝ていた。暖房用のガス・ストーヴのゴム管がはずれかけたのだ。近所の人が気づいてくれたので、私は助かったが、抵抗力の弱い子供は、まにあわなかった。夫の受けたショックは、二重に大きかった。私が子供を道連れに自殺をはかったと誤解したのだ。会社でうだつがあがらない自分に対するつらあてだろうと責めた。ゴム管がはずれたのは、私にはおぼえがないから、子供が夜中に手洗いに起きたとき、つまずきでもしたのだろう。しかし、そのくらいのことではずれるようないたんだゴム管をそのまま使っていたこと、元栓《もとせん》をしめておかなかったこと、すべて、私の責任だった。それに、ガスは危ないから石油ストーヴを使おうと主張する夫に、石油の方が火事の危険があるし、操作がめんどうだからと、ガス・ストーヴを使用することにしたのも私だった。

夫は、私を許さなかった。夫に責められる前に、私は、自分を責めつくしていた。しかし、不思議に、自殺の誘惑は起きなかった。若いころの、いつ死んだって惜しいこともない、といった投げやりな気分が、嘘のようにぬぐい去られていた。私は強靱《きょうじん》になっていた。子供の死でさえ、そして、それが私のせいだという事実さえ、私を死に追いつめることはなかった。

夫の方がまいっていた。彼は、ふたたび睡眠薬に溺れるようになった。

私は、自分が怖ろしかった。子供を失って数年たつうちに、私は、あろうことか、解放感を味わうようになったのだ。もともと、母親になる資格はなかったのかもしれない。自分自身のためにしか生きられない性格なのだろうか。まさか、一人になりたい、解放されたいという潜在意識があの事故をひき起こしたのではありませんように。子供を失った傷口は、死ぬまで、血と膿《うみ》を流し続けることだろう。だが、その痛みとはまったく別個に、私は、桎梏《しっこく》を離れた自分を感じていた。

翻訳の下請けの他に、私は、TVの外国物のせりふを吹き替え用に訳す仕事も手がけるようになっていた。数多く手がけているうちに、何となく、シナリオ構成のこつのようなものが飲みこめてくる。

半年ほど前、私は、民放が公募したTVシナリオの募集に応じてみた。まったくの気まぐれからだった。夫に対抗する気持ちなどはなかった。彼がシナリオライターを志したことがあるということさえ、ほとんど念頭から去っていた。夫は、もう長いこと、その希望を口にしなくなっていた。

入選作はなく、佳作三篇の一つに選ばれたという通知と、小額の賞金が送られてきた。思いがけないことで嬉しかったけれど、入選しなかったのだから、たいしたことはないなと、そのまま忘れた。あらためてシナリオの勉強をする気も起きなかった。翻訳の方が確実な収入源になっていたし、気にいっていた。

つい数日前のことだ。TV局から再び通知がきた。その佳作になった作品を、プロのライターが手を入れて、私の作ということで採用するというのである。

その通知を、先に見たのは夫であった。私は、なぐられるかと思った。それほど、夫は殺気立っていた。

これからも書くつもりか、と、夫は訊いた。詰問《きつもん》する調子ではなかった。媚《こ》びるように、声をやわらげた。

書かないわ。一作だけは何とかなったけれど、この先続ける気はないわ。

それなら、頼みがある。夫は、頭をさげた。

きみの名前をペンネームに使って、ぼくが書いたことにしてくれ。

どうして？

きっかけがほしいんだ。世に出るチャンスが。

夫は、私の肩をつかんだ。

おれは、長い間、構想を練りつづけてきた。シナリオのストックは、頭の中に無数にある。それを世に認めさせる糸口がなかった。頼む。おれにチャンスを与えてくれ。だって、それじゃ、詐欺《さぎ》だわ。これ一作だけだ。あとは、おれの実力を示す。

そのくらいのことはおれのために、したっていいはずだ、夫は言った。その言葉に、私は、かっとなった。子供の死に対する私の責任を、ここですりかえようとしている。かつて富夫と躰をかわしたことも含まれているのかもしれない。

いやよ、と、冷笑にきっぱり言い放ったのは、夫の言葉に対する怒りとともに、私の小意地の悪い性向のせいもあったのだろう。

いやよ、と、私は、いたぶるように言った。

世に出たかったら、自分で書いて応募したらいいんだわ。

おまえには、男の名声欲がわからないんだ。おれは、世間に、自分の名前を刻みつけてやりたいのだ。公募作品の当落は、そのときの運次第だ。

おまえはラッキーで、おれは、運が悪かった。そのちょっとの違いが、最終的には、決定的な違いになる。頼む。この運をおれにゆずってくれ。

まるで、あたしには力がなくて、偶然、ついていただけみたいな言い方ね。

あたりまえじゃないか。おまえのようなのを、フロックというんだ。

私は、拒《こば》み通した。意地になっていた。

6

私に送らせるために、ひどく酔ったふりをしていたらしい。ハイウェイをとばす車の中で、富夫は、いくぶん舌がもつれてはいたけれど、

「久しぶりだな、コッちゃんとドライブするのは」話しかけてきた。

思い出すな。手を、私の腿にのせた。

「やめてよ。危ないわ。ハンドルを切りそこなっても知らないわよ」

「コッちゃんと心中するなら、本望だよ」

「そんなせりふ、今さら、遅すぎるわ」

「前にも言ったじゃないの」

「今死んだら、つまらないわよ。テレビ出演できるようになったんでしょう」

「テレビなんて、あんなのは……しかも、占いだからね。くだらない」

コッちゃん、ぼくはね……

「後悔してるなんて言わないで」私はさえぎった。「みじめじゃない、自分の生きてきた道を後悔するなんて。後悔したら、とたんに、これまでやってきたことが無意味になってしまうわ。あなたも、名前が欲しいの？　自分の名前を世間に刻みつけたいの？　だったら、ジャグラー・トミーの……」

「えらい気炎《きえん》だね、コッちゃん。ぼくは、後悔してるなんて言いませんよ。なんで、ぼくが後悔す

る必要があるの」

「ねえ、トミー」私は、言い過ぎたと思って話をそらせた。自尊心を逆なでされるのは、誰だって、この上なく不愉快だ。ことに、男が女からそれをされたら。やりきれないだろう。私は、ときどき不用意にへまなことを言ってしまう。「友だち甲斐《がい》に教えてよ、奇術の種。あたし、好奇心で死にそうだったのよ。せめて、指が燃えるのだけでも」

「職業上の秘密。ジャグラー同士の仁義でね、これればかりは、愛するコッちゃんにも教えられない」

上っ調子な会話だった。このままモーテルへのルートをとっても、そのあとは、おそらく、二人とも、しらじらしい気持ちで別れるのだろう。

それでも、何もないよりはましかもしれない。

フロントグラスに小さい人形が揺れていた。窓のカーテンには、アップリケがしてあった。富夫は、二番めの子供が小学校にあがったはずだ。


ふいに大きく、ハンドルを左にとられた。私は必死に切りなおした。一瞬だった。時速一〇〇キロでハイウェイをとばしていた車は、ぐっと左にかしぎ、フェンスに激突した。


ベッドにギブスで体を固定されたまま、今、私の心は疑惑にみたされている。疑惑というよりは、ほとんど確信に近い。

あれをやったのは、夫、佐原泰明に違いない。ハイウェイで車に事故を起こさせる方法は、いくらもある。ハンドルをとられた感じでは、タイヤにトラブルが生じたのだ。釘を一本タイヤにぶちこんでおくだけでもいい。低速で走っている間はどうということもないが、高速でとばすと、釘が抜けかけては刺さるという動きをくり返し、穴が大きくなって、ついに、タイヤがパンクする。

ムシを適当にゆるめておいてもいいのだ。調べでは、タイヤにパンクの痕《あと》はなかったそうだから、ムシをゆるめる方法をとったのだろう。

おそらく、トミーの顔を見て、思いついたのだ。彼に飲ませ、私が彼を車で送って行くようにしむける。車のタイヤに細工しておく。煙草を買いに行くと外に出たときに、方法を考え、車に細工したのだろう。

目的は、トミーを殺すことではない。私だ。彼は失敗した。トミーは即死したけれど、私は、生き残った。骨折で動けないが、しぶとく生きている。

でも、証拠はない。誰が、妻の書いたものを自分の名で出すために、自分の名を世間に刻みつけるために、夫が妻を殺そうとしたという話を信じるだろうか。彼の熾烈《しれつ》な名声欲と、私たち三人の、過去の歴史を知る者でないかぎり……。

トミーが、中浦富夫が、死んだ今となって、私は、彼への恋を自覚する。

小柄で弱々しくて、少しばかりきざでいやらしい彼を、愛している。


佐原は、再び私を殺そうと狙うだろうか。それとも、何ごとにも中途半端で小心な彼のことだから、一度の失敗にこりて、証拠がないのをいいことに、殺害はあきらめ、知らん顔でとおそうとするのだろうか。

生きるのに、はりが出てきた。夫の私に対する殺意の有無をたしかめること。夫の殺意から、自分の身を護ること。そうして、できたら、トミーの復讐《ふくしゅう》を……。でも、私は、トミーと夫と、どっちをより多く愛しているのだろう。夫を愛してはいないと、言いきれるのだろうか。トミーを愛していると、今、思ったけれど、それは、死者への哀惜《あいせき》の念にすぎないのかもしれない。

私は、ふと、子供のことを思い出す。私の不注意から死なせてしまった子供のことを。泪《なみだ》が流れてくる。私の両手はギブスをはめられているので、ぬぐうことができない。

夫の足音がする。ドアが開く。

海の耀《かがや》き

1

安積悠司《あずみゆうじ》にクルージングに誘われた、と瑛子《えいこ》は言った。

あなたもいっしょにどうぞですって。

それはおもしろそうだな。

平静な声で、久森辰男《ひさもりたつお》は応じた。

その眸《ひとみ》に、一瞬、ゆらめきたつ焔《ほのお》を視《み》たような気が瑛子はしたが、それは、あまりに素早く消え去った。

「だが、危なくはないのかな」久森は訊《き》いた。

「モーターボートといっても、長さ四十フィート、幅十フィートもあるキャビン・クルーザーなのよ。めったなことではひっくり返らないわ」

瑛子は、遠足を前にした子供のような声で答えた。

久森の心の動きが瑛子にはわかるような気がする。七歳年下の妻に対して、彼は、できるだけ寛容であろうとしている。寛大であることによって、すべての心のゆらぎ、思いの行き違い、諍《あらそ》いの種を、波立つ海に油を流し鎮《しず》めるように鎮めてしまおうとする。

彼が同行を断れば、それじゃ、安積さんと二人で行くわよ、と言おうかと思っていた。しかし、安積と二人だけの時を持つことは、それほど瑛子を惹《ひ》きつけなかった。

夫と安積と、二人揃わなければ、それは、塩をかけないステーキのようなものだ。

瑛子は、ソファに腰かけた夫の両腿《もも》の間に顔を伏せた。久森の指が、習慣的に髪を撫《な》でた。押しつけた瞼《まぶた》の裏に、瑛子は海を視た。溶鉱炉の中で煮えたぎる鉄塊のように真紅にとろけた海であった。

激しく燃えさかる一日を持てたら、そのあと、私は人形作りをやめてもいい。安積にも会わなくてもいい。一年ぐらいは、耐えていけるかもしれない。半透明で濃密なゼリーの中に閉じこめられた日々に。

2

八月末の快晴の朝、ヨットハーバーで、瑛子と連れだった久森は、安積悠司に逢った。正式に対面するのははじめてだが、久森の方では、それとなく安積を見たことがある。そのときは、挨拶はしなかった。

「家内がいつもお世話に」と久森が言いかけると、いや、と安積は笑いながら手を振った。その仕草《しぐさ》がいかにも若々しく、仰々しい挨拶を受けるのをてれているようにみえた。

安積はクルーザーのキャビンに二人を案内した。

「ずいぶん、ゆったりしているんですね。贅沢《ぜいたく》なものだなあ」

L字型のソファに躰《からだ》を沈めふり返ると、背後の窓にハーバーの賑《にぎ》わいが見てとれた。

「いや、これは、キャビン・クルーザーとしては、そう大きい方じゃないです。豪勢なものになると、個室からテレビ、電話だの、シャワー、バスまで備えたのがありますからね」

「そうなると、まるでマンションですね」

瑛子は、もの珍しげにキチンやトイレの設備をのぞいてまわっている。これほど生き生きとたのしそうな瑛子を、久森は、はじめて見る思いがした。

　クルーザーの内部が広々としていることも予想以上だったが、それよりも意外だったのは、安積悠司に、衒《てら》いやきどりのないさっぱりした印象を受けたことであった。

　以前みかけた時は、もっと、気障《きざ》で厭《いや》みな感じを持った。三十を二つ三つ過ぎているのに、そのときは、肩まで届きそうな長髪、小花を散らした、袖のゆるやかな、女物のブラウスのようなシャツ、腰にぴったりついたパンタロンと、ひところのグループ・サウンズの歌手めいたいでたちであった。グロテスクな表情を浮かべた創作人形を並べたてた店の一隅《いちぐう》で客の相手をしている安積は、その店の雰囲気に似つかわしくはあったが、久森は声をかける気にはなれなかった。工業高校の教師である彼とは別世界の人間だという気がした。

　今も長髪はそのときのままだが、それが獅子の鬣《たてがみ》のように、一筋一筋精気をはらんで精悍《せいかん》さを助長しているようにみえた。彼は、学生時代に読んだポール・クローデルの戯曲を思い浮かべた。『黄金の頭《かしら》』と題するそれは、貧しい若者から国王にまで成り上がってゆく猛々しい男の物語で、ヒーローは丈なす髪を冑《かぶと》の下におさめ、猛り狂うとき、ぬげ落ちた冑の下から溢れこぼれた金髪が、メデューサの蛇状の髪のように乱れ逆立つのであった。

「何か飲みますか。ビールでも」

「ありがたいですね」

　キチンに備えた小型の電気冷蔵庫から、安積はビールを出してきた。

「コップはここね」いそいそと瑛子は手を貸す。ショーツからのびた白い腿が、日頃目にしたことのないもののように新鮮だった。

　久森は、みぞおちにわだかまる重苦しさを忘れようとした。

安積はたしかに、何のこだわりもない態度で瑛子とその夫に接していた。瑛子はいつもよりはしゃいでいるけれど、このような快適さを約束された船旅に招待されれば、浮きたつのも無理はない。瑛子が安積に好意を持っているのは明らかだが、それが節度を越えた疚《やま》しいものであれば、わざわざ俺を誘うはずがない。それとも、瑛子の目の前で、二人の男を見くらべさせようという安積の魂胆《こんたん》か。安積に有利な舞台の上で。

そんな想像をめぐらす自分が卑しく思えるほど、安積の態度はさっぱりしていた。——あるいは、瑛子が安積に好意をみせるので、二人の交際を久森の前に思いきりオープンにしてしまうことで、隠微《いんび》なものになるのを避けようとしているのか。

嫉妬を明らさまにして、せっかくのたのしい雰囲気をこわすのは、自分自身を卑しくみじめにするだけだと久森は思い、瑛子の華《はな》やいだ笑い声に同調しようとした。

開け放した窓からぎらぎらする陽光と粘り気のある汐風が入りこみ、灼《や》けつく熱さと快い涼しさを、肌は同時に感じていた。

やがて安積は操舵室《コックピット》に入り、エンジンの震動が躰に伝わりはじめた。彼は、何かにむかってせきたてられるような気がした。今日という日の中に、うまく嵌《はま》りこめない自分を感じた。

今日という日は、俺にとって、昨日にも明日にもつながらない、一場の芝居のようなものだ。

安積も瑛子も役どころをよく心得ているのに、彼はまだせりふさえ渡されていない。

手持ちぶたさに、彼は瑛子を眺めた。その視線に気づかないように、瑛子は立ち上がって両腕を思いきり上にのばし、爪先立って反回転すると操舵室に上がって行った。

3

無邪気な子供のように全身で甘えかかってくるのは、瑛子の持っている顔の一つであった。もう一つの顔は、腹を立てた子供のふくれ面で、どちらにしても、ごく他愛のない表情だった。

「久森先生の奥さん、この間テレビに出ていましたね。同僚に言われた。三ヵ月ほど前のことである。

「人違いじゃないですか。女房をきみは知らんでしょう。

「いや、一度お宅にお邪魔して、お会いしていますよ。若いきれいな奥さんで羨《うらや》ましいと、つくづくと御尊顔を拝しましたからね。奥さんの名前、瑛子さんでしょう。久森先生、奥さんのテレビ、見なかったんですか。

彼は、瑛子がテレビに出たということは知らなかった。団地の主婦などが集められ並び大名のようにに連なるニュース・ショウにでも顔を出したのか。瑛子は、そういった番組も、そこに出て、しったり顔に発言する女たちも嫌いなはずであった。誘われても、断るだろう。

「いいですね、奥さんにあんな才能があって。もっとも、御亭主としては、よし悪しだろうが」

度の強い近眼鏡のかげで、同僚の眼の表情はよくわからなかった。揶揄《やゆ》しているのか、もっと単純にただ事実だけをのべたのか。羨望《せんぼう》の色も無いではないような気がした。TV出演した人間に対しての羨望とそねみである。同僚は、ブラウン管でも新聞でも、名と顔が出るのを現代の栄光の一つと思っているような男であった。女房の方が先に有名になって気の毒だね、と、そいつは浅薄《せんぱく》な嗤《わら》いをみせているようだった。

どういう番組にいつ出たのかと訊《き》こうとしたが、妻の行動を知らないというのはずいぶん奇妙にきこえるだろうと、思いとどまった。

　才能があるというのは、どういう意味だろう。のど自慢にでも……。彼は、その考えも打ち消した。それも、妻の好みにあわないことだった。他人の前に顔をさらすには、瑛子は気位が高すぎる。のど自慢の素人だろうとスターだろうと、つまりは衆人の目でしゃぶられ、もてあそばれるさらし者にすぎない。

　もっとも、それは、彼がそのように思っているので、自分の考えを瑛子に反映させただけかもしれなかった。

　テレビに出たそうじゃないか。どんな番組に出たんだ。彼が問うと、瑛子は、人形よ、とあっさり答えた。

　主婦むけの日曜の午後の番組でね、あたしの人形が紹介されたの。そのとき、あたしも、ちょっと出たの。

　いつの日曜だ。

　日曜の午後、瑛子が家をあけたことがあっただろうか……。

　先週よ。

　きみは家にいたじゃないか。

　録画だもの。水曜日にビデオ撮りしたの。

　なぜ、黙っていたんだ。

　だって、わざわざ吹聴《ふいちょう》するほどのことじゃないもの。親類にも友達にも、誰にも言わなかったわ。

　夫は親類とも友人とも違うものだろう、と彼は思ったが口には出さなかった。

　考えてみると、結婚以来五年、共同生活をしてきたといっても、彼が妻と過ごす時間は、通算してごくわずかなものだった。一日の大半は顔を見ないのである。出勤前の一時間足らず。帰宅して睡りにつくまでの短い一刻《いっとき》。瑛子は昼間一人の時をどのように過ごしているか彼に話すことはほとんどなく、彼の行動についても問いただざなかった。彼はそれを夫婦の信頼にもとづくものと、漠然と思っていたが、TVに出たことも告げないというのは、彼に対する手ひどい拒否か、徹底した無関心のあらわれというようにも思えた。

だが、瑛子のかくされたもう一つの顔というのは、このTV出演を黙っていたことではない。

瑛子が手すさびに人形を作っているらしいことは、彼も気づいていた。〝らしい〟というのは、彼は、瑛子の人形も、またそれを作っているところも、目にしたことはなかったからである。

彼らの住まいは団地の2DKで、二人で棲《す》むには十分とはいえないが、狭くてどうしようもないというほどでもなかった。瑛子は昼間、居間にしている南面した六畳間で人形作りをするらしい。彼が帰宅する前にかたづけてしまうのだが、時たま、布のきれはしが落ちていたりした。

「どんな人形だい。見せてごらん」

「いや」瑛子は子供のように首を振り、片意地な表情を見せた。

だが、TV出演をきっかけに急にその仕事がいそがしくなったらしく、それ以後、瑛子は、久森が帰宅してもまだ、モス・グリーンのジョーゼットや黒いベルベットの布を断ったりギャザを寄せたりしていることが多くなった。テーブルの上に、亜麻色の毛髪の束が投げ出されていて、久森は一瞬人毛と思い息をつめたりした。

TVを観たという他の知人の二、三から、奥さんが人形展で受賞したんだってねと言われたのもこの頃である。受賞したのでTVにひっぱり出されたという事情がやっとわかった。

久森は、呆《あき》れて腹もたたなかった。それほどまでに、人形作りの世界を、俺との日常の時間から切り離しておきたいのだろうか。

好きなようにさせてやろうと思った。彼とて、妻を立ち入らせない時間というのは持っていた。むしろ、その時間の方が多い。妻は、おとなしく、めざわりにならず、そこに存在してさえいればよかった。

瑛子が彼を立ち入らせぬ領域を持っているのは、そのまま認めよう。どうせ、二十何年別々に育った人間が、何から何までわかりあえるはずはないのだ。二つの異なった世界がわずかに交叉する。その接点で夫婦の生活が成り立っている。それでいいではないか。

だが、人形は、次第に久森との時間にまでくいこみはじめた。久森が帰宅して、いっしょに食事したりＴＶを観たりする間、瑛子はひどく苛々《いらいら》した表情をみせた。「明後日までに仕上げなくちゃならないの」とつぶやいたりした。

「注文がくるようになったのか」

「店においてもらう契約ができたの」

「ほう、それはよかったじゃないか。プロ並みだな」

彼は妻の伸びかけた芽を踏みにじる暴君の位置に自分をおきたくはなかった。しかし、その芽が、彼自身が見出しはぐくんだものではないので、声に心からの祝意がこもらないのは当然だった。

「どこの店だ」

「＊＊デパートの七階」すなおに喋ったが、すぐきつい顔になり、「見てはいやよ」と言った。

4

コックピットで瑛子の笑い声がした。陽光がたわむれるさざなみのように、きらきらとひろがり、それを追いかけて、安積の笑い声がつづいた。

彼は上がっていって仲間に加わろうと思ったが、たてつづけに二杯ビールをあおったせいか、躰を動かすのがおっくうになっていた。

早暁《そうぎょう》東京を経って、車を走らせてきたので、睡眠不足だった。

明るい屈託のない笑い声に、睡魔に捉《とら》えられそうになる脳髄を刺激されながら、――あの瑛子の、どこに、あの恨みがましい顔がひそんでいるのか……。

＊＊デパートの七階にあるという人形の店に、久森は一度行ってみたのだった。たまたまその方面に用があったので、ついでに足をのばした。

フロアは三軒の店に分類されていた。一軒は骨董店で、古いランプや壺が並び、あとの二軒が人形の店であった。

人形といっても、大量生産の縫いぐるみではない。一軒はフランス人形と市松人形ばかりを置いている。フランス人形はどれも古びて手摺《ず》れのした服を着、間隔のせばまった弓なりの濃い太い眉、見開いた眼が、陶製の顔に、不気味なほどきつい表情を与えていた。

女客が二人、人形を手にとり、やはりジュモーのはよろしいわね。でも、お高いのねえ。何がいいものか、と久森は思った。彼は人形といえば子供が持ち遊ぶ愛らしいものだとばかり思っていた。こんな人形相手に遊んだら、夜うなされてしまいそうだ。童女姿の市松人形はさすがにやさしい顔をしているが、こうずらりと並んで手をさしのべていられると、何か薄気味悪くなってくる。

どこそこの寺の人形は、髪の毛がのびるので、毎年散髪するのだ、などといった怪談じみた話は、笑いとばすまでもなく耳を素通りしてきたのだが、人の形になぞられたそれらには、コップや花瓶と同じただの無機物とは思えなくなるような雰囲気があった。

もう一軒が、瑛子が契約したという安積悠司の人形店であった。

こちらは、何人かの人形師と契約し、その創作人形ばかりをおいている。点数はあまり多くない。それらは久森の人形に対する概念から更《さら》にいっそう逸脱《いつだつ》していた。

久森は美術にはまるで無縁であった。画家の個性を極端に発揮したタブローには、さっぱり共感できず、平易な風景画に、ふと心のやすらぎを覚えたりする。

怪異な、あるいは妖気のただようような人形の群れに、久森はたじろいだ。

たかが、木や土や布の寄せ集めではないか。だが、この禍々《まがまが》しい表情はどうだ。

灰色の服を着た、五、六歳の子供の背丈ほどもある人形が、ウインドウに足を投げだしていた。哀《かな》しげな表情のピエロが、手をさしのべていた。

その隣りに、白い小袖の人形が立っている。王朝末期の遊女をかたどったものであった。その顔を見て、久森はぞっとした。

長く垂れた髪がひきちぎられたようにむしれ、きれの長い眼が、一方は半ば閉じて下方を見、もう一方がやや斜め上をみつめている。

ひどい斜視なのである。唇は両端が下がり、ひき結ばれて、ほとばしろうとする恨みつらみを力ずくで押さえこんでいる。

久森瑛子という名札が、信じられなかった。単に奇を衒《てら》うために、このような禍々しい表情を作り上げたとは思われぬ。

いったい、何に対する恨みなのか。言葉に出せぬ思いが凝《こ》りに凝り、どうしても形をとらずにはいられなかった。人形の表情には、そうとしか思われぬものがあった。

顔は布で作ってあった——目頭とか唇のはしを糸でひき絞り、表情を作っているのだが、そのひき絞る一針一針に、尽きぬ恨みを封じこめてあると思えた。

俺がいったい、何をしたというのだ。

久森は、人形の恨みがましい表情を一身に引き受け、真剣に問いかけている自分に気づき、苦笑した。

——たかが、人形じゃないか。手加減一つで、どのような表情も作り出せる。瑛子も、ばかげた遊びを思いついたものだ。

名札の脇に、色紙がたてかけてあった。達筆の草書体で書き流した文字を、久森は少し苦労して読みといた。

われをたのめて来ぬ男　角三つ生《お》ひたる鬼にな
れ　さて人に疎《うと》まれよ

『梁塵秘抄《りょうじんひしょう》』におさめられた雑歌《ぞうか》の一部だという知識は、久森も持っていた。〃霜雪霰《しもゆきあられ》降る水田の鳥となれ　さて足冷たかれ〃とつづく。遊女が、通ってこなくなった男を恨み罵《ののし》るうただが、瑛子がこのようなうたを知っているのも、久森には意外だった。

——まったく、妻でありながら、何一つ、瑛子のことを知りはしなかった……。

その人形の値段が八万五千円とつけられているのを見て、久森はもう一度目を疑った。とほうもない。この人形が八万五千円。材料費がどのくらいかかるものか知らないが、万とは要しないだろう。売れたら、店と折半にでもするのだろうか。

だが、こんな怖ろしげな人形を買う物好きがいるのだろうか。

久森は、自分の手の中にいると思っていた瑛子が、霞《かすみ》のむこうに遠のいて、謎めいた微笑を浮かべているような気がした。

しかし、彼はきわめて堅実なたちだったので、じきに、もやもやした不気味な感触から抜け出した。

「きみの人形を見てきたよ。なかなかおもしろい顔をしているじゃないか」彼は平静にいい、

「いやね、見たの」瑛子は眉《まゆ》をしかめた。

だが、久森がそれ以上しつっこく踏みこんでこないと知ると、自分からぽつぽつ話すようになった。

あんな人形ばかり扱っていて、よく店がつぶれ

ないものだな。

売れるのよ。それぞれの人形師に、熱心なファンみたいなものがつくしね。あたしはまだそんなに売れないけれど。それに、安積さんは、ほかにレストランだの喫茶店だの持っているから、人形のお店は赤字でもいいの。道楽みたいなものですって。

彼は、人形の話題はさけるようになった。彼にとって、あまり楽しい話題ではなかったし、安積という、彼より三つ四つ若くてさまざまな事業に手を出している男に嫉妬しているとみられるのはなお不愉快だったからだ。嫉妬したり足掻《あが》いたりすれば、それはかえって、瑛子を安積と共有する領域の方に突きやる結果になると、状況を冷静に判断する分別を彼は失わなかった。自分と瑛子の交錯する夫婦の接点をおおらかに信頼することだ。その信頼の強靭《きょうじん》さが、接点をより強固にする。そう、彼は思ったのだった。

5

「そいつは、ひどい話だな」大きな笑い声とエンジンの規則正しい響きが耳を打ち、彼は、浅い眠りから再びひき戻された。

俺のことを笑っているわけではない。久森は、一語一語刻みつけるように心の中で言い、コックピットにのぼった。久森があらわれても、二人は笑い声をとぎらせなかった。それで久森は自分が肴《さかな》にされていたのではないことをあらためて確認した。

「もう外洋ですよ」操舵輪にかるく手をかけた安積は、すぐ、久森を話の仲間にひきいれた。瑛子の白いシャツからむき出しになった肩やショーツからのびた腿は、赤く陽に灼かれていた。

ハーバーはすでに視界からはずれていた。はるか沖にヨットが二艘《そう》、白い斑点《はんてん》のようにきらめき、じきに見えなくなった。虚空《こくう》に消滅したように思えた。右手にうす青く、水平線上にたなびいた雲のような淡い影は、房総半島だと安積が教えた。艇首《バウ》に切り裂かれ湧《わ》き立つ波が、舷側《げんそく》で騒ぎ、碧《あお》と白の水脈《みお》を曳《ひ》いた。

久森は大きく呼吸した。頭の中に残っていた睡気がアルコールでぬぐうような爽やかさと共に消え、かわって、何か躰の中に入りこんでくるものがあった。けものめいた力が彼を侵すのを感じた。

巨大な生命体が、俺の中にひそみ入った。そいつは海だ。海の心が……。彼は笑い、

「気持ちいいですね」

単純で平凡な言葉を口にした。単純で平凡だが、このときの気分を言いあらわすのに、もっとも適切な言葉であった。

何か強い力が、俺の精神をコントロールしはじめたようだ。まるで酒に酔い、理性以外の力が自我を制御しはじめたときのように。

彼は、陽気になっていく自分を感じた。

「何を笑っていたんですか、今しがた。おもしろい話があったようですね」

「瑛子さんに操縦を教えてあげようと思ったんですよ、そうしたら瑛子さんが、メカはまるで弱くてだめだということで。簡単なんですがね」

ダッシュボードに久森は目をやった。

「車と似ていますね」

「同じようなものですよ。クラッチの操作がいらないから、車より楽です。方向転換するとき、自動車は前輪から動くが、ボートは艇尾《スターン》から動く、そのくらいの違いですね」

かわりましょうか、と安積は椅子をたちかけたが、いや、いいですと手を振って、久森は艇尾《スターン》のデッキに行った。

瑛子はあとからついて行った。

縹渺《ひょうびょう》とひろがる海は、藍《あい》、濃紺《のうこん》、紫と微妙に

色を変え、荒い汐を含んだ風が海の涯《ふち》から涯へ吹き渡った。半島の薄い影は消え、海と空だけが宇宙のすべてであった。

陽光が火箭《かせん》のように肌を灼いた。みるみる赤く腫《ふく》れあがってゆくようだった。それは、瑛子の中の理性とかつつしみとか、分別とかためらいとか、そういったものをめらめらと灼きつくしていた。ひそやかな、それでいて荒々しい変貌の進行を、瑛子は自分の中に視た。

「来てよかった？」瑛子は久森に肩を寄せて訊いた。

「ああ」

久森は瑛子の腰に手をまわした。その手に力がこもった。

いま、私が望んでいるのは、肉の力のよみがえりではないのだ、と瑛子は思った。

肉の陶酔は、私たちの間の亀裂《きれつ》を、ほんの一瞬、埋めるにすぎない。

久森は瑛子の唇に唇を重ねようとした。

待って、と瑛子は風になびく髪が唇にかかったのをかき上げ、久森に応えた。——安積は見ているだろうか……。

平素なら、久森は、人目のあるところで唇をあわせるようなことはしなかった。海の上にいるんだからな、と彼は思った。

瑛子の唇は新鮮で、彼は、ここ久しくこのやわらかい丸みを味わっていなかったことを思い出した。

瑛子の躰への欲望も、ずいぶん長いこと薄らいでいた。彼は久々に華やぎたつ官能のゆらぎを感じた。だが、唇をあわせる以上の行動には出られなかった。女房に欲情しながら、人目をはばかって抑えている亭主。安積がこの様子を見たら、こっけいに思うのではないか。

あいつも女を連れてくればいいのに。女友達には不自由していないだろうに。

なぜ、瑛子と俺を誘ったんだ。

瑛子が安積の目をはばからず、俺に応えたのは、あいつを嫉妬させるためか。

二人はとっくにできていて、俺の前でじらしたりじらされたり、ゲームをたのしんでいるのか。

いつになく、久森の心は瑛子にからみついて離れなかった。

しかし、瑛子は、もう、それだけでは満足できない。

エンジンが止まり、安積がデッキに下りてきた。久森は瑛子の腰にまわした手を離した。

「ちょっとの間に、ずいぶん灼《や》けましたね」

邪気のない顔を見ると、久森は、自分が一人角力《ずもう》をとっていたような気がした。人形の店はあまりに暗く異様な雰囲気だったので、ありもしない翳《かげ》を、俺はあのとき安積に投影してしまったのかもしれない。人間には、いろいろな顔があるものだ。俺にしたところで、瑛子に欲情をおぼえているときと、学校で生徒の前に立ったときとでは……。

「腹が空きませんか」と言いながら、安積はキャビンに下り、ブランデーとシェリーのびん、グラス、それにハムの罐詰《かんづめ》やチーズなどをスターン・デッキに運んできた。下半身を灼いていた欲情が薄れ、空腹感が久森の意識にのぼった。

罐から出したハムは塊《かたま》りのままなので大型ナイフで切りわけた。

「すばらしく穏やかかね」

「酔わない？」

「全然」

まるで病んでいるように穏やかだ、と瑛子は思う。陽にさらされて皮膚の上側だけがめくり返りそうに熱く、躰の芯《しん》はとろとろとけだるい。はしゃぎたちたい気分と、しんと沈みこんでゆく重さが入りまじり、瑛子は自分をもてあましている。

ここでは、どんな言葉も翳を持たない。鋭利な剃刀《かみそり》でかっきりと切りとったような、明確な言葉しか通用しない。

久森も、それを感じている。街中の喫茶店とか、仄《ほの》暗い酒場で出逢ったのなら、たぶんとり上げるだろう安積の店についてのこととか、瑛子の人形に対する感想とか、そんな話題は、この場にふさわしくない。

背後に連なる日常の部分とは全く切り離され、陽気に、そしてやや退屈な顔でブランデーを飲み食欲をみたしている二人の男と一人の女。稠密《ちゆうみつ》な油彩で描かれているが奥行きを持たないタブロー。

6

海面の色が一部分変わっているのを最初に目にしたのは、瑛子だった。

そこだけが、青黒くざわめき、とびかく鷗《かもめ》の翼が閃光《せんこう》のようにきらめいた。

「いますね。ついてるな」そう言いながら、安積は、二メートルほどのトローリング・ロッドをデッキの隅からとり出した。

「今日は天気がよすぎるからだめだろうと思ったんですがね」

「何が釣れるんですか」久森が訊き、

「シイラとかカツオ、メジマグロってところかな。釣りは?」

「子供のころ、川で小さいのをやったことはありますがね、海ははじめてだ」

道糸の先に潜水板をつけハリス八号糸を結び、ビニールのルアーを鉤《はり》につける作業を、安積は手早く正確に行なった。そのとき、安積の仮面がひび割れ、皮肉で神経質な素顔が不用意にのぞいた、と、久森は視た。ひびはすぐにふさがり、安積は海面に糸を投げ、竿《さお》を久森に握らせ、

「三ノットか四ノットでゆっくり走らせますから、二十メートルぐらい糸をくり出して流してください。かかると潜水板でとび上がるから、すぐわかりますよ。でかくて手にあまるようだったら、呼んでください」

「うまくいくかな」

ブランデーのびんとグラスを手に、安積はコックピットに上がっていった。

久森が、脳天を陽に焙《あぶ》られ、少年のようにきまじめな顔でロッドを握り、目を海面に据《す》えているのを見て、瑛子はわずかに微笑した。

安積はきわめて礼儀正しく、客を招待した主人役をつとめ、久森も行儀のいい客として、安積の心づかいを受け入れている。

人形を届けに瑛子が店に行くと、何度か、安積は誘いととれるような言葉を口にした。

「もし、ぼくが瑛子さんを恋しているとしたら」

というような漠然とした言い方で瀬踏《せぶ》みしていた。瑛子が拒否しても傷つかないだけの用心深さを残した誘い方であった。瑛子が一歩許せばそれだけ踏みこんでくる用意はしているが、無造作に積極的な行動に出てははね返されるぶざまな立場にはなりたくないといった打算がすけてみえるのだった。

遊び馴れているのだろう。しゃにむにつき進んで手傷を負うような愛し方はしない男なのだろう。熟練した釣師のように。魚は最初、鈎がのどにささったことさえ気がつかない。糸をひき、手応えが大きいと見るとゆるめ、またたぐり寄せて、十分に弱らせたところを一気に釣り上げる。

――私はそんな遊ばれ方はごめんだ。

そうしてまた、久森は――夫は……。

船は、汐の流れを突っ切るようにゆっくり旋回した。

ロッドを持たされて、久森はいくぶんもてあましているのだろうと瑛子は思った。気心の知れた友人と竿を並べて競うとか、船の運航は専門の船頭にまかせての船釣りなら、思う存分たのしむこともできようが、主人役の安積は操舵に専念し、一人だけ竿をあずけられたのでは、まるで、主人は何も食べず、客だけの目の前にご馳走を並べられ、食べることを強制されているようなものだ。

瑛子はそんなふうに思うのだが、久森は、思いのほか、馴れぬ海釣りに打ち興じていた。

水面下に沈んだ潜水板が、とび上がるように浮かんだ。次の瞬間、黄にブルーの斑点の散った腹をみせ、シイラが海面にジャンプし、またもぐった。

久森は、いそいでリールを巻きにかかった。巻いたり放したりをくり返している久森を見て、瑛子は、さっき安積について感じたことを思い出し、少し笑った。

「タモを取ってくれ」叱《しか》りつけるように久森は命じた。命令されるのを、瑛子は嫌いだったが、それでも黙って、餌箱《えさばこ》の傍《そば》においてあるタモを持って水面に突き出し、久森が魚をひき上げるのを待った。

水面近くまでひき上げられたシイラは、激しくはねまわった。

何がおもしろいのだろうと思いながら、瑛子は五、六十センチあるシイラをタモで受けた。

水をはった桶に投げ入れられた魚の青黒い背を、しゃがみこんで眺めた。

再び糸を投げ入れ、魚が食いつくまでの十分ほどが、瑛子にはおそろしく退屈だった。エンジンの音もけだるく弱い。時は睡り、瑛子の苛立《いらだ》たしさばかりが、はけ口のないままにふくれ上がる。

「かかった!」と声を上げて、久森が力をこめてリールを巻きはじめた。

ふいに大きくよろけ、後じさりにたたらを踏み、尻もちをついた。それと同時に、海面下から紅い色の靄《もや》が湧き立った。

久森は一気にリールを巻き上げた。ひき上げられたシイラは、頭と胸びれを残して食いちぎられていた。

「やられたなあ。安積さん、やられたよ」

久森は、昂奮《こうふん》して叫んだ。

安積が下りてきた。

「鱶《ふか》か」

久森は、鉤から魚の頭をはずし、「でかかったのになあ、畜生」と、叩きつけるように海に放り投げた。

鱶の黒い背が泳ぎ寄ってくるのが波のかげに透かし見えた。あとからもう一頭づついた。

「鱶ってやつは、泳ぎつづけていないとだめなんだそうだ」操舵しながら飲みつづけていたらしく、安積は、少し酔った声で言った。

「泳ぎながら海水からたえ間なく新しい酸素を補給しなくてはならない。そういう躰のしくみになっている。休むことは窒息死を意味する。どんなに疲れても、泳いで泳いで、泳ぎまわっていなくてはならない。休むときは、死ぬときだ」

「本当？」

「本当ですよ」

「鱶って、共食いはしないのかしら」

「もちろん、しますよ。傷ついたり弱ったりした奴は、たちまち仲間の餌食になる」

「見たいわ」

「共食いを？」

瑛子はうなずいた。

「本気でみたいの？」

「そうよ」

「共食いさせてやろうか」

「できる？　そんなこと」

「できるさ。わけはない。でも、本当に、見てみたい？」

「見たいわ」

安積は瑛子をみつめた。瑛子が見返すと、

ちょっと肩をすくめてキャビンに下りて行った。

再びデッキに上がってきたときは、棒の先にナイフをくくりつけた即製の銛《もり》を持っていた。

「水中銃もあるんだが、あれは。刺さると抜けないから、こっちがひきずりこまれる怖れがある」

久森は、銛をちょっと見て、残酷シーンはどうも、と、あまり気乗りしない顔をみせた。

棒のはしにロープを結び、ロープの一端はデッキの手摺《てすり》に結びつけて、安積は間合いをはかっている。青黒い背が海面近く盛り上がったとき、投げつけた。

銛が背に突っ立ち、鱶は凄《すご》い速さで底にもぐった。ロープがたちまち、ぴんと張った。安積はロープをたぐった。収縮した肉が刃先を固くくわえこんでいるらしく、はりつめたロープはびくともしない。

久森が手を貸した。

「危ないな。ロープを切ろうか」

久森が言いかけるのを待たず、安積は、ズボンのポケットから大型ナイフを出して、ロープを断ち切った。ロープは、とたんに生命を失ったように、くなくなとなって海中にひきずりこまれ、じわじわと血が海面にひろがってきた。

久森と瑛子が手摺から身をのり出して手傷を折った鱶の姿を見さだめようとしているとき、安積はコックピットに行って、ゆっくり船を動かしはじめた。血を流しながら遠ざかろうとする鱶の跡を追っていた。存分に見物しろというように。

ゆらめく蒼い水の層にさえぎられ、鱶の姿は、それほど明確ではなかったが、一頭、つづいてまた一頭、他の鱶が手負いの仲間に襲いかかるのが見えた。

黒い影が重なりあった。噴出する血が水を濁らせた。その中で、ロープが舵のようにうねり、黒い背がのたうつのが、ときどき透けて見えた。二つ重なりあった影が一瞬離れた。一頭の尾部が、深くえぐりとられ血を噴いているのがちらりと見えた。数頭の鱶が集まり、黒い巨大な塊りとなった。

瑛子は目を閉じた。鋭い歯で寄ってたかって噛《か》みちぎられてゆく姿が、目で見るより鮮明に視えた。

瑛子は鉄の梯子《はしご》をのぼって、安積の脇に立った。

「どう満足した？」

「厭《いや》だったわ」

「何だ、見たがったくせに」

「人間って、すごく傲慢《ごうまん》ね。気まぐれな神さまみたいに、ほかの生き物を……」

「へえ、急に博愛主義者みたいなことをいうね。傲慢なのは、人間の中でも、女だよ。とりわけ、きみはね」と言いながら、安積は瑛子の腰に手をまわした。

「きみは、世界が自分を中心にまわらないと我慢できない人だよ。そうだろう？　おとなしそうな顔をしているが、ぼくはだまされないよ。気まぐれな神のように、男たちの運命を自分の手に一つに集め握りたいのが、きみの意識下の願いだ。自分では気がついていないかもしれないけれどね」

「そんなこと」瑛子は思わず叫んだ。「考えたこともないわ」しかし、瑛子は、安積の手で自分の心をくるんと裏返しにされたような気がした。裏返されて、内側が表になった自分の心を、珍しい異様なものを見るようにみつめた。

安積の手に力が入り、瑛子をひき寄せた。唇が強引に瑛子の唇を割り、歯と歯が噛みあうように、こじあけた。瑛子は、強く応えた。

足音が鉄梯子をきしませて近づくのを、瑛子は聞いていた。肌が、久森の接近を感じた。荒い息づかいを聞いた。

呼吸が苦しくなったので、瑛子は離れようとした。同時に、安積の方からも離れた。

久森は、いくらか唇の色を白くしていたが、表情は猛ってはいなかった。激しすぎる昂《たかぶ》りが、かえって彼の表情を鎮めているのかもしれなかった。

　安積は、まるで久森に相談をもちかけるように、

「あなたの奥さんは、ぼくとあなたをたたかわせたがっているんですよ。どうします？」

　この人は、私の気持ちを私自身より適確にさぐりあてているわ！　私は何も言いはしないのに。そぶりにさえ、あらわしはしなかったのに。瑛子は、病む患部にメスを突き立てられた快い痛みと、感嘆と、同時に腹立たしさをも、安積におぼえた。

「ところで、ぼくも、おていさいぶるのにいいかげん、うんざりしてきているんですがね。どうします、やりますか？」

「やるって、何を？」久森の声は、まがぬけてきこえた。

「三角関係ってのは、陳腐だが、やはりドラマティックであらねばならぬと、あなたの奥さんは思っているようですね」

「違うわ。私は、ただ、窒息しそうなだけだわ。ビニールの袋でふんわりと包みこまれたみたいに」

「ぼくは単に、一暴れしたくなっただけです。退屈しのぎ、睡気ざましにね。べつに、きみの徴発にのったわけじゃないよ。久森さん、ぼくをなぐりませんか。姦夫、姦婦！　ってね。大時代だな。すると、ぼくもなぐり返すきっかけができて、楽しいんですがね」

　くだらない！　と一蹴《いっしゅう》しそうな気配を久森は見せたが、ふいに気を変えたのか、うなずいた。

「やるか」

「やりますか」安積は笑い、「どうせなら、野蕃《やばん》にいきましょう」と、ベルトをひきぬいた。

「ここじゃ狭すぎる。スターン・デッキに下りましょう」

7

スターン・デッキも、決して十分に広いとはいえない。久森は、安積にならってベルトをぬき、右手に一巻きして垂らした。手摺の高さは腰骨のあたりなので、ちょっとしたはずみで海に落ちこみそうだった。

彼は、中学、高校の六年間、柔道を習った経験があった。大学に入ってからは、まったくやっていないし、躰を使っての喧嘩というのも馴れていなかったが、負けるという気はしなかった。

だが、目の前に立った安積と、鉄梯子に手をそえて立っている瑛子を見ると、何かしらじらと、もの哀しいような気分になった。

いっとき、叩きのめしてやるかと気負いたってみたが、とてもつきあいきれない。

衝撃が強すぎて、かえって感情が麻痺《まひ》してしまったのか。

しかし、半ば予期していたことではあった。

彼は、我を忘れて猛りたつきっかけをつかみ損なったようなものだった。逆上するタイミングがはずれた。

彼はベルトを絞めなおした。

「やらないんですか」安積が馴れ馴れしく笑いながら近づき肩を並べてきた。

腕が触れあわんばかりに近寄られ、久森は鳥肌立って脇によけた。

――なぜ、怒らないの。平気なの、あなたは。

声に出さず叫び、瑛子は、自分の敗北を感じていた。

何事も起こらずに、一日が過ぎようとしている。

――あの人たちは、あたしに無関心なんだ。久森も、そうして安積も。

瑛子は海面に眼をやった。血の靄は、藍色の水に溶けこみ、鱶の姿はもう見えなかった。

エンジンを停めた船は、波のうねりに身をまかせ、倦怠《けんたい》と悲哀が、ゆっくりと瑛子を侵してゆくようだった。

「瑛子ちゃん、きみは、久森さんにふられたね」

安積が笑いを含んだ眸《ひとみ》で瑛子を見た。

そうして、一歩横に動いて、久森に寄り添うように立った。

まるで二人の男が心を通わせあって、瑛子の愚かしさを嘲笑《ちょうしょう》しているように、瑛子の目にはうつった。

この茫洋《ぼうよう》とした海。脳髄まで灼けただらす太陽。鱶たちの流した血。舞台装置は申し分なく揃っているのに、男たちを、——いや、久森を、狂いたたせることはできないのだった。

安積は、笑いながら、久森の肩を親しそうに叩くような仕草をしかけた。

瑛子は走り寄って、安積の頬を打った。


何かが炸裂《さくれつ》した、と思った。

そのとき、瑛子は、デッキに倒れ伏していた。安積が反射的に突きとばしたのだ。

波にあおられ、船が大きくゆらいだ。

瑛子はデッキを転げ、手摺の支柱に両手でつかまり、辛うじて躰を支えた。

横倒しになっている瑛子の眼に、信じがたい光景がうつった。

それは、一瞬だった。

瑛子は、起き直ることも忘れ、茫然《ぼうぜん》と、いま、網膜に映じたものを反芻《はんすう》した。

映像が明確な意味を持って意識に刻みつけられるまでに、時間がかかった。

やがて、海面に、紅い輪がしずかにひろがっていった。

瑛子は目を閉じた。瞼の裏に紅い海がひろがり、その底深く、黒い巨大な魚体が躰をくねらせていた。

瑛子は、軽い吐き気をおぼえた。

よろめきながら起き上がった。

久森は、手摺を握りしめ、腕をつっぱり、深く頭を垂れていた。

瑛子の目の前に、さっき、一瞬の間に見た光景が、もう一度鮮明によみがえった。

船がゆらいだ瞬間、安積はよろけ、久森にとりすがろうとした。

久森の手が大きく動いて、安積の手を払いのけた。

安積の躰が半回転し、のけぞった。

身じろぎしなかった久森は、その短い間、半ば失神したような状態だったにちがいない。

ふとした動作が、とんでもない結果をひき起こしたのだ。

彼は、我にかえり、「浮輪《ブイ》はどこだ、瑛子、浮輪《ブイ》を探せ」と叫びながら、うろうろした。

久森の投げた救命ブイは、海面にちょこんと浮いて、波といっしょにいつまでも上下していた。

よろけかかってきた安積を、この人は、抱きとめないで、突きとばした。

そう、瑛子は思った。

静かな満足感と共に、涙が溢れてきた。

この人は、人を殺したのだ。

私のために、と彼女は思おうとした。しかし、それが、ほんのはずみだということも、承知していた。

瑛子は、そうは思いたくなかった。殺戮《さつりく》は明晰《めいせき》な意志のもとに行なわれたものであってほしかった。

安積の唇の感触、力強い腕、それから「もし、ぼくが瑛子さんを恋しているとしたら」といった、あいまいで小狡《こずる》い誘いかけの言葉。失われてしまったそれらを思って、瑛子は涙を流した。

海に落ちるのは、私でもよかったのだ。

そのとき、久森と私の間の膜は破れただろう。私の苛立たしさをそそる寛大さをよそおった冷やかな膜。

「瑛子、海面をよく見ていてくれ、ぼくは、このあたりをゆっくり走らせてみる。少し離れたところに浮き上がるかもしれない」

「むだだと思うわ」瑛子は言った。「スクリューに巻きこまれたか、鱶か、どちらかだと思うわ。血が……」

「血？　どこに」

瑛子は海面を見た。紅い靄は消え去っていた。

「よく見ていてくれ」と言い捨てて、久森はコックピットに上がり、エンジンをかけ、スロットルをスローに入れた。

船は大きな円を描いて走った。長い時間をかけて、未練がましく、船は廻った。

やがて、「あきらめよう」と、久森はかわいた声をかけた。「ガソリンが切れると、帰れなくなる」

ここに来てくれ、と久森は呼んだ。瑛子が上がって行くと、久森は、弱々しく笑った。

「帰ろうって、方角がわかるの？」

「北に向かって走れば、房総か伊豆か、どこか陸地に行きつくだろう」

二人とも、消えた男の名は口にしなかった。その名を口にした瞬間、何か怖ろしいものが立ちあらわれそうな気がした。

遊楽の帰りのように、クルーザーは、碧と白の水脈《みお》を踊らせて走った。

「車の運転より、たしかに簡単だ」

「風が強くなったわ。海が荒れてきたみたい」

「午前中は凪《な》いでいても、午後から風は波が強くなるのは、ふつうなんだ」

久森は、レバーを倒してスロットルを全開にした。

「瑛子、あの男と、何があったのだ」久森はとうとう訊いた。

「何もなかったわ」

「あいつは、おまえを……」

「キスしただけだわ。あのとき、はじめて」

「きみという女がわからない」

「私にもわからないわ。私はただ、退屈で……。退屈というのは、ひどい病気みたいなものよ。でも、今日は……」

あとの言葉を、瑛子は口にしなかった。安積なら、彼女の言わなかった言葉を察するだろうと思った。すると、瑛子は、再び失ったものが慕わしくなり、涙がにじんだ。

久森は、床にころがっているブランデーのびんをとり上げたが、それは空だった。グラスは床にくだけ散っていた。

「のどがかわいた。酒を持ってきてくれ」

「安積さんのお酒を飲むの？」

「不可抗力だった」と、久森は言った。「船が揺れて彼がよろけたとき、ぼくは腕をつかんでささえようとしたんだが、まにあわなかった。まるで、ぼくのつかんだ手を振りもぎるようにして、彼は落ちていった」

久森の言葉があまりきっぱりしていたので、瑛子は、自分の眼にうつったものが、信じられなくなった。瑛子は、もう一度、思い返した。

船がゆらいだ瞬間、安積はよろけ、久森にとりすがろうとした。

久森の手は、安積の腕をつかんだだろうか。いや、大きく払いのけた。たしかに。

安積の躰は回転し、のけぞって、落ちた。紅い輪が、しずかに海面にひろがっていった。

なぜ、あれを、過失と呼びたがるのだろう、この人は。

自分の意志で突き落としたと思う方が、はるかに耀《かがや》かしいのに。それでこそ、この、海や太陽や風にふさわしい行為だといえるのに。

われをたのめて来ぬ男、と、瑛子はつぶやいた。心をひらき、その魂のすべてをもって彼女を抱きとろうとしない男は、安積であり、久森であった。角三つ生ひたる鬼になれ。さて人に疎《うと》まれよ。

　女はこんなくり言をつぶやくことしかできないけれど、男は、力を尽して憎いものを叩きつぶすことができるのに。

　久森が立ち上がった。

「どこへ行くの」

「酒をとってくる」

「あたしが持ってくるわ」

　瑛子は、スターン・デッキに下りた。釣り上げたシイラを入れた桶が、デッキには残っていた。船が揺れるたびにこぼれたらしく、桶の水は半分ほどに減り、シイラは腹をみせてひっくり返っていた。陽に照らされつづけた水は、湯のようになっていた。

　キャビンの冷蔵庫から、瑛子はビールを出しコップといっしょに久森のところに持っていった。

「あなたが突き落とすところを、あたしは見たわ」

　ビールをのどに流しこんでいる久森の手の動きがとまった。

「ばかな。何を言いだすんだ」

「あなたは、あの人を突き落としたわ」

「何も見えなかったはずだ、きみには。きみが床に転んだときだ」

「見たのよ、はっきり」

「きみには、うんざりした」

「なぐったら?」

「ばかばかしい」

「なぐる値打ちもないと思っているの?」

「そのとおりだ」と、久森は言った。

「あの男に惚れていたのか」ビールを一びん飲み尽くしてから、久森は言った。

「いまごろになって、嫉妬するの？　あの人が死んでしまってから、好きになったわ。死んだ人は、どんなにでも深く好きになれるわ」

「ばかな」久森は空になったびんを海に投げた。

8

水平線上に薄く陸地の影がみえてきた。

クルーザーは、激しく泡をたて巣に逃げこもうとするけもののように走っていた。

「瑛子、いいか、もう一度はっきり言っておくが、安積という男は、あやまって海に落ちたのだ。人前で妙なことを言うな。一度たった噂は取り消しようがない。きみもぼくも、非常に不愉快なめにあうことになる。不愉快な思いは、今日一日でたくさんだ」

「安積さんは死んだわ」

「瑛子、ぼくは、きみとあの男が不倫な行動をとったことは忘れる。きみも忘れろ。ぼくたちには、これから先、まだ長い人生がある」

「あなたは、いつもそうね。不愉快なこと、いやなことは、見ないふり。聞かないふり、知らないふり。そうすると、何もなかったも同じことになって……」

陸地の影が濃くなるにつれ、瑛子は、何かとり憑《つ》いていた狂気じみたものが薄れ去ってゆくような気がした。

愚かだった……と、悔いが湧いてくるようだった。

殺人が耀《かがや》かしい行為だなどと、どうして思えたのだろう。二人の男をたたかわせたいと、どうしてあんなに心の中で願ったのだろう。どうして、湧き立つ血のために、どんなことでも起これと望んだのだろう。

安積は死んでしまった。安積の死など、私は少しも望んではいなかった。ただ、ちょっとした刺激が欲しかっただけだ。それだけだった……。

瑛子は、愕然《がくぜん》として、萎《な》えてゆく心をみつめた。

広い海のただ中にいたときの、あの耀かしい血の讃歌が、みすぼらしいくり言に変わろうとしている。

陸に上がったら、いっそうみじめになることだろう。

久森と私は、隠微になれあって、安積はあやまって海に落ちたと他人に言い、いつか、自分でもそう信じるようになって……。

警察から調べられるたびに、薄汚い犯罪者の怯《おび》えであおざめ、平静をよそおい……。

瑛子は、自分から薄れゆく狂気じみた思いをとり戻したかった。無為よりも殺人に光彩を与える狂気を。

久森が操縦する操舵輪に、瑛子は手をかけた。

ターンして、再び、沖に戻りたい。

そこで、久森の目に激しい殺意を見たい。

彼を激昂《げっこう》させ、私を打ち殺したいとさえ思わせるには、おそらく、一言いえばいいのだ。

「今日は、楽しかったわ」と。

祝婚歌

1

目の隅で、何か白いものがゆらいだ。

すぐに視野をはずれたので、それは、はっきりした形を網膜に残さなかった。

何か大きなはなびらが、視野のはしをかすめて流れ散ったようでもあり、蝶が鱗粉《りんぷん》を撒《ま》いてとび去ったようにも思えた。

それと同時に、私をみつめるまなざしを、私は感じた。

ふりむくと、背後の母屋から鉤《かぎ》の手に突き出した部屋の窓が、細く開いていた。

私に見返られ、窓は、あわただしく閉まった。白い服の袖がひらひらして、鉄の桟を嵌《は》めた窓のかげに消えた。

ビニールを敷いた木製の台の上に置いたポリエチレン製の腐蝕槽《パット》に私は視線を戻そうとした。

そのとき、今度は、つづら折の坂道を上ってくる若い男の姿に気づいたのである。

東京の西はずれのこのあたりは、多摩丘陵がゆるやかな起伏を描いている。私の家も、西下がりの斜面の中腹にあり、庭で仕事をしていると、丘の裾《すそ》からつづく折れ曲がった道が、よく見渡せる。

丘陵地の斜面に点在する家々は、かつては藁葺《わらぶき》屋根の農家だった。いまは、安手のスレート瓦《がわら》にかわり、枝をひろげた欅《けやき》の大樹や灌木の茂みも切りひらかれ、住宅地の造成がはじまった箇所は、ブルドーザーでえぐりとられて、ざっくりと赤土を露出している。

斜面が落ちこんだ低地は一面梨畑で、あと一月《ひとつき》もすれば、白い花が、霞《かすみ》と見まがうほどに丘陵の裾をおおうのだが、今はまだ、花のときには早い。

――あれは、康志《やすし》だろうか。

まさか、私は打ち消した。

私のいる庭先からは、俯瞰《ふかん》するかたちになるので、切り通しの道をゆっくり登ってくる若い男の顔はよく見えない。

猫背ぎみの長身。康志も、丈が伸びすぎて申しわけないというように、少し背を丸め、首を突き出したような歩き方をする。小男ほど、そっくり返り、長身の男は猫背が多い。

くたくたに洗いざらした、ベージュともグレイともつかぬ、色の褪《あ》せたセーター。長髪を、うるさそうに根もとでひとまとめに輪ゴムか何かでくくっている。

似ている。でも、康志が私をたずねてくるはずはない。彼に、私の家への道を教えたことはないのだ。

私は、仕事を続けようとした。

腐蝕槽《バット》をみたしているのは、底知れぬ、しずかな碧《あお》であった。

深さ、わずか十センチのポリエチレン製のバットにたたえられた硝酸液は、深山に睡る沼の一部を切りとったように、幽遠《ゆうえん》な碧さをみせている。

元来は、無色透明な液体である。この凄《すご》みを帯びた道は、銅が溶けこんでいるためだ。黒い防蝕膜《グランド》を塗った銅板が、底に沈めてある。銅版画《エッチング》の原版である。

私は、ともすれば乱れがちな気持ちを、碧い液に集中した。

貴重な時間だった。ただ、この刻《とき》を得るために、私は、週のうち六日を、創造のよろこびのかけらもない劇画の背景描きの仕事についやすのだ。キャラクターの設定、ストーリー、プロット、そうした重要な部分は、劇画家として著名な秋田コウスケと、そのブレーンによって作り上げられる。私はただ、与えられた資料の写真をもとに丹念に、ニューヨークの摩天楼だの、ピレネー山脈だの、荒れ騒ぐ海、砂嵐などを、黒インクに浸した丸ペンで描きこむだけだ。それらは、粗悪な紙に刷られ、一週間で捨てられてゆく。作品がどれほど好評でも、たたえられ、名を喧伝《けんでん》されるのは、秋田コウスケだけだ。そのことに、べつに不満はない。私は、週のうち六日は、秋田プロにやとわれた背景描きのアシスタントなのだから。秋田プロには、十五、六人のアシスタントがいるけれど、大部分が将来は劇画家をめざす男の子ばかりで、私のような三十に手の届く女は、ほかにはいない。

康志も、アシスタントの一人で、まだ新米の、ベタ専門である。墨で黒く塗りつぶす仕事だ。もっとも、康志は、やがては独立した劇画家になどという野心は持ちあわせていないようにみえる。同年輩で、同じような高卒だけの学歴のものより、いくらか収入がいいということで満足して、先ゆきのことなど頭にないようだ。

その、のんびりとした屈託のなさが、私には好ましい。自分が心の中に修羅《しゅら》を抱えこんでいるのに、つきあう相手までが野心に燃え立ち、目を血走らせ、神経をひりひりさせているのでは、たまったものではない。

私が銅版画の製作にあてている週に一度の貴重な休日も、プロダクションの仕事が追いこみになれば、つぶさざるを得なくなる。

たずねてくるはずがない康志のことに心を奪われているひまはないのだ。

そう自分に言いきかせながら、私はまた、我れ知らず、くねくねと折れ曲がった坂道の方に目をやっていた。

葉洩《も》れ陽が明るい斑点《はんてん》をゆらめかせている道は、無人だった。

幻を見たのか。

崖《がけ》にさえぎられて視界からはずれたのかもしれないが、あの若い男の姿は、一瞬瞼《まぶた》の裏をよぎって消えた白昼夢だったような気もした。

碧い液が、底の方から泡だちはじめた。下絵にしたがい、銅板の表面に鉄筆で線描をほどこしてある。その部分だけ、防蝕膜の層が掻《か》きとられ、銅の地肌があらわれている。銅が露出した部分は、酸に侵され、気泡を発しながら腐蝕がはじまる。

粟粒《あわつぶ》のような気泡が、一つ、また一つ。強烈な酸の中に沈められた銅板の、それは、まるで、喘《あえ》ぎのようだ。

私は鳥の羽根を使って、次々に浮かび表面に並ぶ小さい泡を、そっと取りのぞく。

気泡がこびりつくと、その部分だけ腐蝕がおくれて、鋭利な線が刻まれなくなるからだ。

腐蝕槽の脇に置いたタイマーの規則正しい音が耳につく。一度めの腐蝕は二十分の予定にしている。二十分たったらとり出して、さらに線描を加え、また、腐蝕液にひたす。幾度かこの作業をくり返すことによって、深くえぐられた強い線、繊細な細い線、ペン画より更《さら》に微妙な、エッチング独得のトーンが版面に刻まれてゆくのである。

けだるい一刻……。だが、液の中では、美しく凄まじい腐刻が確実に進行している。滑らかな勁《つよ》い金属板は、侵されてゆく。蝕《むしば》まれてゆく。

「すごい臭《にお》いだな！」

ふいに、明るい声。

私は、鼓動が止まるほど驚いた。激しい動悸《どうき》が、あとにつづいた。

「おどかさないでよ」

「いやだな。幽霊でも見たみたいな顔……」

康志は、笑いながら、私の前に立った。案内も乞《こ》わず、いきなり庭にまわってきたのだ。

「だって……まさか……」それから、私は、立ち直った。「幽霊でも見たみたいなんて、陳腐な表現だよ。もう少し、気のきいた言い方したら、どう」

「鼻の孔《あな》が、つんつんする。何だい、これ」

「何しに来たのよ」

つっけんどんな態度に、康志は、鼻白《はなじろ》んだ。私は小娘のように胸を波立たせ、そわそわしているのだけれど、康志は、高飛車な私の物言いに、たじろいでいた。

康志と市ヶ谷にある小さなラブ・ホテルで躰をかわしたのは、ほんの四日前だった。

その翌日から、康志は仕事場である秋田プロの工房で会うと、あからさまな馴れ馴れしさをみせようとした。私がそれ以前と変わらない態度しかとらないので、征服した、ものにした、という実感が持てず、何となくつけまわしたくて、ここまでやってきたのかもしれない。

あのホテルは侘《わび》しかった。

ホテルとは名のみの、時間をかぎられた慌《あわただ》しい情事の場所だということは十分承知していたし、「なにしろ、安いんだ」と、そればかりが取得のように言う康志の言葉からも、設備のゆきとどいた場所とは期待していなかったけれど、あれほど侘しいホテルだとは思わなかった。

外観は小ぎれいなモルタル塗りの二階家で、入口には灌木《かんぼく》の植え込み、鉄平石《てっぺいせき》の石だたみ、ちょっと小粋な造りだった。

それが、映画や舞台の書き割りのように表側だけで、玄関のホールにつづく廊下をぬけると、すぐ、庭に案内された。

庭といっても、赤土ばかりの殺風景な空地に、柱はペンキが剝げ、壁に亀裂《きれつ》の入った、四坪か五坪ぐらいの小さな離れ家が、幾つか不規則に並んでいた。

康志は、ときどきそこを利用して馴れているとみえ、案内の女に指図されるまでもなく、さっさと中に入りこんだ。

三和土《たたき》につづく六畳ほどの和室に、夜具が一組、枕だけ二つ。

浴室はついていたけれど、熱い湯は、ひび割れたタイルの浴槽の底を濡《ぬ》らすほどしか出ないで、すぐ水になってしまうのだった。経費節約のために、一定時間でガスが止まるよう、何か仕掛けがしてあるらしかった。

流し場にそなえつけた石鹸は、どろどろに溶けて、前に使った男か女の体毛が埋まりこんでいた。

案内の女がドアに外から鍵をかけて立ち去ると、康志は、すぐに服を脱いだ。

熱い湯が出ないことも、石鹸が不潔なことも、彼には少しも気にならないのだろう。

私にとっても、どうでもよいことだった。贅《ぜい》をこらした回転ベッドや総鏡貼りの部屋を持ったホテルであろうと、バスの湯もろくに出ない安ホテルであろうと。

セックスは、私にとって、私が抱えこんでいる修羅の再確認にほかならない。

桶《おけ》に汲《く》みこんだ水を肩から浴びながら、「来ない？」と康志は誘った。

私は苦笑した。まだ、真夏には遠いのだ。

でも、私は、私の冷え冷えとした沼のような子宮を、冷水を浴びたせいだと、自分をごまかす口実にできる。もちろん、本心からごまかされはしないけれど、ほんのちょっとした気休めぐらいにはなる。

私は服を脱ぎ、冷たい浴室に、少し爪先立って入っていった。

康志の肩に腕をまわし、裸の胸と胸をあわせた。

高倉秀馬《たかくらしゅうま》と過したパリのホテルの夜が、一瞬、脳裏に浮かんだ。

やはり、侘しい、みのりのない夜だった。私は、康志の胸に顔を埋めた。

「寒いや。早く、ふとんにもぐろう」

屈託のない声で、康志は言ったのだった。

あのみすぼらしいホテルの休憩料は、康志が払った。年上の私に払わせようとはしなかった。彼が主導権をとったということか。

「よく、ここがわかったわね」

私は、やっと笑顔になった。

「さっき、登ってくるところが見えたのよ。でも、顔がよくわからなくて。まさか、ヤスじゃないと思った」

「どうして、ヤスではいけないのさ」

「いけないってこと、ないけどさ」

「おれ、住所さえ正確にわかれば、たいがいの所は探しあてられるよ。前に、配送のバイトやったことがあるからね」

何だい、これ、と、康志はもう一度、湧《わ》きたつ碧い液体をさしてたずねた。

「ボーメ十八度の硝酸液」

「ボーメ？」

「比重のこと」

私は、台の上に置いた工業用硝酸のびんを示した。

「こっちは、濃いのよ。六十二パーセント。百グラムの中に、純硝酸が六十二グラム。手を入れたら、灼《や》け爛《ただ》れてしまうわよ。これを水で薄めたのが、こっちのバットの中の碧いやつ」

「水で薄めると、無色透明が碧くなるのか？」

「ばかね。こっちには銅が入っているからよ。化学変化で碧くなるのよ」

「おれ、高校のとき、物理化学は2だった。カメノコの記号は弱くてね」

凄いんだな。見たところ、何でもないようだけれど、いま、銅板が腐蝕されつつあるんだな、と、康志は言った。何だい、これ？　などと、とぼけて訊《き》いたくせに、目の前の作業がエッチングの原版製作であることを、彼は、一目見たときからわかっていたようだ。

そう。刻みつけていくの。私の線を。腐らせて。

「もっと、いろんなやり方があるのよ。銅板を、直接鑿《のみ》で削ったり、ドリルで孔をあけたり。酸で腐蝕するのは一番手間がかかるけれど、私は、気にいっているの」

「趣味としちゃ、あんまり女性的じゃないな」康志は言った。「レース編みとかさ、織物とかさ」

趣味なんて……そんなんじゃないわ。私は、声には出さなかった。

しかし、私のかすかな不快の気配を敏感に感じとったのか、

「ここらへんは、川崎になるのかい」康志は、すばやく話題を変えた。

「それが、東京なの。この辺は、東京と川崎が、ごちゃごちゃ入り組んでいるのよ」

「ずいぶん、田舎だな」

「そう。この臭いだからね。都内のアパートなんかでやったら、追い出されちゃうから」

「一戸建ての庭つきの家に住んでいるとは、デラックスだな」

「デラックスなものですか。見ればわかるでしょ。すごいボロ家よ。取りこわそうかっていう話になっていた古い農家を買ったんだから」

「いや、お見それしました。家持ちのブルジョワとはね」

「ブルジョワだったら、毎日肩こらして秋田コウスケのバックなんか描いていないわよ」

「由子のバックは凄いよ」

「どっちのバックの話よ」

「あ、あ、おとなしそうな顔で、そういうこと言うんだから。こっちの方が、恥じらっちゃうよ」

「初心《うぶ》っぽいこと言っちゃやって」

康志は私の背後に立ち、抱きすくめるように、

両手を私の胸乳においた。手に、腕に、ゆっくりと力を入れた。はりのある腿《もも》が、ジーンズにくるまれた両腿の間に割りこんできた。康志の胸が、腹が、そうして下部が、私の背に密着した。康志の鼓動を、私は、自分の胸のひびきのように聞いた。

ゆるやかに、彼は、私を眩暈《めまい》のときに誘いこもうとしているようだった。

あの安ホテルで、康志は、けもののように私を責めた――と、私は思い出していた。私は床に這《は》い、彼の熱い肉を私の中に受け入れていた。

男の肌が触れるのを、私は、決して嫌いではない。嫌いではないのだ。

しかし、私の沼は睡りつづけている。冷え冷えと。

餓《う》えが、いつも、私の身内を嚙みちぎっていた。それは、タンタロスの呪いに似ていた。地獄の湖中につながれ、かがみこんで飲もうとすれば水が退《の》き、頭上のみずみずしい果実に口を近づければ枝がはね上がり、永遠の渇きの中に打ち棄《す》てられた呪われた者。

みずみずしい男の肉は、私にくいいっていた。しかし、それは、私の渇仰《かつごう》をみたしてはくれないのだった。

欲望がまるでないほどに涸《か》れ果てているのなら、みたされぬ餓えに身もだえることもないだろうに。

私は、いつのころからか、よろこびに溺《おぼ》れるふりをすることをおぼえたのだった。声を上げ、爪を男の背に立て、のけぞり、しがみつき、いつか、陶酔の中にあるような錯覚をおぼえても、私の躰は醒めていた。

愛している男の姿がこっけいにさえ見えてきて、私はヒステリックに笑い出すか、声を上げて哭《な》くかせずにはいられなくなり、それを辛うじてよろこびの声のようにごまかすのだった。

いま、康志の腿は、泡立つ碧い液を前に立った私の腿を、少しずつ力を加えて、しめつけていた。それは、鳥の羽毛のような、かすかな期待を、私の躰に与えた。

「誰か、いるの？」康志は訊いた。

私はためらった。鉤の手に突き出した部屋の方を、ちらっと横目で見た。窓は閉まっていた。眠っているのだろうか。

私は、あいまいに首を動かし、鳥の羽根で泡をすくいとった。

康志に、何もかも話すことはない。私の修羅は、康志には関わりないことだ。

「それ、いつ終わる？」

「夜まで」

私はふり返り、からかうように康志の顎《あご》にちょっと指を触れた。

「中止してもいいわ。あたしの仕事場、見せてあげる」

「ここが、仕事場じゃないの？」

「外でやるのは、腐蝕作業だけ。下図を描いたり刷ったりするのは、屋内でやっているの。以前、硝酸の毒性を知らないで、腐蝕液を室内において仕事していたら、頭痛がしたり吐き気がとまらなかったり、ひどい病気になってしまってしばらく入院していたことがあるわ。何か、中毒症状を起こすらしいのね」

「何だか、おっかねえんだな」

誰か、いるじゃない、と、康志はちょっと声をひそめ、腋《わき》の下からまわした手を抜きとった。胸乳のあたりが、急に寒む寒むとした。

見ると、部屋の窓がまた細めに開いていた。

窓は、すぐ閉まった。

「姉さん？　女の人みたいだった」

康志に嘘をつかねばならぬ理由はなかった。そうかといって、長々と説明するのも気の重い憂鬱《ゆううつ》なことだ。私は、康志の屈託のない明るさの中に、ほんのしばらくでも、佇《たたず》んでいたかった。

腐蝕途中の銅板を硝酸液からひきあげて水洗いし、台の上に置いて、「こっちよ。いらっしゃい」私は康志をアトリエに案内した。農家を改造した家なので、広い土間が南北にとおっている。そこを、私はアトリエに使っていた。

ドリル、たがね、鋭利な彫刻刀《ビユラン》、版を磨くバニッシャー、ルーレット、版を削るスクレーバー、銅板切りなどの工具が、見た目には雑然と、しかし私には一定の秩序をもったやり方で台の上に置かれ、刷り上がった作品のうち、気にいったものが何点か貼ってある。そのほか、松脂《まつやに》、アスファルト、塩、砂糖、墨汁、ガソリン、アルコール等、いずれも製版に必要な品々が並んでいる。

黒いピンポン玉のような塊《かたま》りは、松脂と蜜蠟《みつろう》、アスファルトを溶解して混ぜたグランドで、これを熱した銅板面に塗って、防蝕膜を作るのである。

アトリエに足を踏み入れたとたんに目につくのは、いかめしい大型の印刷機《エッチング・プレス》で、私のもっとも愛着の深い機具だった。

「本格的なんだな」と、康志は、感嘆したような声を上げた。

「おれ、貝崎由子の秘密を見ちゃったな。あんた、謎の女だもんね。秋田コウスケの工房でも、自分の私生活は、いっさい喋《しゃべ》らない。独身か世帯持ちかってこともね。版画のプロなんだね。こっちじゃ、食べていかれないの?」

「作品は、私のはらわたみたいなものだものね。女のはらわたをお金を出して買おうなんて奇特な人はいないでしょう」

「まったく、わけのわからない絵だな。あんたのはらわたは、解剖図どおりにおさまっていないで、腸捻転《ねんてん》おこしているんだ」

私は、ふきだした。こんなに、からっと笑えるのは、康志とくだらないことを喋っているときだけだ。

六本の長い鉄のバーが放射状に突き出した、プレスのハンドルに康志が手をかけた。

「いじらないで！　調子が狂うから」

私は強い声を出した。別に調子が狂う怖れはないけれど、何となく、かってにさわられるのがいやだったのだ。女特有の小意地の悪さが、つい顔をのぞかせたのかもしれない。

私は、バーを軽く握った。目を閉じた。

鉄板の上に康志の手をおき、ぐっとハンドルをまわす……。

私は顔をそむけ、康志に表情を見られないようにした。瞬間、躰の中を突き上げるものがあった。

2

鉄のプレスの前に立った、四十ぐらいの男のイメージが、重なって浮かんだ。

プレスの脇に立った七、八歳の女の子は、二十年前の私だった。

あのころ、私は、高倉秀馬の年齢は知らなかった。現在の年から換算して、四十を二つ三つ過ぎていたと思うのである。

二十年前、私は母と二人で、杉並のはずれに住んでいた。

今ほど住宅がたてこまず、葱《ねぎ》や甘藍《かんらん》を植えた畑が、小さい木造平屋の数軒かたまったまわりを取りまいていた。

それらの家は、農家ではなかった。サラリーマンが多く、私の父もその一人だった。食品会社の庶務係だった父は、私が三歳のとき、通勤の途中、ダンプにはねられて死んだということだ。写真でしか、私は顔を知らない。顎の角ばった寸のつまった顔は、私と似ていない。私は、母の顔立ちをそっくり受けついでいた。

寡婦《かふ》になった母は、保険の勧誘で生計をたてていた。

学校から帰っても母はいないので、私は、しばしば、隣家の高倉秀馬のアトリエで時を過したのだった。

高倉は、銅板画家だったが、無名に近く、版画では食えないとみえ、ささやかな画塾を開いていた。

私の記憶にあるそのころの高倉は、かなり体格がよく、ふさふさした髪を、絵描きなど特殊な職業のトレードマークだった長髪にし、こめかみのあたりの毛が、わずかばかり白かった。

私が当時、語彙《ごい》が豊富であれば、〝野性みのあるダンディ〟というような言葉で彼を形容しただろう。

小学校低学年の私には、高倉は、〝すてきな小父さん〟だった。

彼がどのような性格の男なのか、幼い私にはわからなかった。ただ、傍《そば》にいるだけで何か胸が熱くなるような存在ではあったのだ。

毎週、月曜と木曜は、小学生、中学生の絵の稽古日にあてられていた。画板を肩から提げ、クレパスや油絵の道具箱を持った子供たちがアトリエに集まり、そのときは、アトリエは小学校の教室の延長のように、いやに埃《ほこり》っぽく、騒々しくなるのだった。妖しい輝きを帯びた、磨きぬかれた銅板や工具はとりかたづけられ、花びんに投げこまれたダリアだの、熊の縫いぐるみ、籠に盛った林檎《りんご》などがモデル台に置かれた。

私は、その仲間に加わることはできなかった。母の収入は、私によけいな稽古をさせる余裕はなかったのである。

そのかわり、私は、高倉のアトリエに自由に出入りすることを許されていた。〝お隣りさん〟のよしみだった。

生徒たちが来ない日のアトリエは、純粋なエッチングの工房の雰囲気をとり戻し、私を魅了した。そこにある品々は、どんな玩具より魅惑的だった。おはじき、お手玉、布で作った人形、そんなものは、この硬質の、金属のにおいの前では、まったく色褪《あ》せてしまうのだった。

ことに私を惹《ひ》きつけたのは、大型のエッチング・プレスと、その操作によって紙の上に繊細な線描がうつし出されてゆく印刷の工程だった。

高倉の、指の長い、それでいて肉の厚いがっしりした手がハンドルのバーを握りしめ、ぐいぐいと手前に廻すと、M・O水彩紙と、腐刻の痕にインクをつめた銅板、それにフェルトをのせた鉄の大きな板が、上下二個の、頑丈《がんじょう》な精密な鉄のローラーの間を通りぬける。それだけの操作で、あの金属の輝きまで盗みとったような美しい絵が刷り上がるということが、子供の私には、まるで鮮やかな奇跡のように感じられ、プレスを操る高倉が、万能の超人のように思えるのだった。

八歳の童女が性のときめきを知っているといったら、人は疑うだろうか。

私は、知りたい。あの感覚が、私が特別に早熟、または異常だったためか、それとも、たとえ、初潮も見ない童女であっても、女は、はじめから女なのか。

クーラーなど、まだ普及していないころだった。盛夏、アトリエには扇風機もおいてなかった。シャツを脱ぎ捨てた高倉のハンドルを廻す筋肉が勁《つよ》く盛り上がり、そのくぼみに汗が流れた。

私は、氷塊を浮かべたバケツを床におき、タオルを持って待機していて、高倉が一息つくごとに、指がしびれそうに冷たい水に浸して固くしぼったタオルを渡し、高倉は、腋の下から胸、と、ごしごしこするのだった。

しかし、私に、目眩《めまい》に似た不思議な感覚を与えるのは、高倉の裸体ではなく、ローラーの間にはさみこまれてゆく鉄板の上のフェルト、そうして、そのための操作を行なう高倉の力強い腕の動き、であった。もちろん、幼い私は、高倉にことさらに男を意識したのではなかった。性は、私の中では、まだ未分化だった。高倉は、鉄の機具や工具、銅板、つまり、エッチングと一体になって、一つの生命を作っているのだった。

高倉は、独身であった。若いころパリで学び、フランス人の女性と結婚したが、そのひととは別れたとか、死別したとか、漠然と私は知っていた。母の口から聞いたのかもしれない。

気がむくと、高倉は、銅板の小さい断ち屑を私にくれた。グランドを塗った銅板の小片に、私は鉄筆で稚拙《ちせつ》な絵を描いた。猫だの、お城だの。黒ずんだ艶のない板面に、鉄筆の痕が白く輝き出るのが嬉しかった。

碧い硝酸液に浸した原版をプレスの鉄板の上に置き、紙を敷き、ハンドルのバーにぶらさがるようにして廻そうとすると、高倉は、笑いながら腕をのばして、いっしょに、ぐいと廻した。私は、とびはねてよろこび、高倉は、ふいに私を抱き上げて、粗《あら》い髯《ひげ》が二、三ミリのびかけた顎を、頬にすりつけたりした。

しかし、高倉はロリータ・コンプレックスは持ちあわせていなかったから、それは、ただ、ひまつぶしにちょっと、隣りの小さい女の子の相手をしてやる、というだけのことだった。

日曜日、高倉のアトリエは、また、別の貌《かお》を持った。近所の若い女性たちが、油彩の稽古に集まるのである。ＯＬ、短大生、結婚してまもない、子供もいなくて暇をもてあましている若い主婦、などだった。

アトリエは華やかな色彩に溢れ、プレスのハンドルを廻す男とは別人のような高倉を、私は見なくてはならなかった。

イーゼルにのせたカンバスを前に絵筆を動かす若い娘を、背後から抱きこむようにして、高倉は手を添えていた。笑い声が流れ、その中には、高倉の声も混じった。

日曜日には、私は、アトリエに足を踏み入れないことにしていた。月曜と木曜に稽古に来る小学生たちには、私は、優越感を持つことができた。

——あたしは、あんたたちの知らない不思議なアトリエを知っているんだからね。

しかし、日曜の女たちの集まりは、私を畏縮《いしゅく》させた。はじめのころ、私は、アトリエの窓からのぞいたり、庭先をうろついたりして、高倉や、女の誰かが招き入れてくれるのを待ったが、高倉は、迷い猫がうろうろしているのを見るような冷淡な視線しかむけなかったし、女たちは、完全に私を無視した。

私は、アトリエが燃えてしまえばいいと思った。しかし、日曜は、永遠に日曜のままではいないのだ。陽が落ちれば、曜日はうつりかわり、女たちは消えてゆく。

アトリエの奥には、茶の間と台所があったが、私は、アトリエ以外の場所には入ったことがなかった。別に禁じられたわけではなかったが、私は、入ってはいけない場所のように思いこんでいた。手洗いに行きたくなれば、自分の家まで駆け戻るのだった。

妙な遠慮があったのかもしれないが、加えて、アトリエ以外の場所で高倉を見ると、何か異和感をおぼえる、ということもあった。鉄のプレスが、常に、アトリエに設置されて動かないのと同様、高倉は、常に、アトリエの中でだけ見るべき存在であった。たまに、食料品の買い出しだろう、籠を提げサンダル履《ば》きの高倉を、駅前のマーケットに行く道で見かけたりすると、私は、ひどく気恥ずかしくなり、目をそらせ、ふと露地に入って彼をやりすごした。そういうときの高倉は、みすぼらしく、たとえば、アガメムノン王を堂々と演じた俳優が、素顔にかえって、コロッケの買い出しに行くのを目撃したようなとまどいを私は感じるのだった。

茶の間に入ったことはないが、アトリエとの境の引戸が開いていて、中を垣間《かいま》見ることは、ときたま、あった。

　仮に茶の間と呼んだが、その六畳の和室は、仕事以外のあらゆることに使われている部屋らしく、まれには、雨戸を閉ざされたまま、蒲団《ふとん》が敷きっ放しになっていることもあった。そういうときは、何か濃密な体臭めいたものが室内にこもり、私を不安にした。

　一度、女の人がいる……と錯覚したことがあった。

　雨戸を閉めた仄《ほの》暗い中に、白い服を着た女が立っているように見えた。すぐ、それは目の迷いで、ただ、服だけが鴨居《かもい》にさがっているのだとわかった。古風な、裾の長い服だった。軽い生地で作られているらしく、ほんのわずかな空気の動きに裾がそよぎ、私は息をつめて、その服を見ないですむよう、引戸を閉めた。


高倉を、思いもよらない場所で見たのは、私が小学校三年になった春の、それもやがて梅雨にうつろうという晩《おそ》いころだった。

　私は昼ごろから頭が重く、教師に気分が悪いと告げて、早退した。

　親の夜の行為を目撃したことが、後にまで心の傷となって残るということは、よく言われるが、母と高倉のそれを目にしたことが、それほど、私を傷つけただろうか。

　私には、わからない。

　母はいつものように保険外交の仕事で外出中だとばかり思って、私は自分の鍵を使って家に入った。

　精神分析医者なら、私が男との性の行為に、冷えた感覚しか持てない原因を、そこに探りあてたと思うかもしれない。

　その翌日、私は、高倉のアトリエに行った。

　高倉は、製作中だった。何か大作にとりくんでいる最中らしく、私が入って行っても、見向きもしなかった。細心の注意をはらって、プレスの鉄板に、腐蝕をほどこした銅板をのせ、その上に、M・O紙を敷いた。フェルトをかぶせ、ねじでしめつけて、ハンドルのバーを握ると、ぐい、と手前にひいた。鉄板が、ローラーの間に吸いこまれてゆく。

私は、プレスのかたわらに立ち、高倉に気づかれぬよう、そっと、右手を鉄板の上にのせた。フェルトの感触が暖かかった。

ハンドルが廻る手応えと共に、私の手をのせて、鉄板は前に進んだ。

ローラーの間に嚙みこまれ、骨がくだけると き、高倉が、どれほどうろたえるかと思った。高倉は、狂ったように私を抱きしめるにちがいなかった。そのとき、私は、確実に高倉を所有できるのだった。日曜ごとに集まり、嬌声《きょうせい》をまき散らす若い女たち、そうして、高倉の裸の胸に顔を埋め、腿をからませあっていた母、脳裏に浮かぶそれらの姿に、私は、勝ち誇った笑いをむけた。

指先がローラーに触れたか触れないかというとき、高倉は、危ない！　と叫んで、ハンドルを逆廻しにした。

私は、みじめな、卑屈な笑いを浮かべて、立っていた。そのとき、私は、腿の間が湿るのを感じた。目を伏せると、両腿の内側を、紅い雫《しずく》がつたい床にしみを作るのが見えた。

その夏、高倉は日本を離れた。再びパリに舞い戻ったこと、母がかなりの金を彼に貢いでいたこと、それらを、母が口惜しそうに、薄く涙を浮かべて、母の姉にかきくどいているのを、私は洩れ聞いた。

3

「どうして、急にたずねてくる気になったの？」

私は、康志にたずねた。

康志は、あいまいな微笑を浮かべた。それから、また、私の肩に手をまわしてきた。私は、その手をそっとはずした。康志の微笑が気にくわなかった。いつもの康志らしくない、翳《かげ》のある表情だった。

十数人いる秋田プロのアシスタントの中で、私が特に康志に惹かれた理由は、何だったのだろう。

別に、康志でなくても、よかったのかしら。誘われれば、そうして、もし、気がむけば、康志でなくても……。

そう思うと、私は、何かしら寒む寒むした。

「かねがかかるんだろう、この仕事？」

康志は、ちょっとぎごちない声で言った。

「プレスが高かったのよ。ほかの材料は、たいしたことはないわ。このプレスは、中古で、十五万」

うへっ、と康志は首をすくめた。

「由子さんは、技術があるから、サラリーもいいだろう。ほかのプロから、ひきぬきになんか、来ない？」

私が土間から一段高い部屋の框《かまち》に腰を下ろすと、康志は並んで腰かけた。

「サラリー、どのくらいもらっている？」

康志は、こだわった。たずねながら、腕を私の背にまわし、腋からさしこんで胸にふれた。

「ヤスらしくないね。今日は、おかねの話ばかり」

「どうして？　もしも心がすべてならって、有名な詩人が言ってるじゃない。いとしいおかねは何になる、って」

「借金の相談にでも来たの？」

私は、少し興ざめた思いで言った。康志の指は、のんびりした表情とは裏腹に、私の胸の上で、羽虫が這《は》いまわるような、少しせっかちな愛撫をつづけていた。二人の肉のよろこびの夜を思い出させようとでもするように。私は、康志をだましおおせたのだった。あの夜。

「借金？　へえ、貸してくれる気、あるの？　催促なしで」

「誰が貸すなんて言った？　麻雀か馬ですっちゃったんでしょう」

「するほど、もらっていないよ」

「もうちょっと、あんた、こう……仕事のよろこびなんかに燃えてみないの？　秋田コウスケのタッチ盗んでさ。あんたの名前で一本持つようになるとか」

「そんなの、できるわけないだろう。由子さんだって、とっくに承知しているじゃないか。いまや、劇画だって大プロダクション時代、先立つ資金がなくちゃ、何もできやしない。秋田コウスケの、あの厖大《ぼうだい》な資料！　一匹狼が、太刀打ちできやしないよ」

「ストーリーやプロットを、秋田コウスケに売りこんだっていいじゃないの」

「おれに、そんな頭あると思う？」

私は、二、三人の著名な劇画家の名をあげた。「あの人たちだって、はじめは裸一貫、それこそ、奥さんには逃げられ、赤ん坊背中にくくりつけてミルク飲ませながら描いていたっていうじゃないの」

「そういう戦国時代は、終わったの」

康志は、アトリエを見まわした。

「由子さんは、燃えてる人だね。創作意欲が、溢れだしてくるんだね。秋田プロの工房で、あれだけ根をつめた仕事をして、まだ足りなくて、休みの日には、こんなことをやっている」

「バックは、生活のためよ。食べるため。でも、手を抜いた仕事はしないわよ」

無我夢中で銅版画の製作に打ちこんでいなければ、私は、底のない闇に転落してゆきそうだった。私は、辛うじて、爪をたて、何かにしがみついているような状態だった。睡眠剤や幻覚剤の陶酔の中に溺れこみ、空虚な日々を忘れ去りたい誘惑は、たえず私の前にあった。アル中で荒廃しきった実例が身近にぴったりとへばりついていなければ、私は、それなりによろこびはあるけれど苦痛でもあるエッチングの仕事より、麻薬による忘我の刻《とき》にのめりこむ方にひきずられていたかもしれなかった。

私にきわだった創造の才があるわけではなかった。以前、無理算段して、個展をひらいてみたことがあるが、酷評を受けるならまだしも、まったく世間からは無視された。

「おれ……秋田プロを辞めようかと思うんだ」

「また、仕事を変えるの？」

埼玉の高校を卒業してから、秋田プロに落ちつくまでに、スナックや喫茶店につとめたり、コーラの配送、証券会社の黒板書き、康志は、いくつ仕事を変えたかしれないと、自分で言っていた。

「ほかの奴らって、どうして、こう……うまく世の中にはまりこめるのかな。適当に燃えちゃってね」

「あんたは、怠け者なだけよ」

「そうでもないよ。ただ、何をやっても先が見えてるって感じでさ、のらないんだな」

「いっしょに、旅行しないか」ふいに、康志は言った。

「いいわね」

「北陸の方だけど。一月《ひとつき》ぐらい」

「何だか、ヤスの話は、あっちこっち飛ぶわねえ。一月も仕事を休んだら、クビになっちゃうわよ」

そう言いながら、私は、康志と二人で旅に出る自分を想像した。何かしら、甘やかな気分だった。

「北陸の方って、何か目的があるの？」

「行ったこと、ある？」

「ないわ」

「旅行、嫌いかい？」

「そうでもない。海外に行ったこともあるわ」

「へえ、デラックスだな。どこ？」

「パリ」

「女の人って、みんな、パリだな。月並みですねえ。だけど、よく、かねがあるね。おれ、つくづく、不思議だよ。世間の奴らは、どうして、かねがあるんだろう。海外旅行にぞろぞろ出かけてゆく」

パリを訪れたのは、六年前だった。私は、エッチングを一生の仕事としてゆく決心をたてていたので、そのころは、昼は銀座の画廊の事務所につとめ、夜、研究所に通ってデッサンを学んでいた。美術系の大学に入るほどの経済的な余裕はなかった。国立なら月謝は安いが、有力な画家に師事してその推薦を得なくては、ストレートに入学することは不可能に近い。そのような著名な画家はまた、おいそれと弟子にとってはくれないし、月謝も、おそろしく高額だった。

エッチングは、私の中に棲《す》みついてしまっていた。高倉の記憶は、思い出の一齣《ひとこま》となって色うすれても、泡立つ硝酸液の美しい碧、磨きぬいた銅板の手のひらが吸いつくような手ざわり、鉄筆で繊細な線を刻んでゆく感触、そして、逞《たくま》しいプレス機。ハンドルをぐいとひく男の汗。えたいの知れぬ、ほとんどセクシャルな昂《たかぶ》りが、私を駆りたてていた。

高倉が、なぜふいにパリに発って行ったのか、私は子供だったから、理由はきかされていなかった。

おそらく、高倉にも焦《あせ》りがあったのだろう。美術の本場は、やはり、パリしかない。四十を過ぎて、無名のまま、一介の画塾の教師で終わることは、耐えがたかったのだろう。

高倉は、アトリエの中のものを、いっさい、売り払って行ったらしい。

プレスも運び去られ、がらんとしたアトリエに立ったときの怖ろしいほどの孤独感を、私は、今でもはっきり記憶している。

床には、重いプレスの脚の痕がくぼみ、硝酸の焼けこげが、いくつも残っていた。

　私は、自分の躰の中が、根こそぎ空になってしまったような気がした。空のアトリエは、高倉の不在をまざまざと感じさせた。

　いつまでも、高倉を忘れかねていたわけではない。子供の生活はけっこういそがしいし、起伏に富んでいる。彼を忘れかねていたのは、母の方だろう。母と彼の間に、どのようないきさつがあったか、私のうかがい知るところではなかったけれど、若くして寡婦《かふ》になった女と、独身の中年の男の、ごく自然な、なまなましいけれど正常で健康な結びつきであったのだろう。結婚にまで進まなかったのは、母が、高倉の不安定な生活に警戒心を持ち深入りをさけたのかもしれないし、高倉の方でも、遊び相手の一人と母をみていたのかもしれない。私には正確なところはわからなかった。

　しかし、二人の行為を目撃して以来、母と私のあいだには、癒《いや》しがたいわだかまりができた。

　母は、常に、私に厳しかった。母は、いかにも隙《すき》のない、地味ではあるがきりっとした印象を与える女だった。小学校の教師のような、グレイのスーツばかり着ていた。それが、野暮ったくみえないのは、肘《ひじ》がのびたり、尻のあたりがぶかぶかに皺《しわ》が寄ったり、肩が落ちたりという不恰好さがなく、きっちり躰にあった裁断のものを身につけていたからだろう。

　母親に、なまめいた女の貌《かお》を見るのは、怖ろしいことだ。

　私は母を憎んだ。二人の行為が何を意味するか、そのときの私には理解できなかったけれど、二人が私の介入を絶対に許さない異様な世界に入りこんでいることだけは感じだのだ。

　高倉は日本を去り、中学、高校と進む間に、私は、幾度か淡い恋をした。相手は同級生や上級生だったり、教師だったり、ＴＶの画面やスクリーンにうつる俳優の映像だったりしたが、いずれも、一方的な淡い思慕《しぼ》にすぎなかった。要するに、どの少女も通過する時期を、私も通りすぎていったのだった。

しかし、そのころ、私は、下腹部に煮えたぎるものがたばしる感覚を、はっきり知った。自分の躰に指一本触れることなく。

夢想の中で、私は、そのときどきの恋人を傷つけたり、彼らによって傷つけられたりした。ローラーに手をはさもうとした行為の、倦《う》むことを知らぬヴァリエーションで、それは、あったのだ。ローラーに手の骨をくだかれても、それによって高倉の愛を独占しようとしたのは、子供っぽい無鉄砲さではあったけれど、あのとき私が予感していたのは、たしかに、妖しい肉のよろこびに共通するものだった。

その陶酔を確実に身内に知ったのは、中学一年のときだった。昼休み、私は校庭に佇《たたず》んでいた。上級の、そのころ私が憧憬《どうけい》していた男生徒が、鉄棒で大車輪の妙技をみせていた。鮮やかに、鉄棒の上に倒立した彼の躰が、しなやかにそって、回転しようとした瞬間、バレーの球が顔面をかすめた。かたわらで円陣を作って球を投げあっていたグループの、受けとめる手がそれたのである。

彼は、転落した。砂地にたたきつけられた姿をみつめているとき、私は、それを知った。私のまわりからすべてが消え失せ、私は、激しく通り過ぎていった感覚に、茫然《ぼうぜん》としていた。だが、それが不健康なゆがんだものであるという知識は、そのとき、まだ、私にはなかった。

高校二年の春、同級の女生徒から、男の相手をして小遣いをもらうことを誘われた。

驚いたが、大人の世界を垣間見たいという好奇心が勝った。心の一隅に、母と高倉の光景がよみがえった。そのときはもう、聞きかじりの知識だけはあった。

男の躰を知ることは、母と等位置に私を置くことにほかならなかった。私は、母のかわりに、高倉の腕の中に自分を嵌めこんでみた。

その同級生は、なぜ、私に目をつけて誘ったのだろう。親しくはなかった。誰かれかまわず、誘いの口をかけていたのだろうか。私は成績も中位で、特に目立つ生徒ではなかった。不良っぽさで人目を惹くほうでもなかった。心の中では、恋している相手と被虐《ひぎゃく》と加虐の奇妙に交錯したたわむれを持ち、妖しく甘いよろこびを感じていたけれど、実生活にそれを持ちこんだことはなかったのに。

私が承知したので、友人は、私を喫茶店に連れていった。ごく平凡な店だったが、そこが連絡場所になっていて、肥った、黒ぶちの眼鏡をかけた、人のよさそうな顔をしたマスターが、仲介を受け持っているらしかった。その友人は濃い化粧をし、つけ睫毛《まつげ》までつけて髪はパーマでふっくらと形づけているのに、私はふだん着のままでクリーム一つつけていないので、十も年が違うような感じだった。

私の相手の男は、銀行員か何かのように見えた。四十五、六の男で、貧弱な躰つきをしていた。しかし、品のいい好感のもてる相手だったので、私は、何かほっとした。

そのあとにつづいた行為は、ただ、苦痛と不快感を私に与えただけだった。私は目を見開いて、変化する男の表情を眺めていた。ひどく、こっけいだった。

男が躰を離したとき、悲しいわけではないのに、涙が出た。男は困ったような顔をし、私が仰向けに寝て眼を見開いたまま泣きやまないので、めんどうくさそうに舌打ちした。ホテルを出ると、すぐ、別れた。代償に得た札を、私は指先でつまみ、靴の中に入れて踏みつけた。家に帰ってから、燃やした。紙のはしが黒くちぢれてめくれ上がり、消滅した。何度かがまんすれば美術学校の入学金ができると思ったが、二度とやる気にはなれなかった。

友人はその後もたびたび私を誘い、しまいには剃刀《かみそり》を出して脅《おど》したりしたが、私は承知しなかった。

激しい恋をしたのは、その年の夏である。相手は、同じ高校の体育部のOBだった。

私は美術部に入っていた。夏季合宿の場所が、体育部と同じ茅ヶ崎だった。OBは、後輩の指導のため、いっしょに泊まりこんでいた。まだ大学生で、部員とあまり変わらないように見えた。

私たちがおとなしく海べりで写生しているかたわらを、体育部員たちは、ファイト！　ファイト！　とかけ声をかけながら、砂を蹴散らして走り過ぎて行った。

私の方から、彼を誘った。あの中年の銀行員に捺《お》された躰の痕を、彼の猛々しい肉の刻印で消し去りたかった。

しかし、そのときも、私は、少しのよろこびも感じることができなかった。

そのとき、はじめて、私は怖れと哀しみにつき落とされた。

夢の中でも、私は彼に抱かれた。目ざめたあとも、躰の中に陶酔の余波が残っているほどだった。それなのに、現実の男の躰は、ただ、不愉快で、こっけいでしかなかった。

幾度か逢いびきを重ねたが、私は彼に応えることができなかった。

彼は、私のしらじらした表情に屈辱さえ感じたらしく、憤《いきどお》り、やがて、別れた。

それにつづく一時期、私の日々は乱れた。夢想の中で、また、ある種の状況の中で、熟知しているあの感覚を、正常な営みの中に探り求めた。短い期間に、何人もの男が私の上を通りすぎた。演技することをおぼえたのも、このころだった。

絶望し、あきらめがつづいた。

高校を卒業するとすぐ、デパートにつとめた。

しかし、銅版画を手がける決心は、このころまでにかたまっていたので、やがて、京橋にある画廊の事務所につとめがえした。デパートの美術部の主任の紹介によるものだった。

そのころは、私の生活は、尼僧のように平静なものになっていた。猛り狂った嵐のあとの、疲れきった静けさだった。

夜、研究所に通いデッサンを学んだ。仲間の研究生から誘われても、恋のあそびにふけることも、真剣な恋愛に溺れこむこともなかった。

母はまだ保険の外交をつづけていたが、私が働くようになると、家にいる時間が多くなった。年だからくたびれると言って、仕事の量をへらしていた。服装がだらしなくなり、食事のあと、かたづけもしないで、大儀そうに寝そべったりした。急に、老化が目立ちはじめた。私は、高倉のあと、母はほかの男とつきあったことがあるのだろうか、どうだろうかと、ふと思った。母の外での生活は、私から遠いところにあった。

一人で働きとおしてきた母に、これまでにない、いたわりをおぼえた。私と母をへだてていた棘《とげ》だらけの垣は、少しずつ萎《な》えはじめていた。

4

私を画廊に紹介してくれたデパートの美術部主任は、ときどき、画廊に顔を見せた。

山口といい、四十代はじめのおだやかな人物で、画廊の主人とは旧知の仲らしかった。

山口は、ときどき私を食事に連れだしてくれた。彼といっしょにいると、私は、心が安らいだ。エッチングをやりたいのだというと、女の人には珍しいなと、柔和な目を細めた。夜間の研究所を教えてくれたのも、山口であった。

「どうして、エッチングに興味を持ったの?」

「子供のころ、うちの隣りに、銅版画家が住んでいたんです。高倉秀馬という人ですけれど、ご存じありませんか」

「さあ、聞かない名前だな。若い人？」

「もう、五十過ぎただろうと思います」

「エッチングの専門家は、そう多くはないから、ちゃんとした仕事をしている人なら、ぼくも見落としはしないつもりだが。エッチングだけなの、その人は？　メゾチントとか、アクアチントとか、ドライポイントとか、そういった技法は使わないの？」

「銅版画のことをエッチングっていうんじゃないんですか」

「いや、エッチングというのは、銅版画の技法の一つだよ。グランドを塗った銅版を鉄筆で膜を切って腐蝕する」

「ええ、高倉さんがやっていたのは、それです」

「銅版には、ほかにも、いろいろなやり方があるのだよ」山口は、銅版に直刻する技法や、樹脂粉末を用いて美しい濃淡の諧調《かいちょう》を作る技法などを説明してくれた。

「山口さんも、なさったことがあるんですか」

「いや、ぼくも耳学問でね。こういう仕事をしていると、目だけは人並以上に肥えるが、自分では何もできない」

由子さんがいい作品を創るようになったら、ぼくのところで個展をひらいてあげよう。今日は、その前祝いだ、と、山口はステーキ・ハウスに私を連れて行ってくれ、ワインがおいしかった。

「ずいぶん、先の長い話ですわ」私は、五十を過ぎてついに芽の出ない高倉を思って言った。

画廊の主人は、山口のことを私にこんなふうに言った。「美術部というのは、デパートとしては、いわゆる出世コースからはちょっとはずれたところにあるんだよ。だが、本人は、学生のころから絵が好きだったから、しごく満足しているようだ。もっとも、絵を売りつけるのはあまりうまくないらしいがね」

　彼は、目下、独身なんだ、とも主人は言った。「五年ほど前に離婚して、子供は奥さんの方がひきとった」

「どうして離婚なさったんですか」私は訊いた。かくべつ興味はなかったが、会話の成り行き上、訊かないのも不自然だった。

「彼は、あれで、非常に潔癖なんだ。奥さんがちょっと間違いを起こしてね、それが許せなかったんだな」

　私は、友人の内情を軽率に喋る主人に、少し不快感をおぼえた。

　私を蝕《むしば》む性の渇きは、そのころ、しずまっていた。激しい夢を見ることもなく、昼は事務に、夜は石膏《せっこう》や人体デッサンに、精力を酷使していた。

　山口の画廊訪問は、つづけざまだったり、ちょっととだえたりしながら続いていた。

　クリスマスの前日、山口は、厚手の鳥ノ子紙に刷った銅版画をプレゼントだといって、くれた。K＊＊という、私も名を知っている版画家の小品だった。

　私は、刷り上がった作品より原版の方を見てみたいと思った。何か特殊な技法を使っているらしく、ふつうのエッチングやアクアチントなどの技法では出せない効果をもっていた。

　山口はさらに、リボンをかけた細長い箱を、少し照れくさそうに出した。象牙のネックレスだった。

「きみは女の子だからね、銅版画より、こういうのをよろこんでくれる方が、ぼくには好ましい」

指輪にしようかと思ったんだがね、と、山口は口の中であいまいに言った。

　私は、男たちとめちゃめちゃな遊び方を経てきたくせに、こんな陰性な求婚には、いたって、うとかった。男を、結婚の相手として考えたことは、一度もなかった。結婚より先に、私は、自分の〝女〟に絶望してしまっていたから。それに、山口は、少しも私の性をかきたてなかったので、あの苛立《いらだ》たしい渇きをおぼえることもなかった。

山口が、パリに行ってみる気はないか、と私に言ったのは、年が明けて、春になってからだった。

「それは、行きたいですわ。本場の空気に触れたいわ」

私は、世間話のつもりで答えた。

山口の話は、具体的なものだった。彼は、商用でパリに渡るのだが、団体旅行を利用した方が旅費が格安なので、旅行社の主催する団体に参加する。往復の飛行機だけが団体行動で、パリに到着してから帰国の飛行機に乗るまでの行動は自由というシステムだった。一から十までスケジュールに縛られたものより、こういう形式の団体旅行が好まれるようになってきているということだった。旅馴れた客が増えてきたからだろう。

「旅行社の幹部がぼくの大学時代の親友でね。費用の点でも、かなり便宜をはかってもらった。彼が言うのに、欠員があるんだそうだ。欠員のままで出発すれば、旅行社としては損がいく。だから、規定額を大幅に割り引いてでも、誰か……というんだが」

私は、貯金通帳の預金額を思い浮かべた。エッチングのプレスを買おうと思って貯めこんでいる資金だった。しかし、山口のいうような安い費用でパリまで行けるなど、めったに得られるチャンスではない。

「ぜひ！」と私が目を輝かせると、山口は、旅費は自分が持つと言って、私の反応をみるような顔をした。

「とんでもない。自分で払います」

「ぼくが誘ったんだからね、おごらせてもらうよ。実は、その旧友のコネで、ぼくの分も、ただ同様になっているんだよ。社の方からは、ぼくの出張旅費は規定どおりもらっているから」

　出張旅費が浮いているときいて、私は、あまり負担を感じないで、山口の誘いを喜んで受けた。

　画廊の主人に休暇をとらせてくれと頼んで事情を言うと、

「ほう、いよいよ、そういう話になったのか。式は、いつだね」

「え？　何の式ですか」

「山口氏に、プロポーズされたんだろう」

「いいえ」

「言い出せないでいるのかな」と、主人は首をかしげた。「年の差と、再婚であることを、気にしていたからね。さては、パリのムードにきみを誘いこんで、OKをとる魂胆だな。くそまじめな男だから、結婚話がきちんときまらないうちに、婚前旅行に出たりはしないと思っていたんだが」

　私は、気が重くなった。結婚。それは、夜、山口の躰を受け入れなくてはならないということだった。恋している相手とでさえ、夜の行為は肌寒いのに。

「きみは、なかなか淫蕩《いんとう》な目をしているからな」

　画廊の主人は、私をぎょっとさせるようなことを、さらりと言った。

5

「かねさえありゃあな、おれも、パリぐらい行きてえな」康志は吐息まじりに言った。

「パリは月並みだなんて悪口言ったくせに」

「持たざる者のひがみってやつさ。何日ぐらい行っていたの？　一月？　半年？」

「そんな長いんじゃないのよ。たった一週間」

「なんだ。一週間か。それでも、行かないよりいいよな。ちきしょォ。おれも、かね貯めなくちゃな。ばーんと一発、大穴ぐらいあたらねえかな」

　おもしろかった？　パリは、と、康志は訊いた。

おもしろかったわ。私は、答えた。

涸《かわ》いた声で、笑ってしまった。

山口は、行儀よく、ホテルではシングルを二つとったのだった。団体旅行では、二人一部屋が原則である。単独参加者は、特別に申し出ないかぎり、ほかの単独者とペアを組まされる。シングルをとる為には、割増料金を払わなくてはならなかった。

山口はタブローの買付けの仕事があるので、昼は私はオプショナル・ツアーに参加して、名所を見物してまわった。団体専用のバスで、あわただしくパリの街を走りまわるのは、ほんの表皮をかすめさるようなもので味気なかったけれど、言葉がまるで通じないのだから、しかたがない。明日は、一人で、気にいったところをぶらついてみよう。

夜、山口は、一人で放っておいてすまなかったと言って、モンマルトルのシャンソン酒場に連れていってくれた。

仄暗い照明の、古びた小さい店だった。二十を少し出たばかりだった私の、甘やかな感傷をそそるのに申しぶんないムードだった。

そこで、山口は、いくらかぎこちなく、結婚の話を持ち出し、そのとき、私は、笑ってしまったのだった。

山口を傷つけようと思って笑ったわけではない。

画廊の主人が言ったとおりになったのは、たしかに、おかしかったけれど、それ以上に、私は、自分のこっけいな立場を笑ったのだった。

山口は、絵は好きだったけれど盲《めし》いてしまったものに美しいタブローを与え、あるいは、音楽に愛情をおぼえながら鼓膜を失ったものにピアノを弾かせようとしているのだ。

私は、混乱していた。上手にその場をとりつくろったり、山口の気持ちを傷つけないように話をそらしたりすることができるほど、私は世なれていなかった。男たちとの荒々しい一時期はあったけれど、それは、世間的な知恵を私に与えてはくれなかった。

笑いながら、しまいに、私は涙を流していた。

酒場が賑《にぎ》わいをみせるには、まだ早い時間だった。あまり日本人の観光客が訪れない店で、客はパリっ子がほんの数人いるだけだった。私の場違いな泣き笑いの声は、店の中にひびいた。

山口は、うろたえて私を連れ出し、タクシーを拾ってホテルに帰った。

山口の部屋で、私はワインをすすめられた。鎮静の効果があると思ったのかもしれない。

「どうも、すっかりきみを昂奮《こうふん》させてしまったようだな」

山口も寛大に笑った。私は、彼が私の態度を誤解しているらしいのに気づいた。プロポーズされて、嬉しさのあまり私がとり乱したと、彼は、自分に都合のいいように解釈していた。

彼は、気をよくして、一人でいろいろと結婚後の計画を喋った。エッチングも、家庭の切り盛りにさしつかえない程度にならば、やらせてあげる、と彼は言った。「あまり夢中になられては困るがね」

彼は立ち上がって、私の肩に手をかけ、顔を寄せてきた。

「だめなんです」私は、彼の腕からすりぬけた。

「何が?」

「私……」

だめなんです。

どうして? ほかに約束した相手でもいるのか。それなら、なぜ、きみは。

「私……」

セックスが嫌いなのだ、と、私は、はっきり言った。

山口は、あっけにとられたが、すぐ、また物わかりのいい笑顔をみせた。

「近頃の若い人は、あけすけに言うねえ。だが、きみはまだ子供だからね、怖いような気がするのかもしれない。若いときというのは、妙に性に対して潔癖だったりしてね」

ちがう、ちがう、と、私は心の中で叫んでいた。私の中に巣くう呪われた沼を、この人に語らなくてはならないのか。私の餓えを。ゆがんだ性向を。

「きみは、思いのほか初心なんだね。ゆっくりと、ぼくが教えてあげよう」

パリのムードが、山口を、きざなせりふを口にする男に変えていた。

「きみはときどき、こっちがはっとするほど肉感的なことがある。きみを開花させるのはたのしみだ。情報社会のおかげで、きみたち若い人は知識ばかりつめこみ、頭でっかちになって、なかには、きみのように、露骨な写真など見て嫌悪感を持ってしまう人もいるんだな。不幸なことだ。きみは、安心して、ぼくに任せきっていればいい」

山口は、すべてを自分に都合よく解釈するのだった。彼が執拗《しつよう》に躰を寄せてきたら、私は声を上げてしまいそうだった。もし、どうしてもというのなら、パリまで連れてきてもらった代償に、一度だけは……。でも、結婚など……。

山口を嫌いなのではなかった。親切で、紳士らしい人だ。でも……。

ドアがノックされたのは、そのときだった。

「香水の見本をごらんになりませんか」と、ドアの外の声は言った。男の声で、日本語だった。

日本からの観光客は、パリの商人にとって最高のカモだ。店売りだけではなく、日本から団体客が着いたとなると、ホテルの部屋までセールスが押しかけてくるという話はきいていた。パリには、また、定職を持たぬ日本人がごろごろしている。土産《みやげ》物屋にやとわれたり、観光客のガイドをしたりして、その日暮らしをしている。日本人相手のセールスにやとわれるのも、そういう人たちだ。パリに住みつくと、その魔性《ましょう》に魅入られたように、離れられなくなってしまうのだ。

山口は顔をしかめ、いらん、と、どなりかけたが、私をむりに追いつめて硬化させるより、ムードを変えた方が賢明だと思い返したらしい。

立っていって、ドアを開けた。

「日本のお客さまには、特別お安くしております。ごらんになるだけでも、いかがですか」

セールスの男が、やわらかい口調ですすめているのが聞こえた。

「みせてくれたまえ」

男は、入ってきて、大型のアタッシュ・ケースをひろげた。濃い紫色の布がドレープを作る中に、宝石のように、さまざまな形をした香水の小びんがきらめいていた。

うねの太い粋《いき》な茶色のコーデュロイの上着に派手なネクタイをつけた男は、日本人だった。若々しい身なりだが、目尻にはかなり深い皺があった。

「お若い御婦人とごいっしょでいらっしゃいますね」

男は、私に職業的なウインクをみせ、

「こちらなど、きっとお気に召すと思いますでねえ。ロシャスの〝ファム〟でございます。マルセル・ロシャスが愛する妻のために創り上げたという名作でございますよ」

小びんをとり、ふたを開けて、私に香をかがせた。

「やわらかい香りがお好みでしたら、ディオールのディオリッシモがよろしゅうございましょうね。露にぬれた花びらの甘さ。ゲランのシャレード。これは、フランソワーズ・サガンが、小説の題にもしております。少女のあどけなさと成熟した女性のアンニュイをあわせ持つ、まさに〝女〟

の香りでございますね」

軽薄なでまかせを流暢《りゅうちょう》に喋る男。私は、静かに涙を流していた。

遠い恋は、そのまま、終わらせるべきであった。それなのに、私は、呼びかけてしまっていた。

――高倉さん……。

「少しお値段ははりますが、ジャン・パトゥの……」

男は――高倉秀馬は、けげんそうに言葉を切って、私を見た。わからないのも、むりはなかった。四十代の男が五十になろうと、その容貌はたいした変化はない。いくぶん白髪がふえ、皺が深まり、皮膚の艶が失せるくらいのものだ。しかも、高倉は、髪を染めているらしく、かえって若くみえるほどだった。ただ、皮膚の荒《すさ》みは目についた。

私は――童女だったのだ。すっかり、面変わりしていることだろう。

「由子です。貝崎由子です。昔、お隣りにいた。よくアトリエで、エッチングを……」

「いやあ、由子ちゃん！」

即座に、高倉は大きく両手をひろげ、私の肩を、ばんばんと叩いた。しかし、実際に思い出したのは、いやあ、由子ちゃん！　と声を上げたあとのようだった。

「驚いたねえ。あの由子ちゃんがねえ」

「おぼえていらっしゃいます？」

「忘れるものですか。しじゅう思い出していましたよ」

ろくにおぼえていないのは明らかだった。

「こちらは？」山口をそっと目で示した。

「Q＊＊デパートの、美術部の主任さん。いっしょに、連れてきていただいたんです」

「それは、それは」

山口は、不愛想に、高倉の丁重なあいさつに軽い会釈《えしゃく》でこたえただけだった。

高倉は、私と山口の関係を適当に想像したらしい。私を、山口の世話を受けている女というように思ったのだろう。さっそく、山口に香水を売りつけにかかった。あまり私を馴れ馴れしくしては山口のきげんを損じると、私には適当な距離を保っていた。

「高倉さんは、あれから、ずっとパリに？」

「ええ、まあ……ね」

「エッチングは？」

「由子ちゃんは、プレスをいじるのが好きだったね」高倉は話をそらせた。

　私は、もう、山口の目を意識してはいられなかった。高倉の腕にすがるように躰を寄せた。

「高倉さん、私の部屋に来て。なつかしいの」

　高倉はうろたえ、何とか山口の前をとりつくろおうとした。

「いま、仕事中だからね。また、明日にでもゆっくり」

「お願い」

「しかし、由子ちゃん、あなた……」

「いいの」

「由子さん、この人がきみの言っていた、隣りのアトリエの……」山口は、不愉快さをあらわに、「銅版画家だときいたが、香水屋さんだったの？」語調に皮肉をこめた。

「奇遇だね」山口は、ゆとりのある態度にもどり、「どうです。仕事が終えたら、三人で」

　言いかけるのを、私は、さえぎった。私と高倉の間に、なぜ、山口が介入してくるのだ。

「すみません、山口さん。久しぶりなので、二人だけでちょっと話したいの。失礼させてください」

　手ひどい、露骨な拒絶だった。山口はさすがに腹立たしさをこらえかねるような顔になった。

　私はアタッシュ・ケースの蓋《ふた》をしめ、左手にさげ、高倉の腕をとってむりやり連れ出した。

「商売の邪魔をするんだなあ。これじゃ、由子ちゃんにたっぷり香水を買ってもらわなくては」

　高倉は苦笑いし、それから、値踏みするような目を私にむけた。

「べっぴんさんになったねえ。御婦人は、まさに、蝶のように化身するね。あなたが、あの、小さかった由子ちゃんねえ」

6

私は、こんなパリでのいきさつを、康志に語りはしなかった。おもしろかったわ、と、苦く笑っただけだった。

私と康志は框に腰を下ろし、私の手は康志の髪を、康志の手は私の胸乳をもてあそんでいた。

康志の髪は、やわらかくて腰がなかった。

私は、高倉の粗《あら》い髪を愛撫していた。

高倉はかなり酔いがまわっていた。

私の部屋に来ると、高倉はまた香水を売りつけようとしたのだった。

私は、手持ちのフランでジャン・パトゥのミルを買った。高倉が持参した中で、最高級品である。もう、ほかには何も買えないけれど、私は、かまわないと思った。

「目が高いな。由子ちゃん」高倉は、商売が成功したのできげんがよかった。

「ジャン・パトゥでは、ジョイが一番有名だけれど、ミルは、ジョイをしのぐものとしてパトゥが世に問うた傑作でね。これ以上の逸品《いっぴん》は、ざらにはないよ。スプレーは持っている?」

高倉は、スプレーを私に買わせ、つけてあげよう、と、耳のうしろに香りの高い液を撒《ま》いた。その手が、細かく震えていた。

「私は、硝酸液のにおいの方が好きだわ」

高倉は何も言わなかった。

「エッチングは、やめちゃったんですか」

「やっていますよ。パリで個展もひらいたしね。かなり好評だった。でも、よほどの大家にならなくては、絵だけではちょっと苦しいんでね」

知人がスーベニア・ショップを経営していて、日本語のできる人がほしいからぜひにとたのまれてね、と、高倉はつけ加えた。

それが虚勢であっても、私は、咎《とが》めだてする気にはならなかった。虚勢をはる初老の男が、哀しく、いとおしかった。

高倉は、ズボンのポケットから何かとり出しかけたが、思い直したようにひっこめ、「由子ちゃん、ここにウィスキーとってもいいかしら」と訊いた。高倉が出しかけてひっこめたのは、洋酒のポケットびんだった。

「どうぞ」

電話をとって、高倉はフランス語で何か喋った。意味はわからないけれど、酒のルームサービスを命じたのだと察しがついた。

「由子ちゃんは?」途中で高倉はたずね、私はいらないと首を振った。

酒を待つ間、高倉は、細身の葉巻を上衣のポケットから出し、「喫《す》ってもいいですか」と訊いた。

「どうぞ」

「由子ちゃんも?」

「きついでしょ、葉巻は」私は首を振った。

「かまわないの? あの人。ごきげんを損ねたら、まずいんじゃないのかな」

「そういう関係ではないのよ。部屋だって、別々でしょ」

よくわからん、というように、高倉は、ちょっと肩をすくめた。その外人めいた仕草が、私には哀しかった。

高倉は葉巻をくわえ、ライターをつけようとしたが、その手がひどく震え、なかなかうまくつかなかった。私は高倉の手からライターをとった。私が火をつける前に、高倉は葉巻を口から離し、洋酒のポケットびんをとり出して、口金を歯でくわえて廻し、ふたを床に吐き捨て、生《き》のまま、ラッパ飲みにした。

「失礼。由子ちゃんは飲まないんだね」

「ときどき飲みますけど。今日も、シャンソン酒場に行ってきたところなの」

「何という店？」

私が店の名を言うと、「あそこは、よくないよ」と、高倉は軽蔑したように言った。「いつまでパリにいるの？　もっといい店に連れていってあげよう。明日」

ルーム・サービスが水割の入ったタンブラーをはこんできた。中年の無愛想な女だった。

高倉がよそ見をしているので、私は伝票にサインし、チップを払った。

タンブラーをあおっている高倉に、私は躰をすり寄せた。

彼を軽蔑したくなる前に。彼が卑《いや》しさをこれ以上露呈する前に。幼いときの幻の影が、まだ白熱した光輝《こうき》を失わないうちに。

私は、タンブラーの横から、高倉の唇に唇をつけた。強い酒は、私の舌も濡らした。

高倉は、酒を飲み干すと、私とからみあうようにして、ベッドにもつれこんだ。

「どうも、飲み過ぎたな」高倉は、間の悪いのをごまかすように笑った。その目は笑っていなかった。白眼は黄ばみ、血管が紅い亀裂のように眼球に走っていた。

「由子ちゃんがそういう御意向とあらば、今夜はもう少しアルコールを控えるんだった」

私は、高倉の首に腕をまわし、顔を彼の胸に伏せていた。彼でさえ、私を救うことはできなかった。

それでも、私は、同じ傷を持つ者同士のような安らぎのうちに、彼に抱かれていた。高倉は、ほとんど男の能力を失っていた。アルコールが彼を侵していた。

私は、曠野《こうや》にただ一人裸で放りだされたように、うそ寒く、それでいて、もう、これでいのだ、この曠野が私に与えられた場所なのだ、と、ゆきつくところにゆきついたような心地でもあった。

高倉が、たくましく私をみたし得たとしても、それは、中学生のとき、私が好きだった上級生が鉄棒から落ちたあの瞬間、私を貫いた陶酔《とうすい》には比ぶべくもないということが、わかるのだった。

男の力を失った男と、女の健康なよろこびを持たぬ女が、一つのベッドに相擁《あいよう》しているのだった。

この日一日で、私は、どれほど涙を流したことだろう。声をあげず、私は、ただ、涙を流していた。

不能の男に抱かれているのは、私には一番楽だった。あの、不快さをこらえる必要もなく、むりによろこびの声をまねることもいらず、それでいて、たしかに、男の躰は私の傍にあるのだった。

私は、不利な戦闘を終わった兵が虚脱して塹壕《ざんごう》に仮寝するように、高倉の胸に顔を埋めていた。

高倉の無惨な転落も、私には、なぜかもっとも自然なことに思えた。

いつのころからだろう。高みにのぼりつめてゆく人間というのは、どこかしら信頼できないところがある、と私は思うようになっていたらしい。

成功する人間、立派な人間、常に前向きの人間、自分だけが物の道理をわきまえているといった人間、指導者づらをするやつ。それは、冷酷さとか、エゴイズムとかを、どこかで巧みにごまかしているとしか感じられなかった。あるいは、彼らはひどく鈍感で、傲慢《ごうまん》で、自分の虚偽を虚偽と自覚さえしていないのだ。

その翌日、山口は朝食の誘いにも来ず、一人で外出した。

私は部屋にこもっていた。街を出歩く気になれなかった。昨夜の夢を、私はベッドの中で反芻《はんすう》した。

高倉がひきあげてから、私は、孤《ひと》りで眠った。

夢の中にあらわれたのは、誰ともわからぬ男だった。私が過去に愛したすべての男たちかもしれなかった。私の餓えは、夢の中で十分にみたされた。

しかし、醒めてみると、それは、あまりに虚《むな》しかった。

夜になって、高倉は、また私の部屋を訪れた。昨夜以上に酔っていた。まるでろれつがまわらなかった。

辛うじて椅子にへたばりこむと、小わきに抱えてきた紙の袋から、折りたたんだ白い布を取り出し、ひろげてみせた。

それは、三十年代のモードの、白いドレスだった。袖山がふくらみ、胴から腰のあたりはほっそりしていた。よほど古いものらしく——実際に三十年代に作られたものらしく——すっかり黄ばみ、レースのへりなどは錆《さび》がふいたように赤茶けてごわごわしていた。背から裾にかけて、焼け焦げた痕が残り、一部分は穴があいていた。

「着て……着てみなさいよ、由子ちゃん」

「何ですか、この服」

「これを着てね、もう一度、名誉挽回《ばんかい》ね。ゆうべ飲み過ぎていたからね。あんたのお母さんはね、着てくれなかったよ。あ、お母さん、どうしてますか。元気ですか。ぼく、あんたのお母さんに、だいぶ悪いことしちゃってね。お金を借りたんだが……。ま、いずれ返しますから、よろしく言っといてください。ちょっと、着てごらん。ほら」

高倉は手をのばし、私の服に指をかけた。

「焦げているわ、この服。火事にでもあったのかしら」

高倉は、笑った。目は笑わず、口もとだけをゆがめた。

「火事じゃないの。におわない？」服の背の焼け焦げた部分を私の鼻先に突き出し、「鼻がつんとしない？」

「ちょっと、かびくさいだけ」

「そうだよな。由子ちゃんが生まれる前だからな」

「鼻がつんと？　それじゃ……」

「そう。酸。硝酸」高倉は、いきなりけたたましく笑った。「ぼくの奥さんのね、花嫁衣裳、これ」

「フランス人だったっていう方？」

「そう。美人でね」

高倉は、強引に、私に着かえさせた。手荒に扱うと破れそうに生地が弱っていた。

「由子ちゃん、よく似合うよ。まるで、ぼくの奥さんだった人みたい」

「こんなにぼろぼろにしちゃって。惜しいわ。硝酸液こぼしてしまったの？」

「こぼしたんじゃない。かけたの。ぶっかけてやったの」

「ひどい！　それじゃ、奥さん……」

高倉は、なおも、のどの奥をのぞかせて笑いつづけた。

「どうして、そんな……」

私がなじると、高倉は、私の耳に口をつけ、

「コキュにしやがったからさ」

おいで、と、私を抱き上げ、ベッドに運ぼうとしてよろめいた。

「あんたのお母さんはね、いやだって。着てくれなかった。頼んだんだけれどね。お母さん、元気ですか。お母さんより、由子ちゃんの方が美人だ。ぼくの奥さんに似ている」

高倉は、母と……私は、高倉と再会して以来、そのことをまるで忘れていた。

黄ばんだ白い服は、私にからみついていた。袖山のふくらんだ袖は上膊《じょうはく》部がぴったり細く、肘《ひじ》から袖口にかけて斜めにひろがって、手を動かすと優雅にひるがえった。

高倉は、ベッドに横たわった私の隣りにのめりこみ、しばらくぶつぶつ呟《つぶや》きながら、愛撫するように手を動かしていたが、じき、睡りこんだ。

高倉の妻だった女の服を着ることに、なぜか、私は何の抵抗感も、嫉妬も、感じなかった。きわ

めて当然の成り行きのような思いで、その服をまとっていた。

背にひりひりと、焼け焦げの痕が痛いような気がした。

7

「由子さんは、冷感症だろ」

康志は、いきなり言った。康志の髪を愛撫していた私の手は、こわばって、とまった。

私は、康志の言葉を封じこむように、唇を重ね、舌をからめた。

「違うわ」

息苦しくなって唇を離してから、私は言った。

「わかるんだよ。おれ、女性経験は、ちょっとしたものだからね」

「違うわ」

私の言葉は、嘘ではなかった。私は一時期、手あたり次第に本を調べてみたのだった。冷感症というのは、性欲、人間にとって全く自然な健康な願望が、欠落している状態だと、冷たい活字の列は教えてくれた。いっそ、まるで欲望がなかったら、と、何度も思った。しかし、欲望までなくなってしまったら、それはもう、老女のようなものではないか。

「かくさなくたって、いいよ」

「そんなことを私に言うために、わざわざ、ここまでやってきたの」

私は康志の肩に腕をからませ、ゆさぶりながら言った。

憤りは湧いてこなかった。康志にずけずけ言われながら、私は、なおりかけた傷口のかさぶたをむりにひきはがすときのような、快さのようなものを感じていた。

潔癖な怒り、も、もう、私から奪われてしまっているのかもしれなかった。

「他人に見られてみたら、どうだろう。ひょっとして、なおるかもしれない」

「それ、どういうこと？」

さすがに、私は、康志を突き放した。

「ためしてみないか」

私の思考は、めまぐるしく動いた。康志の言わぬ言葉の先まで、私は、よみとった。

「ヤス、あんた、まさか……。北陸への旅行っていうの……」

「いい金になるって」康志は、目をそらせて言った。

「冗談じゃないわ。どうしてそんなこと……。あたしのためを思ってなんて、言わせないわよ。あんた、そんなバイトをやるつもりなの。そこまで堕《お》ちたいの。仕事は、いくらだってあるじゃないの。あんなの、よほど食いつめた、もう、どうにもしようがなくなった人のやることよ」

「借金ができちゃったんだよ。でかい」

賭け麻雀で、悪質なプロにひっかかったというようなことを、康志は、ぼそぼそ言った。

「そいつが、かねを稼ぐには……って……。でも、たいしたこと、ないじゃん。他人のを見たいなんて、薄汚い野郎たちだよ。そんな奴らのことは軽蔑しながら」

「冗談じゃないわよ。どうして、その相手に……」

私は、息がつまった。

「だからさ、もしかしたら、治療法になるかと……」

「ばか」

私は、康志にむしゃぶりつき、ゆさぶった。康志はもてあましたように私を抱き、もつれあって転げ、私は奇妙に、口でののしるほど腹を立ててはいないのだった。

それどころか、あさましいことをぬけぬけと口にした康志の愚かさが、いとおしくてならないのだった。

憤れない自分の方が厭《いと》わしく、呪《のろ》わしかった。

こういう、屑のような男しか、私は、愛せなくなってしまったのだろうか。

アル中で、人間のレベルから脱落してしまった高倉にようにこの上ない安らぎをおぼえたように。

あらゆる点から見て申しぶんのない山口を蹴り、私はパリで高倉と虚しい夜を共にした。

高倉は、大言壮語《たいげんそうご》を吐き、そのあとで、どうも今日は飲みすぎた、と、さも何でもないことのように言いつくろって、黒いうろのような口を開けて笑うのだった。

私は旅程どおり、日本に帰った。画廊にいづらくなったので退職し、秋田プロに就職した。

杉並の自宅の近所は住宅がたてこんできたので母に強いてそこを売り、現在の場所に移った。その差額に貯金をあわせ、エッチングの道具を買いととのえた。

指導してくれる人はいなかった。銅版の専門家は、油彩画家ほど数多くない。私は、技術書や、昔高倉のアトリエで得たうろおぼえの知識をもとに、手さぐりで、一人で版画の制作をはじめた。

そんなとき、杉並から転送されてきた高倉の簡単な葉書を受けとった。日本に帰るから迎えに来てくれというのだった。転送に日数がかかったので、葉書が私の手にとどいたのは、高倉の帰国の日取りより後だった。高倉は、私の跡をたどり、この家に姿をあらわした。

パリで別れたときより、はるかに憔悴《しょうすい》し、空元《から》気ばかり目についた。

彼は、ずるずると私の家に居ついてしまった。私が目の眩《くら》むような怒りをおぼえたのは、母が、再び彼と臥《ふ》せっているのを目にしたときだった。

母の表情に、女のよろこびが溢れ、高倉もそのとき、男を取り戻していた。

初老の母が、華やかなけものの表情をみせているのだった。

私は、彫刻刀《ビュラン》を高倉に投げつけた。ビュランの切先は、高倉ののどに突き立った。

生命はとりとめたが、傷つけた場所が悪かったのか、高倉は、声を失った。

母は、このとき、私の側に立った。警察の調べに、アルコール中毒の高倉が錯乱し、自分でのどを突いたと申したてた。

そうして、高倉もそれを否定しなかった。私や母から拒絶されれば、彼は、行き場所がないのだった。

高倉はそのあと、がっくり衰えた。体力だけでなく、精神的にも、痴呆《ちほう》のようになった。時折、ひどく錯乱して暴れ、そのあと、睡りこけた。

私が、あの鉄のプレスの幻影に飾られた高倉への愛が消えているとはっきり感じたのは、ビュランが高倉の羽をむしられた鳥のようなのどに突き立ち、血を噴き上げたときだった。そのとき、私の呪われた沼は、しずまりかえっていた。

母は、その後まもなく脳卒中で死んだ。脂肪分が多かったとみえ、焼くのに時間がかかった。私は、自分が焼かれるときは、かさかさと、枯れ葉のように燃えつきてしまうのではないかと思った。それとも、沼のよどみが、黒ずんだあぶらを浮かべ、いつまでも執念深くくすぶっていることだろうか。

私は、吸いつくように康志の躰に腕をからめ、――一月《ひとつき》、いっしょに家を離れたい、と思った。

康志のバイトの相手をつとめることはできない。見られることのうとましさばかりではなく、あの行為自体が、私には苦痛なのだから。

しかし、この、常識や倫理の枠《わく》からずり落ちた、くだらないことしか頭にない男が、どれほど男らしいすぐれた男性より、私には、いとおしくてならなかった。

どうせ、いつまでも続きはしない。いっしょにいれば、じきに、このいとおしさは消え、たがいにうっとうしくなるばかりだろうけれど、今、このとき、私は彼を恋していた。

「わかったよ。悪かった。取り消すよ」

康志は、閉口したように、私の腕をもぎ放した。康志は、立ち去ろうとしていた。康志の気持ちも、私から離れ去ろうとしていた。

「待って。待っていて」

私は、高倉が寝起きしている、母屋から鉤《かぎ》の手に突き出した部屋に立った。扉の鍵を開けて中に入ると、高倉は、敷きっ放しの綿のはみ出した蒲団に横になっていた。痩《や》せ衰えた躰は、かつての半分もないほどに細く、皮膚がしなびてちりめん皺を作っている。

白い婚礼の服は、まだ高倉の体温を少し残したまま、脱ぎ捨ててあった。

私は高倉の目の前で、服を脱ぎ、背に焼け焦げのある裾の長い白い服を着けた。鍵は開けたままで、康志のところに戻った。

康志は、庭に出て、所在なさそうに、腐蝕槽を眺めていた。

「クラシックな服を着てきたな」

私は、濃硝酸のびんのふたを開け、六十二度の激しい液を腐蝕槽にぶちまけた。

高倉の足音を聞いた。

私は、腐蝕槽の台を背に、康志を抱き、ゆっくりと、唇を合わせた。

背後の足音は、荒く、速くなった。

私の躰は、予感していた。冷たい沼が歓びに湧きたつには、もう、これしか残されていない。

私は康志の肩にまわした腕に力をこめた。

最初の妻の裏切りを罰したときのように、高倉の手は腐蝕槽にのびる。

逃れようとする康志を、私は、強く抱いた。底の方から湧き立つ力を身内に予感しながら。

巫《こうなぎ》の館　他2篇

PART 3

黒と白の遺書

宏《ひろし》、きみが、先生を憎み、ぼくを軽蔑していたことは、ぼくにもよくわかっている。

九月。風に、汐のにおいがひそみ、夏の残光は、なお強烈に、砂丘を灼いていた。

陽光は、刃物の鋭さでぼくの背を襲い、女は、あおのいた全身を、光にさらしていた。

あの女のことは、たいして重要じゃない。金のために、砂丘で、白昼、ぼくと寝た。ただ、それだけだ。

きみにとって、たえがたかったのは、エダだ。九歳のハーフ。透明な皮膚の下を、蜂蜜が流れているようだと、きみが形容した、あの琥珀《こはく》色の肌をした少女。

ぼくと女が砂の上で抱きあうのを、エダはみつめていた。

「ほんとはね、あまり好きじゃないのよ、こんなところでやるの。砂が入るからね」女は言った。「まぶしいのね」ちょっと眉をしかめて笑った。ぽっとりした唇のはしに八重歯がのぞいて、あどけない表情だった。「おいでよ。早いとこ、すまそう」

かなり離れたところに、エダは、いた。それでも、ぼくは、はっきり、エダの視線を感じた。そうして、そのエダの表情に焦点を合わせたカメラの存在も。

潮騒にまじって、たえまないシャッターの音を、ぼくは聞きとっていた。少し顔をあげれば、ぼくの視線のはしに、三脚に固定したカメラのファインダーをのぞく先生——十河明里《そごうあかり》——と、きみの姿があった。

明里は、女にしては、やや骨ばった長身を、ジーンズとTシャツのラフな服装でつつみ、つばの広い帽子で、陽光をさえぎっていた。それでも明里の額は、じっとり汗で濡れていたことだろう。

ぼくの躰の下で、女の肉は、やわらかだった。きみは、タオルを持った手を、明里の額にのばしたが、たえかねたように、

——ちきしょう！

低くうめていいて、タオルを砂にたたきつけた。

——萩《はぎ》さん、やめてくれ！

カメラを固定した三脚が揺れ、とたんに、明里の平手が、きみの頬で鳴った。

そのとき、ぼくは、果てた。閉じた瞼の裏に、見開いたエダの眸《ひとみ》が浮かんだ。一個のレンズが重なった。それは、十河明里の眼だった。

1

木谷《きたに》宏がエダを知ったのは、荻島幹夫《はぎじまみきお》といっしょに、基地の町に出かけていったときだった。

六本木に、ＴＫスタジオという、写真撮影の貸スタジオがある。木谷宏は、スタジオにやとわれた助手である。ライティングから床みがきまで、雑多な重労働に従事している。もちろん、いつまでも下積みでいるつもりはない。プロのフォトグラファーをめざしている。その第一ステップは、プロの写真家のアシスタントになることだ。それも、荻島幹夫のように十河明里のアシスタントにつくことが宏の望みだった。宏が目標とするのは、ロバート・キャパのような劇的な作品を撮る報道写真家であり、十河明里は、女流ではあるが、三里塚闘争を撮った一連の写真の、ハードな迫力で宏を魅了したフォトグラファーであったから。

高校の一年を終え、二年になる春休み、宏は、その写真展を観たのだった。十河明里の名も、そのとき、はじめて知った。写真はすべてモノクロームだった。粒子の粗い画面が、観る者の目を打ちのめした。

ぶきみに光るジェラルミンの楯の列。

鉄の手甲で唇を引き裂かれた学生の顔。

警棒の下で二つに割れたヘルメット。

仰向けに倒れた婦人行動隊員の、股間に突っ立てられた警棒。

学生たちが居坐る地下壕の入口に、土砂を削り落とすユンボ。

なかでもすさまじいのは、クレーン車のワイヤロープでひき倒される鉄塔の写真であった。数枚の連作で、その状況がとらえられていた。

鉄塔にこもった学生や反対同盟員の投下する火焔びん。放水の集中攻撃。ぴんと緊張したワイヤロープ。傾いていく鉄塔。その次の写真で、観客は、地上に転倒した鉄塔が、炎に包まれたのを見る。鉄塔上におかれた数千本の火焔《かえん》びんが引火して、一時に燃え上がったのだ。このとき、放水は中止されている。

望遠レンズを用いたのだろう。鮮明にとらえられた、炎の中の学生の顔のクローズアップ。

そうして、燃えさかる炎の中から這い出し、泥水の中に転げこんだ、焼けただれた姿。

このとき見た数十葉のパネルは、宏に将来の方針を決定させる力があった。

大学にやる余裕はないと、宏は家人に言われていた。写真家を志すものは、Ｎ大の芸術科や、写真学校で、まず技術を学ぶものが多い。しかし、写真家に必要なのは、学歴ではない。実力だ。

高校を卒業して上京し、この春から、宏はＴＫスタジオに住みこんだ。ここで一、二年下積みの仕事をしていれば、写真家のアシスタントに昇格し、それから、独立して自分の仕事ができるようになると教えられたからだ。

働きはじめて、最初考えていた以上に苦しい生活であることを、身にしみて思い知らされた。住みこみだから家賃はいらないといっても、月給は、わずか二万五千円、食べるだけでぎりぎりいっぱいだ。そうして、仕事といったら、スタジオの床のペンキ塗り、重いライトのセット、あとかたづけ。カラーバックを天井から吊り下げたり、とりはずしたり……。撮影技術とはまったく関係ない仕事で、貴重な若い日々が消えてゆく……。

十河明里は、スタジオ撮影はほとんどしない。事務所にもあまり出てこない。宏は、あてがはずれた。貸スタジオは六本木周辺にいくつかあるが、特にTKスタジオを選んだのは、ここに十河明里の事務所と仕事場があることを知ったからだ。欧米では、フォトグラファーは、自分のスタジオを持っているのがふつうだが、日本では数が少ない。大部分の写真家は、貸スタジオを利用する。自分で持つのは、金がかかりすぎるからだ。TKスタジオ・ビルには、十河明里のほかにも、数人のフォトグラファーが、それぞれの事務所と仕事場をかまえている。

十河さんは、三里塚以来、スランプらしいぜ。先輩の助手たちから聞いた。三里塚で、あまりすごい仕事をしたんで、それを乗り越えらなくなっちまったんじゃないかな。

明里をみかけることは、少ないが、明里のアシスタントの荻島幹夫は、週のうち半分は、事務所につめている。荻島は二十四。長身で、無口で、ひどく暗い目をしているというのが、宏の受けた印象だった。

十河さんと荻さんは、できているんだぜ。

これも、先輩たちの噂である。

同じビルの中だから、よく顔は合わせる。宏は、荻島と親しく口をきくようになった。十河さんのアシスタントにつきたいのだという希望も口にした。

先生は、このごろ、あまり仕事をしていないからな。荻島は言った。

でも、きみの希望は、伝えておくよ。

その言葉だけでも、宏は、見とおしが明るくなったような気がした。

荻島が、カメラを三つ、首からさげて外出しようとしているのを、宏はみかけた。

「仕事ですか？」

「プライヴェイトなね。おれの抗鬱《こううつ》薬みたいなものさ」荻島は言った。どことなく、投げやりな口調だった。

「どこへ行くんですか」

荻島は、基地のある町の名をあげた。

「十河さんの仕事じゃないの？」

「ちがう」

一つの戦いの終焉《しゅうえん》を撮りにいくのだと荻島は言い、キザだな、と苦笑した。

「連れてってくれませんか」

「仕事中だろ」

宏は、他の助手仲間と、ライトの点検をしている最中だった。

「今日は、スタジオ撮影はないんですよ。珍しく、暇なんだ」

「来てもいいが、腕の一本ぐらい、へし折られるかもしれないぞ」

「腕は困るな。カメラマンは、躰が資本だ」と言いながら、宏は、はだしの足にサンダルをつっかけた。

「靴にしろ」と荻島は言った。「サンダルでは、いざというとき、逃げられない」

2

ベニヤ板とトタンとプラスティック波板で作られた監視小屋の入口には、〈営業中〉と記された金属製のプレートがかかっていた。皮膚病にかかった猿のように、塗料がまだらに剝げ落ちていた。

「営業中だった」

宏は笑った。

「ごみ箱から誰かが拾ってきたやつだ」荻島が言った。

「ふざけてるな」

「小屋がここにあるかぎり、営業中だ。二十四時間営業だ。だが、ついに……」

市の公園の片隅に建てられた五坪弱の掘立小屋の背後には、市の全面積のおよそ六分の一、六〇八万平方メートルをしめる広大な基地がひろがっていた。ときおり、ヘリコプターの爆音が空を圧する。

米軍に提供されていた基地は、一九七一年、返還されたが、同時に、自衛隊の使用が決定した。移駐に対し、住民や学者のはげしい反対運動がはじまった。人殺しの軍隊は帰れ！　プラカードをかかげて、デモが繰り返された。いくつかの反対同盟が結成された。基地の周辺の空地に、移駐を監視するテント小屋が並び、学生たちは泊まりこんだ。主婦たちも、子供連れでデモに参加し、闘争は、一時期、盛り上がった。

闘争は長く続いた。市民は疲労し、デモは下火になった。学生たちも、散り、テントは除去されていった。

最後の拠点である、ただ一つ残った監視小屋が、その日、とりこわされようとしていた。

市からは、それまでに、何度も、小屋を撤去せよという通告が出されていた。小屋の建つ公園は、児童の遊び場として設置された公有地である。目的外使用は認められないというのが、市側の言い分であった。団体交渉が繰り返された。公園が正当に使用されていないというけれど、基地があるかぎり、公園は、子供が健全に遊べる場所にはなり得ないではないか。監視小屋は、子供たちの遊びを少しも妨げてはいない。学生たちは主張した。小屋で遊ぶ子供たちのスナップ写真も提供された。そんなことを、来る道みち、荻島は宏に語った。

「スナップ写真って、荻さんが撮ったの？」

「おれが撮ったのもある」

「しじゅう、撮りに来ていたんですか？」

「いや、気のむいたときだけだよ」

「金がかかって、大変でしょ。写真、自分で撮るのは」

アシスタントに昇格しても、待遇は、それほどよくなるわけではない。月給は、三万五千円が相場である。

「アシスタントの役得は、仕事場にある印画紙やフィルム、それに現像、引伸しなんかの機材も、かってに使えることだよ。まともに自分で金払っていたら、五、六万はかかるところが、ただになる」

小屋の窓から、若い男の顔がのぞいた。お、と、荻島は、かるく手をあげた。

「まだ、集まっていないんだな」

「ああ、入れよ」

荻島は、宏をうながし、たてつけの悪い小屋の戸を開け、中に入った。内部は二つに仕切られ、奥が、自衛隊員むけの反戦放送を行なう放送室、手前の部屋には古畳を敷き、寝泊まりできるようになっている。古い蒲団が隅の方にたたんで積み重ねてあり、壁にはゲバラの写真が貼られ、狭いスペースに数人の学生がたむろしていた。

「サッちゃん、来ないのか」

荻島は、学生の一人に訊いた。

「彼女、妊娠三ヶ月。日和《ひよ》らせた」

「大丈夫なんですか」宏は、荻島に、「こんなのんきにしていて。とりこわしは、何時からなんですか」

「市の通達では、予定は、明日なんだ」学生が言った。「だが、おそらく、今夜中か、明日の未明にはぶっこわしの連中が来るだろうな。こっちは、四時ごろからピケをはるつもりだ。あまり早くから集まると、無届け集会だ、凶器何とかだと、警察側に排除の口実を与えることになる」

飲むか、と、学生は、トリスのびんを棚からとった。

「豪勢だな」

「団地のオバハンたちの差し入れだ」

そう言った学生が、はっと聞き耳をたてた。窓から外をのぞいた。

「畜生！　来やがった！」

黄色いヘルメットをかぶった作業員の一隊が、近づいてくる。鳶口《とびぐち》や掛矢をかついでいる。うしろからブルドーザーが一台。

「オーバーなこった。小屋一つぶっこわすのに」

「どうする？」荻島が学生たちに訊いた。宏は、身震いした。作業員は、二、三十人はいた。おまけにブルドーザー。こっちは、素手の学生五人。それに荻島と宏。

「多勢でピケをはったところで、小屋の寿命がちょっぴりのびるだけの話だ」

学生たちは、淡々としていた。

「ただ、騒ぎが大きくなれば、アッピール効果があると思ったんだが、こいつは、戦略上の失敗だな。まあ、できるだけ、がんばりましょ。写真屋さんは外に出ていてくれ。外からの方が、ぶっこわしの状況がよく撮れるだろう。おれたちのビビった顔撮っても、はじまるまい」

「そっちは、中で坐りこむのか」

「ああ。人間がいるのに、ブルドーザーで押しつぶすことはできないだろう。どれだけがんばれるか、わからないが」

「じゃあな」と荻島はかるく言い、宏をうながして外に出た。すぐに窓は閉じられ、中で、戸口や窓にバリケードを築く気配がした。

小屋の外に、躰をかくすような場所はなかった。基地を取り巻く金網の塀。ブランコやすべり台。

「あの上から撮るか」と、荻島は、すべり台にのぼった。宏もつづいた。

作業員たちは、駆け寄ってきて、小屋をとりかこんだ。

「中にいるやつら、出てこい！」

ドアを叩いて、わめく。

そのとき、小屋から、マイクを通した歌声が、流れ出した。放送室を使っているらしい。ギターの伴奏が加わった。


生きていくのは、ああ、みっともないさ　あいつが死んだときも　おいらは飲んだくれた……

（岡本修己作詞〝おきざりにした悲しみは〟より）


「ふざけやがって！」

掛矢の一撃で、ドアは砕けた。積み重ねた机や蒲団がくずれ落ちた。男たちは中に踏みこんだ。

荻島は、ファインダーをのぞき、たてつづけに数度シャッターを切った。ふいに、手をとめ、「いかんなあ」と嘆息のような声を出した。

「カメラ、調子悪いんですか？」

「いや、調子の悪いのは、おれだよ。のらないんだなあ」

「貸してください。ぼくが撮る」宏は、ほとんど奮然とした声で、手をのばした。

荻島は宏の顔を見、カメラを一個、宏の首にかけた。

「大事に使ってくれよ。借り物だ」

学生たちが、ひきずり出されてきた。宏はシャッターを切った。ファインダーの中で、小さな影像が、なぐりあっていた。一人を数人がとりかこみ、袋叩きにする。

小屋が空になったとみて、ブルドーザーが動き出す。鈍重な巨体が、小屋にのしかかり、押し倒す。

「畜生！」と、学生たちの罵る声がきこえた。いくら予測していた結末とはいえ、小屋が踏みつぶされてゆくのを目前にするのはたえがたい痛みに違いないと、宏にも思えた。宏も、思わず、ばかやろう！　とどなっていた。手近に石があれば、投げつけるところだった。

「静かにしていろ」荻島が注意したが、男たちは、すべり台の上の二人に気がついた。宏がかまえたカメラにも。

男たちは、すべり台に殺到した。

「カメラを奪られるな」荻島がささやいた。

のぼってくる男たちを蹴落とそうとする足をつかまれた。力ずくでひきずり下ろされる。拳が襲いかかる。

基地反対同盟のメンバーや支援の学生が集まったとき、小屋は、みるかげもない古材の残骸となり、血に濡れた学生たちが、うずくまっていた。

夜、皆は、小屋の残骸を公園の中央に集め、火を放った。

宏は、泪ぐんだ。

「荻さん」

くっ、と、のどの奥で泣き声が洩れそうになった。荻島の、冷淡とも見える落ちついた表情が、ものたりなかった。

「荻さん、口惜しくないの」

「おれは、不感症になっちゃってね」荻島は言った。「十河明里に食われちまってね」

「え？　どういう意味だい」

「いや、べつに」

「食われちまったって……？」

平静なようでも、荻島も昂奮して、とりとめもないことを口走っているのかと、宏は思った。仕事の面で凌駕されることを、食われると表現するけれど、荻島が言ったのは別の意味だったと宏が知ったのは、ずっと後になってからである。

「十河さんてのは、不感症なのか。こういう場面に出くわしても、感動のかけらもない人なのか」

「いいや、その逆だ」荻島は首を振り、生きていくのは、ああ、みっともないさ、と、学生たちが歌った歌の一節を、つぶやくようにくちずさんだ。

「おれはそのうち、十河明里と心中するよ」

炎をかこんで、人の環ができていた。町の人たちも集まってきた。野次馬もいれば、学生たちといっしょにガリを切りアジビラを刷り、デモを行った団地の主婦たちもいた。

宏は、シャッターを切ることを忘れていた。自分の感情にのめりこんでいた。炎は、夜空に燃え上がった。

「去年の暮れも、ここで火を燃やしたわ」

主婦らしい女たちがささやきかわしていた。

「ボン・ファイアでね。小屋は健在だった。みんな、歌って……ギター弾いて……フラメンコ踊る人がいたり……」

いま、歌声はなかった。踊るものも、もちろん、いない……踊り出した！　人の環の中から、小さな女の子がとび出し、まるで炎に酔ったように。

「この餓鬼、浮かれてやがる！」

男の一人が、少女をなぐった。少女は、よろけて、ちょうど傍に立っていた宏の胸にもたれこむかっこうになった。

宏も、少女が踊り出した瞬間、腹が立ったのだ。しかし、少女を抱きとめたとき、思わず、

「やめろ！」

男にむかって詰めよっていた。

「子供じゃないか」

汗ばんだ、しなやかな少女の躰だった。宏は、かすかな血のさわぎをおぼえた。

少女は、宏を見上げた。ふいに、身をひるがえし、人ごみの中にかくれ、見えなくなった。

小屋の残骸は燃えつき、炎は消えた。黒く炭化した柱材がくすぶっていた。

パトロールカーや私服、制服の警官も混って、

それとなく警戒している通りを、荻島と宏は、駅の方にむかった。

「帰るの？」

宏が聞き、

「飲むか」荻島は言った。

駅のそばの、小さい飲み屋に入った。荻島にもはじめての店だった。

そこで、ふたたび、さっきの少女を見出したのだ。深夜だというのに、眠そうな顔はしていなかった。一人で、喋ったり、身ぶりをしたりしていた。

「手を、どうしたの？」

左手の動きがぎこちない荻島に、ママが訊いた。

「くじいたみたいだな」

作業員に蹴倒されたとき、カメラをかばって、不自然な形に手をついたのだった。

「痛む？」宏は訊いた。

「ああ。ちょっとな。こっちの道楽で怪我したんだから、しかたがない」

「道楽？」隣の止まり木に腰かけていた男が聞きとがめた。荻島とは顔だけは見知っている反対同盟のメンバーで、三十をすぎた、サラリーマンらしい男だった。

「きみは、道楽で、写真を撮りに来ていたんですか」

カウンターの隅にいた少女が、突然、けたたましい声で笑いだした。客の話を耳にして笑ったのではなく、一人遊びしているうちに、おかしいことを思いついたらしかった。

「あの女の子、ママの子かい」荻島が訊くと、

「そうよ」ママはうなずいた。

「いいのかい、こんなところに」

「こんなところは、ごあいさつね」

「何だか、さっきから、一人でぶつくさ言ってるじゃないか」

「エダ」ママは呼びかけた。「今、何なの？」

「火」エダは答えた。

「火がどうしたんだ」

「火になってるつもりなんでしょ」

「ああやって、しょっちゅう、ぶつぶつ一人芝居しているのかい」

「空想力がゆたかなのよ」

「肌の色が、きれいだね、あの子」宏は、小声で荻島に言った。ママは耳ざとく、

「あんた、きれいだと思う？」

「ああ、実にきれいだ」

「あたしもきれいだと思うんだけどね、世間では、そうは思わない人の方が多いらしいね」

「眼がいいな」荻島が言った。「きついようで、ちょっとシニカルで……。いくつだい、彼女」

「九つよ」

「九つでシニカルってのはないか」

「あんたも、いい眼してるわよ」

地元の基地反対同盟のメンバーが、二人、のれんをわけて入ってきた。すでに他で飲んだらしく、足もとがたよりなかった。

「迫力のあるのを撮ってくれましたか」

荻島に話しかけてきた。

「だめですよ。この人は、道楽で撮っているんだそうだから」荻島の隣の男が言った。

「道楽？」男たちの表情が、けわしくなった。

そのあと、何がきっかけでなぐり合いにまで発展したのか、宏にはおぼえがない。宏も酔っていたからだろう。

「内ゲバは止めなさいよ」ママがどなった。そうして、いつのまにか、また、仲良く飲みあっていた。

「おれは、だめなんですよ」荻島は、誰にともなく、つぶやいていた。

駅のベンチで、荻島は吐き、宏は、彼より長身の相棒を、もてあました。

「荻さん、ずいぶん、今夜は荒れましたね」

「おれは、いつだって、こんなふうだよ」荻島は、ろれつのまわらない口調で言った。

「あの、エダって娘の眼を見たか」嘔吐のあいまに、荻島は言った。「おれたちがなぐりあっている間、うっとり、みつめていたぜ、あの子。女とよ……女とやって……いっちまうとき、ああいう表情をするな、女って……」

「いっちまうって、別れるときですか」

「ばか。おまえ、未経験か」

3

一日おいて次の日、「二時から、二スタを十河さんが使うから、ライトの準備をしておけ」スタジオの事務員に言われた。

「十河さんが、スタジオ撮影するんですか？　珍しいな」

「あの先生、ずっと、スランプみたいだったからな。方向転換してみるつもりだろう」

明里より先に、荻島幹夫が、スタジオにやってきた。左手に包帯を巻いている。宏が驚いたことに、荻島は、エダを伴っていた。

エダは、赤と白の横縞のTシャツに、ベルボトムのジーンズという小粋なかっこうだった。はじめて、明るい光の中でエダを見た。エダは視線を宏にむけ、宏は、まるで、二十ぐらいの娘にみつめられたような気がした。

十河明里が、自分で車を運転して、到着した。第二スタジオには、すでに、ライトの用意がととのっていた。

「カラーバックは、どうしますか」荻島がきいた。

「ホリゾントのままでいいわ」

明里の声は、少し嗄《しわが》れていた。

宏は、緊張した。ここで認められれば、明里のアシスタントに採用してもらえるかもしれない。スランプだという噂だが、それは、いっときのことだ。スランプというのは、いつかは乗り越えられるものだ。あの、キャパだって、戦争写真を撮るのを嫌悪した時期があった。朝鮮戦争を、一枚も撮ろうとしなかった。スペインの内乱を撮り、アルジェでロンメルとアイクの対戦を撮り、ノルマンディ作戦を撮り、ベルリンの陥落を撮ったキャパにも、そういう時期があった。しかし、彼はふたたび戦場にかえった。インドシナ戦線で、地雷に触れ、爆死した。四十一歳で。

そういえば、十河明里は、いくつなんだろう。ちょっと見たところ、二十五、六だが、近くで見ると、思ったより老けているな。三十はすぎているのだろうか。ひどく疲れたような顔をしている……。暗い眼。荻さんより、もっと、ずっと……。

「脱ぎなさい」

明里の声に、我れにかえった。

——へただな。

宏は思った。ほかのフォトグラファーのスタジオ撮影に、何度もつきあっている。婦人科を専門にしている先生は、脱がせるのが上手だ。素人の若い娘でも、何となくいいムードにして、抵抗なく、脱がせてしまう。明里は、ぶっきらぼうに、脱ぎなさい!

これじゃ、いくら子供だって、こわばっちまうよな。

白く塗られた床に、エダは視線を落としていた。

「脱がせなさい」

エダのそばにいた助手の一人が、Tシャツの裾に手をかけた。

明里のほかに、アシスタントの荻島と、宏たちスタジオ専属の助手が数人、エダを遠巻きにかこんでいる。

白い天井。三方をとりまく壁も、床も、すべて白い。全面をホリゾントでかこまれたスタジオは、純白の空洞である。

エダは、助手の手を拒んだ。自分で、シャツを脱ぎ捨てた。ジーンズのベルトをはずし、ファスナーをひきさげる。

モデルのヌードは、いやというほど見なれていた。しかし、このとき、宏は、周囲の人間の目をさえぎってやりたい思いがした。裸身をさらそうとしているエダがいじらしいような、いとおしいような、これまでに経験したことのない気持ちだった。

　ふと、宏は、いぶかった。自分の目の錯覚かと思った。エダが微笑したように見えたのだ。大人びた流し目を宏に送り、からかうような微笑を送ったと思えた。

　一瞬、はぐらかされた気がした。エダは、ヌードになることに、こだわってはいないのか。羞恥心を持つには、稚《おさ》なすぎるのだろうか。

　ジーンズとパンティをいっしょに足もとに落とし、エダは、全裸になった。白一色の空間の中に、琥珀色のエダは、突っ立っていた。

　エダの胸は、まだ、ほとんどふくらんではいなかった。乳頭のまわりが、わずかに丸みをおびているだけだった。

　それなのに、——なまめかしい——と、宏は感じた。躰が昂っていた。あの、骨の細そうな、しなやかな躰を、抱きしめてやりたい。炎の傍で踊り出し、なぐられたエダを抱きとめたときの、あの感触。

　十河明里は、ポーズの指図はせず、自由に遊んでいなさいと、前もってエダに命じてあった。

　手もちぶさたに、エダは、たたずんでいた。何をしようかと、小さい頭で考えこんでいるようだった。眉をひそめ、額に人さし指をあてた。明里は、シャッターを切りはじめた。ストロボがたてつづけに光る。

　急に、エダは、腰をうしろに突き出し、右手の甲を顎にあて、挑戦的な目を十河明里にむけた。ちょっと腰を振りながら、おどけた表情で歩き出した。周囲の目を意識して、動作はぎこちなかった。

　間断なく明滅するストロボの光の中で、エダは、次第に、自分の演技に陶酔してゆく。ひとりごとを言い、みぶりをし、何かの役になりきっている。はじめは、鳥のまねをしていたらしいが、みぶりは奔放に変化し、エダは、自分の世界に没入した。ライトの熱気が集中し、エダの肌に、汗がふき出した。

フォトグラファーによっては、撮影中も、モデルをリラックスさせるために、冗談を言って、雰囲気を和やかにしたり、あるいは逆に、神経質にぴりぴりして、ほとんど殺気だつのもいる。明里は、そのどちらでもなかった。無表情に、彼女自身が鋼鉄の機械であるかのように、動いていた。

荻島は、明里の脇についていた。左手が不自由なのに、明里はそれを無視し、片手では不可能な仕事をぶっきらぼうに命じ、荻島も、できませんとは言わず、命令に従っていた。一巻撮り終わると、す早く、新しいフィルムを装てんしてあるカメラを渡す。ぴったり、呼吸があっている。動きまわる明里の足にからまないよう、荻島は、ライトのコードに気を配る。ひざまずいた荻島は、女王に献身する騎士のようにみえる。

周囲に人がいないもののように、明里はふるまった。荻島をふくめて、その場にいる助手たちは、すべて、撮影をもっとも効果的に進行させるためのパーツであった。

——この人についたら、仕事は、楽しくはないだろうな……。

助手たちと、まるで友達同士のようなつきあいをしてくれる先生もいる。

——しかし、仕事というのは、これでいいのかもしれないな……。厳しさのあった方が……。

厳しいというのではない。明里には、何か周囲の気分まで滅入らせるような重い暗さがあった。それを、宏は、分析的に把握できなかった。厳しいという印象で捉えていた。

ふいに、宏は、はっとした。エダの、肩や腕よりはやや白い内腿を、一筋、紅い糸が這うように、血が流れたのだ。思わず、明里の顔を見た。明里も気づいたはずだ。撮影は、中止しなくては。

明里は、アングルをロウにした。カメラの焦点を、たしかに、その内腿にあわせていた。

やめてください、と叫びたくなるのを、宏は、こらえた。彼には、その権限はなかった。

エダがとびはねる床に、紅いしたたりが残った。誰の目にも、鮮やかだった。助手たちの間に、無言の動揺がひろがった。ストロボは、きらめきつづける。

エダは、無意識に内腿をこすりあわせた。それから、眉をしかめ、いぶかしそうな表情になった。おそるおそるというように、視線を下に落とした。きっと頰が赤らんだ。裸体になるときも、エダは、たいしてひるまなかった。最初はいくらか虚勢をはっていたのかもしれないけれど、周囲の視線を無視し、一人遊びに没頭することに成功した。しかし、今、さすがに、エダは瞳をうるませた。唇のはしがひきつれた。腿をぴったりあわせ、立ちすくんだ。その表情と姿態を、明里は、冷ややかにカメラにおさめていた。

四つん這いになり、白い水性ペイントをたっぷり含ませた刷毛で、宏は、床を塗る。

スポット・ライトのスタンドをひきずった痕、床の薄い汚れは、白く塗りつぶされる。

シャツを脱ぎ捨てた宏の背に、汗がふき出す。額からも汗はしたたり落ち、床についた手の甲を濡らす。だだっ広いスタジオの床を、撮影終了ごとに塗りなおすのは、TKスタジオ専属の助手たちの、重要な仕事の一つになっている。

宏の手が、ふと、止まる。

床に残る薄紅いしみ。

撮影が終わり、十河明里も、荻島も、助手たちも、そうして、モデルに使われたエダも、みんな去り、空虚になったスタジオに、薄いしみだけが残っている。

宏は刷毛を動かす。雑巾でぬぐっただけでは拭きとりきれなかったエダの躰の血の痕は、純白の輝きの下に塗りこめられていく。

「宏」

階上から下りて来た荻島が声をかけた。

「飲みに行かないか」

かなり、ショックだったな、とつぶやいて、宏は、水割りのコップを目の高さに上げ、それから唇につけた。

「十河さんは、いったい、何を狙っているんだ」

エダの腿に流れた一筋の紅い糸が、宏の脳裏にこびりついていた。そうして、エダが気づかぬうちに、明里がアングルをロウにして、その内腿に焦点をあわせたことも。

「いやだ」と、宏は首を振った。「あんなの、エロティシズムでも何でもないよ。ただの悪趣味だ。そうだろ。おれは、エダがハーフだから、何か社会的なプロテストの意味で、エダを撮るのかなと思った。それなのに……十河明里って、あんなの撮る人だったのか。おれは、三里塚の十河明里にあこがれていたんだ」

「宏も、あの写真展を観たのか」

「ああ」

「おれもだ」荻島は言った。「そうして、十河明里の弟子になった」

「一昨日の、監視小屋の終焉は、よかったよ。おれは、はじめてなもんだから、昂奮しちゃって、ろくな写真撮れなかったけれど、あの時は、やっぱり、じーんときたなあ。小屋の中にたてこもって、みんな、歌っていただろう。ひどく悲愴ぶったりしないで。破壊された小屋を燃やしたとき、おれ、恥ずかしいけど、泪が出ちゃったな。あのシーン、撮るんだった。もう、夢中で、ファインダーのぞくの、忘れてた。失格だな、カメラマンとして。でも、おれは、ああいうのを撮りたいな」

「おまえがあのとき、シャッターを切ったとして、はたして、おまえの感動に見合うだけの写真が撮れたかどうか、疑問だよ」

「そりゃあ……おれ、まだ、新米だからさ。意欲に表現技術が伴わないいってことは、あるさ。でも、今にみてろって……」

「いいよなあ、宏は」からかっている口調ではなかった。「今にみてろ、と言えるってのはなあ」

「荻さん、少し、おかしいよ」宏は、荻島の顔を見た。「飲むと、気持がダウンする方なのかい? 損な酒呑みだな」

「しらふでも、おれは、こうだよ」

「おれだって、わかってるよ。カメラマンの世界は、競争が苛烈だ。カメラマンになりたいってのは、わんさといる。かっこいいもんな。その中で、のしていこうっていうのは、大変だよ。でも、おれ……」

そりゃあね、ときどきは、ふっと、気になるんだ、と、宏は、つづけた。

「はたして、おれに、できるだろうかって。見てると、才能だけじゃないものね。世間に名を出すには、売りこみの技術とかさ、なんか、政治的手腕ていったものが、必要みたい。おれ、そっちの方はからっきしだめだからなあ」

「おまえまで、十河明里に巻きこまれるなよ」

「え?」

「いや、十河さんて、こう……陰気な感じがしなかったか」

「うん……そうかな。怖いって気はしたけれど」

「宏、飲みに誘ったのは、十河さんから伝言があったからなんだ。臨時だけど、おまえを、アシスタントに使いたいって」

「え、本当?」

「ルポの仕事じゃないぜ。婦人科……っていうより、むしろ、小児科だな」

「エダ？」

「ああ」

「荻さん、やめるつもりか？　その後釜？」

「いいや、そうじゃないさ。おれは、とことん、十河明里にはつき合うよ」激しさのこもった声で、荻島は言った。

――荻さんと十河さんは、できているぜ。

噂を、ちらっと思い出した。

「エダが、ひどく、宏になついただろう」

宏は、ほんの少し、頰を赤らめた。

「むこう一ヶ月ぐらいかけて、エダをモデルに、連作を撮る予定だ。今、彼女、学校は夏休みだから、ちょうどいい。その間、宏にも、アシスタントをやってほしいっていうんだ。もし宏が承知なら、スタジオの方には、おれから話をつける」

「そ、そりゃあ……ありがたいけど……」

宏は、口ごもった。

「アシスタントって、まさか、エダのお守《も》りだけじゃないんだろ。現像室にもいれてもらえるんだろう」

「そっちは、おれが、面倒見てやるよ」

「たのむ。荻さん。おれ、早く、現像や伸しやりたくてさ」

「仕込んでやるよ。それから、もう一つ、頼みがある。夜、エダをあずかってほしいんだ」

「おれが？　エダを？」

「あの子の家は、遠いだろう。スタジオまで、一時間半近くかかる。通うのは大変だ。夜、おまえのところに泊めてくれ」

「スタジオの、物置だぜ。おれの寝てるところ」

頼んだぜ、と、荻島は、押しつけるように言った。

「エダは、今日はうちに帰ったの？」

「いや、事務所で眠っている。そうだ、今日撮ったやつ、これから、現像しよう」

荻島は勘定を払って外に出た。

「おごってもらって、悪かったな。荻さんだって、金、ないんだろ」

そう言ってから、十河明里と肉体関係にあるのなら、ふつうの相場以上に、特別な手当をもらっているのかなと、宏は思った。ちょっと、いやな気がした。しかし、荻島は、いつも、あまり金まわりがよさそうにはみえなかった。

——噂は噂だ。どこまで真実か、わかりゃしない。


エダは、事務所のソファで眠っていた。荻島と宏は、暗室に入った。薬液の、酸性のにおいが鼻をつく。

闇の中で、リールにフィルムを巻きこみ、現像液にひたし、ロール・タンクに入れる。それから、セーフ・ライトをつける。

停止、定着、水洗、と、荻島は、なれた手つきで仕事をすすめ、宏は、コツを盗もうと神経を集中する。

十本近いフィルムを乾燥させるための錘をつけて吊り下げ、「今日は、ここまでだ。明日、焼き付ける」

暗室を出て事務所にもどり、「エダ」と、荻島は呼びかけた。エダは、すぐ、目を開いた。さっきから起きていたらしい。

「今夜から、宏といっしょだ。大丈夫だな。ママが恋しくなったりしないな」

前もって荻島から話してあったとみえ、エダは、あっさりうなずき、宏に手をのばした。宏がエダの手を握ると、はずみをつけて起き上がり、すぐ、手を離した。

三畳ほどの物置である。宏が寝泊まりするようになったので、中においてあったがらくたは処分された。不要品ばかり放りこんであったのである。

コンクリートの床に、古畳を二枚敷きこみ、暑いので、ドアは開け放してある。冬になるまでに、もう少しましなねぐらを探さなくてはと思っている。

「汚いところで、驚いた？」

エダは、ちょっと、肩をすくめた。

「さあ、寝よう。眠いだろう、途中で起こしちゃったから」

蒲団を一枚敷くと、それで、ほとんど、いっぱいになる。蒲団を壁ぎわに片寄せ、あいたところに毛布を折って敷きこみ、並んで横になった。エダは、毛布の間にもぐりこんだ。小さい尻の丸みが、毛布の下で動いていたが、やがて、静かになった。

4

キャビネ判に伸ばされた写真が、事務所の机の上に二山、重ねてある。

十河明里が、ソファに坐り、一枚一枚、めくってゆく。

宏と荻島幹夫も、画面を眺めている。

宏は、認識をあらためないわけにはいかなかった。太腿をつたう血の一筋は、少しも、いやらしい感じを与えなかった。美しかった。

稚ない女の子が、より成熟した少女に変貌する瞬間。驚き。困惑。不安。恥じらい。エダにとって、それは、初潮であった。悦《よろこ》び。誇り。

微妙に揺れ動く表情を、カメラは捉えていた。

「違うわ、幹《みき》」

明里は、印画紙を机の上に投げ出すように置いた。疲れた表情をしていた。

もう一つの山をとり、めくる。

「違うわ」と、首を振る。

「いいんですよ。先生」荻島の声に、包みこむような暖かさがある。

「よくないわ。違うのよ」

「これは、これでいいんですよ」

「だめなのよ」

明里は、前かがみになり、両手で額をささえた。打ちひしがれたように見えた。撮影のときの怖いような厳しさとは、まるで別人だった。

荻島は、明里の隣に席を移し、肩に手をかけた。その胸に、明里は顔を埋めた。疲れはてた病人が、やすらぎを求めている姿のようだった。

「まだ、はじめたばかりだよ」荻島は、明里の耳にささやいた。宏がいることを、二人とも忘れていた。

「やってみよう。ね」

〈いやらしい〉写真を、十河さんは撮るつもりなんだ、と、ロケ地にむかうローカル線の列車の中で、荻島は宏に言った。十河明里は、自分の車で直接目的地に行くということで、列車に乗ったのは、宏とエダ、荻島の三人だけだった。野外撮影には申し分ない快晴の日和だった。エダが手洗いに立ったとき、荻島は、そう言った。

「いやらしい？」

「ああ。先生の狙いは、それだ」

「エダを使って、ポルノでも撮ろうっていうのか」

いやだぜ、おれは、と、宏の声は、思わず大きくなった。

「おまえ個人の感情は、いやでも、アシスタントには自己主張は許されないぜ」荻島は言った。

「アシスタントは、先生の手足だ。自己主張は、独立してからやれ」

いやだ、と言いかけて、宏は、スタジオで撮った写真を思い出した。あのとき、エダの初潮がはじまるとは、十河明里にしても予測していなかったことだろう。撮影中は、むごい、いやだ、と思ったけれど、できあがった作品は、シャープで美しかった。——あれなら、いいや……。

「エダのようなモデルを使えば」荻島は言った。「愛らしく魅力的に撮れるのは、あたりまえだ。プロのカメラマンでなくたって、素人が写したって、そういう写真なら撮れる。もっと、内側の、いやらしいもの、醜いものを、ひきずりだして、画面に定着する。それが、十河明里の意図だ。おれたちは、それに協力する以外はない」

「何のためだ。そんな写真見て、誰が……」

「何のためでも、誰のためでもない。十河明里自身のためだ」

エダが戻って来たので、荻島は話題を変えた。

エダは、宏の隣、窓ぎわに腰をおろすと、窓枠に頭をもたせかけた。空想の中にひたりこみはじめた。父親の顔を知らず、母は水商売という環境と、持って生まれた性質が、エダの空想を助長しているようだった。子供のくせに、あまり心をひらいて打ちとけてこない。自分の周囲に透明な壁を作って、一人で遊んでいる。


列車を下り、バスに乗りつぐ。二十分ほど乗って下りたところは、両側がとうもろこし畠《ばたけ》とトマト畠の田舎道だった。海が近いのに、都会からの海水浴の客はいない。宣伝がゆきとどいていないとみえる。

民宿の小さい看板を出した家に、荻島は宏とエダを導いた。ここにも、相客はいなかった。部落は、半農半漁の暮らしらしい。数年のうちには、このあたりも、コーラの看板やよしずばりの茶店が並ぶ騒々しい海水浴場に変貌してゆくのだろう。

畳が赤く灼けた部屋の障子を開け放し、扇風機を一つ、宿のおかみはサービスに出してくれた。海からの風が入り、気温の高いわりにはしのぎやすい。

冷えた麦茶を飲んでいると、明里の運転するフェアレディが到着した。荻島と宏が、機材を下ろすため外に出る。助手席は、宏の見知らぬ若い女が乗っていた。

一休みして、海岸に出、撮影にかかる。松林のはずれの、ごく狭い一画が、なだらかな砂の斜面になっている。

荻島は、エダを斜面のはしに連れて行き、ここを動いてはいけないと命じた。エダは荻島の命令には従順だった。砂の上に腰を下ろしていた。

宏は、明里が指図するままに、三脚とカメラを用意する。

女は、バスタオルを躰に巻きつけていた。カメラから数メートル離れて立ち、タオルをとった。裸身は白く、肉づきがゆたかだった。乳房は重そうに熟れていた。

荻島が全裸になった。宏は、声をあげかけた。

——ファックを撮るつもりか、十河明里は。

それから、彼は気づいた。十河明里のカメラが、砂上で抱きあった二人ではなく、それをみつめるエダにむけられていることに。

女は、なれていた。たぶん、ピンク映画などに出演する玄人なのだろう。宏は、荻島の表情を見るのが辛かった。宏の目に、荻島は、苦行をたえているもののようにうつった。女を押さえつけ、ねじり倒し、十河明里と宏、エダ、三人の視線の中で、荻島は、屈辱的な行為を行っていた。

怖いものを盗み見るように、宏は、視線をエダにうつした。エダの、唇を小さく開いた歯の間から、桃色に濡れた舌の先がのぞいていた。荻島の腰の律動にあわせ、舌の先は、リズムカルに、歯の間からのぞき、ひっこんだ。エダの眸は、まばたきを忘れたようだった。

シャッターの音が、耳もとで、たえず、きこえていた。十河明里の蒼い頬を、汗がつたった。宏は反射的にタオルを持った手をのばしたが、

——畜生！

タオルを砂に叩きつけた。

「荻さん、やめてくれ！」

明里の平手が、頬に鳴った。そのまま、シャッターを切りつづけた。

海岸の撮影から帰った夜、宏は、躰の中まで熱く、寝つかれなかった。躰の中に昂る欲望を、自分で処理するほかはない。部屋にはエダが寝ているので、宏は便所でそれを行ない、蹌踉《そうろう》として部屋に戻ってきた。エダは、タオルをはいで、斜めになって寝ていた。宏は、そっとエダの躰を押しやり、横たわった。エダは、寝がえりを打つと、宏の腋の下に顔を押しつけた。目がさめているようだった。

——たった九つの女の子だ。兄が妹をかわいがるように、エダがかわいいだけだ……。

エダは、両腕をやわらかく宏の首にからませた。無邪気なかわいい女の子の中にひそんでいた媚に気づくのは、宏にとって、怖ろしいことだった。

いけない、と思いながら、宏の手は、エダのむき出しの肩をなでていた。手のひらが吸いつくような快さだった。禁断の味であるべきだった。

——畜生！

宏は、ののしった。明里に対し、心の中で。

5

ＴＫスタジオは、大スタジオ1、中スタジオ2、小スタジオ1を有している。中スタジオのうち一つは地下にあり、〈黒《ブラック》〉と呼ばれている。ふつうスタジオは白いホリゾントにかこまれているが、ブラックは、全面漆黒に塗られている。乱反射を起こさないので、色調が純粋になる利点がある。

明里の仕事は、モノクローム撮影なので、特にブラックを用いる必要はなかったのだが、この日、他のスタジオはすべてふさがってた。

このブラックと大スタジオは、プール撮影ができる。全面に高さ一メートルほどの枠をはり、水を満たす。

幅八メートル、奥行き六・五メートルの黒いスタジオは、そっくり、プールになった。準備がすむと、明里は、荻島と宏以外の助手を、スタジオから出て行かせた。

カメラは、枠の外にすえてある。

水の中に入って、エダは、楽しそうだった。一人遊びをはじめた。

宏は、明里の脇に立っていた。見学者らしい客が入ってきた。二十ぐらいの娘だった。宏と目があうと、にこっと笑いかけた。宏も、あいそよく目のあいさつを返す。娘は、まるで昔からの友人のような態度で、傍に寄ってきた。スタジオでプール撮影ができるのが珍しいのだろう、機構について、小声で質問する。明里が咎める気配がないので、宏は、熱心に答えてやった。女性に、自分の知識を披露できるのはたのしい。

上からシャワーで水を出して、雨の撮影もできるんですよ。

写真だけじゃなく、CF――コマーシャル・フィルムなんかも、よく、ここで撮るんです。一階の大スタジオだと、自動車が、外からそのまま入れるようになっているんで、新車のポスターなんか、よく撮りますよ。

娘は、ますます熱心に、宏に話しかけ、躰をすり寄せてくる。

そのあとに起こったことを、宏は、思い出したくない。娘は明るい声でよく笑い、宏もつりこまれて楽しくなり、娘はいちゃつき、そのとき、エダがいきなり水面を手のひらで叩いて、水の中にもぐった。宏がジーンズのままとびこんでひっぱりあげるまで、顔を出そうとはしなかった。

その前の晩、宏は、エダの唇に触れてしまっていた。

――エダは、ずたずたにされてしまった。宏は、そう思うようになった。自分から宏に手足をからませ、娼婦のような目つきをする。宏は、エダをどう扱っていいのかわからない。エダがかわいいけれど、一人前の女のような迫りかたをされると、ぞっとする。突き放そうと思うとき、プールの水に顔をつっこみ、息が切れても顔を上げようとしなかったエダを思い出す。

あの女のせいだ。十河明里が、エダをもてあそんで、エダの心を、めちゃめちゃにしてしまった。九つの女の子を、一気に、女にしてしまったんだ。おかげで、エダは、歪《ひず》んだ。——そして、おれも……。

撮影はつづけられていた。

宏の目には、明里が、エダをいためつけているとしか見えなかった。執拗に挑発し、その表情をカメラに捉える。エダが、次第にしぶとくなる手ごたえが感じられる。カメラを意識せず、奔放に、はねまわっている。まるで、エダの方が明里を挑発しているようにもみえた。エダは、カメラの前でも、平気で、宏にネコが甘えるような視線をむける。宏は、ぞくっとする。多くの場合、助手たちは、準備がすむとスタジオを出るようにいわれ、撮影は、明里とエダ、荻島、宏の四人だけで行われた。

その日、明里は、荻島以外の者を全部スタジオの外に出させた。宏も、ほかの助手たちといっしょに、追い出された。

スタジオの向いにあるスナックに、宏は、仲間の助手たちと食事に入った。

「エダってハーフ、ちびのくせに、なんか、いろっぽくなってきたな」助手の一人ケンが言った。

「恋の季節だな。宏、おまえ、エダに惚れられたんだろ」

「どうだ、同棲の気分は」

「ばか！　子供だぞ、エダは」

　ふざけてからかっただけなのに、宏の怒り方があまりにはげしいので、ケンはあっけにとられた。

「十河明里の狙いは、恋する少女か？」

「あの女、気違いだ」宏は言い、

「あ、おまえ、知っていたのか」隆三《りゅうぞう》という二年先輩の助手が、「十河明里は、一時ノイローゼかなんかで、精神科の厄介になったって話だぜ」

「本当か、おい」

「噂だよ。おれは直接は知らない」

「そんなのに、エダを任せていたのか。荻さんは知ってるんだろう。どうして……」

「異常な部分のある者の方が、平々凡々な正常人より、すぐれた仕事をするってことはあるぜ。ムンク、クビーン、ストリンドベリ、ネルヴァル、ヘルダーリン、みんな、精神分裂だ。ニーチェとモーパッサンは脳梅で、ドストイエフスキーはてんかんだ」と、隆三は学のあるところをみせ、かぞえあげた。

「だけど、写真家で精神異常ってのは、きかねえな」と、ケンが、「なぜだろうな。カメラという冷徹なメカには、狂気の入りこむすきがないのかな」

「とにかく、十河さんは、いい仕事をしていると思うよ、おれは」隆三が言った。「焦点を、エダの表情一つにしぼって、微妙な変化をとらえている。ハーフで、表情の動きが大きいから、なお鮮明に出るんだろうな。十河さんの仕事、まだ未整理だし、おれも、全部見せてもらったわけじゃないけど。エダの表情の変化だけで、観る者は、一つのドラマを描きだすことができる。彼女の心のひだをのぞくことができる。ムードだけで、きれいごとにまとめた写真じゃない」

「女の子の心のひだをあばきだすのが、芸術か。単なるのぞき趣味じゃないか」宏はいきりたったが、

「のぞきってばよ」と、ケンが話題をかえた。

エダは、宏にとって、禁断の麻薬になってしまった。

夜、エダは宏の首に両腕をまわし、唇をつける。

「いけないいよ、エダ」

「どうして？　愛してるわ、ヒロシ」

九つのエダが、そう言う。

宏は、思わず、エダを抱きしめ、――畜生！

……、明里をののしる。

――おれは、エダを愛してしまう。愛しちゃいけないのか。十河さん、あんたの鼻をあかしてやろうか。エダから、汚ない醜いものをひきだすって言ったそうだけれど、エダは、すばらしく清純な愛の花を開かせるよ。おれとエダのラブ・ストーリーを撮らせてやろうか。

その日撮影されたフィルムを、荻島が現像するのを、宏は手伝った。荻島に対する宏の態度は、そっけなかった。エダをもてあそぶ明里に加担していているやつだ。荻島は左の二の腕に包帯を巻いていた。手首のいたみはとっくにとれ、包帯はこのところ、ずっとしていなかったのだ。白い布に、血がにじんでいたが、腹をたてている宏は、どうしたのかとも聞かなかった。

深夜、エダが熟睡してから、宏は、暗室に入った。錘をつけて吊り下げたフィルムは、もう、乾いていた。昼間、宏をも追い出して、明里と荻島とエダだけで撮影したフィルムである。

宏は、ネガを引伸機にかけた。プリントするつもりはないから、印画紙のかわりにありあわせの白い紙をおき、キャビネ大にピントをあわせる。映像が鮮明になる。

エダは、微笑していた。宏は、スイッチを切った。こんな微笑を、二度と見たくないと思った。宏の目に、その微笑は、淫蕩《いんとう》としかうつらなかった。

いやだ、と思いながら、つい、別のネガを引伸機にかける。

女が、いっちまうときみたいな……

荻島がかつて言った言葉に、エダの表情は、ぴったり、あてはまっていた。

——エダに、何を見せやがったんだ！　畜生……

宏はののしり、しかし、その表情から、目をそらすことができなかった。

エダは、画面から起き上がり、宏の前に立ち、爪先立って、両腕をからませてくる。エダの息を、頰に感じる。

宏は、エダを抱く。抱きしめる。

——いけない、エダ！

全身を快感が走り抜け、宏の右手は、熱い粘液に汚れる。

宏は、部屋にもどるのが怖ろしい。そこには、幻影ではない、肉の躰を持ったエダが横たわっている。おそらく、毛布をはいで、無邪気に、ネグリジェの裾を腹の方までめくり上げ、足を投げ出して、眠っている。

宏は、暗室の床にうずくまる。闇の中で、エダの微笑は、あいかわらず、淫蕩だ。

6

撮影を中止にしてくれとは言えなかった。言えば、なぜ、と、きかれる。その理由は、誰にも明かすことはできない。エダの躰に惹かれていることなど、誰にも、さとられてはならない。それに、撮影の中止は、エダとの別れを意味した。

エダの躰を愛さずにはいられなくなりそうな自分が怖い。情欲との葛藤が激化するのに比例して、昴まり騒ぐ、もう一つの思いがある。それは十河明里に対する憎悪だ。

——あいつのせいだ。あいつが、おれを、この地獄に落としたんだ。

「畜生、ぶっ殺してやりたい」思わず、歯の間から洩れ、慄然とした。

親指に、力がこもった。この指を、十河明里の首にかけ、絞め上げてやったら……。

どんなに、せいせいするだろう。

明里のマンションにしのびこみ、眠っている明里を扼殺するシーンが、彼の脳裏に、くり返し、浮かぶ。

エダの肌が恋しくてたまらなくなるとき、思わずエダを抱きしめてしまいそうになるとき、宏は、強引に、想念を、明里扼殺のシーンに切りかえる。ぐっと、指に力をいれる。

「ヒロシ、こわい顔してる」エダの、びっくりしたような声に、我れにかえる。

明里のバッグが、事務所の机の上に無雑作に置かれてあった。部屋には、たまたま、宏一人だった。

〈チャンスだ〉ささやく声があった。

強い力にあやつられるように、宏の手がのびた。バッグの口金をあけ、中を探った。金属の手触り。小さい鍵《キー》。

宏は、手の中に握りこんだ。

――まさか、本当に殺《や》りやしないさ。でも……。

手に入ったキーの誘惑は強すぎた。

――殺るんじゃない、殺るんじゃない。

でも……。

宏は、スタジオをぬけ出し、近くの金物屋に行った。三分間で合鍵作りますというコーナーがある。

帰ってきて、ふたたび、キーを明里のバッグにもどす。

宏のジーンズのポケットには、いま、双子のようにそっくり同じ形をしたキーが、もう一つある。

――あんたが、これ以上エダを苦しめるなら……

正確には、おれを苦しめるなら、というところだった。宏は、自分をごまかした。どうにもやりきれない自分自身の情慾の葛藤を、正義感めいたものにすりかえた。

これ以上、エダを苦しめるなら、

――おれは、いつでも、あんたの部屋にしのびこみ……

宏は、ポケットの上から、合鍵の手ごたえをたしかめた。

殺人を、本当に実行できる自分ではないことは、内心承知していた。

しかし、破局は、別の形でやってきた。


それは、エダにとって、まさに、サバトの饗宴であった。ドラム。エレキ。ベース。彼女のまわりで、すさまじい音が鳴りひびいていた。男や女が、影のように、腰をふり、手をひらひら動かしていた。

炎が燃えるように、赤や青のライトが明滅した。

エダも躍った。笑いながら、腰を振り、肩をくねらせた。エダは、裸だった。はじめのころは、服を脱ぐのは少しためらいがあったけれど、このごろでは、気にならなくなった。こっちをみているレンズも、気にならない。

エダは、あれを見たいと思った。あれを見ると、下腹に、つんと、いい気持が走るのだ。エダは、血を見るのが、好きだった。誰かが傷ついて血を流すところを見るのが。それも、エダが好きな、きれいな若い男の人が、血を流して、苦しそうに眉をしかめて、くずれるように倒れるところを見るのが。

だから、エダは、TVの西部劇を見るのが好きなのだ。踏みつぶされた虫が、弱々しくうごめくように、傷ついたヒーローが、苦痛にもがき、やがて、がっくり動かなくなる。その瞬間エダの躰の中で、しびれるような快さがほとばしる。

エダのママの店では、ときどき、喧嘩が起きた。エダは熱心にみつめた。失望させられることもあったけれど、あの快さを、たっぷり味わえることもあった。

いま、ゴーゴーバーで、大人たちに混って躍りながら、エダは、ヒロシが怪我しないかなと思う。ヒロシに抱かれるのも、唇をふれあうのも愉しいけれど、血を流して倒れてくれたら、もっと、すばらしいにちがいない。

ヒロシは、あの、変な女のそばに立っている。いつもカメラでエダをのぞいている女のそばに。あの女は、全然、気にならない。あんなのが怪我しても、つまらない。何も感じない。

ヒロシ　アイシテルワ
激しいドラムの音に消されて、どうせきこえないけれど、エダは、そう言って、にっこり笑う。

何巻めかのフィルムを撮り終わったところで、「少し休むわ」明里は荻島に言った。ソファに深々と腰かけ、躰の力をぬいた。

三脚をかたづけようとする宏に、「あとでもう少し撮るから、そのまま、おいといて」明里は命じ、「あなたも、休憩なさい」

「エダも呼びますか」宏は聞いた。

「彼女、すっかり昂奮しちゃって、さわぎっ放しですよ。あれじゃ、ばててしまう」

「そうね。呼んできて」

中央のスペースで、バンドをバッグに躍っている一団の傍に宏は近づく。手に、バスタオルを持っている。

「エダ」

タオルで、エダの裸の躰を、すっぽりくるむ。エダは、キャッキャッと笑いながら、もがく。

店の宣伝になると思ったのか、明里の撮影に、店のマネージャーは、好意的だった。裸で踊り狂うエダを見ても、若い客たちは、べつに、不思議そうな顔もしない。他人が傍で何をしていようと、無関心なのだ。

「うまくいっていると思いますよ」荻島は、ぐったり沈みこんでいる明里に言った。

バンドが交替するので、音楽がしずかになった。声をはりあげなくても、話は通じる。

「つまらないわ」明里はものうく言った。

「何もかも、灰色って感じね、ますます、そうなるわ。でも、あたし、二度とあそこへは戻らない」明里は、荻島の腕をつかみ、顔を胸に埋めた。「幹、つかまえていてね。躰が、どんどん落ちてゆくような気がするわ」

「自分で、やろうっていう気持にならなくてはだめですよ。誰も、あなたを助けることはできない。思い出してごらんなさい。海岸で撮影していたとき宏が邪魔をした。あのとき、あなたは、宏をひっぱたいた。ね、あなたは、情熱を燃やすことができたんだ、あのとき。生きましょうよ、明里。あなたは、ぼくまで、だめにしてしまう。ぼくも、ときどき、もう、どうでもいいやって気になってしまう。何もかもが、つまらなくなる。あなたの病気は、伝染するんだなあ」冗談めかして言ったのだが、明里は、ぎくっとしたように顔をあげた。

「そうなの？　あたし、幹までひきずりこんでいるの？　あたしは、やっぱり悪い人間なのね。だめなのね」

「だめじゃないよ。それは、禁句にしよう」

荻島は、明里の肩を強く抱き、

「やはり、もう一度、専門の医者に……」

「いやよ」鋭く、明里はさえぎった。「そのくらいなら、自殺した方が」

「それも、禁句」唇で、荻島は、明里の唇を封じた。窓ぎわに並んだソファに身をしずめた若いカップルたちも、ひっそり抱きあっていた。

「明里、この仕事が終わったら、次は、明るい楽しい写真を撮ろうよ」

「嘘を撮るのは、いやよ」明里は首を振った。「あたしは、自分自身の影を撮る。いま、それしか念頭にないわ。この仕事は、あたしの遺書よ。文章を書く人は、文字で遺書をつづる。あたしは、フォトグラファーだから、映像で遺書をつづる。死期の近い人間は、自分の一生を振り返るわ。自分自身について、書き残したくなるわ」

「明里、きみは、生きるんだよ」荻島は、力をこめた。それから、疲れた声になった。「ぼくは、その言葉を、もう、言いくたびれてしまった」

ふたたび、ロックのはげしいリズムが沸き起こる。

「宏とエダは？」

「え？」

「宏とエダは？」明里は、声を大きくした。

音楽とは異質のざわめきがつたわった。

ウェイターの一人が急ぎ足に近寄ってきた。「お連れさんが……」

「え？」室内は、けたたましい音楽にみたされている。

「モデルさんが階段から」ウェイターは、手で、ころげ落ちるさまをしめした。明里と荻島は立ち上がった。


エダは、浮かれていたのだ。まるでアルコールが入ったように、ビートに酔っぱらっていた。宏がバスタオルでくるむと、げらげら笑いながら、躰をよじって、宏の手からのがれ、走り出した。宏は追いかける。エダは、従業員専用の扉を開けた。コンクリートの階段が、ビルの地下の機械室に通じている。床にひきずったバスタオルが、エダの足にからまった。エダは、階段を踏みはずし、頭から落ちた。宏がかけ下りたとき、エダは、こわれた人形のように、手足を投げ出し、目をぽかっと開けていた。小さく開いた唇の間にのぞいた舌の先が、みるみる白くなった。宏が抱き上げると、頭が、がっくりのけぞった。本当に、人形にそっくりだった。

ウェイターの知らせを受けて、荻島と明里が階段の上にあらわれた。明里の手にカメラがあるのを、宏は見た。

「ばかやろう！」宏は、明里にむかってどなった。

7

明里は、カメラを持っていた。階段を転落した、エダを撮るつもりだったんだ。許せない、と、宏は唇を噛む。あんなとき、どうしてカメラが必要なんだ。

エダは、病院に運ばれたけれど、もう、どうすることもできなかった。病院の霊安室におかれ、それからすぐ、火葬場へ直行ということになった。一巻の映画が、途中でフィルムが切断されたように、てんであっけなく、エダは消えてしまった。エダのママは、泣いていたな。まるで、子供のことなんか、ほったらかしみたいだったのに。

何もかもが、明里のせいだと、宏には思えた。エダは、たった九つで、死ななくてはならない理由なんて、一つもなかったのだ。不合理だ。ひどすぎる。

階段から落ちたのは、エダの過失で、明里が突き落としたわけではないのに、宏は、明里のせいだと思わずにはいられなかった。

憎悪が、一度に凝結した。

あいつを殺す！　エダを失って空虚になった部分を、殺意が埋めた。

深夜、宏は、マンションの明里の部屋の前に立った。鍵穴をキーにさしこんだ。スタジオのそばの金物屋で作らせた合鍵だ。

宏の手には、小さな包みがあった。自分の手で直接命をうばうことは、とても怖ろしくて勇気がでなかった。彼は、自分にできそうな方法を選んだ。

――もし、眠っていなかったら、別の方法

を考えなくちゃ。これは、賭けだ。眠っていたら、それは、やれ！ってことなんだ……。

かちりと、キーがまわった。宏は、そっとドアを押し開けた。電気をつけるわけにはいかない。中は、真暗だった。しかし、少し目がなれてくると、右手奥の方に、縦に一すじ、細く灯りがみえる。その部屋だけ、ライトがついているらしい。

――まだ起きているのか……。

靴を脱いで、あがる。ふわふわした絨毯が敷きつめてある。おかげで、足音はしない。

灯りの洩れているドアの前に行き、すき間に目をあてた。ごく細いすき間なので、ほとんど、何も見えない。寝室らしいということだけはわかる。

宏は、かるくノックした。――起きていたら、中止だ……。何とかごまかして、次の機会を……。返事はない。耳を押し当てると、寝息がきこえる。眠りこけているんだ。やっぱり、睡眠剤を飲んでいるらしい。

明里が不眠症で、就寝時睡眠薬を服用しているということは、雑談の折に、荻島からきいていた。

宏は、寝室に入った。天井のライトが、煌々とついている。

――こんなに明るくては、不眠症でなくたって、寝つけないだろうに……。

セミ・ダブルのベッドに、明里は一人で眠っていた。

室内は、むし暑かった。

コンセントの差し込み口が、部屋の隅、ベッドの脚のそばにあるのをたしかめ、持ってきた包みから、電気のコードとタイマーをとり出した。

毛布を、そっとはいだ。衿の大きくくれた薄いネグリジェを、明里は着ていた。胸をはだけるとき、指がふるえた。明里の肌は、汗でじっとりと濡れていた。

コードの先端は、被覆を剝《は》いで、針金を露出してある。セロテープで、心臓部の上に貼りつけた。

タイマーを一時間後にセットした。それから、思い直して、三時間後にした。通電の時刻は、自分が眠ってしまってからであってほしい。目ざめていてその時刻を通過するのは、とてもたえられないだろうという気がした。午前二時三十分。明里の死の時刻。

コードをタイマーにつなぎ、スイッチをＯＮにした。タイマーのプラグをコンセントに差しこんだ瞬間、めまいがした。

部屋を出た。案外おちついていると思った。しかし、このまま、がらんとしたスタジオの物置に寝に帰る気にはなれなかった。

宏は、マンションを出、ふらふら歩いた。足は、六本木の方角にむいていた。

「あと四十分で、看板だよ」マスターは言った。

「かまわねえよ」

「何にする?」

「オンザロック」

――金、あったかな。

はっとして、ポケットをさぐった。千円札が二枚。――豪勢なもんだ。

――早く酔っちまえ。早く酔っちまえ。

そう思いながら、ウイスキーを流しこんだ。少しも、酔いはまわってこなかった。

看板だ、と追い出され、宏は、バーを出た。地上に出る階段には、宏と同じ年ぐらいの男の子や女の子が数人、かったるそうに腰かけていた。宏が階段に足をかけても、動こうともしない。

「ユミ、何してんのォ」下の方に腰を下ろした娘が、男の子によりかかりながら、ものうい口調で言う。酔っているのか、ラリっているのか。

「アキラとお話ししてるよォ」上の方に坐った娘も、連れの若者の肩に頭をもたせかけていた。

「ねえ、もう帰るの?」知らない娘なのに、一人が、宏に話しかけた。

「ああ。看板だもの」

「淋しいね。帰るの？」娘は言った。

「この辺に、スナックか何か、もっと飲んでいられるところはないかな」

「あるよ」娘は言った。「いっしょに行こ」

「おれ、おごってやるほど、金ないよ」

「いいわよ。あたし、持ってる」

娘は、ふらっと立ち上がり、「じゃあね」仲間に手を振り、宏の肩によりかかってきた。


一時をまわっていた。

「なんで、そんな、時間ばっかり気にしているの」娘は、サンドイッチをつまんで、端をくわえ、宏の口のそばに突き出した。「べつに」宏は一口かじりとったが、胃が喉元までつかえているような感じで、飲みこむのに苦労した。

「踊りに行かないか」

踊っているうちに、あの時刻が過ぎてしまうといい。

「踊るって気分じゃないなあ」娘は言った。

宏は、洋酒の入ったコップをあおった。

「あんまり、そんなに飲まれると、いくらあたしのお財布でも、悲しくなっちゃうんだなあ」

「いくら持ってるんだ」

「こいだけ」娘は、モカシンのバッグをさかさにした。

「それだけあったら、朝まで飲めら」

「ねえ、何か、おもしろい話してよ」

「おもしろい話なら、こっちがききてえよ」

「つまんないね。何か、わーっと刺激的なこと、ないかなあ」

宏は腕時計を見た。

——畜生、酔わねえんだなあ、こういうときは……。


少しも酔えないと思っていたけれど、気がつかないうちに、アルコールはまわっていたらしい。娘に何かくどくど話しかけ、わけのわからないことをわめき散らし、ふと、気がついて腕時計を見る。二時四十分。とたんに、すっと酔いがさめたような気がした。宏は立ち上がった。

「どうしたのよォ」

「帰る」

「冷たいなあ。朝までつきあってくれたって、いいじゃん」

ポケットにありったけの金を、テーブルに投げ出して、宏は、ふらふら、通りに出た。そのまま、歩き出す。

車が走り過ぎる。赤い、小さい灯。交番だ。おまわりさん、おれ、人を殺しました。

宏は、ふらふらと、交番の前を通りすぎる。帰巣本能を持った鳩のように、ちゃんと、TKスタジオにたどりついてしまう。

足がよろめく。もつれる。部屋の戸を開ける。電灯をつける。からっぽ。おや、これは何だ。

黒い小さな箱のようなもの。カセット・レコーダーだ。携帯用の、超小型、明里の事務所においてあるやつだ。脇に、白い紙片。

〈宏へ　荻〉

酔って混乱した頭でも、何だろう？　と、気になった。宏は、スイッチをONにした。カセット・テープがまわりはじめる。

宏、と、荻島の声が呼びかける。


宏、きみが、先生を憎み、ぼくを軽蔑していたことは、ぼくにもよくわかっている。

九月。風に汐のにおいがひそみ、夏の残光は、なお強烈に、砂丘を灼いていた。

陽光は、刃物の鋭さでぼくの背を襲い、女は、あおのいた全身を、光にさらしていたな。

あの女のことは、たいして重要じゃない。金のために、砂丘で、白昼、ぼくと寝た。ただ、それだけだ。

きみにとって、たえがたかったのは、エダだ。九歳のハーフ。透明な皮膚の下を、蜂蜜が流れているようだと、きみが形容した、あの琥珀色の肌をした少女。

ぼくと女が砂の上で抱きあうのを、エダは……

8

宏、ぼくは、いま、先生の——十河明里の、部屋からもどってきたところだ。

きみの部屋をのぞいた。きみは、まだ、帰ってきてはいなかった。

ぼくは、きみに、置手紙をしようかと思った。しかし、ぼくは、文章をつづるのは苦手だ。それで、テープで、きみに直接語りかけることにした。

きみは、今ごろ、何をしているのか。夜の町を歩きまわっているのか。すべてを忘れてしまおうと、飲みつづけているのか。それとも、たえられなくなって、警察に入ってゆくところか。

何ごともなくここにもどって来て、ぼくの話をきいてくれることを、ぼくは願っている。

十河明里は、病んでいた。

すこやかだったときの明里を、ぼくは、思い浮かべることができる。彼女は、すらりとした長身に、泥まみれのジーパン、ほかの連中と同じように、ヘルメットをかぶり、三里塚の戦場にいた。もっとも、彼女のメットにはセクトを配した文字はなかった。カメラをかまえた彼女の小気味よいまでにきびきびした姿は、常に、戦闘のもっとも激しいところに見られた。夜は、小屋で、学生たちや反対同盟の農家の人々と、談笑していた。彼女は、明るく、活動的だった。一種、教祖のような、人を惹きつける魅力があったな。

ぼくはそのころ、彼女を直接には知らなかった。あれが、写真家の十河明里だと、遠目に指さされ教えられただけだった。彼女は、ぼくを魅了した。しかし、ぼくは、彼女を遠くから眺めているだけでよかった。彼女には、恋人がいた。闘争中に親しくなり、肉体関係にまで進んだらしい。リーダー格の学生だった。

ぼくは、セクトには属していなかった。闘争に直接かかわってもいない。ぼくは、そのころから、報道関係のカメラマンを志していた。まったくのアマチュアではあったけれど、自分なりに納得のできる作品を、この闘争を素材に生みだしたいと思って、参加していた。

三里塚は、かつては、天皇の料地だった。敗戦後農地改革によって、国有地となり、戦地から帰った農家の二、三男や、東京の罹災者、沖縄県人などに、解放された。裸一貫の彼らは、ここに入植し、原野を開拓した。彼らの二十五年にわたる辛苦は、荒地を、みのり豊かな沃野にかえた。そのときになって、この土地が、空港の敷地として強制接収されることになったのだ。開拓農民と学生たちが団結した。その激烈な闘争の経過を、いま、ここできみに語るつもりはないが、あれは、戦後の日本における最大の国内戦だった。だが、正直に言えば、闘争の意識よりも、これが、カメラマンを志すぼくの試金石となる、すばらしい素材だということが、ぼくを昂らせていたのではないだろうか。

あるていど、満足のゆく仕事ができたと思った。

しかし、十河明里の作品展を観て、ぼくは、愕然としたな。まるで、迫力が違うのだ。彼女は、プロ、ぼくはずぶのアマチュアだ。作品のできがちがうのは、それは、当然だ。彼女は、ぼくより、六歳年長だ。だが、キャリアの違いだけだろうか。対象をみつめる目が、彼女は、ぼくのように、情念にのめりこんでいなかった。醒めている部分があった。それが、かえって、訴求力のある作品を作りあげているのではないか。ぼくは、彼女の仕事ぶりを盗みたいと思った。彼女について、学びとりたいと思った。

ぼくは当時、大学の文科に在籍していた。写真の技術は、趣味が嵩じての独学に近かった。

すぐに決心したわけではない。時日がたつうちに、写真展を観たときの感動と、三里塚の戦場で見た彼女の、凛々しいと形容したいような活躍のシーンがダブって、ぼくの心の中で増殖されていき、ついに、決意が固まったのだ。ぼくは、彼女の事務所のアドレスをしらべ、スタジオを訪れた。事務所はとざされていた。ＴＫスタジオの事務員が、彼女は消息不明だと言った。居所がわかったら教えてくれと、ぼくは頼んでおいた。どこへ消えてしまったのだろう。一人で、外国の戦場にとんだのだろうか。ぼくはそんなことを思ったりした。

数ヶ月たって、スタジオから連絡があった。ぼくが頼んだことを、おぼえていてくれたのだ。

ぼくは、心をはずませながら、マンションの明里の部屋を訪れた。

明里は、憔悴していた。肉親の死に直面した直後の人間のような印象だった。

アシスタントにやとってほしいというぼくの希望をきき、いいわ、と、明里はうなずいた。仕事を休んでいる間に、前にいた人はやめてしまったしね。あたしも、食べていかなくてはならないから、また、ぽつぽつ仕事をすることにするわ。

そう、彼女は言った。

新聞社や雑誌社から委嘱されるルポ写真の仕事を、彼女はこなしていた。その仕事ぶりは、三里塚の十河明里を知るぼくには、とても、同じ人物とは思えないほど、ダルで、いいかげんだった。ぼくは、失望した。しかし、一方で、ぼくは、彼女に惹きつけられていた。いたいたしさ、女の弱さ、そういったものが、ぼくを彼女に結びつけたのかもしれない。彼女は、一人だった。六つも年上なのに、そうして、対外的にも、彼女は一応名のとおったプロであり、ぼくは青二才なのに、そのときの明里には、ぼくが目を放すことができないようなあぶなっかしさがあった。彼女は沈みこんでいた。そうして、ある日、何の原因もないのに、手首を刃物で切った。仕事のやり残しがあったのを思い出し、夜ぼくがスタジオにもどったとき、事務室のソファに彼女は横になって、手首の傷口から流れる血を、ぼんやり眺めていた。ぼくは、ぞっとした。医者を呼んで止血し、その数日後、ぼくは、彼女の躰を知った。

失恋が、彼女を苦しめているのかと、ぼくは想像した。三里塚でいっしょだった彼女の恋人の学生を、まったく身辺にみかけなかったからだ。

死んだわ、と、明里は言った。

そうして、私は、悪い人間なのよ、と、秘密を打ち明けるように、ぼくに言った。

明里と同じ体験をしても、気に病まない人間は大勢いるだろう。彼らは、そんなことは、簡単に踏み越えてしまうだろう。彼女を責めるものは誰一人いまい。責めるのは、あまりに過敏すぎる彼女の罪悪感だけなのだ。

ワイヤーロープでひき倒され、火焔びんの引火によって炎の塊りと化した鉄塔の中に、彼女の恋人はいた。

もちろん、あたしは、知っていたわ、と、明里は言った。彼がそこにいるのを。

あたしは、シャッターを切りつづけた。望遠レンズで彼を、クローズアップでとらえた。炎の中でもがき苦しむ彼を。

幹、そのとき、あたしが何を考えていたと思う？

空白だったわ。せめて空白だったと思いたいわ。でも、だめなのよ。シャッター・チャンスだ！　迫力のあるやつが撮れる！　あたしは、そう思わなかった？　思ったわ、きっと。心の奥底で。悲しくなかったのよ。胸が痛まなかったのよ。吐き気はしたわ。みぞおちを掴まれるような。あの人のため？　いいえ、血に酔っていたのよ。幹、あたしは、そういう人間よ。

自分を責めるのもいい。しかし、ふつうは、時が、その苦痛をいやしてくれる。彼女の場合は、そうじゃなかった。

病《やまい》は、彼女の中に内在していたのかもしれない。焼けただれた恋人の写真をパネルにして衆目にさらしたとき、何かが、彼女の心の引き金をひいたのかもしれない。

鬱病、と、医学上は、名づけられる。

罪業妄想。劣等妄想。虚無妄想。医者は、妄想の二字をつけて、さまざまに分類する。しかし、そんな分類は、彼女にとって、何の救いにもなりやしないのだ。

はじめは、精神分析でも受ければ、心のしこりがとれるかと、軽く考えて、医者を訪れたのだぞうだ。入院加療をすすめられた。

彼女にとって不幸だったのは、そこが、営利至上の、悪質な病院だったことだ。精神障害の患者を食い物にする〈牧畜業者〉と形容されるたぐいの病院だ。

鬱病といっても、意識は、はっきりしているのだ。自分がどんな非人間的な取扱いを受けているか、十分、認識できる。正常な人間と、何ら変わりはない。いや、むしろ、ふつう以上に正常なのだ。社会に害悪を流して不感症の正常人は、いやというほどいる。抗鬱剤の薬物療法により、一時、病状は好転したということで、彼女は、強引に退院した。ぼくが彼女を訪れたのは、その時期だった。

彼女は、残酷な取扱いを受けたといって、病院を極度に怖れていた。ぼくは、彼女といっしょになって、彼女の病と闘っていかなくてはならなかった。

仕事は続けていた。ぼくは、ときに絶望的な沈滞におちいる彼女と別れて去って行く気にはなれなかった。憐憫や義務感からではない。ぼくは、病んでいる十河明里を、愛してしまったのだ。深く。

彼女は、ぼくを必要としていた。

彼女の言うことは、病が言わせるにせよ、もっともだとぼくを納得させることが、数多くあった。生きることに、いったい、何の価値があるの、という彼女の言葉に、ぼくは、思わず惹きこまれそうになり、いけないよ、明里、ぼくは、力づくで、明里をひきもどすのだ。

いつかは死の誘惑にひきずりこまれる自分を、明里は、予知していた。

ライフ・ワークを残すわ、と、明里は言った。自分自身を、フォトグラフで語るわ。誰にみせるためでもないけれど、あたし自身の懺悔録として。

それは、ユニークな仕事になると思うよ。明里の計画をきいて、ぼくは、それを社会的な価値と結びつけるような点を強調してほめた。そうだ。彼女を、人間の社会につなぎとめておかなくてはいけないのだ。

やってみよう。ぼくは、どんなことでも、協力する。

あたしが、どういう人間か知っている？　あたしは、悪い、いやな女よ。三里塚で……。きいて、耳をふさいでは、だめ。あたしは、セクシャルな昂奮を感じていたわ。学生たちが、血まみれになって倒れるとき。ああ、それは、男の性器で躰をさしつらぬかれるときの感覚と同じだったわ。

ぼくは、疑った。病が言わせているのではないだろうか。そういう感覚を、ぼくは理解できない。

あの、戦場にいるのが、あたしは好きだった。あたしの愛した男が、鉄塔で……

やめてくれ！

生まれつきの性癖よ。あのとき、あたしは気づいたけれど、考えてみると、小さいときから、そういう傾向はあったわ。

幹、子供は天使だなんて、嘘よ。男の子のことは知らないわ。女はね……。女は、子供のときから、大人の女と同じよ。いやらしいものを、中に、いっぱい詰めこんでいる。嫉妬。残酷さ。媚。世間の人は、だまされているわ。表面、きれいで可愛い女の子の、中にひそむものをえぐり出して、あたしは画面に捉えたいわ。絵なら、画家は、自分の好むように、そういう少女を描くことができる。写真は、被写体がいるわ。あたしの分身となるモデルをみつける、と、明里は言った。

エダは、彼女を満足させた。なぐりあいの喧嘩に、セックスの絶頂の表情をみせるエダに、明里は彼女自身を見出した。

明里の意図は、決して成功したとは思えない。宏、きみも感じたように、そうして憤りをおぼえたように、明里のやり方は、ただ、エダを苦しめるためだけと、ぼくにも思えた。なにも、むりに、セックスをみせつけることはない。きみに若い娘をあてがったときの、エダの反応は、ごく、あたりまえのものだ。少し、はげしすぎはしたけれど、明里が意図したような、いやらしさでも何でも無い。ぼくも、むしろ、エダがいじらしかった。エダはきみを大好きになってしまった。そうして、きみがエダの中に女を見、彼女を肉の愛の対象としてまで見るようになったのは、ぼくの計算外だった。エダは、たった九つの子供だという気があったから。

でも、ぼくは、明里の仕事を中止させることはできなかった。あの仕事に熱中している間、明里は、エダの内部にひそむものをひき出そうとする明里の死への志向をくいとめることができた。明里は、エダの内部にひそむものをひき出そうとすることで、自分自身のいやらしさをあばき、自虐のうちに救いを見出そうとしているようだった。エダは、明里にとって、あくまで彼女の分身だった。エダの死の瞬間まで。

歪《ゆが》んだやり方だった。ぼくも、明里の悪夢の中に溺れていた。

エダが昂奮しすぎて、階段を転落し、頭蓋骨折で、あっけなく死んだ。あのとき、明里は、悪夢から現実にひきもどされたのだと思う。明里がカメラを持ってかけつけたことを、きみは激怒した。当然だ。しかし、あれは、習慣的に、無意識にやってしまったことなのだ。

明里は、自分の行為の結果を知った。一人の少女を死なせたことを。明里は、自らを処刑した。病が彼女を死に追いやったのではない。死にひきずりこまれたのではなく、明晰に、自分の行動を認識して、彼女は死を選んだ。

ぼくが彼女の部屋を訪れたとき、コードとタイマーで、感電死のセットがしてあった。タイマーは、まだ、死の時刻になっていなかった。

しかし、明里の呼吸は、すでに停止していた。遺書があった。常用しているのとは別種の、強力な睡眠剤を、致死量、服用していた。


タイマーは、暗室にいつも置いてあるやつだ。今日、明里は、スタジオには一度も来なかった。タイマーは一日暗室にあった。ぼくは、きみの行動を推察することができた。

明里は死んだ。しかし、それは、自ら選びとった死だ。きみは、明里の胸にコードを貼ったときの感触を忘れてくれ。明里のように、自分を責めすぎないでくれ。いつか、心身ともに健康な少女と、楽しい恋をして生きてくれ。

ぼくは……、ぼくも、たぶん、みっともなく生きてゆくだろう。

ぼくは、明里の仕事の片棒をかついだ。だが、いま、ぼくは、死ぬ気にはなれない。

明日……明後日……重いものをひきずって。

長い独白のあとに、生きていくのは、ああ、みっともないさ、と、うめくようなつぶやくような歌声が、かすかに、宏の耳にきこえた。

もうひとつの庭

1

私は、砂上に横たわる私を見ています。あれは、骸《むくろ》だ。

海の方から風が吹きつけてくる。

ところで、レオ・レオーニは、彼の著書『平行植物《ラ・ボタニカ・パラレラ》』の第一章に、次のような話を記しています。正確に引用すると長くなるので、あらましを言います。


ボーバンスの生物学研究センターの所長であり、雑誌『思索』の編集長でもあるジャック・デュリューが、戦後まもなくベンガルのハナンブール大学生物植物学研究所で研究生活を送っていたころ、ハミシェド・バリバイなる老人と親交を結んだ。

バリバイは、医薬植物学のみならず、サンスクリット大学の研究者としても知られている。

ある日、バリバイは、絶対に口外しないという約束のもとに、デュリューに新しい実験を見せると言い、ゲンサムの森の入口にある小屋に案内した。

薄暗い小屋のなかには、二匹の手長猿がいた。一匹は敷藁《しきわら》の上に横たわり、死んでいるようにみえた。もう一匹は軀を神経質にゆすりながら金切り声をあげていた。

「あっちのは死んでいるのですか」とデュリューが訊くと、バリバイ老人は、「あっちが死んでいるのなら、こっちも同じだ」と、奇妙な答え方をした。

それからバリバイは小屋の隣りの菜園から植物の葉を摘んできて、昂奮している方の猿に与えた。

猿は葉をむさぼり食べ、食べているうちに動作が緩慢になり、三枚めを食べ終えたころ、気絶したように倒れた。

その猿の動きが完全に止まったとたん、もう一方の猿が、身をふるわし、うなり声をあげ、立ちあがった。

バリバイは、若い友人に語った。

猿が与えられたのは、オカシシという植物の葉で、メスカリンと並ぶメテックスカリンＨＢと呼ばれる物質を含んでいる。これは、〈パラジェミネーション〉と名づけられた特殊な幻覚症状を生ぜしめる。

どのような症状かというと、意識はもとのままで変化しないのに、軀が二つに分離するという感覚が生じるのである。そうして、意識は二つの肉体のあいだを行ったり来たりする。意識が一方の肉体に住みついているとき、もう一つの肉体は生気を失ない、一見死んだようになる。

この幻覚症状のきわめて特異な点は、それが第三者の目にも見えるという事実である。

このような異常で奇怪な現象に接しては、どのような仮説もたてられる。

即ち、猿が口にした葉が周囲の環境の中で二次的な幻覚症状を生み、そのために我われも巻きこまれてしまうのかもしれない。その場合、死んだような形は我われの側に起きる幻覚である。あるいはまた、すべての生物はクリシュナ神の夢の中の存在にすぎぬというダハルナの考えにも似て、我われは猿の幻覚の犠牲になったのだとも言える。

究極的には——と、バリバイ老人はつけ加えた。〈パラジェミネーション〉自体はそれほど珍しい現象ではない。重要なことは、触知できる第二の新しい現実の範疇《はんちゅう》を発見するために、実験をくり返していくことだ。

私は、オカシシという植物は（レオ・レオーニのイラストレーションをのぞけば）見たことはない。ましてや、それを食べようはずがない。

それなのに、見えるのです。横たわった私の姿が。

砂の上に、破船のように転がっている。

海の方から風が吹きつけてくるので、顔はうっすら砂をかぶっている。

ああ、かわいそうだ。

こう言うと、自己憐憫のナルシシズムのと悪口がきこえてこようというものだ。

しかし、せめて私が哀れんでやらなかったら、誰が哀れんでくれるのです。

あなた、一掬《いっきく》の涙を注いでやってくれますか。

知らぬ顔でしょう。

それ見たことか。やはり、私がいとおしんでやるほかはない。

自分の姿が見えるというのは、これは、ただごとではない。

二つの場合が考えられます。

私はもう死んでしまったか。あるいは、気が狂ったか。

どちらにしても、嬉しい状態ではない。

私はまだ死にたくはない。

ときどき、自殺願望めいたことを口にしたり、ニヒリストをきどったりするが、それはまさに、きどりというもので、本心ぶちまけたら、よれよれになっても生きていたい。もう少しいい思いをしてからでなくては、死んでも死にきれたものじゃない。

それなら、きちがいはどうか。これは、生きている。でも、いやだ。いやですよ。

〝狂気は創造の源泉〟にしたところで、やっぱりいやだ。カフカ、ネルヴァル、クビーン、ニーチェならいざ知らず、私、狂ったら狂いっ放しだ。何が生まれてくるものか。せいぜい、イースターに疣《いぼ》だらけの卵を生み落すぐらいのものだ。

死んだのであれば、自殺か、他殺か。それとも病死か過失死か。

狂ったのなら、狂うだけの素因があるはず。脳の器質変化など認めない。認める気にならない。梅毒が脳にきたなど、あんまりだ。身は清く正しく持してきた。私が狂うのなら、必ずや心因性の力が働いたにちがいない。幼時のトラウマか、あるいは抑圧されたリビドーか。

とにかく。風の吹きさらす砂浜に、私を放置しておくわけにはいかないのです。あまりにみじめだ。誰もみじめだなんて思ってくれないから、いっそうみじめだ。

2

急な石段を、七つ、八つの少女が登ってくる。克子《かつこ》は、思わず足をとめた。

北傾斜の崖地は雑草が繁茂し、南瓜の葉に似た植物の棘だらけの蔓が階段にのたうち、その根は大谷石の割れめを押しひろげている。

滑りやすい足もとに気を配るふりもなく、目を宙にあげ、くちびるを半ばひらき、放心した表情で、一段一段、ゆっくりと登ってくる。

口もとは、薄く笑っている。幸せのなかに浸りこんで、ほかのものが目に入らないという笑顔である。

短いスカートからむき出しになった脛は、白っぽくざらついている。

腕に何か鳥のようなものを抱きかかえている。大きさは鳩くらい。右手でその羽根をむしりとっては、花びらを撒くように撒き散らす。そのあいだも、恍惚とした微笑を絶やさない。

少女の額には、指先で絵具でもつけたようなしみがあり、羽毛を撒く手のひらも紅く汚れているのに克子は気づいた。

それは、明らかに血であった。

グロテスクな血の色と少女の無邪気に幸せそうな表情は、あまりにかけ離れている。

窪地のむこうの崖の上に建てられた建物が精神障害者の療養所だときいたことを思い出した。外観はリゾート・ホテル風なので、

「あのホテルは予約なしでも泊れますか」

と通りすがりの人に訊ね、そこが療養所であると教えられた。

石段を上りきった少女は、克子の傍をすりぬけようとした。少女の撒く羽毛が克子の腕に散った。

少女の腕のなかの鳥は（近くで見ると、たしかに鳥だ）首を垂れ、眼に薄い膜がかかっている。死んでいる。

「あなた、何をしているの」

克子は声をかけた。少女のあまりに幸福そうな表情が、克子をとらえたのである。

至福に浸るとき、人はこういう表情になるのではないか。

鳥を殺せば、これほど無垢な幸せが得られるのか。そうであれば、私も、殺す。

ふと、そんな思いが浮かんだとき、我れ知らず、「あなた」と呼びかけていたのだ。

「何をしているの」

「お式をしているの」

目をぼうっと宙にむけたまま、少女は反射的に応じた。

「お式ですって？」

克子の声に我れにかえったのか、恍惚とした表情が薄れ、少女は怯えた目つきをみせた。

――ひきずり出してしまった、幸福のなかから、と、克子は少女にすまない気がした。おそらく、もう一度あの至福の感情のなかに戻ってゆくのはむずかしいことだろう。

しかし、克子は、少女の肩を手荒くゆさぶってでも、もっと正確な答をひき出したいという衝動をおさえきれなかった。

克子の意気込みに先手を打つように、

「誰にも内緒」

と、少女はきゅうっと目をきつくした。そうして素早く駆け出そうとするのを、

「どういうお式なの？　一人でするの？」

克子は強い口調で縛《しば》った。

少女は足をすくませた。それほど、克子の語気は激しかったのである。

「遊佐《ゆさ》さんの小母さんだよ」

早口に言い、「え？」と克子が力をぬいた声で聞き返すと、走り去った。

追いかける気にはならず、克子はそのまま石段を下りた。

少女の運動靴に踏まれた雑草が、石に青い汁を滲ませている。

ロング・ドレスの裾が足にからまるし、踵の華奢なハイ・ヒールが石の割れめにくいこむので、ともすると、よろめく。

知らぬ町に、来てしまった。

家を出るときは、柏木《かしわぎ》の結婚披露宴に出席するつもりであった。

タクシーに乗り、会場である区民会館の名を告げた。

しかし、車が会館の前に横づけになろうとしたとき、克子は、「東京駅まで行ってください」と運転手に行先変更を告げた。

「東京駅ですか。いいんですか、お客さん」

ふりかえる運転手の詮索するような目をさけて、克子はシートの隅に軀をちぢめた。

東京駅で国電の切符を買ったのだが、小銭入れに百円玉が三枚あったので、それを全部自動販売機のスロットに入れた。

何番線のホームから乗ったのかも、たしかではない。どこにも居場所のない気持で、やみくもに電車に乗った。

二人掛けの椅子が二つずつ向かいあったタイプの車輌であった。ラッシュ・アワーをはずれた時間帯だが、座席はほぼ埋まっていた。乗客の視線をさけたかったが、相席になるのはやむを得なかった。

自分がどこに運ばれてゆくのかわからない気分が、何か自虐的に快い。

克子は、柏木にかかわるいっさいの記憶を意識にのぼらせまいとしたが、周囲の乗客の好奇心まじりの視線が、たえず、電車に乗るには不似合いなドレスを着ていることを思い起こさせ、その服に似つかわしい場所、行くべき場所、から逃れてきたことを思い出させた。

目を閉じると、柏木が眼裏《まなうら》に顕《た》ち、思い出すまいと目を開くのだが、そうすると、周囲のうかがうような視線が、ざわざわと彼女からそれるのを感じた。

前の席の男は、彼女と視線がからみあうのをさけるためか、新聞をひろげた。それを防壁に、一方的に視線の矢を射込もうとしているようだった。

男は新聞を二つ折りにしていた。下半分が逆文字にまって、克子の前にあった。文字は目に入っても、そのあらわす意味が、頭のなかでまとまらない。

混乱している……混乱している……と、克子は自分に言った。

そうして、混乱のあまり、いくらか不自然にはしゃぎたちたいような気分になりかけていた。あのね、わたくしはね、一人でからまわりしていたのです。たぶん、そうです。そう認めたいものですか。でも、そうなのです。こっけいですね。情けないですね。

　柏木はわたくしの生徒で……もう、とっくに卒業したのですけれど……声に出したかと、克子はうろたえてまわりを見た。ことさら表情を動かしたものはいなかった。

いえ、中退でした……と、心のなかで続けた。

高校二年で中退しました。あたりまえですわ、あれほど輝かしい軀を持っていたら、それ以上、何が必要でしょう。

そうして、彼は、何と無頓着に自分の軀を扱っていたことでしょう。

　おかしなことに、まわりの誰一人として、彼の美しさに気づいた者はいなかったのですわ、私をのぞいて。誰よりも一番気づいていなかったのが、彼自身なのです。

　ともすれば、叫び声を噴き上げそうになる衝動をおさえて、克子は窓の外に目をやった。

　柏木が結婚する。当然ではないか。彼も二十五。けっこうなことではないか。

　八年間、つかず離れずつきあっていながら、私と彼のあいだに何があったというのだろう。彼のクラスの授業を受け持った私は、大学を出たての若い教師であった。今は、三十を過ぎた。そのあいだに、私は一度他の男と結婚し、別れている。離婚以来、二ＤＫのアパートで一人で暮らしてきた。

　私の部屋には、〈柏木の〉コーヒー・カップ、〈柏木の〉椅子、〈柏木の〉スプーン、〈柏木の〉タオル……他の客には使わせないものが一通り揃っている。

　目立たせないために、彼にも気づかせないために、特に色や形を他のものと違えてはいないのだが、同じ乳白色のカップの中から、私はまちがえることなく〈柏木の〉カップを選《よ》り出すことができる。

　彼の指が触れたそのときから、物の一つ一つは独特の光彩を持つものに変質する。あたかも彼の魂の一部がそれに吸収されたかのように。

　彼が触れた瞬間から、それは聖別されるのである。

　乾いた音がした。前の席の男が新聞を持ちかえた音であった。下半分に目をとおしはじめた。上の半分が逆文字になって垂れている。

　日付が目に入ったとき、克子は奇妙な異和感を持った。逆になっている数字を、頭の中で正常な形にもどした。軀がふわりと宙に浮くような心もとなさをおぼえた。

　小型のバッグの口金をあわただしく開き、柏木からの招待状を出し、日付をたしかめた。

「その新聞は、今日のでしょうか」

　唐突に、訊ねた。

　相手は、退屈しのぎのお喋りのきっかけができたと思ったのか、

「そうですとも」

　二度も三度もうなずき、

「読みますか」

と、手渡そうとした。

　克子は受けとって、発行の日付を確認した。

　呻き声を押し殺し、折りたたんで男に返した。

「かまいませんよ。どうぞ」

　男は押し戻した。

「いえ、よろしいんです。ありがとうございました」

　上の空で答えた。

　歯車がはずれるように、今日という日が、秩序正しい時間の運行からはみ出してしまった。

　柏木の結婚式は、明日なのだった。

　春休みで学校に出ていないため、日にちの感覚

があいまいになってしまった。そのためだ、と、克子は思った。つらい日を、一日も早く通りぬけてしまいたいという思いが、日付の錯覚を生じさせたのかとも思った。

今日という日を、どう過しようもなくなってしまった。

柏木はすでに正装し、花嫁と並んで友人たちの喜びのあいさつを受けているかもしれないと思っていた。その時が、明日にひきのばされた。

今日一日、たとえようもないつらさの中で過し、明日はまた、更に鮮烈なつらさに切り刻まれることになる。

どこへ行くとも知れぬ電車に乗ることで、今日のつらさを何とかやり過ごそうとしたのに。

何というまちがいをしてしまったのだ。

覚悟をきめて手術台にのぼり、麻酔から醒め、切開も縫合ももう終わったと思ったら、まだこれからだと告げられたような気分であった。

ワイン・レッドのロング・ドレスや華奢な踵のパーティシューズが、いっそう場違いにみじめにみえた。

「どうかしましたか」

前の男が、興味ありげに訊く。その隣りの客も、克子と並んだ乗客も、克子に目をむけた。

「いえ」

他人の視線は、わずらわしいだけであった。克子を傷つける力は持たない。

ふいに光が目を射た。

空を一面におおっていた雲がひとすじ真横に裂け、その傷口からまっ青な空が溢れていた。

電車は速度を落とし、止まった。

克子は降りた。上りのホームに移って東京行きの電車に乗りかえることはせず、克子は改札口を出た。乗り越し料金を払わされた。小銭の持ちあわせがないので千円札を出した。

日常から切り離され、まるで存在しないような時間のなかに、克子は、いた。

　駅の前は半円型のかなり大きな広場で、それをとりかこむように土産物産やレストランが並んでいた。

　広場はバスの発着所を兼ね、行先を記した標識が幾つも立っていた。記された地名は、なじみのないものばかりだったから、何も書かれていないのと同じことだった。どんなかすかな指示をも与えてくれるものではなかった。

　たまたま停まっていたバスに、克子は乗った。

　商店街を出はずれると、左手に、時折、海がのぞまれるようになった。家並や木立がとぎれると海面が陽を照り返し、じきにまた低い丘陵のかげにかくれた。

　柏木の結婚という意識から逃れたくて軀を動かしているのに、一人でいるために、いっそう彼にとらわれてゆく。

　克子は彼の担任ではなかった。現代国語の授業だけを受け持っていた。小説であれ詩であれ、それが教科書の一頁に印刷されたとたんに、味気ない文字の羅列になってしまい、読むものの心にくい入る力を失なうのを克子は承知している。柏木は中ほどの席を占め、教科書に目を落としているが、授業はまるで耳を素通りしている様子が教壇の克子にはよく見てとれた。

　五月、まるで夏の盛りのように暑さが、突然、若葉照りの暦にまぎれこんだ日があった。

　背をまっすぐにのばし、眼は黒板の方にむけながら何も見ているふうはない柏木の、こめかみから汗が一すじ流れ落ちた。

　他の生徒たちは、水浸しの海綿のようにみえた。うぶ毛の先にたまった汗の粒が、顔の輪郭をだいなしにしていた。

　柏木の汗は、滑らかで硬質な肌を、刃物の切先が光り流れるように、流れた。

　隣席の女生徒が、柏木に何かささやいた。すると、柏木は、のどをそらせ、口を大きくあけ、声をたてないで笑った。顔も軀も、すうっとやわらかくなった。

夏休みが終わり、二学期がはじまったとき、柏木は登校して来なかった。担任の教師から、休み中に彼が何か喧嘩沙汰を起こし、警察に留置され、学校側では説諭ていどで穏便にすまそうとしたのに、彼の方で退学の手続きをとってしまったと知らされた。

柏木のしなやかな軀が、どのように敏捷に動いて闘ったことか、克子は想像した。

彼の家をたずねて復学をすすめたいと思ったが、それは担任の仕事であった。

柏木の家は、酒屋であった。酒のほかに、いくらかの食料品も扱っている。克子は買物にかこつけて、店の前を時々通ることにした。柏木の店で買うことはしなかった。柏木をみかけることはほとんどなかった。店の隣の倉庫がガレージを兼ね、配達に使うのだろう、屋号をボディに記したライトバンがいつも駐めてあった。

店の右半分は、カウンターだけの小さい飲み屋に作ってあり、陽の落ちるころになると、柏木の母親らしい女がのれんをかけているのを時たま見た。

ある日、ライトバンは店の前の車道に駐めてあり、ガレージには車体をブルーに塗ったジープがおいてあるのを見た。

克子がのぞきこむと、運転席から柏木が顔を出した。笑顔を克子にむけた。

「心配していたわ」克子は言ったが、実は、少しも心配などしていなかった。ただ、磁場にひき寄せられる哀れな鉄片のようになっていただけだ。

「凄いでしょう」と、柏木ははずんだ声を出した。

「あなたの？」

「そう。バイトで頭金稼いで。まだ借金だらけ」

乗ってみませんか、と柏木は誘い、助手席の扉を開けた。

　座席がふつうの車よりはるかに高かった。

「気分いいでしょ。少し走らせましょうか」

　と言って、柏木はエンジンをかけた。

「喧嘩したんですって？」

「そう。風呂屋でね、刺青をしたおっさんがいて、みごとだなあと見惚れていたら、ガンつけたと誤解されちゃって」

　柏木はのどをそらせて笑い、このときは、明るい声をたてた。

「あなたは、汗かきなのね」

　清冽な水滴が一しずく流れ落ちる汗であった。毛穴からじわじわ噴き出る不潔さが、彼の汗にはなかった。

　克子が結婚したとき、柏木は、店の洋酒を祝いだといってジープで届けにきた。リボンをかけた小箱をそえてあった。なかみは、十五、六の女の子が身につけるような子供っぽいブローチで、それでもせいいっぱい苦労して選んだのだろうと克子は思った。

　恨みがましいことは一言も柏木は言わず、また、恨まれるような関係にもなっていなかったのだけれど、そのことが克子を滅入らせた。どこまでも傾斜していく気持に歯止めをかけ、手枷足枷で縛りあげるための結婚ともいえた。自分では、そうは思いたくなかった。結婚の相手は、学校の同僚で、熱心に求婚された。結婚してから、その熱心さが、異常なほどの嫉妬心の強さにつながるものと思い知らされた。

　バスが揺れた。克子は追想からひき戻され、バスが停まったのを機《しお》に、下車した。

　石段を、克子は降りきった。未舗装の道を歩いていた。乾いた道は、白茶けた砂がうっすらおおっていた。

〝遊佐さんの小母さんだよ〟

少女からひき出した言葉を心のなかでなぞった。〃誰にも内緒〃〃お式をしているの〃

少女の口にした断片的な言葉を、克子は、聞いた順序どおりに並べなおした。

〃お式をしているの〃

〃誰にも内緒〃

〃遊佐さんの小母さんだよ〃

どういうお式なの？　一人でするの？

と訊ねた克子に、

〃遊佐さんの小母さんだよ〃

と答えたのだ。

遊佐さんの小母さんという人といっしょに〃お式〃をしたというのだろうか。

その〃お式〃は、鳥を殺し、その血を額に塗り、羽毛を撒き散らすのだ。

〃お式〃は、大人の言葉で言えば、〃儀式〃であろう。

鳥を殺せば、あの子供が得た至福の感情のなかに我れを忘れることができるというのなら、私も、殺す。

道の片側は赤土の崖がそびえ、芽立ちのあざやかな雑木が枝をのばし、反対側は竹藪がつづいている。藪をはずれると、土塀や生垣でかこった住宅地になった。どの家も、庭木が多い。家は平屋がほとんどで、さして大きくはないのだが、庭は十分に広い。古い住宅地なのだろう。最近建て直したような新建材の家が、時たま、異物のように、木肌の古び黒ずんだ家のあいだにはさまっている。

汗ばんだ頬にかすかな風が触れた。それと同時に汐のにおいを、これもごくかすかに感じた。靴の下でしゃりしゃりと小さな音をたてる砂は、海岸の砂地からつづいているのかもしれない。

半ば無意識に、克子は、家々の表札に目をやりながら歩いていた。細い露地があると、わざわざ入りこんだ。そのうち、積極的に表札の文字をたどりはじめた。

何の目的もなく電車に乗りバスに乗ったのに、〝遊佐〟というひとをたずねるためにここまで来たような気になってしまった。

みつかるはずがない、という気もした。

しかし、このあたりのどこかに、そのひとの家はあるはずだ。七つか八つの女の子に、残酷な儀式を教え、そうして、あれほどの至福を与えたひとの家が。

道は入り組んではいなかった。きちんと区分けされた分譲地だったのかもしれない。はじめのうちは、味気ない画一的なたたずまいだったものが、長い年月の作用で、奇妙な奥深い気配をただよわせるようになった、そんなふうに思われた。

ある門の前で、克子は立ち止まった。その木製の表札が特に目をひいたのは、板目が雨にさらされ墨の文字がほとんど読みとれぬほどになっていたからである。

くっきりと記された幾つもの姓名は、目で読みとりながら頭を素通りしていったのに、ことさら姿をかくそうとしてでもいるような薄ぼけた文字に、かえって目をこらさないではいられなくなった。

漢字が二文字であることはわかった。薄れた文字を見つめているうちに、遊佐の二文字が浮きあがった。名はない。姓だけであった。

桧葉《ひば》の生垣にヤブカラシが猛々しくはびこり、更にアケビの蔓がからみつき、桧葉は根をはったまま葉も幹も赤茶けていた。

両開きになった板戸の門扉は、一枚が蝶番がはずれて倒れかけ、中が見とおせた。

外の無残な荒廃に似ず、前庭は雑草がしげっていない。石畳が細くのび、その先に小じんまりした平屋がある。黒灰色の瓦葺き、和風の玄関の屋根は入母屋で、右手に縁側がつづいている。雨戸が閉まっていた。

克子は、のぞきこんだ。縁側の前に、塀の方に片寄せて池があり、そのふちに女が立っていた。

大柄で、ふっくらした顔だち、細い骨を皮下脂肪のたっぷりある肉がやわらかく包んでいるというふうな軀つきである。

弓なりの眉は眉尻がぼかしたように淡く、大きな眼の間隔が広い。色がひどく白い。それも、内側からぼうっと紅みがさしているような白さである。

髪は頭蓋にはりついたように、うしろにきつくひいて束ねられ、まげにしてとめてある。その髪は長い白髪がまじり、ことに、こめかみの生えぎわは、一房、まっ白い毛が耳のうしろにむかって流れていた。

人の足音がしたので、身をひいた。

この近所の主婦だろうか。ちらっと克子に目をむけ、通り過ぎたが、少し行ってから振りかえった。克子と目が会うと、あわてて急ぎ足になった。

克子はそのあとを追った。ささやくような声が、門の内側から聞こえた気がした。錯覚かと思った。その声は、お入りになりたかったらどうぞ、と言ったように思えたのである。

しかし克子は、まず、先を行く主婦に追いつこうとした。ひどく常識はずれな行動にかりたてられている。

先を行く主婦は、足をいっそう早めた。追ってくる克子をうす気味悪く思ったのかもしれない。だいぶ行ってから、「すみません」と克子は声をかけた。

「何ですか」

相手は立ち止まった。

つっけんどんに訊く。

「あのうちは、遊佐さんという方の家でしょうか」

「そうですよ」

うさんくさそうな目を克子にむけた。名前も知らない他人の家をのぞきこんでいたのかと言わんばかりだ。

「それがどうかしましたか」

「どういう方なのでしょうか」

「誰が」

「遊佐さんという方」

「そんな、あなた。あなたはいったい、どなた」

「おかしなものを見てしまったものですから」

「どこで何を見たんですか。それが遊佐さんに関係あるんですか」

「ええ。女の子が死んだ鳥を抱いて、羽をむしりながら歩いていました。その女の子が、『遊佐さんの小母さんだよ』と言ったんです。遊佐さんの小母さんという人に、その奇妙なことを教えられたという意味のようでした」

相手は「いやだわねえ」と顔をしかめた。

「あの庭に立っていた女の方が、〃遊佐さんの小母さん〃でしょうか。遊佐さんをご存じですか」

「べつに、つきあいはないわよ」相手は言った。

「〃遊佐さん〃は、ときどきそういうことをなさるんですか」

「知らないわよ。でもあの人、あそこにいたっていうからね」相手は、右手の崖の上をさした。「何だってやるでしょうよ」

「その方は、一人で住んでおられるのですか」

「旦那さんはいるのよ。でも、めったにここには見えないそうよ」

ずいぶんたちいったことを訊くわね、というように、相手は克子を観察する目になった。

克子は、靴の下で砂がしゃりしゃりと音をたてる道をひきかえし、門扉が揺れかけた家の前に立った。

のぞくと、さっき池のはたに立っていた女は、今は、一足一足力をいれた歩きかたで、庭から玄関のあたりを行ったり来たりしている。

地面をみつめたまま、

「お入りになりたかったら、どうぞ」

と言った。

3

砂上に横たわる私の骸は、黒い。

なぜか。あれは、私の内側だからです。マーシャル・ノートンの言葉を借りれば、〝物には内側の風景と外側の風景がある〟

内側は、光のとどかない場所です。暗黒地帯です。あなた、人間の軀の中に、心臓だの肺だの子宮だのに、色があると思っていますか。

とんでもない。トマト色の肝臓、グリンピースのような胆嚢《たんのう》、桜色に濡れた心臓、そんな幻想は、解剖図鑑のまやかしです。躰の中は、暗黒なのです。

黒い空洞のなかに黒い骨が枝をのばし、黒い心臓、黒い肺、そうして、黒い腸がうねうねとのたうっています。

ふつう、内部というものは、絶対人の目にふれることがない。腕一本断ち落としたら、切断面は内部を見せるじゃないか。いいえ、新たな表層があらわれるだけです。内部は、常に表層に包まれている。

ところで、私の骸。あれは、辛うじて、内部の限界をさらしている。あり得ない姿を見せている。

砂が吹きつけてくる。

あなた、私は、さっきから喋りつづけているようですね。私の骸は、何も喋らない。だから、その分、私が喋りつづける。

パラグアイのパヌラ族に伝わる口碑によれば、〝ことばの花は常に沈黙の花と一対になっている〟のです。大地を創造したワアクニが言葉のもとになる十種類の音の花を人間に与えたとき、沈黙の花も同じ数だけ添えてやった。それで、人間の男と女は、一方が語るとき、もう一方が沈黙して相手の話に聞きいるようになった、というのです。

私の沈黙の花は、骸とともにあるらしい。それで私は、とめどなく語りつづける。

4

遊佐という女は、一足一足、地面に刻印するような力をこめた歩き方をしている。それも、たいそう小刻みで、右の爪先の前に左の踵をぴったりつくように置き、ついで、右の踵を左の爪先に接して置くというふうな歩きかたで、眺めている克子は、息苦しくなる。

「ごめんなさいね」

遊佐という女は、丹念に地面を踏み固めながら言う。

「こうしないではいられなくなるんです。病気ですわね。ばかばかしいとわかっています。でも、いったんはじまると、自分でもどうしようもないの。気になって、だめなんです」

これでは、したたかな雑草ものびるすきがあるまい。遊佐の奇妙な歩きぶりは、地面に踏み残した場所が生じるのをおそれてだろう。生垣はヤブカラシとアケビにからまれ立ち枯れるほどなのに、前庭に雑草の葉先ものぞいていないのは、このためなのか。

そうかといって、遊佐という女は、雑草を絶滅させるという目的のために歩きまわっているのではないらしい。いくら踏みかためたところで、ヤブカラシなどはその更に下に根をひろげ、とんでもないところに芽を出し蔓をのばすのだ。

鉛の板でも敷いたような硬い土の下に、ヤブカラシの根は縦横にはびこっていることだろう。

雑草がいやなら、まず、垣根の桧葉にからまるヤブカラシを引き抜かねばなるまい。

それでも、克子は念のために訊ねてみた。

「雑草が生えないように踏みかためておられるのですか」

「いいえ、いいえ、あなた」と、遊佐は言いかけたが、「そうですわ」と、いそいでうなずいた。

雑草退治ということで、奇妙な動作の口実を作れると思ったらしい。

だが、すでに〝こうしないではいられないのだ〟と口にしてしまっている。〝病気ですわね〟とも。

庭のはしまで達すると、軀のむきをかえ、また丹念に、地を一足一足踏みにじるようにして歩く。地をおおった蟻を踏みつぶし踏みにじるふうにみえる。

克子は、遊佐という女のつらさが、たえまない動作を通じてつたわってくるような気がする。軀の奥底からこぼれ落ちるつらさを、足の指に力をこめてぐいと踏みつぶすが、すぐにまた、次のつらさがこぼれ落ちる。

自分にできることなら、楽にしてやりたいと、克子は息苦しさに喘ぎながら思う。

遊佐の息づかいと克子の呼吸がいつか一致している。

克子は、遊佐のかわりに呼吸しているような奇妙な錯覚に陥りかけ、我れにかえる。

催眠術にかけられまいと気をはっているのに、ともすればひきこまれてゆくように、克子は、遊佐の息づかいにあわせている自分に気づく。

そうして、遊佐が軀の奥からつらさをこぼし落とすように、克子は、誰に語るともない言葉を口からこぼし落としている。

いや、遊佐にむかって語りかけているのかもしれない。克子は、自分が何を喋っているのかほとんど意識になかった。

気づいてみると、遊佐はいつのまにか歩きまわるのをやめ、克子の前に立って、みつめていた。

「おあがりなさいまし」

遊佐は誘った。

玄関をあがったところは二畳ほどの板敷きで、そこから右手の座敷に遊佐は克子を導いた。

雨戸を閉めきってあるので、遊佐は壁付きのスイッチを押し電灯をつけた。

ほとんど陽の光をいれたことがないのか、座敷の畳は、踏むと、中の方から湿気がにじみ出てくるような感触があった。

「お坐りなさいな」

遊佐にうながされ、克子は湿っぽい畳にじかに坐った。

遊佐は縁側に行き、雨戸を開けかけた。開け放とうとする動作であったが、細くすきまをあけただけでやめた。

座敷に戻ってくると、

「あら、あら、座蒲団をあげてなかった」

と、うろたえ、床の間のわきの押し入れから厚みのある座蒲団を出し、床柱の前に置いて、克子にすすめた。

座蒲団も、うっすらと黴《かび》のにおいがした。

床の間は、からっぽであった。かつては飾ってあったらしい掛軸の痕が、壁の色を薄く変えていた。

〝旦那さんはいるのよ。でも、めったにここにはみえないそうよ〟さっき耳にした言葉を克子は思い出した。

通りすがりの見知らぬ女を、まるでわざわざたずねてきた知己ででもあるかのように、遊佐は座敷に招じ入れ、克子もまた、ためらいもせずにそれに応じていた。

克子の方には、この女に対する好奇心と、それを上廻る親しみが生じていた。

遊佐のつらさと克子のつらさが、互いに惹きあい感応しあっている、というふうであった。

「やはり、開けましょうね」

遊佐は急に勢いこんで言い、何か大変なことでもするような、〝決然〟といった言葉が似合いそうな動作で、立ち上がると雨戸を開けはじめた。

克子は立って手を貸した。

敷居が下がっているのか、雨戸の板がゆがんでいるのか、雨戸は、はずれかけたり、つっかえて動かなくなったりした。

たしかに、これは大変なことにちがいない。おっくうなあまり、天気のいい昼間でも雨戸を閉めっぱなしにしていたのか。

「古い家でしてね」

遊佐は、人なつかしいような笑顔を克子にむけた。誰か古い知人と錯覚しているのだろうか、と思えるほどの警戒心のない笑顔だ。

「突然、おじゃましてしまって」

「大変な思いをなさいましたね」

遊佐は言った。

「私……」

さっき、奇妙な催眠状態にひきこまれた気分のとき、何か喋ったのだ。何を、と、克子は思い出そうとした。

庭を歩きまわる遊佐は、明らかに、何か神経症めいた発作にとりつかれ、その行為は、呪術のように、あたりの空間を歪めていた。その歪んだ空間に、私も作用されてしまった。

あのとき、庭は、何か非現実の空間に変容していた。

その余波は、まだ、濃密にただよっているようであった。

「男を恋するのは、本当に辛うございますね」

遊佐は、少し膝をくずして言った。

――それでは、私は、柏木への報われぬ恋を口にしていたのか。もっとも、他に、何を私が語ることがあろう。

雨戸をひろげた縁先のむこうに、庭がひろがっていた。

手入れのゆきとどかない、風情のない庭であった。

池は素人の手作りのようにみえた。

人体模型の神経系統に似た、ひどく葉先の細い紅葉が、池の上に枝をつき出し、水にうつったそれは、黒く、焼け焦げた色をしていた。

「私も、恋い焦がれたあげくに、あの崖の上の病院に、しばらく入れられる羽目になりました」

遊佐は指さしたが、その指先をたどっても、崖の上の建物が仰ぎ見られるわけではなかった。

「南側にあの崖がきりたっているので、ここはまるで陽が入りません。でも、あの病院から遠く離れたところに移る気にはなれませんのでね」

「そんなにいい病院なのですか」

克子は訊いた。

「まさか、あなた。〝いい病院〟など、あるわけがございません。病院は病院ですよ」

遊佐は言葉を切り、克子も黙った。何も会話はいらないと、克子は思う。遊佐という女と、ひっそりと坐っている。それだけで何か快く通じあうものを感じる。

「お茶を淹れるのを忘れていました」

驚いたように、遊佐は立ち上がった。

おかまいなく、と言うかわりに、お手伝いいたしましょう、と、克子もいっしょに立った。茶を淹れてくれるというのを、遠慮する気は起きなかった。二人で茶をするのもよさそうだと思った。

「手伝ってくださいますか」

遊佐は嬉しそうに笑った。

「ひとりですと、私、すぐ手順をまちがえてしまいます。手伝ってくださると助かります。台所はこちらですの」

三畳ほどの台所も、何十年か前に建てたまま手を入れてないらしく、流しは石の研ぎ出し、ガス台はタイル貼りでひびが入り、それでも拭き掃除は手をぬかないとみえ、目地に油汚れがつまっているようなことはなかった。しかし、よく見ると、十分に拭きこまれた部分と、汚れ放題のところがある。習慣的に一箇所だけを拭き、手をつけない箇所はいつもそのまま見過ごされているといったふうであった。

　薬罐は、耐熱ガラスでできたものであった。

「きれいですね」

「ええ、きれいでしょ。私、これを使うの、怕《こわ》いんです。ガラスですもの。でも、きれいですから、使わずにはいられません。お湯が沸騰すると、泡が底の方から湧きたつのが見えて、それはきれいですの」

　お茶の葉はどこだったかしら、と、遊佐はいくらかおぼつかない目で戸棚をのぞき、それでもどうやら湯呑やら急須をととのえた。

「さっき、女の子に出会いました」

　座敷に戻り、茶をすすりながら、克子はこの言葉を口にした。茶は色も味も薄かった。遊佐は急須に湯を注ぐと、茶が十分開ききる時間を待たず、さっさと湯呑みについだのである。

「鳥を抱いていました。死んだ鳥を。幸せそうにしていました。お式だといって」

「ああ、あんなこと」

　遊佐は、ひどくあっさり言い捨てた。

「何でもありゃしません」

「でも、本当に幸せそうでしたわ。どういうふうにして」

「あんなことで幸せになれるなら、私、十遍だって鳥を殺します」

　それ以上筋道立った話はきき出せそうもないらしいので、克子は、ほかのことを訊ねた。

「おひとりでお住まいですの」

「ええ。夫はおりますけれど、めったにここには来ません」

　夫というのは、いわば、人生の監視人のようなものです、と、遊佐はひとりごとめいた口調で言った。

「私も一度結婚したのですけれど、別れました」

克子は言った。

「さっき、そうおっしゃいました」

「私が？」

「ええ」

「そのほかに、私、何を申しました？」

「恋しくてならぬかたが結婚なさる」

「ええ、そうですの」

「つらいことですね」

「だからといって、私が彼と結婚したいという気持はないのですけれど。私は、彼と逢うとき、たがいに煌《きら》めいていたいのです。

結婚したら、二人のベクトルは、それぞれ違う方向にむかって――外にむかって突き進み、二人の距離が次第に離れてしまいましょう。互いに、相手とかかわりのない日常を持ち、一つの点にむかって、二人が突き進んできて合致する、そういう煌めく瞬間が必要なのですわ」

遊佐が黙っているので、克子は一人でつづけた。

「それなら、彼が他のひとと結婚したところで同じことではないか、彼と私とで、彼の結婚生活に関係なく、煌めくときを持てばいいではないか、そう思われます？」

遊佐は、ほほえんで首を振った。

「それは、辛すぎます」

「ええ、辛すぎます」

鳥をください、と、克子はつのってくる激しさを押さえこむようにして言った。

「鳥をください。殺して、血を額と手のひらに塗って、羽根を抜き、撒き散らしますわ。ああ、私、わかるような気がします。なぜあの子があれほど幸せそうな顔をしていたか」

「申しあげたでしょ」遊佐は言う。「あんなことで幸せになれるなら、私自身が、十遍でも殺しますって。私は、夫を殺しました」

ああ――克子は呻いた。

「それで、幸せになられました？」

「大変な地獄に堕ちこみました」

遊佐は言った。

「正確に言いますと、殺し損ないました」

「失敗なさったのですか」

「結婚してから、本当に恋しい男に出会ってしまいました」

よくあることですわ、と遊佐はつぶやいた。

「でも、私にとっては、〝よくあること〟ではすまされませんわ。別れてくれと夫に懇願しました。憎かったら、どのような目にあわせてくれてもいい。ただ、どうぞ、別れることを許してくださいと、手をついて頭を地にすりつけて頼みました。

結婚したその夜から、私は、夫の手が軀に触れると鳥肌がたちました。そのうち、軀がなれるのだろうと思っていました。世間の目には申しぶんない人ですのに」

「そんな相手と、どうして結婚なさいました」

「夫を殺そうと思いました」と、遊佐は、克子の問いを無視してつづけた。

「睡眠剤を手にいれて、夫が入浴する前に服《の》ませました。風呂の中で眠るだろうと思いました。

夫が浴室に入り、湯を浴びる音がきこえました。やがて、静かになりました。私がのぞきますと、夫は、湯舟に軀を沈め、両手をだらりと湯舟の外にひろげ、顔はほとんど湯の面につくくらいにうなだれておりました。全身が海月《くらげ》のようにだらしなく湯のなかにひろがっていました。私は夫の腕を湯舟のへりからはずし、湯の中に沈め、それから頭を両手で押さえ、力をこめようとしました。

夫の腕が私をつかみました。夫は眠りきっていませんでした。私は浴室の床に突き倒され夫の濡れた軀に押さえこまれました。

夫は私を崖の上の病院に送りこみました。たしかに、私は、夫に腕をつかまれたあの瞬間から、恐怖のあまり気がおかしくなっていたようです。

退院後、私は、一人でここに住んでいます。夫は東京のマンションに移りました。月に一度か二度、様子をみにここに参ります」

「その男の方はどうなさいました」

「あなた、激しすぎる女は、男にうとまれます」

あなた、雨が降ってきました、と、遊佐は言った。

池の面に波紋がひろがっては重なりあった。

「降りこみますね」

遊佐は立ってガラス戸を閉めようとした。たてつけの悪いガラス戸は、敷居からはずれ庭に落ちた。けたたましい音をたて、ガラスが砕け散り、雨に濡れてきらめいた。

ああ、と遊佐は吐息をつき、気をとりなおしたように、

「仕方ありません。雨戸をしめてしまいましょうね」

克子は遊佐に手を貸した。二人がかりで、ようやく雨戸を閉めきった。

黴のにおいが部屋の中に強くなった。

「灯りをつけなくてもよろしいでしょうか」

遊佐は言った。闇のなかの方が、遊佐の軀のぬくもり、遊佐の軀のにおい、髪のにおい、遊佐の存在そのものが、克子に強く伝わった。

遊佐の方でも、克子の存在を同様に感じているふうで、互いに相手の肌を身近く感じながら、座敷に戻り、体温が伝わりあう距離に坐った。

「今夜は泊っておいでなさいまし」

遊佐がささやいた。

5

他人の記憶が頭のなかに入りこむということが

あるものでしょうか。

私は、浴室で夫に腕をつかまれたときの恐怖をまざまざと思い出す。

湯につかった夫の軀は、溶けかかった脂肪をくるんだ皮袋、骨も筋肉もありはしなかった。

それが、ふいに、鋼鉄のバネでも中心にとおったように、ざわっと湯をわけて立ち上がり、私を組み伏せたのです。

私はまた、恋い焦がれた男と過した時間を思い出します。

彼がたずねてくるとき、私は、うちじゅうを拭ききよめた。彼のために、床に這い、力いっぱい雑布がけをしました。

いいえ、これは、克子という女の記憶だ。

珈琲の好きな柏木のために、自分はのみもしないのにコーヒー・ミルを買い、彼の好きな音楽を流し、珈琲豆を挽き、少しでも味のいい肉を用意するために二駅も先のマーケットまで足をはこび、そのくせ、年の差と、一度結婚し離婚しているという引けめから、積極的な意思表示はできないで、ただ、彼を待っている克子——ああ、それも、私だ。

遊佐と克子、二人で闇のなかで肌近く一夜を過したあのときに、私たちの記憶、いりまじってしまったのです。

そうに違いない。

私には、どちらの記憶も、あまりになまなましい。

克子は、あの翌日、柏木の結婚式に出かけた。雨はあがっていました。ロング・ドレスの裾を少しつまみ上げ、華奢なハイ・ヒールの踵は泥に埋まりこみ、裾にはねをあげて歩いたのです。

遊佐は、庭に下り、歩きまわりました。あれほど踏みかためたのに、一夜の雨で、庭の土はすっかりぬかるんでしまました。泥田をこねるようにして、遊佐は、小刻みに土を踏みにじっていたのです。

ああ、どちらも私だ。

私は傘を持っていなかった。髪から雨の雫をしたたらせ、ずぶ濡れの服は肌にはりつき、その姿で、柏木の式場に走りこみました。

私は錯乱していた。

その前夜、遊佐から聞かされた話は、私に何かとほうもなく荒ら荒らしい力を与えていた。いいえ、私のなかにひそむ、禍禍《まがまが》しい力が、遊佐によって噴き出したのだ。

ああ、遊佐は私。迷いこんできた女に、力を与えてやりました。好きな男なら、奪うがいい。奪ったとたんに、男は輝きが失せ、くだらない木偶《でく》の本性、あらわになる。

それでも、一度は奪わねば、おさまりますまい。

奪うがいい、式場にのりこみ、花嫁の手からいとしい男を奪うがいい、と、深夜、私は女を抱いてささやきつづけました。

ああ、遊佐の魔性に狂わされた克子は、私。いいえ、遊佐は、私の真実やりとげたいことを明らかにしてくれただけのこと。あの女に何の力もありはしない。魔性の女は私、克子。

女が本性をあらわにできるのは、錯乱したときだけ。私は、崖の上のここに幽閉された。

そうですね、先生。

私は、砂に横たわる黒い私の骸を見下ろす。

風が吹きつける。

あれは……廃船？

船なのですか。竜骨が砕け、満身創痍、砂浜に打ち棄てられた、あれは漁船なのですか。

ああ、そうですね。あれは、船……と、はっきり見さだめたとき、私の軀は砂になり、さらさらとくずれ散った。

——あねさま、風が熄《や》みました。うねり騒いでいた草は、なびき伏したまま様を変え、陽は入陽《いりひ》。まいりませずや、魂喰《たまく》らい。

鏡が邪魔だった。気にかけまいと思っていても、早瀬《はやせ》の視線は、つい鏡の方にむいた。

鏡のなかには、熱帯樹にかこまれた早瀬の顔があった。

一間幅にはり出したサンルームには、丈高いゴム、橄欖《かんらん》から各種の羊歯《しだ》、矮性《わいせい》のバナナ、飛蝶のような蘭——ただし花は腐色を呈している——と、床のタイルも見えぬほどに鉢が並び、かなり西に傾いた陽足が居間にのびるのをさえぎっている。

手入れがゆきとどかないのか、あるいは自然の営みにまかせたのか、繁茂しきった枝葉は下の方から腐り枯れ、茶色の汁をしたたらせ、奔放にのたうつ棘《とげ》だらけの蔓《つる》にからめとられた彼の顔は、鏡面の奥で、苦しそうに少し眉をゆがめ、力なく開いた唇が助けを求めていた。瞬間、彼の目にはそう映じた。

苦笑して、早瀬は軀の位置をずらせた。すると、鏡はすばやく動いて、執拗に彼を捉えた。

鏡をささえているのは、松永瓔子《まつながようこ》の白い手であった。精緻な浮彫をほどこした銀色の縁《ふち》を持つ手鏡を、瓔子は適確に動かし彼の映像を捉えるが、彼女の眸は宙にそれている。

——瓔子さんが目が見えないなんて。

階下の玄関で彼を出迎えた白水斎子《しろうずさいこ》の冷笑が、早瀬の耳によみがえる。その冷ややかさは、早瀬には意外であった。斎子は、松永瓔子のマネージャーをつとめて久しい。親しいようでも女二人の閉ざされた暮らし、しかも一方は他方の陰に常にある役まわりとなれば、いつか棘も芽生えようというものだ。

——狂ったひとが羨ましい。

斎子の声はつづく。

——見えているんですよ、あのひとは。何でも見ている。それを、見えないなどと。見えているものを見えぬと言いきって、己れの目までたぶらかす狂ったひとが羨ましい。

——わたしも狂えるものならば。

語尾がつぶやくように低くなったのだった。

階下が松永瓔子バレエ研究所の稽古場、二階が瓔子の住まいとなっているが、稽古場はここしばらく閉鎖されたままである。瓔子の病いがいえるまで、アン・ドゥ・トロワの声、ピアノの伴奏音楽、シャッセ、シャッセ、の命令も、きこえることはあるまいと、早瀬は思いながら、

「元気なようですね」

あたりさわりのない挨拶を、早瀬は口にした。

瓔子の薄い唇の両はしがつり上がる形になり、微笑した。

レオタード風の服が、くずれをみせない軀に皮膚のように貼りついている。

「お久しぶり」瓔子はちょっと首をかしげるふうにした。会釈するとき首を傾けるのは瓔子の癖だ。

「たいへんでしたね」瓔子の災難を、早瀬はねぎらった。

「ええ」

「門前払いをくうんじゃないかと思ったけれど」

「とんでもない。東京からはるばるたずねてきてくださったあなたを門前払いなど」と応じた声は、白水斎子であった。さきほど、瓔子の耳にと

どかぬところで瓔子を冷笑した気配など露ほども見せず、ほどよい頃合に登場といった、芝居がかったぐあいで、ビールとコップをのせた盆を手に、台所からあらわれた。

「瓔子さんは、あいかわらずビールだね」早瀬は言った。自分の声が何かぎこちなく、軽薄にひびく。

しかし、調子のいい言葉を次から次へ口にしていなくては、間がもたない。

「あなたにビールは似合わないなあ。松永瓔子には、そうだなあ、ブランデー。いや、ワイン。ボルドオのシャトオ・イケム……」

「あら、アモンティリャードぐらいおっしゃるかと思った」白水斎子が、いささか蓮《はす》っぱに口をはさんだ。

「さては、ぼくを地下室に閉じ込めようという魂胆だな」早瀬もことさらに、斎子の口調にあわせて、おどけてみせる。

「おあいにくさま。いくら私がポオをごひいきでも、ここに地下の酒蔵はありませんよ」

「知ってますよ。ぼくだって、ここを、訪れるのは初めてというわけじゃないんだから」

「早瀬さんがアメリカに行っているあいだに、稽古場も様子がかわったかもしれませんよ。思わぬかくし部屋ができていたりね」

「アメリカ、どうでした。収穫ありました？」瓔子が訊いた。

「ああ、いい芝居にめぐりあえてね。日本でも評判だけはきいていたんだけど。実際に舞台を見たら、こいつがなかなかのものでね。早速交渉して、うちの劇団に上演権をとってきた。ふっかけられたけどね。こいつは、あたるよ。主役はうちの高城《こうじょう》にぴったりね。まるで、彼にあてはめて書かれたみたいな役だ。高城乙次《いつじ》は、この前あなたにダンス・ナンバーの振付をしてもらったサテュリコン以来、女の子のファンが激増した。マスクがいいだけじゃない。演技力がすぐれているのもたしかだが、それ以上に、何か独得のものがある。これは、言葉であらわせない〝何か〟なんだな。〝花〟といったらいいかな。世阿弥の言う〝花〟だが、それでも十分に言いあらわせない」

喋りながら、早瀬は瓔子の反応をうかがった。

「あれで三十一なんだからね、高城は。それが舞台に立ったら、完全に十七、八の少年だ。何の違和感も観客に抱かせない。しかし、少年の肉体の奥にあるのは、三十を過ぎた大人の魂だ。その奇妙なギャップかなあ、高城の舞台の魅力は。今度、高城にやらせようというのは、錯乱のあげく、馬の目を刺し貫く少年と、その少年の圧殺された魂の秘密を明るみに出し、彼を救おうとする医師の葛藤のドラマなんだ」

「あの美青年が、その少年の役?」斎子が栓抜きをビールびんの口金にあてがって、どこか上の空のような口調で言う。

「父親は口やかましい俗物、息子を溺愛する母親はこちこちのピューリタン。息苦しい家庭。少年は、何に救いを見いだすか。〈馬〉なんだ。〈馬〉は、彼のなかで、〈神〉と同一視されてゆく。〈馬〉を演じるのは男優だ。針金を編んだ象徴的な馬の仮面をつけてね。少年がはじめて恋人の軀を知るのは厩舎《きゅうしゃ》の中だ。馬がみつめている。咎めるように」

斎子が栓を抜いた。びんの口に泡が盛り上がった。

「まず、冷たいのを召し上がらない」

「乙《いっ》ちゃんは、すばらしいわ」と低い声で瓔子は言い、テーブルの上に手を泳がせた。

「美しいもの、すばらしいものに触れたとき、私、鳥肌がたつの。乙ちゃんにはじめて紹介されたときが、そうだった。この人は、ほんものだ、そう感じたわ」

早瀬はテーブルの上をさぐる瓔子の手にコップを持たせてやり、ビールを注ぎながら、

「何度もしつっこく迫るけどさ、松永瓔子がビー

ルの泡を唇のはしにくっつけ、それを手の甲でぐいとひとぬぐいなんてのは、いけないよ。あくまでエレガントにふるまってくれなくちゃ」と、話題を変えた。まだ攻撃を開始する時期ではない。

「だって、私たち重労働ですもの。のどがかわくわ。冷えたビールが一番おいしいわ」

重労働といっても、今はもう、踊ってはいないんだろう、その言葉を口に出すのは、早瀬は控えた。

「うちの劇団員たちもサテュリコン以来、皆あなたのファンになっちまったんだけれどね、ビールはイメージがこわれるなあと言っていたよ」

早瀬のコップには斎子が注ぎ、斎子は自分のコップもみたすと、目の高さにあげて、乾杯のしぐさをした。

「瓔子さん、失礼よ、そんなにみつめては」

斎子は咎め、右手にコップを持った瓔子がなお左手に持ちつづけている手鏡を伏せようとした。

「いやよ、斎ちゃん。私を闇のなかに放り出すの？」瓔子の声はやわらかい。

ね、と、斎子は早瀬に目顔でうなずいた。

「それではせめて、ほかのものを映していらっしゃいよ、床でも天井でも壁でも。早瀬さん、うっとうしがりなさるわ」斎子は言う。

室内は、瓔子の好みで丹念に統一されている。絨毯は濃いブルー。ソファのセットは、乳色。過剰なほどの植物の鉢が、室内の調和を乱している。

「私の顔はいやよ」斎子が言う。

「あなたの顔なんか、見たくないわ」やわらかい声で、瓔子は言う。

「でも、そっぽをむいてお喋りするのは、みつめるのよりずっと失礼よ。話すときは、相手の顔を見るものよ。まっとうな人間は、そうするわ」

「あなた、まっとうなの？」斎子は、くすっと笑う。

瓔子はコップを置き、両手で手鏡をしっかり持ち、銃の狙いをさだめるように、鏡面をぴたりと早瀬にむけた。

「そうやると、ぼくの顔が見えるの？」

「そう。あなたは今、少し汗ばんでいるわ。母親の前で嘘をつこうとする子供みたいに。頬に少しばかりよけいな肉がおつきになったわね。上瞼と下瞼が盛りあがって、あなたの眼をせばめようとしているわ。白いポロシャツね。純潔をみせびらかしているみたい。せめてグレーになさるといい。それも、淡い。年齢の翳りにふさわしく。衿に羽虫がとまっているわ。あなたが何を考えているかも私にはわかる。もちろん、それはこの鏡の力じゃないわよ。あなたの顔って、まるで裏返しになった袋みたいに、なかみをさらけ出しているんですもの。この女はやはり頭がおかしいのだな。そう思っているわね」

「璎子さん」と、斎子が口をはさむ。「早瀬さんばかりじゃない、誰だって、そう思っているわよ。眼のかわりに鏡でものを見る？　ばかばかしい、そんな茶番にいつまでもつきあっていられるか、って」

「だって、本当なのよ。私、何も見えない。暗黒。いいえ、光のありかぐらいはわかるけれど」

「角膜にも網膜にも、傷があるわけではないんだね」

「水割りにしましょうか。それとも、ブランデー？　クールヴァジェのナポレオンがあるわ」

斎子は少し残ったビールを自分のコップにあけ、飲みほすと、サイドボードからブランデーのびんを出してきた。そのあいだも、話はつづけていた。

「サボタージュをしているのは、璎子さんの脳のどこか一部分、網膜にうつったものを判断する部分、あるいは、網膜の刺激を脳に伝達する神経」

「それにしても機能障害があるわけではないんだろ」早瀬は言った。「つまり、璎子さんの意識下の意識が、見ることを拒んでいるということなんだな」

「だからといって、私に何ができて」璎子はやさしく嘆じる。「意識下の意識なんて、主人の手に負えない放埒《ほうらつ》な召使いだわ」

私のような、ね、と、斎子が傍白《ぼうはく》めかしてつぶやいた。

「飼い馴らすことのできない、とんでもない悪魔だわ」璎子は斎子のせりふを無視する。

「だから、私は自分であみ出したのよ、見る方法を。鏡は、鏡自身が見たものを私に見せてくれるばかりではなく、映像の記憶を、しっかり、ためこんでいるわ。冬ごもりする前の栗鼠《りす》のようよ。割れてしまえばそれきり、という恐怖から、束の間の記憶の量を、ゆたかに、よりいっそうゆたかに、と、あせっているのよ、きっと」

早瀬は吐息をついた。ポロシャツの色、衿にとまった羽虫、贅肉のつきかげんまで言いあてているからには、失明は詐病にきまっている。見えている。璎子自身には詐病のつもりはあるまい。心因性のものだろう。

「鏡の奥に、部屋がある。いくつも。鏡はそこにいろいろのなものを閉じこめているわ」

自分の目が見えているのに、鏡が見ている、鏡が見せてくれているという奇妙なすりかえを、早瀬は、そのまま受け入れたくなる。

いたましいものを見る目で、璎子の白い顔を見る。しかし、いたましがって攻撃を中止するわけにはいかない。彼は璎子を詰問する目的でここに来たのであった。

ブランデー・グラスのふちが紅く煌いた。西の小窓から夕陽が射こまれ、暗さを増した室内に光の帯を作っていた。

西日をさけて、早瀬は左手で目庇《まびさし》を作った。半顔に日を受けた璎子は、ソファの隅にわだかまる暗がりに軀を沈めこむようにした。

「私、夕暮れが嫌いだったわ」璎子は言った。

「子供のころのことよ」

「隠れ座頭だろう」早瀬は言った。

「あら」斎子が細い目をいっぱいに見ひらいた。

「早瀬さんも、隠れ座頭をご存じなの？　子供のころ、おどかされた？」

「いいや。あなたたちから聞いたんだよ。サテュリコンの振付にきてくれていたころ、あなたたち、若い劇団員に話していたじゃないか。若い子たちは笑って、それでも礼儀として怯えたふりをした子もいたけれど」

「本気で怖がった弱虫さんもいたわよ」斎子は言った。

「私が子供のころ、うちにレコードがあったの」璎子は言った。「なんで、あんな気味の悪いレコードがあったのだろう。私、聞くたびに怖くて、夢にまでうなされたりするくせに、ときどき、聴かずにはいられなかったわ。はじめの方は、かわいらしい子供たちの歌声なのよ。ギンギンギラギラユウヒガシズム……　カエルガナクカラ　カエロ。お寺の鐘の音。一人だけ、うちに帰るのがいやで、野原に残っている子供。女の子よ。いいえ、その子は、夕焼けにみとれていただけなのかも知れない。あまりきれいなので、お母さんのいましめも忘れてしまったのよ。日ガ暮レタラ　ハヤク　オウチニカエッテクルノダヨ。クラクナッテモ　オ外ニイルト　隠レ座頭ニサラワレルヨ」

「夕焼けにみとれている子供のそばに」と、白水斎子がつづけた。「一人の男が歩み寄ってくるのだったわね。あなたにきかされて、私もおぼえてしまったわ。その男は、白い着物を着て杖をついている。男は女の子に声をかける。あなたは、誰？　女の子が訊ねる」

「隠れ　隠れ　隠れ座頭」早瀬は、聞きおぼえたとおりの陰々とした口調で言った。悲鳴をあげて、璎子は耳を押さえた。鏡がテーブルにうつぶせに落ちた。

「ああ、ああ、何も見えない。怖い」

「ばかね、璎子さん、目を閉じているのだもの。何も見えるわけがない」斎子が嗤《わら》った。

「やめて、その声」瓔子は顔がテーブルにつくほど前かがみになり、頭を振る。「ああ、ぞっとした」

「おかしいんだよね、あなたがそんなに怖がるなんて」早瀬が言うと、

「そうよ、そうよ」と斎子が尻馬にのった。

「かくゥれェざとう、というおどろしい調子は、瓔子さんが皆にきかせたんじゃないの」

「いや、ぼくが言うのはさ」早瀬はさえぎった。「隠れ座頭とは、即ち、松永瓔子自身じゃないか、ということさ。自分が自分を怖がるなんて、ないだろ。いいかげんに、カマトトぶるのはやめなさいよ」

「カマトトぶるって、どういう意味ですか」

くってかかったのは、白水斎子である。今しがたまで瓔子を嗤っていたくせに、早瀬の言葉に害意をかぎとると、態度が一変して、瓔子をかばう位置に立った。斎子がずけずけと瓔子にきつい言葉を浴びせるのは心やすだてからで、いわば馴れあい、と早瀬は気づく。彼も軽口めかして言ったつもりが、つい、本心をのぞかせてしまった。もう少し上手に攻めるべきだった。攻められている、詰《なじ》られていると相手が気づかぬうちに、こちらの必要とする情報をひき出さねばならなかったのだ。

彼は、一気に攻めたてることにした。

「瓔子さん、高城乙次を、どこに隠したんだ」

私、赤ん坊のとき、それはかわいらしかったんですって。瓔子が言うのを、早瀬は聞いたことがある。少しも自慢たらしくもいやみにもきこえなかった。まったく、かわいらしかっただろうなあと思った。

母がお風呂をつかわせているとき、陽が射して、その明るい光のなかで、赤ん坊の私がにっこり笑ったの。まあ、天使みたい、と母は思ったんですって。少しきまり悪そうに、瓔子はそんなことを言った。瓔子が上京してサテュリコンの振付にあたっ

ていたときだった。早瀬ばかりではない、居あわせた劇団員の誰もが、さぞ愛らしかっただろうと、好意のこもった目でうなずいていた。

私、きれいなものしか見ないで、育てられてきた。いいえ、一つだけ、気味の悪いものがうちにあったわ、と隠れ座頭のレコードの話をしたのも、そのときだった。

松永瓔子を、早瀬は子供のころから知っていた。瓔子は東京生まれの東京育ちで、芦屋に移ったのはずっと後のことである。瓔子の兄と早瀬は、中学高校を通じ、同学年のクラスにいた。

瓔子の愛らしさは、間隔のひらいた大きな眼によるところが大きい。美少女にありがちな権高さ驕慢さは、この顔立ちからは生じてこない。

誰からも愛されるのを当然と、無邪気に信じきっているようだった。他人から邪慳な扱いを一度もされたことのない、気のいい仔犬に似ていた。あたし、おバカさんなのよ、と瓔子は言うのだった。頭は切れなくても、美しいものに敏感に反応する感受性はすぐれているのだから、と、兄や母親や、早瀬もいっしょになって、慰めたりおだてたりしたものだった。

早瀬は、瓔子の賢さをみぬいているつもりだった。学校の生徒であるあいだ、人格の評価は、とかく、学科のテストの点数に換算されるけれど、周囲の人間にこれだけ可愛がられながら無垢なままでいられるというのも、賢さの一種だと彼は思った。

大学で早瀬はフランス文学を専攻し、同時に、友人たちと演劇グループを組織した。戦火の荒廃と朝鮮動乱の特需景気が混沌といりまじっているころであった。既存の新劇とはまったくことなった演劇活動を彼は志向した。華麗なレトリック。朗々としたデクラメーション。在学中から、企業として成り立つ劇団経営を考えていた。

瓔子は七歳からバレエを習い、子供の稽古事の域を越えた才能を認められた。

早瀬が大学を卒業し劇団の旗揚げをしたとき、瓔子は中学生で、バレエ団の発表会ではプリマの役をつとめるようになっていた。本公演では、さすがにまだ群舞の一員であったが。

高校を卒業したら、ぼくの劇団に入りませんか、と早瀬は冗談めかして誘った。私、頭がよくないから、お芝居のせりふはおぼえられないわ。バレエは軀がおぼえてくれるけれど。

瓔子の兄は堅い商社につとめ、早瀬とは疎遠になった。劇団が公演を持つとき、切符を売りつけに行ったが、安サラリーとわかっているから、あまり無理は言えない。瓔子の所属するバレエ団にも押しかけ、稽古場の壁にポスターを貼らせてもらい、バレエ団員やレッスンに来ている生徒たちにも切符を買ってくれるよう頼んだ。

大手企業がスポンサーにつき、その企業の宣伝媒体の役も兼ねるようになって、早瀬の劇団は地歩を確立した。それまでは、常に解散の危険にさらされていた。多くの新劇団が思想的には反体制であり、資本主義を敵視するなかで、早瀬は大資本との提携により劇団を発展させる道を選んだ。しかし、演し物は大衆商業演劇とは明確に異なる、むしろ実験的なものを選んだ。ジャン・ジュネであり、サルトルであり、あるいは英米の前衛作家ストッパード、ピンターであった。実験的といっても、オフ・オフ・ブロードウェイのような極端なものではなく、糖衣錠のような甘美な舞台表現で、若い女性層のファンをつかんだ。

尿に血が混じるほどの、心身ともに苛酷な日々であったが、日本にこれまでの演劇になかったジャンルを確立するのだという気負いはさかんであった。

瓔子から結婚の通知をもらったのは、彼の劇団の母体となる企業が本社ビルを新築し、その一部を劇場にする計画がほとんど決まりかけていて、彼もそのプランニングに寝食を忘れて打ちこんでいるときであった。

おめでとう、と、電話をいれた。

「ありがとう」と応じた瓔子の声は、あまりはずんではいなかった。

「相手もバレエ団の人？」

「そうじゃないの。兄の友人で、ふつうの会社員。かたぎな人」

それ以上つっこんでは訊かなかった。披露宴にも招待を受けていながら欠席した。時間のやりくりがつかなかった。

結婚と同時にバレエ団をやめ、自宅に小さな稽古場を持ち、生徒を集めて教えることにしたと、瓔子の兄から知らされた。

舞台に立つバレリーナとしての才能の限界に気づいたということなんだな。瓔子の兄は、そう説明した。あいつも、二十九だから、熱心に求婚されて、考えたんだろう。

瓔子さん、二十九になったか。

いつまでたっても子供っぽいが。

ずいぶん将来を嘱望されていたんじゃないか。よく思いきったな。

瓔子自身の目標が高すぎたのだろう。

劇団員のなかにも、同じ悩みから退団して結婚してゆく者は多かったから、早瀬はすぐ納得した。

相手が瓔子にのぼせあがってね、しゃにむにひっさらったって恰好だ。日本の損失ってほどでもないよ、瓔子が舞台をひいたからといって。瓔子の兄は、こともなげに笑った。

更に、つきあいは遠のいた。瓔子の稽古場は生徒が増え、年に一度の発表会の案内状もとどいた。早瀬は花束だけを送り、見には行かなかった。子供のたどたどしい踊りにつきあうのは、苦痛以外の何ものでもなかった。

早瀬と瓔子の世界はそれぞれに充足した球体で、交錯するところがなかった。そんなふうに早瀬は感じ、瓔子への関心が薄れていた。誰からもいつくしまれる瓔子を早瀬もかわいがりはしたが、――あまりにも毒気がなさすぎる、ジンジャー・エールの泡ほどの刺激もない。だから、俺の歯車とは嚙みあわないのだ。

劇団の関係者名簿に瓔子の名と住所をのせておいたので、公演のたびにパンフレットは自動的に送られるはずであった。切符の申し込みは間遠になり、やがてとだえ、瓔子の方から発表会の通知も来なくなったが、早瀬は、それすら念頭になかった。

久々に、瓔子から封書がとどいた。ああ、発表会の案内かと思った。それからあらためて歳月を数え、瓔子が三十九になる、と、いささか驚いた。何か、不意打ちをくらったような気分であった。

彼はそのとき、宝石の鉱脈を掘りあてた喜びに浸っている最中だった。

劇団付属の研究所に志願してくる男女は数多い。厳選されたわずかな人数が二年間の訓練を受ける。

彼は、彼の劇団のために、華麗な輝きが身内からおのずとほとばしる素材を求めていた。演技者として十全であるのみならず、歌え、踊れる者でなくてはならなかった。早瀬は時代の趨勢《すうせい》をいち早くつかみ、演劇に音楽と踊りの要素をふんだんにとり入れることにつとめてきた。それは大成功といえた。

高城乙次の前職は、塗装工であった。劇団の稽古場を改装したとき、職人たちのなかに、彼がいた。そこにだけ、スポットライトがあたったように、早瀬は感じた。

高く組んだ足場の上で、高城乙次はしなやかに身をそらせ、足もとにおいたラジカセの音楽に軀のリズムをあわせていた。

歌はよくなかった。リズム感覚はすぐれているが、声域がせまく、高音が出せないのだった。裏声をこなせるようになれば、欠点はカヴァーできると早瀬は思った。

芝居は未知数であった。早瀬は、戯曲の一節を読ませてみた。可能性はあると思った。

入所をすすめると、高城乙次は、かねがない、とことわった。ひとり者だから、自分の口さえ養えればいいのだけれど、それにしても、養ってやるのもまた彼自身。稼がなければ食えないのだ。ましで、研究所の月謝など捻出できるわけがない。と言った。

月謝は免除する、とまで早瀬は打ち込んだ。最低の生活費は確保できるようアルバイトの世話もしよう。ただし、テレビのタレントのように、マスクがよければ通用するというものじゃない、使い捨てのタレントではない、役者だ。アクターだ。基礎から叩き込む。

そのマスクと軀なら、浮ついた人気はすぐに出るだろう。しかし、テレビには出させない。

おれは、みかけより年をくっている、と高城乙次は言った。舞台の役者で食っていけるのか、とも訊いた。むずかしい芝居はわからない、映画はときどき見るが、芝居は見たことがない、切符が高すぎる、そう言いながら、少しずつ気持が動いているようだった。

二年間研究所で勉強したあげく、おれがものにならなかったら？

追い出す、と早瀬は言った。

瓔子からの封書を、早瀬は開いた。生徒たちの発表会ではなく、彼女ひとりのリサイタルの案内であった。切符が二枚同封されてあった。会場が東京ではなく、大阪のホールになっていた。封書に記された住所は、リサイタルをプロモートした音楽事務所のものであった。

早瀬は、何年ぶりかで、瓔子の住まいに電話をかけてみた。この電話は現在使われておりません、もう一度番号をお確かめになって……。

劇団関係者の名簿を調べた。転居通知が劇団事務所あてにとどいていたかもしれないと思ったのである。璎子の名は抹消されていた。事務員に訊くと、発送したパンフレットが毎回宛先人不明で返ってくるようになったので消したということであった。

大阪に、早瀬は高城乙次を伴った。目を離したら、ふらりとどこかにいなくなってしまいそうで気が休まらなかった。高城乙次は、そんな早瀬の執心を、いくぶんおもしろがったり呆れたりしているようにみえた。

ホールの客席は、八分どおり埋まっていた。

舞台は、光沢のある黒布が不規則なひだを作り、墓窖《はかあな》の内部をあらわしていた。階段が上にのび、その頂に鉄格子のはまった扉が外界と地下をへだてていた。床には柩がおかれ、白衣の女が柩に顔を伏せうずくまっていた。

悲嘆を示すナンバーのあと、照明が変わり、逝った恋人が彼女の眼裏に顕《た》つ。

リラダンの〝ヴェラ〟を、男と女を逆にして舞踊化したものと早瀬はすぐにわかった。舞台は彼の予測どおり、〝二人の唇は合わされた、天来の、——忘我の、——不滅の歓喜のさなかに！　そして、その時、二人は、事実上、唯一の存在にほかならぬことを、互いに認めあった。数時間は、不思議な飛翔を以て、天と地が初めて入り乱れた。この大歓喜に触れ去った〟突如、女は、男が死者にほかならぬことに気づき、〝その刹那、神秘の燈明は消え去った。早朝の、——平凡な、——灰色の、雨空の、——蒼白い仄かな光が〟扉の鉄格子間から墓窖に注ぎ、女はおのれの孤独を悟った。女は、恋人の骸《むくろ》をしずかに柩に横たえ、階段をのぼってゆく。鉄扉に内側から鍵をかけると、その鍵を、格子のすき間から外に投げ捨てる。澄んだ音が、短く、鋭く、ひびく。

「驚いた」と、楽屋を訪れて、早瀬は璎子に言った。「璎子さんが、あそこまで〝女〟をあらわせるとは思わなかった」

瓔子は汗みずくで、メイクアップが流れ落ち、絵の具の溶け流れ混ざりあったパレットのような顔になっていた。瞼のふちの皺が目立った。身のまわりの世話をしている白水斎子に紹介された。早瀬も、同行した高城乙次をひきあわせた。

ホテルにむかうタクシーの中で、きれいなひとだ、と、高城乙次は感にたえたように言った。ライトと衣装は魔術だ、と早瀬は言った。いや、楽屋で会ったあのひと、きれいだった。お化けのような顔をしていたじゃないか、付け睫毛は半分とれかかり。きれいだった。

翌日、瓔子と二人だけで食事をした。瓔子がそれを望んだのである。高城乙次には、一人で遊んでこいと小遣銭を渡した。瓔子への鑽仰が鎖となり、かってに消えることはないと確信が持てた。

「離婚したのよ」と瓔子は言った。「完全な奥さんになろうと一時は決心したのだけれど、だめだったわ」

瓔子は冷静に控えめに話したが、夫に仕える妻であることを望む相手に、瓔子が自分を殺しきれなくなったということであるらしかった。

「生徒を集めて教える仕事も、ごく小規模にするつもりだったのよ。でも、人数がどんどん増えて。私、手を抜いた仕事はできないから……。生徒たちのはじめての発表会のときだったわ。ようやく幕が下りて、私、くたくたに疲れていたの。食事は彼と外で食べようと思ったの。彼に、何を食べたい？　と訊いたら、瓔子の作る五目ずし。これから作れと言うのよね。発表会のその夜によ。おかしいわね、こんな話をあなたにするの。私にとっては真剣な仕事でも、彼にはお道楽としか見えなかったのね」

「きみに惚れきっていたんだろう、旦那さんは」

「そうらしかったわ。いまは、あちらは再婚して、うまくいっているようよ」

「お嬢さん芸ではなくなったよ」と早瀬は言っ

た。「今の瓔子さんなら、ぼくの劇団の振付を頼みたい」

「嬉しいわ」瓔子の目に、泪《なみだ》が浮かびかけたように、早瀬は思った。

「私、これが最初で最後のリサイタルのつもりだったのよ」

「どうして、そんなことを言う？」

「バレエって残酷な芸術よ。この肉体でしか表現できないんだから。そうして、肉体は衰えるわ。若いときのようには軀が動かなくなる。表現したいものは若いときよりはるかに充実し、深まっているのに。あなたのところのすぐれたアクターやアクトレスに、私の軀のかわりをしてもらえるのは嬉しいわ」

「きみはまだ、十分踊れるよ。瓔子さん、恋をしたね。昨日のリサイタルを見て、わかった」

「ええ。そうして失ったのよ」瓔子は言った。「私、そのひとを追ってアメリカまで行ったのよ。もう、死んでも悔いないと本気で思ったわ、そのひとに抱かれたとき」

「いま、どこに住んでいる？」と、彼は話題を変えた。あまり立ちいった話をきく立場ではなかった。瓔子も気持が昂ぶるままに洗いざらい喋ったら、後でいやな気分になるだろうと思った。

「芦屋よ。遊びに来てね」と瓔子は名刺を渡した。

「昨日連れてきた高城、どう思う？」

「やわらかい軀をしているわね。プロポーションもいい」

「役者にしてみせる。それも、うわっつらだけペカペカと金めっきしたブリキの人形みたいなスターではなく、観客の胸にくさびを打ちこんでぐいと惹きつけるような、ほんもののアクター、花のある役者にね」

「私の舞台はあなたにくさびを打ちこめなかった？」

「高城の胸に打ちこんだらしいよ」

離婚の失恋のという話を高城の耳にいれないで

すんだのはよかった、と早瀬は思った。よけいな情緒が生じようというものだ。

「高城乙次を、どこに隠したんだ」詰問しながら、早瀬は、かすかな目眩《めまい》を感じていた。

酒の酔いとも睡気とも異なる、奇妙な感覚であった。快いけだるさのなかに、ともすればひきこまれてゆく。ブランデーに、何か混入してあったのだろうか。

渡米するときも、早瀬は高城乙次を伴う心づもりをしていた。高城は、早瀬にとって思いがけないことに、同行を渋った。行かないですむ口実を、いっしょうけんめい捻出しようとしていた。

たぶん、日本でも上演することになるのだから、そうしておまえが主役をとることはほぼ確定しているのだから、本場の舞台を見ておけ。

人のまねはいやだ、と高城はさからった。白紙の状態で台本に接したい。

来い、と言いながら、早瀬は高城の肩に手をかけて力いっぱいゆすぶりたいのをこらえた。

なまいきを言うな。

日本を離れるのが、それほどいやか。おれの身近にいるのが、いとわしいのか。そらの卑しい言葉を、彼はのみこみ、口には出さなかった。

高城の方でも、間あいを計っていた。劇団の主宰者であり演出家である早瀬に徹底的に盾つくためには、劇団を退く覚悟が必要であった。人気が出たといっても、演劇人口はかぎられている。劇団内では優遇され、テレビなどに出て稼がなくても生活できるだけの収入は劇団から支給されていた。破格の扱いであった。しかし、退団して、すぐにテレビなどで厚遇される保証はなかった。舞台での彼の魅力がテレビで通用するともかぎらない。彼の柔軟な姿態、舞踊の才、それらを生かしきる番組はテレビには乏しい。

舞台俳優は、観客の拍手、適確な反応、をむさぼり喰う。

高城は当分舞台の魔力から逃れられない、それはまた、早瀬の手から逃れられないことを意味する——と、早瀬は承知していた。

強引に同行を命じる早瀬に、高城は、このうえ二人で旅行などしたら、どんな噂がたつかわかったものではない、と、いささかふてくされて言った。

噂とは、何だ。

口にするのも不愉快だ。

ばかばかしい無責任な噂におじけづいて、舞台人にとってこのうえないチャンスを放り出すのか。

飛行機が嫌いだ。

嘘をつけ。みえすいたことを言うな。

それじゃ、もっと、本当のことを言えというんですか。

本当のこととは何だ。東と西の中間地点、名古屋あたりで、彼女とデートしていることか。

私生活には干渉しないでほしい。

劇団に迷惑のかかる行動は、私生活といえど、許さん。

高城は、唇に指をたてた。溢れそうになる激しい言葉を封じこめようとする仕草にみえた。

高城を入団させた初期のころを、早瀬は思った。敬意と、たしかな好意。なついていた。早瀬が目をかけるのを、高城乙次は光栄にさえ思っていた。

レッスンの最中に、高城が腰を痛めたことがあった。救急車を呼び、病院まで早瀬は同行した。激痛をこらえる高城の手が、命綱にすがるように早瀬の左手をつかんでいた。高城が病室にはこびこまれた後、早瀬は、しびれて動かない左手の指を撫でた。しびれを散らすためではなかった。

入院中は付添いをつけてやった。退院後もしばらく過激な運動を避けるよう医師から命じられた高城を、早瀬は、アパートから自分のマンションに移した。ひとりきりのアパート住まいでは、どうしても安静にしているわけにはいかないから、と早瀬は高城を説得した。通いの家政婦に身のまわりの世話をさせた。風呂に入れるようになるまで、早瀬が軀を熱い湯で拭いてやった。

舞台に立てなくなったら、おれは、ただの屑《くず》だ、と高城は打ちひしがれていた。必ず、癒してやる、と、ベッドにうつぶせに寝た高城の背から腰をマッサージしながら、早瀬は力づけた。

その蜜月期は、じきに終わった。

再発のおそれはなくなった、と医師から太鼓判をおされると、高城は、またアパートに移ると言った。ここにいていいのだと、早瀬はひきとめたかったが、他の者の目を、早瀬自身も、はばかった。

高城がレッスンに出るようになると、早瀬の態度は以前に増して厳しくなった。罵声がとび、皮肉と冷笑を浴びせかけた。

高城はそれに、妙に大人びた苦笑で応じ、早瀬を激昂させた。

一方、高城は、劇団の若い娘や幹部女優たちから、陰にこもったやりかたで早瀬の寵愛をからかわれ、腹をたてていた。

渡米に同行することを、高城は結局承知した。しかし、出発の当日、彼は空港にあらわれなかった。

帰国して、早瀬は、高城が劇団にも姿をみせていないことを知らされた。

アパートも閉ざされたままであった。

早瀬は、芦屋の松永瓔子に、高城の消息を知らないかと電話でたずねた。

電話口に出たのは、白水斎子であった。

「存じませんわ」白水斎子は答えたが、その声音は、知っておりますよ、と言っているのにひとしかった。

「瓔子さんを電話口に出してほしい」

「やすんでいらっしゃいます」

「病気ですか」

「いいえ、もうすっかりよろしいのですけれど」

「というと、一時、ぐあいが悪かったんですか」

「事故がありましたのよ」

「事故？　車の？」

「いいえ、火事にあったんです。名古屋のホテルに泊まっているとき、出火しましてね」

「名古屋……。高城と……」

白水斎子の返事はとだえた。

「もしもし」早瀬はせきこんだ。「名古屋のホテルというと、高城も……？」

「一度、見舞いに来ていただけませんか」白水斎子は言った。「瓔子さん、よろこぶと思います。事故以来、どなたにも会わないようにしています」

「顔に火傷でも」

「いいえ。ただ……ショックのせいで、少し……」

「行きます」

空港にあらわれなかったのは、高城自身の意志によるものと、早瀬にもわかっていた。

早瀬が出発した後、劇団員の何人かが、高城と顔をあわせている。誰も姿をみかけなくなったのは、その数日後ということであったからだ。

「高城乙次を、どこに隠したんだ」くり返しなじる早瀬の口調が、次第にけだるくなるのを、白水斎子はみつめていた。

「早瀬さん、あなたは、このままでは、高城乙次に会うことはできないわ」白水斎子は言う。

痺《しび》れる脳髄で、早瀬は、白水斎子の言葉をききわけようとする。

「高城乙次は、たしかに、ここにいます。でも、このままでは、あなたはどうしたって、彼を見ることさえできないのよ」

「どういう意味？」

「あなた、高城乙次が、どれほど、瓔子さんを恋していたことか、想像がおつきになる？　そうして、瓔子さんもまた、それを上回る激しさで、彼を愛していた。今、高城乙次はね、瓔子さんの狂気の世界のなかに閉じこめられて、眠っているわ」

あなたが、彼に会いたければ、と、白水斎子は、早瀬を誘いこむように語る。

「あなたも、瓔子さんと同じ世界の住人にならなくてはいけないの」

「ぼくに、狂えと？」

「ええ」

「ぼくはすでに、半ば狂っているようだ。四分の一は、高城を知ったときに、狂った。そうして、今また、あなたのその奇妙な話を奇妙と思えない程度には、狂っている」

「完全にお狂いなさい。そうすれば、瓔子さんに閉じこめられた高城乙次に会える」

「どうやって、狂う」

「薬をあげます。いっときの効果しかないけれど、その薬が効いているあいだは、あなたは狂っていられる」

「薬がさめたら」

「乙次は消えるわ。でも、あなたの世界にとり戻す方法はある」

「薬、使います？」松永瓔子がやさしく訊いた。

とろとろとひきこまれ、早瀬がうなずくと、白水斎子は、戸棚から注射の道具をとり出し、早瀬の腕をアルコール綿で拭いた。

「あら、こんなところに黒子《ほくろ》があるのですね」

針が二の腕に突き刺さるのを、早瀬はぼんやり見ていた。


「私は、もう、死んでいるのよ」

出迎えた白水斎子に、名古屋から車で帰ってきた松永瓔子は、そう告げた。

車の後部座席には、高城乙次がぼろ屑のように横たわっており、彼の方が死人めいていた。

「このひとは、まだ、死んでいない。死んだのは、私」

「そうですか」冷静に、白水斎子は答えた。

「あなたが死んだのなら」白水斎子は言った。「私も、死にますよ」

「ホテルが火事になったの。煙にまかれ、窒息して私は死んだ。このひとも、やがて死ぬでしょうね。私、このひとを他人の手にまかせることは、いや。どうしても、いや。だから、私、死んでいる私、このひとを連れ帰った。疲れたわ。死んでいるのに、生きている人のように動きまわったのですもの。このひとを、私の寝室にはこんで。私、もう、動けない。少しやすませてちょうだい」

「ええ、ええ、ゆっくりやすんでください。私も、死にます。少し待っていてください」

「このひとも、早く死んでくれるといい。待ち遠しいわ」松永瓔子は、居間のソファに軀を横たえ、目を閉じた。

高城乙次の軀をベッドに寝かせ、白水斎子は居間に戻ってきた。

睡眠剤を数えながら服《の》み、瓔子の足もとにひざまずくと、顔を死んだ女主人の腿の上に伏せた。

——あねさま、あなたの想う男、やがてほどなく、我らがもとにまいりましょう。早瀬に、私は、刃物を与えてやりました。ひととき心を狂わせた薬がさめたら、どうなるのだと、早瀬は私に訊いた。乙次は消えると、私はたぶらかした。とり戻したかったら、高城乙次を、あねさま、あなたの狂った檻からとり戻したかったから、殺しなさい、と、私はそのかした。狂気の世界で殺された人間は、正気の世界でめざめる、と。

あねさま、風蕭々《しょうしょう》。乱れ騒ぐ草にみえかくれながら、美しいあの若者が、胸から血をしたたらせ、ほれ、あそこに。あねさまに慕わしげに双手さしのべて。魂喰《たまく》らいましょう……。世はすべてこともなく。

後記

アンナ・カヴァンの『アサイラム・ピース』を書店で見かけ、買い求めて喫茶店に立ち寄り、くつろぎながらページを捲《めく》りました。十四の短編を収めたその三編目まで読んで、もう一度書店に行き、同じ本を求めました。新たに手に入れた方は、帰宅してから、特別お気に入りの書物を並べてある棚にそっとしまいました。作者は一九六八年、みずから生を断っています。二〇一三年の一月に邦訳刊行された本が、手垢に汚れようと帯が破れようと、亡き作者に露ほどの傷もつきはしないのですが、本を傷つけるのが作者の――少し大袈裟に言えば――魂を、傷つけるような痛々しさを感じてしまったのです。訳者山田和子氏は、後書きに〈ある人にとって、ある作品に引かれるというのは（略）何らかの形でその作品世界に〝共振する〟と言うほかはないのではないか〉と記しておられます。私はたしかに、アンナ・カヴァンの描き出した不安に満ちた世界に共振していたのでした。『冬の雅歌』を書いたとき、私はまだ、不安で歪んだ世界を、幻想的に昇華させる筆力を持ちませんでした。

短編の中の一つ「海の耀き」は、立原正秋氏の作品から舞台を借りています。船上の男二人女一人の葛藤という設定です。書いたときは、まったく別の物になったと思いましたものの、後に、やはり純粋な創作とはいえないと自戒し、千街晶之氏が作品精華を編んでくださったとき、せっかく選んでくださったのですが、自粛してはずしました。今回も、日下三蔵氏が取り上げてくださったのを、辞退したのですが、その経緯を後書きに記せばいいでしょうと日下氏のお勧めがあり、掲載しました。はからずもお二人の目利きが選んでくださったのは、立原氏の創作された船上という限定空間の魅力が大きいと思います。

皆川博子

編者解説

日下三蔵

〈皆川博子コレクション〉第三巻の本書には、一九七八年十一月に徳間書店から書下しで刊行されたサスペンス長篇『冬の雅歌』に加えて、第三短篇集『祝婚歌』からどこにも再録されたことのない三篇と、単行本未収録の三篇を収めた。

八五年に刊行された短篇集『愛と髑髏と』をたまたま手にとって以来、皆川作品に取り憑かれて本を買い続けているが、『冬の雅歌』と『祝婚歌』は、古書店でも見つからない本のツートップだと思う。

実は当初の構想では、『祝婚歌』は五篇すべてを収めるつもりでいたが、「遠い炎」が『トマト・ゲーム』の講談社文庫版（81年12月）に収録されているため、本コレクションのコンセプトを「一度も文庫化されていない作品だけを集める」と決めた時点で落とさざるを得なくなった。そうなると同じ版元から出ている『悦楽園』（94年9月）で現在も読める「疫病船」も無理に入れる必要はなくなり、三篇のみ収録ということにさせていただいた。その分、単行本未収録の短篇を追加することができて、結果的にはよかったのではないかと思っている。「遠い炎」については、『トマト・ゲーム』再刊の機会を待ちたい。

宣伝めいて恐縮だが、本書にも係わりのあることなので、いまタイトルの出た『悦楽園』について説明しておきたい。

これは筆者が出版芸術社に勤務していた九〇年代に編集した〈ふしぎ文学館〉というシリーズの一冊。恐怖小説を基調としつつ、ＳＦ、ミステリ、ホラーの各ジャンルを横断して自分が好きな作家の好きな作品を集めた叢書で、いまでも全巻が現役で販売されているのは嬉しいかぎり。

思えば皆川さんに初めてお目にかかったのは、この本を出させてほしいとお願いにうかがったときであった。初期のミステリ短篇集は、その九四年の時点でも既に入手困難になっていたので、第一短篇集『トマト・ゲーム』（74年３月／講談社）から文庫化の際に割愛された「獣舎のスキャット」と「蜜の犬」、第二短篇集『水底の祭り』（76年３月／文藝春秋）から「水底の祭り」と「紅い弔旗」、第三短篇集『祝婚歌』（77年５月／立風書房）から前述のように「疫病船」、第五短篇集『愛と髑髏と』（85年１月／光風社出版）から「悦楽園」を、それぞれいただき、単行本未収録だった「まどろみの檻」「風狩り人」「聖夜」「反聖域」の四作を加えた十篇で構成した。

オビのキャッチコピーに、「美に憑かれた芸術家、無軌道な若者、憎みあう母娘……狂った人々が織り成す、愛と相剋の犯罪図絵！」と書いたように、恐怖ミステリという括《くく》りで収録作品を選定する際に、密かに「狂気と愛」という隠しテーマを考えていた。

この本ではオビの推薦文を綾辻行人さんにお願いしたのだが、送られてきた原稿を一読して思わず声をあげてしまったことを覚えている。曰く――。

本書に収められた十の短編はどれも、〈異形の愛〉を描く。〈異形の愛〉とはすなわち〈狂気〉である。〈狂気〉とは云うまでもなく、我々すべての中にその可能性が埋め込まれた〈心の形〉である。

〈現実〉という名の〈幻想〉を舞台に――、昏く燃え続ける情念を。鮮やかに弾け散る激情を。惨酷でしなやかな悪意を。恐ろしくも甘美な悪意を。濃密な闇のキャンバスに皆川博子が描く絵は、鳥肌が立つほどに、凄まじい。

特にお伝えしたわけでもないこちらの編集意図が、この短い文章の中にみごとに言い尽くされている。優れた作家は同時に優れた読み手でもあるということを、この推薦文で痛感させられた。

なぜ長々と『悦楽園』の話をしているかというと、精神病院を舞台にしたミステリアスな長篇『冬の雅歌』に初期のサスペンス短篇六篇を併せた本書は、その内容から『悦楽園』と表裏一体というか、姉妹篇のような位置づけに当たるからなのだ。つまりこの綾辻さんの推薦文は、本書にもそのまま当てはまるといっていい。

ここで読者の皆さんには、本書のオビに掲げられた桐野夏生さんによる推薦文を改めて確認していただきたい。やはり特に細かい編集意図などお伝えしてはいないのに、きちんとキーワードの〈狂気〉を使ったうえで、簡潔かつダイナミックに皆川博子の作品世界が表現されているのには驚くばかりだ。

推薦文の人選は皆川さんと編集部が相談して行い、担当していただく巻の割り振りは編集部と編者が相談して行っているのだが、この巻だけは桐野夏生さんに、という皆川さんからのご指名であった。メインの長篇『冬の雅歌』をはじめ特に暗くて重い作品がそろっているが、桐野さんはそういうものでも大丈夫な方だから、という理由である。
　綾辻さんといい、桐野さんといい、この濃密きわまる作品群を正面から受け止めて、本質を衝いた文章をお寄せくださったわけで、本物の作家というのはこういうものかと改めて畏敬の念を覚えた次第である。

　なお『冬の雅歌』は七九年度の第七回泉鏡花文学賞の候補に選ばれているが、金沢市が主催する同賞は選評を公開しておらず、詳しい選考経過については不明である。この回の受賞作品は、眉村卓『消滅の光輪』と金井美恵子『プラトン的恋愛』の二作。その他の候補作品は、立松和平『火の車』、寺久保友哉『停留所前の家』、帚木蓬生『白い夏の墓標』、光岡明『草と草との距離』、山口瞳『血族』であった。

　第二部の三篇は、前述のとおり第三短篇集『祝婚歌』（77年5月／立風書房）に収められた作品である。各篇の初出は以下のとおり。

　魔術師の指　「別冊小説現代」74年7月号
　海の耀き　「問題小説」76年11月号

祝婚歌　「別冊問題小説」76年４月号

このうち「海の耀き」については、皆川さんにいただいた「後記」にもあるように、立原正秋氏の作品を参考にしたものなので外してほしいとの申し出があった。タイトルはもう覚えておられない、とのことで特定は困難と思われたが、本シリーズの担当編集者である出版芸術社の池田真依子さんが『立原正秋全集』を片っ端からチェックして、「船の旅」（「小説新潮」67年11月号）という短篇であることを突き止めてくれた。

読み比べてみると、船の上という限定された空間で三人の男女の愛憎劇が展開されるというシチュエーションが同じだけで、当然のことながらストーリーはまったく違う。他の作家の作品から着想を得るのは普通のことだし、シチュエーションの踏襲を否定してしまったら孤島もの、密室ものといった推理小説のパターンも成立しなくなってしまう。意識した作品のタイトルを明記すればまったく問題ないと思われるので、皆川さんにはその旨ご説明して、改めて収録を許可していただいた。

何より「海の耀き」は徳間ノベルズから刊行された山村正夫編のアンソロジー『釣りミステリーベスト集成』（78年４月）に採られていることからも分かるように、ミステリとして面白いので、落としてしまうのはあまりにもったいない。

第三部の三篇は、これまで著者の単行本に収められたことのない作品である。各篇の初出は以下のとおり。

黒と白の遺書　「野性時代」74年12月号
もうひとつの庭「小説推理」80年6月号
巫の館「別冊小説宝石」80年12月号

九四年に『悦楽園』を編集したときには、七〇年代の短篇は本になったものよりなっていないものの方が多くてめまいがしたものだが、その後、『巫子』（94年12月／学習研究社）、『鳥少年』（99年10月／徳間書店）、『ペガサスの挽歌』（12年10月／烏有書林）といった作品集が刊行されて、状況はかなり改善されてきた。

皆川さんは「古い短篇は出来が悪いのも多いから、あまりおかしなものは入れないでね」とおっしゃるが、「巫の館」のような秀作が未収録のまま残っているのを見ると、決して出来が悪いから本にならなかったのではなく、単に短篇がまとまりにくい時代のせいであったことが、よく分かる。

作品によっては三十年遅れ、四十年遅れということになるが、こうして無事に単行本化できたことを、皆川ファンの皆さんとともに喜びたい。

［著者紹介］
皆川博子
（みながわ・ひろこ）
1930年、京城生まれ。東京女子大学外国語科中退。72年、児童向け長篇『海と十字架』でデビュー。73年6月「アルカディアの夏」により第20回小説現代新人賞を受賞後は、ミステリー、幻想、時代小説など幅広いジャンルで活躍中。『壁――旅芝居殺人事件』で第38回日本推理作家協会協会賞（85年）、「恋紅」で第95回直木賞（86年）、「薔薇忌」で第3回柴田錬三郎賞（90年）、「死の泉」で第32回吉川英治文学賞（98年）、「開かせていただき光栄です」で第12回本格ミステリ大賞（2012年）、第16回日本ミステリー文学大賞を受賞（2013年）。異色の恐怖犯罪小説を集めた傑作集「悦楽園」（出版芸術社）や70年代の単行本未収録作を収録した「ペガサスの挽歌」（烏有書林）などの作品集も刊行されている。

［編者紹介］
日下三蔵
（くさか・さんぞう）
1968年、神奈川県生まれ。出版芸術社勤務を経て、SF・ミステリ評論家、フリー編集者として活動。架空の全集を作るというコンセプトのブックガイド『日本SF全集・総解説』（早川書房）の姉妹企画として、アンソロジー『日本SF全集』（出版芸術社）を編纂する。編著『天城一の密室犯罪学教程』（日本評論社）は第5回本格ミステリ大賞（評論・研究部門）を受賞。その他の著書に『ミステリ交差点』（本の雑誌社）、編著に《中村雅楽探偵全集》（創元推理文庫）など多数。

◉おことわり◉本書には、今日の人権意識に照らしてふさわしくないと思われる語句や表現が使用されております。しかし、作品が発表された時代背景とその作品的価値を考慮し、当時の表現のままで収録いたしました。その点をご理解いただけますよう、お願い申し上げます。（編集部）

Minagawa Hiroko Collection

皆川博子コレクション
3 冬の雅《が》歌《か》

2013年7月15日　初版発行

著　者　皆川博子

編　者　日下三蔵

発行者　原田　裕

発行所　株式会社 出版芸術社
〒112-0013 東京都文京区音羽1-17-14 YKビル
電　話　03-3947-6077
F A X　03-3947-6078
振　替　00170-4-546917
http://www.spng.jp

印刷所　近代美術株式会社
製本所　株式会社若林製本工場

落丁本・乱丁本は、送料小社負担にてお取替えいたします。

ISBN 978-4-88293-442-4 C0093